**BASTEI LÜBBE**
TASCHENBUCH

Titel in der Regel auch als E-Book erhältlich

**Über den Autor:**

Wolf S. Dietrich studierte Germanistik und Theologie und war als Lehrer tätig. Weitere berufliche Stationen bildeten die eines Wissenschaftlichen Mitarbeiters an der Universität Göttingen und die des Didaktischen Leiters einer Gesamtschule. Heute lebt und arbeitet er als freier Autor in Göttingen und an der Nordsee. Wolf S. Dietrich ist Mitglied im *SYNDIKAT*, der Autorengruppe deutschsprachiger Kriminalliteratur.
Weitere Informationen finden Sie auf www.nordsee-krimi.de

Wolf S. Dietrich

# FRIESISCHE RACHE

Rieke Bernsteins 1. Fall

Kriminalroman

BASTEI LÜBBE TASCHENBUCH
Band 17152

1. Auflage: März 2015

Dieser Titel ist auch als E-Book erschienen

Originalausgabe

Copyright © 2015 by Bastei Lübbe AG, Köln
Lektorat: Judith Mandt
Textredaktion: Rainer Delfs
Titelillustration: © OliverHoffmann; © Valerijs Novickis;
© gyn9037
Umschlaggestaltung: Massimo Peter
Satz: Urban SatzKonzept, Düsseldorf
Gesetzt aus der Garamond
Druck und Verarbeitung: CPI – Ebner & Spiegel, Ulm
Printed in Germany
ISBN 978-3-404-17152-1

Sie finden uns im Internet unter
www.luebbe.de
Bitte beachten Sie auch: www.lesejury.de

Der Preis dieses Bandes versteht sich einschließlich
der gesetzlichen Mehrwertsteuer.

# Prolog

Ihr letzter Tag auf der Insel sollte unvergesslich werden. Romantisch. Mit einem Picknick in den Dünen, auf einer Decke, im Schutz von Strandhafer und Sanddornbüschen. Vor ihnen würde sich die Nordsee ausbreiten, auf deren Wellen sich die Strahlen der untergehenden Sonne in allen Farben brachen. Sie würden Krabben und Wein und die Wärme des aufgeheizten Sandes genießen. Später würden sie näher zusammenrücken, Zärtlichkeiten austauschen und schließlich – ja, wenn es so sein sollte, würden sie miteinander schlafen. Sie war jedenfalls vorbereitet. Lars war ein attraktiver Junge, der sich seit Tagen um sie bemüht, ihr die Insel gezeigt und ihr das Gefühl gegeben hatte, begehrenswert zu sein. Zwar hatte sie einen Freund, doch der war weit weg und ohnehin noch nicht der Richtige für eine dauerhafte Beziehung. Auch deshalb hatte sie den Vorschlag ihrer Eltern angenommen, noch einmal gemeinsam mit ihnen in den Urlaub zu fahren. Schon bei der Ankunft, auf dem Weg von der Fähre zur Inselbahn, war ihr Lars aufgefallen. Ein sportlicher, braun gebrannter großer Junge in ihrem Alter, vielleicht auch ein, zwei Jahre älter, mit dunkelblondem Haar und braunen Augen. Er hatte offenbar den gleichen Weg gehabt, war mit in den Waggon gestiegen, hatte ihr zugelächelt und gewinkt, als sie mit ihren Eltern die Bahn verlassen, die Straße überquert und das Hotel betreten hatte. Zwei Tage später war sie ihm auf der überfüllten Promenade begegnet, er hatte sie angesprochen, sich vorgestellt,

5

sie zu einem Eisbecher eingeladen. Anschließend hatten sie sich verabredet.

Seitdem waren sie ein paar Mal miteinander ausgegangen. Dabei hatte Lars die Stadt gemieden und war mit ihr zum Strand und durch die Dünen gewandert. Anfangs hatten sie sich nur zum Abschied geküsst, später heftig geknutscht. Einmal wäre es beinahe schon so weit gewesen. Die Küsse waren leidenschaftlicher, dringender und fordernder geworden, sie hatte seine und ihre eigene Erregung gespürt, doch dann war er unerwartet hastig aufgebrochen.

Aber nun hatten sie alle Zeit der Welt. Lars hatte eine Flasche Weißwein und eine große Tüte Krabben mitgebracht. Außerdem – darauf hatte sie bestanden – Gläser, ein Tischtuch und Servietten. Sie hatte einen Korb mit geschnittenem Weißbrot, etwas Käse und zwei Portionen *Mousse au Chocolat*, die sie dem Hotelkoch abgeschwatzt hatte, vorbereitet.

Anfangs war alles so, wie sie es sich vorgestellt hatte. Auf der Haut spürte sie noch die Hitze des sommerlichen Tages. Der Wind hatte sich gelegt, das Meer war ungewohnt ruhig, seine Wasseroberfläche flach wie sonst nur an südlichen Küsten. Über dem Horizont breitete sich eine dünne Wolkenschicht aus, sie wurde von der Abendsonne in leuchtende Rot-, Orange- und Gelbtöne getaucht, die sich grandios vom Blau des Himmels abhoben. Als sie die Decke ausbreitete, fühlte sich der Sand nicht mehr so warm an, wie sie erwartet hatte, aber das registrierte sie nur am Rande. Noch wärmte die Luft ausreichend, und das leichte Sommerkleid, für das sie sich entschieden hatte, war keineswegs zu dünn. Später würde sie es vielleicht sogar ausziehen. Die Decke war groß genug, um sich zu zweit darin einhüllen zu können.

Lars füllte die Gläser, sie stießen an, und dann zeigte er ihr, wie man die kleinen Garnelen aus der Schale pulte. Der Wein stieg ihr zu Kopf, denn sie trank zu rasch und kam mit dem Essen nur langsam voran, das Fleisch ließ sich nur mühsam herausziehen.

»Was machst du eigentlich«, fragte sie, »wenn du nicht mit Touristinnen über die Insel wanderst und ihnen zeigst, wie man Krabben pult?«

Er zögerte kurz. »Bis vor einiger Zeit bin ich noch zur Schule gegangen. Jetzt studiere ich in Oldenburg.«

»Lehramt?«

»Sport und Mathe.«

»Und was machst du jetzt? Du hast gesagt, du hast wenig Zeit.«

»Ich helfe meinen Eltern im – in der Firma.«

»Bist du auf Borkum geboren?«

»In Emden. Aber ich bin hier aufgewachsen.«

»Beneidenswert.« Sie seufzte. »Das ganze Jahr auf dieser schönen Insel. Das ist ja wie – dauernd Urlaub.«

Er schüttelte den Kopf. »Im Winter kann es ganz schön öde sein. Dann ist hier überhaupt nichts los. Und wenn die Gäste kommen, haben wir alle Hände voll zu tun. Nix Urlaub, nur Arbeit. Von O bis O. Ostern bis Oktober.«

»Was für eine Firma haben deine Eltern?«

»Ein – Bauunternehmen.« Er hatte wieder gezögert, und seine Antwort klang etwas unwillig.

»Entschuldige! Ich frage dich einfach so aus. Aber es interessiert mich schon. Du interessierst mich. Ich frage mich auch, ob du eine Freundin hast. Wenn du hier – oder betrügst du sie?«

Er lachte. »Weder noch. Ich bin zurzeit solo. Aber was ist mit dir? Erzähl doch mal etwas über dich.«

Sie leerte ihr Glas und hielt es ihm hin. Lars schenkte nach. »Also?«

In dem Augenblick wurde ihr klar, dass sie nichts von sich preisgeben wollte. Gerade die Unverbindlichkeit ihres Zusammenseins machte den Reiz aus. Die Fragen hatte sie unbedacht und aus Neugier gestellt, aber genau genommen wollte sie gar nichts Näheres über ihn wissen. Sie nahm noch einen Schluck Wein.

»Vergiss, was ich gefragt habe. Und ich vergesse deine Antworten. Lass uns den Augenblick genießen, so wie er ist. Ohne an das zu denken, was unser Leben sonst bestimmt. Ich fühle mich so herrlich leicht. Ich weiß nichts über dich, du weißt nichts über mich. Niemand weiß, dass wir zusammen sind. Und wir sind niemandem Rechenschaft schuldig. Sie deutete zum Himmel. »Nur die Sterne sehen uns zu. Ist das nicht traumhaft?«

Lars lächelte sie an und nickte. »Du hast vollkommen recht.« Er hob sein Glas. »Auf uns. Ohne Vergangenheit und ohne Zukunft.«

»Bei der Zukunft bin ich nicht ganz sicher. Vielleicht komme ich ja bald wieder auf die Insel.« Sie schob ein paar Krabben in den Mund und schloss genießerisch die Augen. »Schmeckt wirklich lecker. Besonders in Verbindung mit diesem Wein. Aber ich muss aufpassen. Der steigt mir ganz schön zu Kopf. Nachher kann ich – hast du leichtes Spiel mit ...«

»Wovon hängt das ab?«, fragte Lars.

»Was?«

»Ob du wiederkommst?«

Sie öffnete die Augen. »Von dir.«

»Wieso von mir?«

Irritiert sah sie ihn an. »Aber wir verstehen uns doch so gut. Und wenn wir nachher auch noch ...«

»Dann wird das wohl eher nichts.«

Irritiert sah sie ihn an. »Wie meinst du das?«

»Ich bin zwei.«

Sie lachte. »Was soll das heißen – ich bin zwei? Du bist doch ...« Sie brach ab, als sie eine Gestalt entdeckte, die plötzlich hinter ihm auftauchte. Der Junge war etwas kleiner, untersetzt, kräftig. Er trug einen blauen Jogginganzug und war ungefähr in Lars' Alter. Es war schwer zu schätzen, denn er trug eine Kappe, die sein Haar verbarg und deren Schirm das Gesicht beschattete. »Hallo«, murmelte er und nickte Lars auf eine Art zu, die darauf schließen ließ, dass er ihn kannte.

Sie empfand den späten Besucher als störend und warf Lars einen fragenden Blick zu. Doch bevor sie ihren Unwillen artikulieren konnte, sprang der Ankömmling auf sie zu und stülpte ihr eine Plastiktüte über den Kopf. Gleichzeitig legte sich eine Schlinge um ihren Hals. Sie versuchte aufzustehen, sich gegen den Würgegriff zu wehren, doch ihrem benebelten Kopf gelang es nicht, Arme und Beine zu einer koordinierten Gegenwehr zu bringen. Sekunden später erlahmten ihre Kräfte vollends, und dann wurde es dunkel.


Als sie erwachte, zitterte sie am ganzen Körper. Ihr Kopf schmerzte dumpf, im Unterleib spürte sie ein scharfes Ziehen. Die Zunge klebte pelzig am Gaumen und schmeckte fischig. Sie musste aufstoßen, ein säuerlicher Geschmack kam hinzu.

Sie versuchte sich zu orientieren. Es war Nacht, doch der Mond gab ein wenig Licht. Sie hörte die Wellen rauschen, das Meer musste ganz in der Nähe sein. Über ihr der Himmel war voller Sterne. Unter sich fühlte sie Sand. Um sie herum warfen Dünen weiche Schatten. Langsam kehrte die Erinnerung zurück. Wo war Lars? Wo war die Decke? Die Gläser? Der Korb? Sie hatten Wein getrunken und Krabben gegessen. Und dann? Etwas Unerwartetes, Unheimliches war geschehen, aber warum weigerte sich ihr Gedächtnis, die Erinnerung freizugeben?

Mühsam richtete sie sich auf, tastete nach ihren Schuhen. Ein kühler Windhauch machte ihr bewusst, dass ihr Slip fehlte. Sie fand ihn schließlich am Rand der Mulde, schlüpfte hinein und wunderte sich über klebrige Spuren an den Oberschenkeln. Schließlich fand sie auch die Ballerinas und den Korb. Sie erklomm eine Düne, sah die Lichter der Stadt und machte sich auf den Weg.

Gegen Morgen hatte sie das Hotel erreicht, sich in ihr Zimmer geschlichen und wach gelegen, bis ihre Mutter sie hatte wecken und an die Abfahrtzeit der Fähre erinnern wollen. Stundenlang hatte sie sich zuvor den Kopf zermartert und versucht, die Erinnerung an das heraufzubeschwören, was in den Dünen geschehen war. Ahnungen und Spuren wiesen in eine undenkbare Richtung. Wir sind zwei, hatte Lars gesagt. Nein – ich bin zwei. Was hatte er damit sagen wollen? Und dann war dieser Typ aufgetaucht. Kurz darauf musste sie ohnmächtig geworden sein. Hatten Lars und der Junge mit der Mütze die Situation ausgenutzt? Das wäre – ein dunkles Wort kreiste in ihrem Kopf. Wie eine Drohung. Mit ihren Eltern konnte sie darüber nicht sprechen. Sie würden ihr Vorhaltungen machen, die Polizei rufen, sie zu einem Arzt schleppen. Sie musste versuchen, den Abend und die Nacht zu vergessen. Folgen würde das Ergebnis nicht haben, sie hatte vorgesorgt, weil sie damit gerechnet hatte, dass sie mit Lars – war es ein Fehler gewesen, sich mit ihm einzulassen? Aber er war all die Tage so sanft und zurückhaltend gewesen. Trotzdem hatte er sie – zumindest hatte er zugelassen …

Ihre Gedanken drehten sich im Kreis. Sie ahnte, dass sie zu keinem Ergebnis kommen würde, und sprang aus dem Bett, um erneut zu duschen. Schon in der Nacht hatte sie alle Spuren beseitigt. Den Slip weggeworfen und fast eine Stunde unter den heißen Wasserstrahlen verbracht. Dennoch schien noch immer etwas von diesem Abend in den Dünen an ihrer Haut zu kleben. Und an ihrer Seele. Sie ahnte, dass es sich nicht mit Wasser und Seife abspülen lassen würde, dass ihr letzter Abend auf der Insel unvergesslich bleiben würde.

Während das Wasser über Gesicht und Haare und den gesamten Körper strömte, versuchte sie, sich an die Antworten zu erinnern, die Lars ihr gegeben hatte. Sie würde mit niemandem über diesen Abend sprechen, trotzdem entstand in ihrem Kopf ein Bild, in dem sie im Büro einer Polizeidienststelle saß und einer Beamtin von ihrem Erlebnis berichtete. Strand, Dünen, Krabben, Wein. Eine Plastiktüte, Todesangst. Personenbeschreibung. Ungefähr eins achtzig groß. Gut aussehend, dunkelblond, braune Augen. Etwa neunzehn Jahre alt. Lehramtsstudent an der Uni Oldenburg. Erstes Semester. Mathematik und Sport. In Emden geboren. Eltern Bauunternehmer. Auf der Insel Borkum. Und eine zweite Person. Nein, kein Name, etwas kleiner als Lars, untersetzt. Mehr wusste sie nicht. Nicht einmal, was genau passiert war. Eine Vergewaltigung? Spuren? Nein. Beweise? Keine. In das Wasser der Dusche mischten sich Tränen.

# 1
## Spätsommer 1990

Annie war nicht sicher, ob sie wirklich wusste, worauf sie sich eingelassen hatte. Und je länger sie darüber nachdachte, desto zwiespältiger erschien ihr der Entschluss, diesen Job zu übernehmen. »Du bist die Beste«, hatte Joost behauptet und ihr damit geschmeichelt. »Bei dir stimmt alles. Groß, gut gebaut, blond, blaue Augen.« Nach einem kurzen Blick auf ihren Ausschnitt hatte er ihr zugenickt. »Das mögen die Männer. Du wirst sehen, sie stolpern wie blind in die Falle.« Die Vorstellung gefiel ihr. War sie in ihrem früheren Leben Objekt männlichen Begehrens gewesen, hatte sie inzwischen gelernt, den Spieß umzudrehen und sich Männer nach ihren Wünschen zu suchen. Ob zur eigenen Befriedigung oder für eine Geschäftsidee war zweitrangig. Andererseits war ihr Vorhaben mit Risiken verbunden. Im schlimmsten Fall würde sie untertauchen und sich vor der Polizei verstecken müssen. Aber damit rechnete sie nicht ernsthaft.

Sie wartete mit zahlreichen Urlaubern im Emder Fährhaus auf die Überfahrt mit der *Ostfriesland* nach Borkum. In den Tiefen ihrer Handtasche kramte sie nach dem Kosmetikspiegel, klappte ihn auf und betrachtete prüfend ihr Gesicht. Während der Schulzeit hatte sie ihr Äußeres als hässlich empfunden. Sie war dünn gewesen, hatte viel zu große Hände und nach innen gerichtete Füße, auf denen sie ungelenk und staksig wie ein Fohlen durch die Welt gestolpert war. Ihre Nase war dünn und spitz gewesen, das Haar weißblond und widerspenstig, sodass an schicke Frisuren nicht zu denken war. Wo sich bei anderen Mädchen Brüste entwickelten, tat sich bei ihr gar nichts. Als ihre Freundinnen anfingen, mit Jungen auszugehen, wurde sie stets übersehen.

Sie bewegte den Spiegel, um Frisur, Augenbrauen, Wimpern und Lippen zu kontrollieren. Es gab nichts zu beanstanden. Mit einem leisen Seufzer klappte sie den Spiegel zu und ließ ihn in die Tasche gleiten. Ja, aus dem hässlichen Entlein war ein stolzer Schwan geworden. Die Wandlung vom unproportionierten Teenager zur vollendeten Schönheit hatte erst begonnen, als sie siebzehn war, dafür war sie umso drastischer ausgefallen.

Erst nach ihrem achtzehnten Geburtstag hatte sie die Wirkung ihres Äußeren auf die Männer bemerkt. Doch als ihr bewusst geworden war, dass sie den Mann ihrer Träume hätte aussuchen können, war sie bereits in die Fänge von Frerich Meiners geraten. Er war der erste Mann gewesen, der sich schon früh und ernsthaft für sie interessiert hatte. Sein proletarischer Charme, sein hartnäckiges und ungestümes Werben hatten sie beeindruckt und sie glauben lassen, ihre Aussicht auf einen festen Freund und möglichen Ehemann zu verspielen, wenn sie ihn zurückwies. Der übermächtige Wunsch, zu gefallen und als Frau anerkannt zu werden, hatte sie alle Bedenken ausblenden und die Einwände ihrer Mutter vom Tisch wischen lassen. Ihr Vater war, nachdem er Frerich unter vier Augen gesprochen hatte, von seinen Bedenken abgerückt. Das war ihr damals sehr seltsam erschienen. Schließlich hatte sich ohnehin jedes Argument erübrigt, weil sie schwanger wurde.

In diesem Jahr war Michail Gorbatschow neuer sowjetischer Generalsekretär geworden, ein Siebzehnjähriger, der Bobbele genannt wurde, hatte in Wimbledon ein bedeutendes

Tennisturnier gewonnen, und der CSU-Vorsitzende Franz-Josef Strauß war mit dem DDR-Staatsratsvorsitzenden Erich Honecker zusammengetroffen. Doch im Alltag der ländlichen ostfriesischen Umgebung spielten weltbewegende Ereignisse keine große Rolle. Stattdessen hatte eine Schwangerschaft auch noch 1985 den Gang zum Traualtar zur Folge. Gegen dieses ungeschriebene Gesetz hatte in ihrem Dorf noch niemand aufbegehrt. Auch Annie verwarf den Gedanken, sich zu widersetzen, sah sie doch in der Ehe eine Chance, ihren frommen und strengen Eltern zu entkommen. Deren Versuche, sie mit Vorschriften, Schlägen und anderen Strafen zu einem bibeltreuen Menschen zu erziehen, hatten eher das Gegenteil bewirkt. Und keines ihrer Gebete war jemals erhört, keiner ihrer kleinen Wünsche erfüllt worden. Nun schien wenigstens der eine große Wunsch nach einem Leben ohne elterliche Drangsal in Erfüllung zu gehen.

Um mit Frerich leben zu können, musste sie sich mit ihm verloben und einen Heiratstermin festlegen. Doch kaum waren sie zusammengezogen, begann ein Martyrium. Frerich erwies sich als brutaler und herrschsüchtiger Liebhaber. Er entwickelte perfide Methoden, mit denen er sie von ihren Freundinnen und insbesondere anderen Männern fernzuhalten und seine Macht über sie zu festigen suchte. Nachdem er begonnen hatte, sie zu schlagen, hatte sie sich entschlossen, die Hochzeit platzen zu lassen. Von ihren Eltern hatte sie keine Hilfe zu erwarten. »Wer in Sünde lebt, muss mit Strafe rechnen«, hatte ihr Vater erklärt. »Ein Christenmensch muss das ihm von Gott auferlegte Schicksal in Demut annehmen und ertragen.«

Annie dachte ungern an jene Zeit. Doch Eindrücke dieser Stadt, in die sie damals geflüchtet war, weckten die Erinnerungen und ließen das Geschehen wie einen Film an ihrem inneren Auge vorüberziehen.

Frerich hatte mit seinen Fußballfreunden in der Dorfkneipe die Übertragung des Endspiels um den Europapokal der Landesmeister zwischen Juventus Turin und dem FC Liverpool sehen wollen. Doch dann hatten englische Fans im Brüsseler Heysel-Stadion den italienischen Block gestürmt und eine Massenpanik ausgelöst, bei der Menschen getötet und verletzt worden waren.

Mit einer Bierfahne polterte er gegen Mitternacht in die Wohnung, riss Annie aus dem Schlaf und lamentierte lauthals über die Ungeheuerlichkeit. Seine Wut richtete sich nicht gegen die Hooligans, sondern gegen die Fernsehanstalt. Weil sie die Direktübertragung abgebrochen hatte. Mühsam befreite er sich von seiner Kleidung, warf sich auf sie und riss ihr das Nachthemd vom Leib. Nachdem er sich an ihr befriedigt hatte, fiel er in einen sichtlich tiefen Schlaf. Annie stahl sich vorsichtig aus dem Bett, wusch sich und zog sich an. Sie steckte das wenige Geld aus der Haushaltskasse und ihren Ausweis ein und verließ die Wohnung.

Über die leeren Straßen des nächtlichen Dorfes erreichte sie den Ortsrand. Hier gab es eine Haltestelle, doch der nächste Bus würde erst wieder am Morgen fahren. Entschlossen machte sie sich zu Fuß auf den Weg in Richtung Emden. Wenn ein Auto kam, versteckte sie sich hinter Gebüsch oder duckte sich in den Graben. Einmal geriet sie ins Stolpern und zerkratzte sich an Zweigen und Ästen das Gesicht.

Irgendwann stoppte ein grauer Kombi, der Fahrer musste sie gesehen haben. »Brauchen Sie Hilfe?« Eine Frauenstimme. Erleichtert, dennoch zögernd, erhob sich Annie und näherte sich dem Fahrzeug.

»Meine Güte, wie sehen Sie denn aus?« Die Frage klang eher nach Unverständnis als nach Mitgefühl. »Kommen Sie! Wir nehmen Sie mit in die Stadt.«

Annie beugte sich hinab, um in den Wagen sehen zu können. Die Frau war schon älter, über vierzig, vielleicht sogar fünfzig. Sie hatte dunkles Haar, braune Augen und war unauffällig gekleidet. Neben ihr saß ein grauhaariger Mann in einer hellen Windjacke. Beide sahen sie mit einer Mischung aus Verwunderung und Neugier an.

Der Mann öffnete die hintere Wagentür. »Steigen Sie ein! Sie holen sich hier sonst noch den Tod.«

Vorsichtig ließ Annie sich auf den Sitz gleiten. Die Tür klappte zu, die Frau fuhr an. Sie beschleunigte zügig, schien eine geübte Fahrerin zu sein. Zwischendurch musterte sie ihren Fahrgast im Rückspiegel. »Was ist mit Ihnen passiert? Hatten Sie einen Unfall?«

Annie schüttelte stumm den Kopf. Für eine Erklärung ihres Zustands fehlten ihr die Worte. Zum Glück blieben weitere Fragen aus. Stattdessen deutete die Frau mit dem Daumen auf ihren Begleiter. »Das ist mein Bruder Harro. Ich heiße Gesine. Nachname Windmöller.«

Erst als sie die Stadt erreicht hatten und unter einer Straßenlaterne vor einem Doppelhaus im Herrentorviertel hielten, richtete die Frau erneut das Wort an sie. »Hat Ihnen jemand etwas angetan? Sollen wir Sie ins Krankenhaus bringen? Oder zur Polizei?«

Die Vorstellung, auf einer Polizeistation den Beamten ihre Personalien mitteilen zu müssen, erschreckte Annie. Ihr Vater würde erfahren, wo sie war. Unwillig schüttelte sie den Kopf. »Nein, keine Polizei. Bitte. Und einen Arzt brauche ich auch nicht. Nur ein bisschen Wasser und vielleicht ein Pflaster.« Sie hob ihre Hände und deutete auf ihr Gesicht. »Das sind nur Kratzspuren. Von den Zweigen im Wald.«

»Also gut. Dann kommen Sie mit! Wir werden Ihre Verletzungen verarzten. Und dann schlafen Sie erst mal. Morgen sieht die Welt schon wieder anders aus.« Sie wandte sich an ihren Begleiter. »Hilf der jungen Frau und bring sie rein! Ich fahre den Wagen in die Garage.«

Annie betrachtete das Haus aus rotem Klinker im Schein der Straßenlampe. Es wirkte ein wenig vernachlässigt. Als fehlten den Besitzern die nötigen Mittel für Renovierungsarbeiten.

Im Inneren setzte sich der Eindruck fort. Tapeten und Möbel, Teppiche und Gardinen schienen aus einer anderen Zeit zu sein. Nachdem die Frau die Wunden behandelt und einen Tee gekocht hatte, den Annie in kleinen Schlucken trank, überkam sie große Müdigkeit.

Gesine begleitete sie nach oben, zeigte ihr das Bad und richtete ein Bett für sie.

Als Annie am nächsten Morgen erwachte, brauchte sie nur Sekunden, um sich an das zu erinnern, was ihr zugestoßen und wo sie gelandet war. Sie sprang aus dem Bett und stürzte zu einem Kleiderschrank, der mit einem Spiegel versehen war. Ihr Gesicht war voller verschorfter Linien. Auch die Handrücken zeigten Spuren von Dornen und spitzen Zweigen. Aber ernsthafte Verletzungen gab es offenbar nicht. Hastig zog sie das altmodische Nachthemd über den Kopf, das Gesine ihr am Abend gegeben hatte. Sie erschrak beim Anblick ihres Körpers. Blaue Flecken an Brüsten und Oberarmen zeigten deutlich, wie Frerich mit ihr umgegangen war. Ob Gesine die Spuren der Misshandlung gesehen hatte?

»Du kannst gern ein paar Tage bleiben«, schlug Gesine am nächsten Morgen vor, während sie Kaffee einschenkte. »Mich interessiert nicht, wer du bist und woher du kommst. Meinen Bruder schon gar nicht. Aber wenn du magst, kannst du mir erzählen, was dir zugestoßen ist. Und deinen Namen solltest du uns schon verraten, wenn wir unter einem Dach schlafen.«

Auf dem Tisch standen Brötchen, Butter, Wurst, Käse, Marmelade. Hungrig griff Annie zu. »Ich heiße Annie«, murmelte sie. »Reicht das für den Anfang?«

Gesine lächelte und nickte.

Das Bild ihrer Retterin verblasste, als über Lautsprecher die Ankunft der Fähre *Ostfriesland* bekannt gegeben und die Abfahrtszeit nach Borkum angesagt wurde. Schon zuvor waren die wartenden Menschen unruhig geworden, hatten Gepäckstücke aufgenommen, Jacken übergestreift, Kinder auf die Arme gehoben. Nun drängte die Menge zum Ausgang der Wartehalle.

Annie blieb noch eine Weile sitzen, beobachtete das Anlegemanöver, die aus dem Schiff rollenden Wagen und den Fluss der Passagiere, die – überwiegend braun gebrannt – erst zögernd, dann zunehmend zügig, die Fähre verließen. Kaum war der Strom verebbt, wurden die Türen der Halle geöffnet, und die erwartungsfrohe Menge der nächsten Inselurlauber flutete hinaus zu den Gangways, die zur Fähre führten. Als die letzten Reisenden den Ausgang erreichten, griff Annie nach ihrer Tasche und schloss sich ihnen an.

Auf dem Schiff suchte sie eine ruhige Ecke, in der sie ungestört ihren Gedanken nachhängen konnte. Sie hatte versucht, die Tür zur Vergangenheit zu schließen, doch gegen ihren Willen kehrten die Bilder jenes Morgens zurück.

Nach dem Frühstück hatte Gesine sich verabschiedet. »Ich muss ein paar Einkäufe erledigen. Bleib bitte im Haus, wenn ich weg bin. In spätestens zwei Stunden komme ich zurück, dann können wir uns darüber Gedanken machen, wie es mit dir weitergehen soll.« Sie deutete auf das benutzte Frühstücksgeschirr. »Wenn du magst, kannst du spülen. Zieh aber Gummihandschuhe an, damit sich deine Schrammen nicht entzünden!« Sie warf einen Blick auf die Wanduhr, die über der Tür tickte. »Und in einer halben Stunde könntest du Tee aufsetzen. Dann kommt mein Bruder zum Frühstück runter.«

Nachdem Gesine gegangen war, schaltete Annie den altertümlichen Rundfunkempfänger ein, der auf dem Kühlschrank stand. Nach kurzer Zeit erklangen Opernmelodien. Sie drehte an den Knöpfen, fand schließlich einen Sender mit aktueller Musik. *Maria Magdalena*, gesungen von Sandra. Sie stellte das Radio lauter, sang halblaut mit und machte sich an den Abwasch. Auf die Sängerin folgte Modern Talking mit *Cheri, Cheri Lady.* Thomas Anders hatte sie bei Ingolf Lück in »Formel Eins« gesehen. Er sah so sanftmütig aus, bestimmt war er ein zärtlicher Mann. Wenn es überhaupt zärtliche Männer gab. Nie hatte sie eine liebevolle Geste ihres Vaters gegenüber ihrer Mutter erlebt. Als kleines Kind hatte er seine Tochter vergöttert und verwöhnt, doch von dem Tage an, an dem sie begonnen hatte, ihm zu widersprechen, waren harsche Zurechtweisungen, Ohrfeigen und Hausarreste zur Regel geworden.

Trotz der Ablenkung durch die Musik und die Bewegung ihrer Hände wurde sie die Szenen der vergangenen Nacht nicht los. Frerichs wutverzerrte Miene, seine groben Griffe und der gewaltsame Liebesakt, die Flucht aus dem Dorf, ihr angstvoll rasendes Herz in der Brust.

Der Gewalt war sie entronnen, aber für wie lange? Irgendwann würde man sie suchen. Wohl auch in der Stadt. Auf Dauer würde sie nicht in Emden bleiben können. Sollte sie versuchen, sich als Kellnerin auf Borkum, Juist oder Norderney durchzuschlagen? Oder ins Rheiderland gehen, nach Jemgum, Bunde oder Weener? Vielleicht über die Grenze nach

Holland? Ja, das wäre bestimmt die beste Idee. Im Nachbarland würde niemand nach ihr suchen.

Inzwischen war die Nachricht von ihrem Verschwinden wahrscheinlich im ganzen Dorf verbreitet worden. Aber vielleicht hatte Frerich seinen Rausch noch nicht ausgeschlafen und gar nicht bemerkt, dass sie die Wohnung verlassen hatte. Vielleicht würde er nichts unternehmen, nur zu ihren Eltern gehen. Um sie zurückzuholen. Sie stellte sich ihre Gesichter vor, deren Ausdruck sich von Unglauben über Unverständnis zu Entsetzen wandelte. Schließlich würde ihr Vater Frerich zu dessen Wohnung folgen, um sich selbst vom Verschwinden seiner Tochter zu überzeugen und mit ihm zu beratschlagen, was zu tun sei. Den Gedanken, die Polizei einzuschalten, würden sie rasch wieder verwerfen. Frerich würde mit den Bullen aus Prinzip nichts zu tun haben wollen, und ihr Vater würde es ohnehin vorziehen, seinen Gott um Hilfe zu bitten. Wenn dieser allerdings entschieden haben sollte, seine Tochter dem Schoß der Familie zu entreißen und gleichzeitig der geplanten Hochzeit einen Riegel vorzuschieben, wäre das für ihn auch in Ordnung. Der Wille seines Gottes war nicht hinterfragbar.

Thomas Anders wurde von Opus abgelöst. Live is life. Annie ging mit einer tropfenden Teetasse in der Hand zum Radio, um die Lautstärke noch ein wenig zu erhöhen. Ein Geräusch hinter ihr ließ sie zusammenzucken. Sie fuhr herum, die Tasse glitt aus ihren Fingern und zerschellte auf den Fliesen. Harro Windmöller stand in der Tür. In einem zerschlissenen Bademantel, dessen Streifenmuster dem Grau seiner Haare glich. Erst jetzt erkannte Annie, dass Gesines Bruder deutlich älter war als seine Schwester. Auf seinem faltigen Gesicht breitete sich ein fröhliches Grinsen aus.

»Das wird Gesi nicht gefallen.« Er deutete auf die Scherben. »Das Teeservice stammt noch von unserer Mutter. Ist aber nicht wirklich schade drum. Wäre ganz froh, wenn dieses alte Gerümpel dezimiert würde.« Eine Handbewegung schien die gesamte Küche zu umfassen. »Von mir aus kannst du ruhig noch ein paar Tassen zerschlagen. Scherben bringen Glück.«

»Entschuldigung«, stammelte Annie und begann hastig die Trümmer einzusammeln. »Es tut mir sehr leid.«

»Vergiss das Gelump. Und nimm ein Kehrblech, sonst schneidest du dich noch.« Er bewegte die Hüften im Rhythmus der Musik und kam auf sie zu.

Annie erstarrte, dann wich sie zurück. Was wollte der alte Mann von ihr?

Ihre Finger umklammerten eine Scherbe der Teetasse. Während sie gegen die Spüle stieß und mit der freien Hand hinter sich griff, um vielleicht ein Messer oder einen anderen spitzen Gegenstand zu ihrer Verteidigung zu ertasten, schossen wirre Gedanken durch ihren Kopf. War sie an einen Unhold geraten? Hatten alle Männer nur das eine im Kopf? Selbst dieser alte ...

»Was ist los?« Er hob beschwichtigend die Hände. »Hast du Angst?«

Annie antwortete nicht. Sie starrte in das alte Gesicht. Zur Not würde sie ihm mit dem scharfkantigen Stück Porzellan die Wange zerschneiden. Oder den faltigen Hals. Konnte man mit der Scherbe die Schlagader durchtrennen? Plötzlich sah sie den Blutschwall vor sich, spürte, wie die warme, klebrige Flüssigkeit über ihre Hand strömte, am erschlaffenden Körper des Mannes entlang auf den Küchenboden floss und sich dort verteilte.

Entsetzt schlug sie die Hand vor den Mund, um den Schrei zu ersticken, der aus ihrer Kehle fahren wollte. In dem Augenblick ertönte der Klingelton eines altmodischen Telefons.

Gesines Bruder deutete auf das Radio. »Mach mal leiser!« Er wandte sich um und verschwand im Flur.

Annie hastete zum Radio und stellte den Ton ab. In der plötzlichen Stille hörte sie zuerst ihren eigenen Atem, dann Windmöllers Worte.

Auf Zehenspitzen bewegte sich Annie in Richtung Flur. Als sie die Tür erreicht hatte, fiel der Hörer auf die Gabel. Windmöller murmelte etwas Unverständliches und drehte sich um. Abwesend starrte er sie an, als ob er sie zum ersten Mal sah. Schließlich schien er sich zu erinnern. »Setzt du mir einen Tee auf? Ich komme in zehn Minuten wieder runter.« Dann wandte er sich zur Treppe. Auf dem Absatz sah er sich noch einmal um. »Kannst die Musik wieder anmachen. Hat mir gefallen. Sonst gibt's hier immer nur Operntenöre und Sopranstimmen.«

Annie blieb verwirrt zurück. Hatte sie sich in eine absurde Idee verrannt? War Harro Windmöller doch nur ein harmloser, vielleicht sogar gutmütiger alter Mann? Als er im Bademantel vor ihr aufgetaucht und auf sie zugekommen war, hatte sie mit dem Schlimmsten gerechnet.

Unsicher wanderte ihr Blick zwischen der Tür und dem Abwasch hin und her. Sollte sie einfach verschwinden? Aber dann würde sie nach oben gehen und ihre Sachen holen müssen. Vielleicht war es besser, in der Küche zu bleiben. Gegen Zudringlichkeiten würde sie sich hier besser wehren können als in dem kleinen Zimmer, in dem sie geschlafen hatte. Rasch durchsuchte sie die Schubladen, fand ein langes scharfes Messer und legte es griffbereit zwischen das schmutzige Geschirr.

# 2
## Spätsommer 1990

Ein ungewohntes Geräusch schreckte ihn aus dem Schlaf. Es kam aus dem Badezimmer seiner Eltern. Ein schwerer Gegenstand musste auf die Fliesen gepoltert sein. Er setzte sich auf und lauschte. Das Bad befand sich zwischen seinem und dem Elternschlafzimmer. Geräusche drangen gewöhnlich kaum oder nur gedämpft durch die Mauer. Doch jetzt hörte er seinen Vater stöhnen und einen erstickten Schrei seiner Mutter. Rief sie um Hilfe? Nein, es war mehr ein Ausdruck des Entsetzens. Oder der Angst? Enno sprang aus dem Bett und legte ein Ohr an die Wand. Jetzt vernahm er keuchendes Atmen. Was ging dort vor? Schlug der Vater seine Mutter? Der Alte neigte zum Jähzorn, wie Ennos Bruder Tjark, manchmal schrie er sie an, und gelegentlich klopfte er ihr auf die Finger, wenn sie auf ihren Nägeln kaute. Aber echte körperliche Gewalt? Zerrissen zwischen dem Wunsch, seiner Mutter zu Hilfe zu eilen, und der Befürchtung, auf eine unschöne Szene zu treffen, verharrte er. Jetzt vernahm er ein rhythmisches Keuchen. Ein unvorstellbarer Gedanke schoss ihm durch den Kopf. Trieben es seine Eltern im Badezimmer? Mitten in der Nacht? In ihrem Alter?

Irgendwann klappten die Türen von Bade- und Elternschlafzimmer, und es herrschte wieder Ruhe. Enno kehrte ins Bett zurück, fand aber keinen Schlaf. Die Szenen aus dem Bad, von denen er nicht wusste, ob sie nur in seiner Fantasie existierten, kreisten in seinem Kopf, eine seltsame Unruhe hatte ihn erfasst und ließ ihn nicht wieder los. Erst gegen Morgen fiel er in einen unruhigen Dämmerschlaf, durch den ihn wirre Traumfetzen begleiteten. Darin kämpfte er in der Nordsee gegen das Ertrinken an, dann stürzte er in einen Abgrund, dabei fielen ihm sämtliche Zähne aus. Als ihn das Geräusch eines Hubschraubers, der über das Haus flog, weckte, war er erleichtert.

Enno spürte Unruhe im Haus, als er sein Zimmer verließ, um zu duschen. Rasch beendete er seine Morgentoilette und eilte die Treppe hinunter.

Dort hasteten Menschen durch den Flur. Einige Gesichter kannte er, sie gehörten zum Personal, andere waren ihm fremd. Inmitten der Unruhe saß sein Bruder im Schlafanzug auf der untersten Treppenstufe. Er wandte sich um und bedeutete Enno, neben ihm Platz zu nehmen.

Der schüttelte den Kopf. »Was ist hier los? Was machen die Leute hier?«

»Sie holen den Alten ab«, stellte Tjark emotionslos fest. »Er hatte einen Herzinfarkt. Der Hubschrauber bringt ihn aufs Festland. Ins Krankenhaus.«

Die nächtlichen Geräusche aus dem Badezimmer dröhnten in Ennos Kopf. »Warum erst jetzt?«

Tjark hob die Schultern. »Schneller ging's wohl nicht.«

»Aber das war doch schon in der Nacht«, stieß Enno hervor.

»Woher weißt du das denn?« Eine Antwort schien er nicht zu erwarten und fuhr fort. »Mama hat Doktor Sandhus angerufen. Der konnte wohl nicht viel machen. Deshalb hat er den Notfalldienst informiert und gesagt, dass sie den Hubschrauber schicken sollen. Mit dem Aufzug und Hausmeister Badenhoops Hilfe hat er ihn nach unten gebracht. Stell dir vor, der Alte wollte nicht, dass sie den Fahrstuhl nehmen, sie sollten ihn die Treppe runtertragen.«

25

»Wo ist Mama?«

Mit einer Bewegung seines Kopfes deutete Tjark in Richtung Personalraum. In dem Augenblick wurde die Tür geöffnet, und ein Mann in einer orangefarbenen Jacke erschien, dahinter ein zweiter. Sie hatten eine Trage zwischen sich, auf der offenbar der Kranke lag. Ennos Mutter folgte den Männern. Noch nie hatte er sie so gesehen. Bleich, mit dunklen Ringen unter den Augen, das Haar wirr. Anscheinend hatte sie sich eilig angezogen und eine Strickjacke übergeworfen, die sie über der Brust zusammenhielt. Als sie ihre Söhne sah, stürzte sie zu ihnen, umklammerte sie und brach in Tränen aus. Während Enno mit den Augen die Trage verfolgte, die von den Rettungssanitätern geschickt über den engen Flur des Hinterhauses zur Außentür dirigiert wurde, befreite Tjark sich aus dem Griff seiner Mutter. »Wird schon werden«, murmelte er. »Die Medizin vollbringt heute wahre Wunder.« Den Satz muss er irgendwo aufgeschnappt haben, dachte Enno und fragte sich, wie gut die Chancen seines Vaters wirklich waren. Dr. Sandhus, der nach der Mutter aus dem Personalraum gekommen war, schien seine Gedanken zu erraten. »Es gibt eine Chance, dass er es schafft.« Dann wandte er sich an Ennos Mutter. »Kommen Sie! Wir nehmen meinen Wagen und fahren mit der nächsten Fähre nach Emden. Wenn wir im Krankenhaus ankommen, wissen die Kollegen vielleicht schon mehr.«

»Ihr müsst euch um den Betrieb kümmern«, bat die Mutter. »Besprecht alles mit Frau Aalderks und macht, was sie sagt.« Zögernd gab sie Enno frei und folgte dem Arzt nach draußen.

Stumm starrten die Jungen auf die Tür. »Wenn der Alte stirbt«, brach Tjark schließlich düster das Schweigen, »wirst du hier der Boss. Aber ich sag's dir gleich, ich werde dein Partner. Oder du musst mich auszahlen.« Er machte eine Handbewegung, die wohl das ganze Anwesen umfassen sollte. »Mit der Hälfte von – vom ganzen Unternehmen.«

Enno schüttelte den Kopf. »Spinnst du? Ich kann mir nicht vorstellen, dass es so weit kommt. Bestimmt muss Vater ein paar Tage im Krankenhaus bleiben, vielleicht auch einige Wochen. Selbst wenn er dann zwei oder drei Monate nicht arbeiten kann – eine Saison schafft Mama mit Frau Aalderks und Badenhoop allein. Eventuell müssen wir ein bisschen mehr mit ran als sonst. Und im Herbst übernimmt Vater wieder die Regie.«

»Hoffentlich behältst du recht. Wenn die Aalderks hier die Chefin spielen soll, dann gute Nacht. Und Mama kann das eh nicht.« Tjark stand auf. Seine skeptische Miene verzog sich zu einem verschwörerischen Grinsen. »Auf unsere kleinen Strandfeste will ich jedenfalls nicht verzichten.« Mit den Händen machte er eine eindeutige Geste. »Es wird sowieso mal wieder Zeit.«

»Hast du nur das eine im Kopf?« Unwillig stieß Enno seinen Bruder in die Seite. »Vielleicht kümmerst du dich selbst mal um eine passende – Gelegenheit. Mir wird es langsam zu anstrengend, für dich den Lockvogel zu machen. Und zu gefährlich.«

»Aber du hast auch was davon«, knurrte Tjark. »Und was soll daran gefährlich sein? Bisher ist doch immer alles gut gegangen.«

»Es gibt aber keine Garantie, dass das so bleibt. Am besten, du legst dir eine Freundin zu. Mit der kannst du dich dann vergnügen, sooft du willst.«

Tjark packte seinen Bruder an den Oberarmen und schüttelte ihn. »So eine gibt es nicht. Das weißt du genau. Sieh mich an! Ich habe die Visage vom Alten geerbt. Knallrotes Mondgesicht, Albinoaugen, Kartoffelnase, schiefe Zähne. Und diese Haare! Rotfuchs haben sie mich in der Grundschule gerufen. Du dagegen siehst aus wie unsere Mutter als junges Mädchen. Kein Wunder, dass dir die Weiber nachlaufen. Du kannst jede haben. Aber erzähl mir nichts von Freundinnen! Du hast ständig neue, eine geiler als die andere, aber vor mir laufen sie weg.«

Er hatte die Stimme gehoben und die letzten Worte fast gebrüllt. Enno wehrte Tjarks schmerzenden Griff ab. »Schrei hier nicht so rum!«, fauchte er. »Wenn dich jemand hört!«

Tjarks Gesicht war rot angelaufen, und Enno dachte daran, wie abstoßend sein Äußeres wirken konnte. Kein Wunder, dass sich kein weibliches Wesen für ihn interessierte. Nicht einmal die einheimischen. Wahrscheinlich hatte er recht. Ein derart robustes Mädchen, das an seiner hitzigen Art Gefallen finden könnte, gab es wohl nicht. Aber sein Bruder war eine wandelnde Sprengladung. Wenn er nicht hin und wieder zu kleinen Erfolgen kam, wäre es eine Frage der Zeit, bis es eine Katastrophe geben würde. Um das zu verhindern, hatte er sich auf das hässliche Spiel eingelassen. Immer in der Hoffnung, es sei nur vorübergehend. Aber inzwischen waren die nächtlichen Begegnungen mit unbedarften Touristinnen schon fast zur Gewohnheit geworden. Und das Risiko wurde nicht kleiner. Wenn eine von ihnen auf die Idee kam, über ihr Erlebnis zu reden, konnte es gefährlich werden.

»Was ist nun?« Tjark riss ihn aus seinen Gedanken. Mit vorgeschobenem Unterkiefer starrte er ihn herausfordernd an.

»Also gut. Ich werde sehen, was sich machen lässt. Aber nicht heute und morgen. Erst wenn feststeht, dass mit Vater alles so weit in Ordnung ist. Und wenn Mama hier allein die Stellung halten kann.«

»Okay.« Mit zufriedener Miene stieg Tjark die Treppe hinauf. Auf halber Höhe wandte er sich noch einmal um. »Bist doch mein bester Bruder.«

# 3

## Spätsommer 1990

Die Fähre ließ den Dollart links liegen und folgte dem Lauf der Ems, am Neuen Seedeich entlang. Es schien, als nähme sie Kurs auf Delfzijl; die Industrieanlagen der holländischen Stadt tauchten über dem Bug des Schiffes auf. Kurz dachte sie daran, dass Joost dort den Transport der Ware nach Borkum vorbereitete. Schon bald würde die Ostfriesland den Kurs auf Nordwest ändern. Annie hatte sich nach draußen begeben und sich in den Fahrtwind gestellt. Sie genoss die Seeluft, den Geschmack nach Salz und Meeresalgen – oder was immer diesen unverwechselbaren Duft der Nordsee ausmachte, vernahm das Geschrei der Möwen, die der Fähre folgten, und schloss die Augen, um noch einmal in das Jahr 1985 zurückzukehren. Es lag nur fünf Jahre zurück, aber seitdem schien eine Ewigkeit vergangen zu sein.

Annie war den Windmöllers dankbar. Sie hatten sie aufgenommen und ließen sie, ohne etwas von ihr zu verlangen, ganz selbstverständlich in ihrem Haus wohnen. Natürlich machte sie sich im Haushalt nützlich. Was Gesine und Harro annahmen, ohne ein Wort darüber zu verlieren. Entgegen Annies Befürchtung hatte sich der alte Mann als harmlos erwiesen. Vielleicht nicht ganz, zeitweise litt er an Gedächtnisschwäche, und seine Schwester musste ihn gelegentlich an die einfachsten Dinge erinnern. »Das kommt von seiner Kopfverletzung«, hatte Gesine erklärt. »1967 in Berlin, bei der Demo gegen den Schah, als Benno Ohnesorg erschossen wurde, hat er einen Polizeiknüppel über den Schädel bekommen. Lag wochenlang im Koma. Seitdem ist er nicht mehr ganz richtig im Kopf. Um jede Uniform macht er einen großen Bogen. Polizisten sind Feindbilder für ihn.«

Rasch war Annie dazu übergegangen, Gesines alltägliche Anweisungen zu übernehmen. Mit Sätzen wie *Vergiss dein Hörgerät nicht! Nimm deine Tabletten! Deine Brille steckt in der Brusttasche* oder: *Zieh die Jacke über, wenn du nach draußen gehst!* kommandierte sie Harro schon bald durch den Tag. Während er bei seiner Schwester häufig unwillig grummelte oder ärgerlich das Gesicht verzog, nahm er von Annie jede Anweisung an und befolgte sie bereitwillig. Gelegentlich betrachtete er sie zweifelnd, als müsste er sich erst vergewissern, wer sie war. Aber dann huschte ein Lächeln über sein Gesicht und er nickte zufrieden. »Du bist ein gutes Mädchen«, ließ er dann verlauten. »Hast was Besseres verdient, als alten Leuten den Haushalt zu führen.« Wenn seine Schwester nicht in der Nähe war, fügte er flüsternd hinzu: »Ich kann dir eine Stelle besorgen. Musst nur sagen, wenn du was anderes arbeiten willst.«

Sie hatte ihn zunächst nicht ernst genommen, doch nach einer Woche begann sie sich danach zu sehnen, das Haus zu verlassen, einen Beruf zu haben und mit anderen Menschen zusammenzukommen. Schließlich ging sie auf sein Angebot ein, bezweifelte aber, dass Harro tatsächlich in der Lage war, ihr einen Job zu vermitteln.

»Welche Art Arbeit hättest du denn für mich?«, fragte sie, nachdem er ihr wieder einmal seinen Satz zugeraunt hatte.

»Ich war in der Gastronomie tätig«, verkündete Harro. »Habe noch gute Kontakte zum Tiffany. Ein Fischrestaurant.

In der Nähe der Schweizer Kirche und der alten Bunker. Die suchen immer geschickte und hübsche Mädchen. Wenn eine Kellnerin oder eine Bardame so aussieht wie du, ist das gut fürs Geschäft. Glaube mir, manche Kneipe verdankt einen guten Teil ihres Umsatzes dem Aussehen ihres Bedienungspersonals.«

»Das kommt überhaupt nicht infrage«, empörte sich Gesine, als Annie beim Abendessen das Gespräch auf Harros Vorschlag brachte. »Von wegen Fischrestaurant. Tagsüber vielleicht, aber abends stehen da leichte Mädchen herum, und das Tiffany ist beleuchtet wie ein ...« Sie verdrehte die Augen und schüttelte den Kopf.

»Wie ein Puff, wollte sie sagen.« Harro kicherte fröhlich. »Das ist aber nur äußerlich. Vielleicht hat Okko Wilken tatsächlich ein paar Hühner laufen. Aber in erster Linie ist er Restaurantchef. Du kannst da ganz seriös als Kellnerin arbeiten. Ich bin sicher, dass er dich sofort nehmen würde. Wir können ja mal zusammen ...«

»Nichts da«, protestierte Gesine. »Ihr geht da nicht hin!« Ihre Augen blitzten Harro an. »Willst du das Mädchen als ...«

»Natürlich nicht. Das Tiffany ist ein seriöser Laden. Als ich noch Geschäftsführer war ...«

»Ist ziemlich lange her, Bruderherz. Und es waren andere Zeiten. Heute ...«

»Ich kann es mir ja mal unverbindlich ansehen«, schlug Annie vor und blinzelte Harro zu. »Ich würde schon gerne wieder arbeiten. Auch, um ein bisschen zum Haushaltsgeld beizutragen.« Sie ließ ihren Blick durch die Küche schweifen. »Ihr schwimmt ja nicht gerade im Geld.«

»Ich finde, du solltest in deinem Beruf als Friseurin arbeiten«, stellte Gesine fest. »Das ist ein achtbares Handwerk.«

Es klang wie ein Schlusspunkt, und Annie hatte das Gefühl,

gut daran zu tun, die Diskussion nicht zu vertiefen. Auch Harro zuckte nur mit den Schultern und schwieg. Damit war das Thema fürs Erste erledigt. Aber sie beschloss, sich bei Gelegenheit das Tiffany anzusehen. Friseurin hatte sie gelernt, weil dies der einzige Ausbildungsplatz am Ort gewesen war, der zur Verfügung gestanden hatte. In Aurich, Emden oder Leer in die Lehre zu gehen, hatte ihr Vater nicht zugelassen. Aber nun reizte sie die Aussicht, eine andere Welt kennenzulernen. Zumal diese – zumindest in Gesines Augen – etwas anrüchig erschien.

Später hatte sie bereut, nicht auf sie gehört zu haben. Aber das lag nicht an den Arbeitsbedingungen. Harro hatte Okko Wilken angerufen, und noch am selben Tag war sie zum Tiffany gegangen, kaum dass Gesine das Haus verlassen hatte, um einzukaufen. Der Chef des Etablissements engagierte sie sofort, und schon nach wenigen Wochen galt sie als der heimliche Star des Hauses. Mit Gesine und Harro kam sie überein, auszuziehen, sobald sie eine Wohnung gefunden hatte, denn sie verdiente gut bei Okko Wilken. Doch bevor sie ihren Plan verwirklichen konnte, machte ein Besucher des Tiffany ihr einen Strich durch die Rechnung.

Frerich Meiners war schon nicht mehr nüchtern, als er das Lokal betrat. Annie hatte Dienst an der Bar. Dort war gut zu tun, denn wie fast jeden Abend waren alle Hocker besetzt, und nicht wenige der überwiegend männlichen Gäste standen in der zweiten Reihe. Sie erkannte ihren Ex erst, als er die Theke erreichte und sie mit offenem Mund und aufgerissenen Augen anstarrte.

Beinahe wäre ihr der Cocktail aus der Hand gefallen, den sie gerade einem Gast servierte. In ihrem Kopf entstand sofort das Bild, das Frerich vor sich sehen musste. Seine Verlobte hantierte hinter dem Tresen einer anrüchigen Bar, war nach seinen

Begriffen aufreizend gekleidet, geradezu aufgetakelt wie eine Nutte. Annie war, wenn sie Dienst hatte, tatsächlich sorgfältig geschminkt. Ihr Haar war aufwändig hochgesteckt, und sie trug ein eng anliegendes, schulterfreies schwarzes Kleid mit tiefem Ausschnitt. Dazu gehörte ein breiter, blutroter Schal, den sie jedoch wegen des hektischen Betriebes und der Wärme im Schankraum zu dieser späten Stunde abgelegt hatte. Instinktiv griff sie danach, um ihn sich über die Schultern zu legen. Er entglitt ihren Händen, sie bückte sich rasch und fing ihn auf. Die Bewegung gab einen tiefen Einblick in ihren Ausschnitt frei und sorgte für ein anerkennendes Raunen der männlichen Kundschaft.

Als sie aufblickte, hatte sich Meiners bereits umgewandt und drängte durch die Menge der Gäste in Richtung Ausgang. Annie wusste in dem Augenblick, dass er ihren Eltern berichten würde, was er gesehen hatte, um sich anschließend in der Dorfkneipe volllaufen zu lassen und dort dem einen oder anderen Saufkumpan mitzuteilen, in welchen Sumpf seine Verlobte geraten war. Und in ein paar Tagen würden er und ihr Vater im Tiffany auftauchen und sie zur Rückkehr in ihr Dorf überreden wollen. Sie würde Okko Wilken und seine Türsteher bitten, die Augen offen zu halten und diese Gäste gegebenenfalls vor die Tür zu setzen.

Meiners kehrte noch in derselben Nacht zurück. Und nicht in Begleitung ihres Vaters, sondern mit einem Schlägertyp, den er wohl irgendwo in der Stadt oder am Hafen aufgegabelt hatte. Die Männer mussten in der Nähe gewartet haben, bis sie ihren Dienst beendet hatte und das Restaurant verließ.

Wie immer warf sie einen Blick in die Runde, aber wie in jeder Nacht waren die Straßen leer. Die letzten Gäste waren längst davongewankt, die Emder Bordsteinschwalben hatten Feierabend, und rechtschaffene Bürger lagen schon lange im Schlaf. Nur ein kleines dunkles Etwas huschte an der Hauswand entlang und verschwand in der Einfahrt. Im nächsten Augenblick ertönte ein schrilles Fiepen und anschließend ein halblauter Fluch. Dann traten ihr plötzlich die Männer in den Weg. Ein großer, breitschultriger, bärtiger Typ mit einer schwarzen Kappe. Und Frerich. Er grinste verschlagen. »Wenn das deine Eltern wüssten«, stieß er mit schwerer Zunge hervor. »Töchterlein in einem Sündenpfuhl. Vom Alten gäb's was hinter die Ohren.«

Instinktiv wich Annie zurück. Für Sekunden war sie durch den Schreck wie gelähmt, doch dann besann sie sich auf die einzige Fluchtmöglichkeit, die ihr blieb, zurück ins Tiffany. Hastig wandte sie sich um, doch der Hüne neben Frerich packte sie am Oberarm und schleuderte sie herum. Sie verlor das Gleichgewicht und stürzte aufs Pflaster. Frerich ließ sich auf sie fallen und packte ihre Haare. Gewaltsam drehte er ihren Kopf, sodass sie sein Gesicht direkt vor sich hatte und seinen Atem aus Bierdunst, Fisch und Zwiebeln roch. »Du kommst jetzt brav nach Hause«, zischte er. »Wir haben schließlich noch was vor. Hast du das vergessen, du Schlampe?«

»Das kannst du knicken. Ich komme nicht zu dir zurück.« Annie wand sich unter dem Gewicht ihres Ex. Abscheu und Ekel gaben ihr ungewohnte Kraft, sodass sie sich auf die Seite wälzen und Frerich von sich stoßen konnte. Schneller als er war sie wieder auf den Beinen. Doch schon packte der andere Typ von hinten ihre Ellenbogen und drückte sie hinter ihrem Rücken zusammen. Der Schmerz ließ sie einen erstickten Schrei ausstoßen. Der Mann umklammerte ihren Brustkorb und legte eine seiner Pranken auf Annies Mund.

Schon stand Frerich schwankend vor ihr und starrte sie böse

an. »Das wollen wir doch mal sehen«, keuchte er und versetzte ihr eine Ohrfeige. »Ab sofort machst du nur noch, was ich sage, sonst setzt es Hiebe.«

Er wandte sich an seinen Kumpan. »Bring sie zum Auto!«

Sie wurde geknebelt, wie ein Schaf auf dem Weg zum Schlachter an Händen und Füßen zusammengebunden und auf die Ladefläche eines Transporters geworfen, der ganz in der Nähe geparkt war.

Im beginnenden Morgengrauen erreichten sie ihr Heimatdorf, die Männer trugen sie in Frerichs Wohnung und warfen sie im Schlafzimmer auf das Doppelbett. Durch die geschlossene Tür hörte Annie, wie sich der Hüne verabschiedete, kurz darauf erschien Frerich, in der Hand ein Küchenmesser. »Jetzt ein kleines Fickerchen, dann ein großes Nickerchen. Oder umgekehrt.« Kichernd durchtrennte er das Seil an Annies Füßen.


Meiners schloss sie ein, wenn er die Wohnung verließ. Er benutzte ein neues Versteck für den Ersatzschlüssel. Da er sich immer wieder vergewisserte, ob er noch an seinem Platz lag, hatte sie ihn nur unauffällig beobachten müssen und bald herausgefunden, wo er verborgen war. Er steckte zwischen den Seiten der Bibel, die Annies Vater seinem zukünftigen Schwiegersohn zur Verlobung geschenkt hatte. Doch als sie die Wohnung verließ und die Haustür erreichte, erhob sich ein riesiger schwarzer Hund, der sich vor ihr aufrichtete und sie drohend anknurrte. Dabei zeigte er nicht nur seine Zähne, sondern auch unübersehbare Geschlechtsmerkmale. Es gelang ihr nicht, das Tier zu beruhigen oder sich an dem Ungeheuer vorbeizudrücken.

Verzweifelt kehrte sie in die Wohnung zurück. Ihre einzige

Verbindung zur Außenwelt war das Telefon. Ihre Eltern hatte sie bereits angerufen, doch ihr Vater sah in ihrer Gefangenschaft eine Strafe Gottes und riet ihr, zu beten und für ihre Sünden um Vergebung zu bitten. Auch die Chefin des Friseursalons mochte ihr nicht helfen, wegen Annies plötzlichen Verschwindens war sie schlecht auf sie zu sprechen. Freundinnen waren nicht erreichbar oder glaubten ihr nicht. Sollte sie die Polizei anrufen? Nein, wenn Frerich davon erfahren sollte, würde er sie grün und blau schlagen. Schließlich versuchte sie es bei Gesine Windmöller. Nachdem die zuerst ihrer Verärgerung über Annies Verschwinden und dann der Erleichterung über ihren Anruf Luft gemacht hatte, hörte sie sich die Geschichte kommentarlos an. Am Ende entstand eine kleine Pause, dann sagte sie: »Gib mir die Adresse! Wir holen dich da raus. Oder sollen wir die Polizei informieren?«

»Nein«, flehte Annie. »Keine Polizei! Das geht hier im Dorf sofort rum.«

»Also gut, wir kommen.«

»Aber der Hund!«, wandte Annie ein und erklärte, wie die Haustür bewacht wurde, wenn Frerich nicht da war.

Gesine sprach kurz im Hintergrund mit Harro. Dann meldete er sich am Telefon. »Was für eine Rasse? Hündin oder Rüde?«

»Männlich. Aber mit Hunderassen kenne ich mich nicht aus. Vielleicht ein Rottweiler?« Sie beschrieb das Tier, so wie sie es in Erinnerung hatte.

»Das ist gut. Das kriegen wir hin. Mach dir keine Sorgen.« Er legte auf, ohne sich zu verabschieden. Annie fragte sich, wie die beiden Alten es anstellen wollten, sie zu befreien. Einer Begegnung mit Frerich Meiners wären sie sicher nicht gewachsen. Die Vorstellung, er könnte Gesine verletzen oder Harro zusammenschlagen, beunruhigte sie zutiefst.

Doch schon am übernächsten Tag klingelte es, kurz nachdem Frerich das Haus verlassen hatte. Annie holte den Schlüssel aus seinem Versteck, drückte auf den Türöffner und zog sich eine Jacke über. Dann stieg sie zögernd die Treppe hinunter. Von unten hörte sie Stimmen. Das mussten Gesine und Harro sein. Eilig nahm sie die letzten Stufen. Als sie den Flur erreichte, stand die Haustür offen, der Hund war verschwunden.

»Komm«, rief Gesine, »wer weiß, wann dein – Kerl – wiederkommt.« Sie wartete mit ausgebreiteten Armen auf Annie. Harro hielt eine Leine, an deren Ende ein ähnlicher Hund wie Frerichs neue Bestie zerrte. Der umkreiste geifernd das Besuchstier und versuchte es zu bespringen. »Und ewig lockt das Weib«, rief Harro. »Geht schon mal zum Auto! Ich komme gleich nach.«

Wenig später saßen sie in Windmüllers Auto und fuhren die Dorfstraße entlang, auf der Ladefläche des Kombi hechelte die Hündin.

»Woher habt ihr die?« Annie deutete nach hinten.

»Ausgeliehen«, lachte Harro. »Von einem Freund. Hatte früher selbst mal eine. Allerdings zwei Nummern kleiner. War oft mühsam, sie vor Nachstellungen männlicher Artgenossen zu schützen. Aber wie man sieht, hat der Trieb ja auch sein Gutes.«

Gesine trat auf die Bremse, weil vor ihnen ein Mann auf die Fahrbahn getreten war, um die Straße zu überqueren. Er hob die Hand und zeigte den Mittelfinger. Annie schrie auf und rutschte nach unten, um nicht gesehen zu werden. Aber Frerich hatte sie bereits erkannt. Mit wutverzerrtem Gesicht näherte er sich dem Wagen.

Die Erinnerung an die Szene ließ Annie unwillkürlich lächeln. Wie in einem Kriminalfilm hatte Gesine das Steuer herumgerissen und Gas gegeben. Mit Haaresbreite war der Wagen an Frerich vorbeigeschossen. Harro hatte begeistert Beifall geklatscht.

»Wohin fahren wir?«, fragte Annie, als sie das Ortsschild passierten. »Ich möchte euch nicht in Schwierigkeiten bringen. Bestimmt holt er jetzt seinen Kumpel, und mit dessen Auto verfolgen sie uns.«

»Wir nehmen die andere Richtung«, sagte Gesine und bog in Richtung Norden ab. »Nach Greetsiel. Da hat Harro – haben wir ein Segelboot liegen. Dort kannst du erst mal übernachten. Und dann sehen wir weiter.«

»Ich möchte eigentlich nach Holland«, flüsterte Annie. »Hier fühle ich mich nicht mehr sicher.«

»Zwei gute Ideen!«, pflichtete Harro bei. »Wir bringen dich mit dem Boot über die Ems. Das kriegt keiner mit. Und es gibt keine Spur, der dieser – Wüstling – folgen kann. Morgen Nachmittag kannst du schon in Delfzijl sein. Fragt sich nur, was du da machen willst. Du musst doch irgendwo unterkommen. Und wieder eine Arbeit finden. Kannst du Holländisch?«

»Ich werde schon klarkommen. In der Gastronomie werden immer Leute gesucht. Bestimmt auch in Holland. Als Kind war ich in den Ferien öfter drüben. Bei entfernten Verwandten meines Vaters. Aber da will ich nicht hin. Die sind völlig abgedreht. Streng religiös. Aber ein bisschen Holländisch kann ich noch, und was mir fehlt, kann ich lernen. Außerdem sprechen die meisten Holländer Deutsch.«

»Wir könnten deinen Segelkameraden anrufen, Harro«, schlug Gesine vor. »Dieser Holländer, mit dem du damals nach Texel gesegelt bist. Wie hieß der noch?«

39

»Ich kenne keinen Holländer«, widersprach Harro. »Auf Texel bin ich wohl ein paar Mal gewesen, aber mit Okko Wilken. Und zwei Mädels aus dem Tiffany. Das waren tolle Zeiten. In den Siebzigern. Die Holländer waren ja damals schon viel freizügiger. Da ging immer die Post ab. Wir haben uns bekifft und die Sau rausgelassen. Er begann zu singen. Ooooh! Yes sir, I can boogie, but I need a certain song, I can boogie, boogie woogie all night long. Ooooh! Ja, wir haben die Nächte durchgemacht. Und nicht nur Boogie Woogie ...«

»Lass den Quatsch!«, schimpfte Gesine. »Denk lieber darüber nach, wie der Holländer hieß!«

Harro zuckte mit den Schultern. »Kann mich nicht erinnern. Du musst dich irren, Schwesterherz.«

Gesine schüttelte den Kopf. »Ich weiß genau, dass ich recht habe. Ich sehe ihn noch vor mir. Irgendwas mit S. Oder T. Und der Vorname hatte den gleichen Anfangsbuchstaben wie der Nachname. Tim, Tilo, oder so ähnlich. Nein, Tiele.« Sie schlug mit der Hand auf das Lenkrad. »Tiele Theunissen. So hieß er. Und er kam aus Delfzijl. Erinnerst du dich nicht?«

»Ach, du meinst Maigret!«, lachte Harro. »Das war ein verrückter Kerl. Hat immer von Georges Simenon erzählt. Angeblich hat der seinen Kommissar in einem Café in Delfzijl erfunden. Deshalb haben sie ihm da ein Denkmal gebaut. Also dem Maigret, nicht dem Simenon. Und bei uns hieß Theunissen wegen seiner Geschichten nur Maigret.«

Greetsiel kannte sie von einem Schulausflug in die Krummhörn. Damals hatten sie den gelb-roten Pilsumer Leuchtturm besichtigt und sich gegenseitig vor den Zwillingsmühlen fotografiert, waren durch die Straßen des Fischerdorfes gestromert und hatten am Kutterhafen Möwen gefüttert. In einem der

Andenkengeschäfte des malerischen Ortes hatte sie von ihrem knappen Taschengeld ein Muschelkästchen und einen winzigen Seehund aus echtem Fell erstanden. Als sie ihre Erwerbungen voller Stolz zu Hause vorführen wollte, war sie vom Vater wegen des unnützen Tands geohrfeigt worden.

Am Schulweg fanden Windmöllers einen Parkplatz für den Wagen. Während Harro sich auf den Weg zum Hafenmeister machte, um mit ihm über den Übernachtungsgast zu reden, führte Gesine sie zu dem Teil des Hafens, an dem die Sportboote lagen. Vor einer der Segelyachten, die für Annie alle ähnlich aussahen, blieb sie stehen. Am Bug des Bootes prangte der Name *Friesengeist.* »Das ist sie. In der Kajüte kannst du bequem übernachten. Morgen Vormittag kommen wir wieder und fahren gegen Mittag raus. Wir haben hier wegen der Schleuse jederzeit Wasser unterm Kiel, aber wenn wir auf die Nordsee wollen, müssen wir trotzdem auf die Tidenzeiten achten.« Sie entfernte eine Sicherungskette, kletterte an Bord und reichte Annie die Hand. »Komm!«

»Fährst du mit?« Annie beunruhigte die Vorstellung, mit Harro allein auf hoher See zu sein.

Gesine nickte. »Ich muss. Bei meinem Bruder setzt manchmal das Gedächtnis aus. Zurzeit weniger. Seit du da bist, hat er seine Sinne ziemlich gut beieinander. Aber ich lasse ihn nicht mehr alleine aufs Wasser. Deswegen wird das Boot auch verkauft. Hat ohnehin zu viel Geld gekostet.«

»Wir machen nur kurz fest«, kündigte Gesine an. »Damit wir im Hafen gar nicht erst registriert werden. Falls dein – Verlobter – doch auf die Idee kommen sollte, nachzufragen, ob hier ein Boot aus Deutschland angelegt hat.« Sie drückte Annie einen Zettel in die Hand. »Hier ist die Adresse von Tiele Theunissen. Er weiß Bescheid und wird dir weiterhelfen. Wir wünschen dir viel Glück. Vielleicht kannst du irgendwann mal anrufen und uns berichten, wie es dir geht.«

Gesine und Harro hatten Tränen in den Augen, als sie Annie auf dem Hafenkai zurückließen und wieder Kurs auf Greetsiel nahmen. Annie winkte, bis sie ihre Gesichter nicht mehr erkennen konnte. Dann wandte sie sich um, atmete tief durch und machte sich auf den Weg in die Stadt. Ihr Ziel war die Botterlaan.

Theunissen wirkte jünger als Harro Windmöller, man sah ihm den Wassersportler an. Das zerfurchte gebräunte Gesicht spiegelte Wind und Wetter der Nordsee, und aus wachen Augen schien die Farbe der Ozeane zu leuchten. Zu Annies Überraschung begrüßte er sie auf Deutsch. »Herzlich willkommen, junge Frau. Harro hat Sie angekündigt. Und er hat nicht übertrieben. Ein herzerwärmendes Wesen kommt zu dir, hat er gesagt.« Mit einer einladenden Geste trat er zur Seite. »Kommen Sie rein!«

Ihr neues Leben nahm rasch Gestalt an. Theunissen war geschieden, die meiste Zeit des Jahres verbrachte er auf den Weltmeeren. Schon bald nach Annies Ankunft verabschiedete er sich zu einem Segeltörn nach Norwegen und überließ sie seinen erwachsenen Kindern, die ein paar Häuser weiter lebten. Marijke und Joost nahmen Annie mit offenen Armen auf. Wieder kümmerte sich ein Geschwisterpaar um sie. Aber diesmal auf ganz andere Weise.

# 4
## Spätsommer 1990

Die Ostfriesland näherte sich dem Borkumer Anleger. Auf dem Deck wurde es unruhig. Annie beobachtete das Anlegemanöver. Schnell hatten die Matrosen schwere Taue auf den Kai geworfen und die Fähre festgemacht. Schon wurde die Rampe für die Fahrzeuge herabgelassen. Motoren starteten, die ersten Autos rollten auf die Insel, und die Passagiere drängten zu den Anlegebrücken. Annie ließ sich Zeit. Ihr Zimmer im Hotel war reserviert. Ihre eigentliche Aufgabe würde erst beginnen, wenn sie einen Geschäftspartner gefunden hätte.

Im Strom der Reisenden erreichte sie die Inselbahn, deren farbenfrohe Waggons bereits auf den Ansturm gewartet hatten. Beim Einsteigen griff ein junger Mann nach ihrer Reisetasche. »Darf ich Ihnen helfen?«

»Sehe ich hilfsbedürftig aus?«, konterte Annie und registrierte freundliche braune Augen in einem schmalen Gesicht unter dunkelblonden Haaren, die bis auf die Schultern fielen. Und eine sportliche Figur. Er erinnerte sie an Thomas Anders, als der noch schlanker war und lange Haare hatte. Ein hübscher Junge, dachte sie. Der könnte mir gefallen. Ein bisschen zu jung, aber für einen Urlaubsflirt …

Er schüttelte den Kopf. »Nein, überhaupt nicht. Trotzdem würde ich Ihnen gern helfen. Wenn Sie zum ersten Mal auf unserer Insel sind, könnte ich Ihnen zum Beispiel ein paar besonders schöne Ecken zeigen. Oder die bekannten Sehenswürdigkeiten erklären. Was immer Sie wollen.«

»Und welche Gegenleistung erwarten Sie?«

»Keine«, antwortete er, verstaute ihre Reisetasche und strahlte sie an. »Wir leben von unseren Gästen, und wenn ich dazu beitragen kann, dass es Ihnen bei uns gefällt, bin ich zufrieden.« Er deutete auf eine Sitzbank. »Bitte!«

Annie ließ sich nieder und musterte den attraktiven Jungen, der so gar nicht nach einem Ostfriesen aussah. Je länger sie ihn betrachtete, desto besser gefiel er ihr. Derart feine und harmonische, fast weibliche Gesichtszüge hatte sie noch nie bei einem Mann gesehen. Gleichwohl empfand sie ihn als eine Spur zu forsch. Aber vielleicht hatten Jungen wie er wenig Gelegenheit, um sich hübsche Touristinnen zu angeln, die nur kurze Zeit auf der Insel weilten. So war es wohl naheliegend, rasch zur Sache zu kommen. Sie entschied, das Angebot anzunehmen. Denn sie spürte Sehnsucht nach Berührungen und Zärtlichkeit. Seit sie gelernt hatte, sich Männer für ihre Bedürfnisse selbst auszusuchen, gab sie ihrem Begehren nur selten nach. Und nur dann, wenn sie sicher sein konnte, die Situation zu beherrschen. Fast immer waren es junge und unerfahrene Liebhaber. Dieser Einheimische war schwer einzuschätzen, aber er konnte ihr nützlich sein. Vielleicht würde er sogar einer ihrer ersten Kunden. »Also gut«, sagte sie laut. »Sie können mir helfen, mein Hotel zu finden. Bestimmt wissen Sie, wo es liegt. Hotel *Nordseeliebe*.«

Ihr war, als sei er kaum wahrnehmbar zusammengezuckt. Und sein Blick hatte einen Wimpernschlag lang Unsicherheit verraten. »Wer wüsste das besser«, murmelte er. Dann hatte er sich gefasst, strahlte sie an und streckte ihr die Hand hin. »Ich heiße – Enno.«

Die Inselbahn ruckte an und setzte sich in Bewegung. Für den Augenblick war Annie abgelenkt. Durch die großen Fenster beobachtete sie, wie die Fähre zurückblieb und neben der

Bahn die Fahrzeugschlange ebenfalls in Richtung Borkum-Stadt rollte. Ratternd nahm der Zug Geschwindigkeit auf.

Enno deutete hinaus. »Das ist die Reedestraße. Nachher fahren wir durch eine Lücke im Außendeich. Die kann bei Sturmflut geschlossen werden. Dann hält die Bahn am Jakob-van-Dyken-Weg. Wir müssen aber bis zum Bahnhof. Von dort sind es ungefähr zehn Minuten Fußweg zum Hotel.«

In der Fensterscheibe spiegelte sich Annies Begleiter. Während er sprach, musterte er sie, und es war nicht zu übersehen, dass er von seinem Gegenüber angetan war. Sein Blick verriet mehr als Interesse, er war voll unverhohlener Bewunderung. Sie wandte sich ihm zu und lächelte. »Sagen wir du? Ich heiße Annie.« Inzwischen war sie fast sicher, in ihm einen vielversprechenden Ferienflirt gefunden zu haben. Auch wenn ihr Aufenthalt kein Urlaub sein sollte. Noch immer wunderte sie sich ein wenig darüber, wie die Männer auf ihr Äußeres reagierten. Aber in dem Punkt musste sie Joost recht geben, es erleichterte ihr die Arbeit. Und in diesem Fall bahnte sich zudem ein erotisches Erlebnis an.

»Soll ich dir was über unsere Insel erzählen?« Enno unterbrach ihre Gedanken. Sie nickte. »Nur zu! Ich bin gespannt.«

»Wir stammen mehr oder weniger von Walfängern und Seeräubern ab. Im Mittelalter bestritten die Borkumer hauptsächlich als Strandräuber ihren Unterhalt. Erst im siebzehnten Jahrhundert begann sich ein gewisser Wohlstand zu entwickeln. Durch Walfang. In der Wilhelm-Bakker-Straße kannst du heute noch das Haus des Walfang-Kommandeurs Roloef Gerritsz Meyer sehen, dekorativ umrandet von einem Zaun aus Walkiefern. Tourismus wurde erst im neunzehnten Jahrhundert als Einnahmequelle entdeckt, hat sich dann aber rasant entwickelt. Heute besuchen eine Viertelmillion Menschen im Jahr die Insel.«

Annie dachte an ihre Aufgabe. Wenn sie nur ein Prozent der Touristen erreichen könnten, wäre das Unternehmen ein voller Erfolg. Aber die Tagesbesucher musste man abziehen. Sie nahm sich vor, Enno später nach den Gästen zu fragen, die für sie interessant waren. Für den Anfang reichten zehn oder zwanzig. Alles Weitere würde sich entwickeln. »Danke! Du weißt ja gut Bescheid. Aber ehrlich gesagt – mich interessiert mehr die Gegenwart. Was machen die Touris abends? Ich meine nicht die Rentner, sondern die jungen Leute. Wie sieht's mit Clubs und Diskotheken aus?«

Enno strahlte. »Da gibt's einige. Wir kommen nachher an der Kajüte vorbei. Da ist aber jetzt noch nichts los. Wenn du Lust hast, zeige ich sie dir. Vielleicht schon heute Abend?«

»Warum nicht? Hast du denn Zeit?«

»Abends auf jeden Fall. Tagsüber ist es zurzeit etwas schwierig.«

»Na, dann passt es ja.«


Am Borkumer Bahnhof leerte sich die Inselbahn. Der Strom der Touristen floss in verschiedene Richtungen auseinander. Mit anderen Reisenden folgten sie der Bismarckstraße. Am Ende bogen sie rechts ab. »Hier ist die Jann-Berghaus-Straße.« Enno deutete auf die Häuserfront. »Bis zum Hotel ist es nicht mehr weit.«

Annie streckte die Hand nach ihrer Reisetasche aus, die ihr Begleiter getragen hatte. »Das letzte Stück schaffe ich allein.« Doch er schüttelte den Kopf. »Ich bringe dich hin.«

»Musst du nicht nach Hause? Du hast doch bestimmt viel zu tun.«

Ein seltsamer Ausdruck erschien auf Ennos Gesicht. Eine Mischung aus Hoffnung, Unsicherheit und ein wenig Zerknirschung. »Ich muss dir was sagen. Dein – Hotel, ich meine das – Hotel *Nordseeliebe* – es gehört meinen Eltern.«

Annie musste lachen. »Warum hast du das nicht gleich gesagt? Ist es dir peinlich? Oder stimmt etwas nicht mit den Zimmern?«

»Nein, nein«, stieß Enno hervor. »Alles in Ordnung. Wir haben eins der besten Häuser auf der Insel. Ich wollte nur nicht – es war ja Zufall, dass wir uns begegnet sind. Du solltest nicht denken, dass ich …« Er hielt inne und holte tief Luft. »Private Beziehungen zu Gästen sind nicht so gern gesehen.«

»Komm!« Entschlossen griff Annie nach seiner freien Hand. »Was kann mir Besseres passieren, als mit dem Sohn des Hauses bekannt zu sein? Also mach dir keinen Kopp! Deine Eltern müssen ja nichts mitkriegen.«

Ein Hotel reihte sich neben das andere. Ihre weißen Fassaden in klassizistischer Seebäder-Architektur leuchteten einladend in der Nachmittagssonne. Annie sah, dass sie eine gute Wahl getroffen hatte. Sie hatte ein Zimmer mit Seeblick gebucht und würde deshalb auf das Meer sehen und die Sonnenuntergänge beobachten können. Das Hotel *Nordseeliebe* war kleiner als die Häuser in der Nachbarschaft, aber es wirkte edel und gepflegt. Aus dem Haupteingang traten gut gelaunte Urlauber und schlugen die Richtung zur Promenade und zum Strand ein. Ein älteres Paar war vor ihnen eingetroffen und rollte seine Koffer in den Empfangsbereich. Seitlich davon stand ein junger Mann, der nach weiteren Gästen Ausschau zu halten schien. Nein, er fixierte Annie und ihren Begleiter. Dabei hob er den Kopf, um unter dem tief sitzenden Schirm seiner Baseballmütze besser sehen zu können, und ließ auffallend große Nasenlöcher sehen. Als sie näher kamen, registrierte Annie ein rotes rundes Gesicht, einen offenen Mund

47

mit schiefen Zähnen und wässrig-blaue wimpernlose Augen, die sie erwartungsvoll und abschätzend zugleich musterten. Annie konnte sich nicht erinnern, jemals ein so hässliches Gesicht gesehen zu haben. Der Blick des untersetzten und kräftigen Jungen löste Unbehagen in ihr aus. Sie fragte sich, was er mit dem Hotel zu tun haben konnte, denn er wirkte etwas beschränkt. Vielleicht war er hier der Kofferträger.

Am Empfang stellte Enno Annies Reisetasche ab. »Wir sehen uns später.«

»Sagen wir um zehn?«

»Zehn nach zehn«, schlug Enno vor. »Ich habe bis zehn Uhr Dienst.«

»Auch recht. Also bis nachher. Ich bin schon gespannt auf die Kajüte.«

»Bis dann.« Er nickte und verschwand durch eine Tür mit der Aufschrift Privat. Kurz darauf hastete der seltsame Typ mit der Baseballmütze durch den Empfangsraum und folgte ihm.

»Herzlich willkommen im Hotel *Nordseeliebe*«, meldete sich die Dame vom Empfang. »Familie Krabbenhöft wünscht Ihnen einen angenehmen Aufenthalt. Mein Name ist Elske Aalderks. Was kann ich für Sie tun?«


»Die ist geil«, keuchte Tjark, als er in das Zimmer stürmte, in dem Enno sich fürs Hotel umzog. »Die will ich haben.«

Enno war in Unterhose und Socken. Er streifte ein weißes Hemd über und schüttelte den Kopf. »Die kriegst du nicht. Sie ist Gast im Hotel.«

»Na und? Das macht die Sache sogar einfacher. Ich habe euch gesehen. Du hast sie schon am Haken. Geh mit ihr aus! Und dann ...« Er machte eine eindeutige Geste.

»Schlag dir das aus dem Kopf!« Verärgert starrte Enno seinen Bruder an. »Hausgäste sind für uns tabu.« Er wandte sich ab und stieg in eine schwarze Hose.

»Hausgäste sind für uns tabu«, äffte Tjark ihn nach und baute sich vor ihm auf. »Du meinst, sie sind für mich tabu. Du willst die geile Tusse für dich allein haben. Gib's zu!« Sein Gesicht verzog sich zu einem breiten Grinsen. »Kann ja verstehen, dass du mit der poppen willst. So scharf wie die ist. Aber ich will auch mein Recht. Du hast es versprochen.«

»Es geht nicht.« Enno legte eine Hand auf Tjarks Schulter. »Sie kennt meinen richtigen Namen. Sie weiß, dass wir zum Hotel gehören. Wenn sie Anzeige erstattet, sind wir dran. Alle beide.«

Unwillig stieß Tjark Ennos Hand zur Seite. »Das hat sich noch keine getraut. Also stell dich nicht so an! Außerdem können wir es so machen, dass sie gar nicht mitkriegt, wer sie – mit wem sie ...« Er wiederholte die Handbewegung.

»Trotzdem ist es zu riskant. Vergiss die Frau! Wir finden eine andere. Ich verspreche es dir.«

Tjark stampfte trotzig mit dem Fuß auf, seine Augen blitzten Enno wütend an. »Ich will aber die! Keine andere.«

Seufzend hob Enno die Hände. »Lass uns später darüber sprechen. Ich muss mich um die Tischreservierungen im Restaurant kümmern. Und dann den Empfang übernehmen. Die Aalderks hat schon zweimal nachgefragt.«

Missmutig schob Tjark die Unterlippe vor. »Wird Zeit, dass der Alte wiederkommt. Hab zwar keinen Bock auf den, aber wenigstens läuft der Laden dann, ohne dass du dauernd mit drinhängst. Als sie ihn abgeholt haben, hast du mir versprochen ...«

»Ich weiß.« Enno knöpfte seine schwarze Weste zu. »Aber

49

ich muss erst eine finden, mit der – Annie kommt jedenfalls nicht infrage. So, und nun muss ich aber wirklich ...«

»Aha!« Tjark grinste böse und trat seinem Bruder in den Weg. »Du kennst schon ihren Vornamen. Ich sag's ja, scharf bist du auf sie. Und ich soll in die Röhre gucken. Das mache ich nicht mit.«

»Es wird dir nichts anderes übrig bleiben. Und jetzt lass mich in Ruhe!« Enno schob sich an Tjark vorbei und öffnete die Tür. »Ich muss ins Restaurant.«

»Und wir müssen noch reden!«, rief ihm sein Bruder nach, als er den Raum verließ.


Nachdem Enno seinen Dienst beendet und der Nachtportier den Empfang übernommen hatte, hastete er hinauf in die Wohnung, um zu duschen und sich umzuziehen. Für die Disco reichten Jeans und Oberhemd. Während er mit den alltäglichen Verrichtungen beschäftigt war, kreisten seine Gedanken um Tjark. Die hektische Betriebsamkeit zwischen Restaurant und Empfangshalle hatte ihm keine Zeit zum Nachdenken gelassen. Aber nun kehrten die Fragen zurück. Wie ernst musste er das Verlangen seines Bruders nehmen? Würde Tjark es respektieren, wenn er mit Annie einen Urlaubsflirt begann? Wie stark war der Druck, der ihn möglicherweise zu unkontrollierten Handlungen trieb? Gab es eine Chance, ihn davon abzubringen, seine Begierde auf Annie zu richten? Würde er ihn davon überzeugen können, sich mit einem anderen Opfer zu begnügen? Konnte er, Enno, innerhalb der nächsten Tage ein Mädchen finden, das sich auf ein Abenteuer einlassen würde? Immerhin spielte das Wetter mit. Für die Jahreszeit war es ungewöhnlich warm, sodass eine Verabredung am nächtlichen Strand möglich war. Das war die einfachste Lösung, denn damit waren die Mädchen immer einverstanden. Sie in eine der gerade nicht belegten Ferienwohnungen zu bekommen war bedeutend schwieriger.

Vielleicht war es besser, Annie aus dem Weg zu gehen. Er konnte die Verabredung ignorieren und stattdessen nach einer anderen jungen Frau Ausschau halten. Gleich heute. Statt zur Kajüte in eine andere Disco gehen, dort eine Touristin aufreißen. Zur Befriedigung von Tjarks Bedürfnissen durfte sie auch älter sein. Er kannte diesen hungrigen und leicht frustrierten Typ, hatte ein Gespür dafür entwickelt, welche Urlauberin auf ein leichtsinniges Abenteuer aus war. Bisher hatte er sich nicht geirrt. Aber immer war ausreichend Zeit für die Vorbereitung gewesen. Ansprechen, verabreden, sich näher kommen, romantische Gelegenheiten finden. Oft genug ging das alles überraschend schnell. Aber ein bisschen Zeit hatte er in jedem Fall investieren müssen. Und damit sah es jetzt sehr schlecht aus. Im Hotel war viel zu tun, und nun war da auch noch Annie. Tjark hatte recht, er wollte sie für sich. Keinesfalls würde er sie mit seinem Bruder teilen. Sie war hinreißend schön und so anziehend, dass ihm die Vorstellung, sie heute nicht mehr zu sehen, fast körperliche Qualen bereitete.

Während er die Treppe hinuntereilte, fragte er sich, ob es einen Weg gab, das Schicksal entscheiden zu lassen. Wenn Annie die Verabredung vergessen oder nicht ernst genommen hatte, würde er nicht an ihre Zimmertür klopfen. Er würde nicht länger als fünf Minuten auf sie warten und sich dann auf die Suche nach einer anderen Urlauberin machen.

Annie wartete in der Hotelhalle auf ihn. Damit war die Sache entschieden. Die Gedanken über Tjark schob er beiseite, um ihn würde er sich später kümmern.

51

Vor der Diskothek standen ein paar Mädchen und Jungen mit qualmenden Zigaretten. Annie sah sofort, dass kein Joint dabei war. Entweder war dies die falsche Disco, oder es gab noch einen anderen Raucherbereich. Oder die Insel war tatsächlich so clean, wie Joost behauptet hatte.

Sie stiegen eine Treppe hinab. Über dem Eingang prangte unter *Kajüte* ein weiterer Name: *Strandschlucht*. Irgendwie passend, dachte Annie. Hoffentlich ist die Schlucht tief genug, dass sich dort ein paar Abgründe auftun können.

Ihr war nicht entgangen, dass Enno sich auf dem Weg ein paar Mal umgesehen hatte. Als befürchtete er, verfolgt zu werden. Doch nun schien er entspannt. Er führte sie zur Theke. »Was möchtest du trinken?«

Annie wandte sich an den Barkeeper. »Zweimal Red-Red.«

Enno sah sie fragend an.

»Red Bull mit rotem Wodka. Kennst du nicht? Ich lade dich ein.«

Als die Getränke vor ihnen standen, hob Annie ein Glas. »Auf uns!« Enno stieß mit ihr an. »Ich wünsche dir einen wunderbaren Aufenthalt.« Obwohl ihn ihre forsche Art ein wenig verunsicherte, empfand er tiefe Befriedigung über die Vertrautheit, die sich zwischen ihm und dieser attraktiven Frau in so kurzer Zeit eingestellt hatte. Er war zuversichtlich, dass sie eine schöne Zeit haben würden, und stellte sich vor, wie sie sich in der Abendsonne für ihn auszog.


Tjark hatte seinen Bruder und die Frau beobachtet. Es war eindeutig, dass Enno etwas mit ihr anfangen wollte. Als die beiden sich auf den Weg in die Bismarckstraße machten, folgte er ihnen unauffällig und sah, wie sie im Eingang der Kajüte verschwanden. Es überraschte ihn nicht.

Verärgert wandte er sich zum Gehen. Aber dann durchzuckte ein erregender Gedanke seinen Kopf. Wenn Enno nicht mitspielte, würde er sein eigenes Ding machen. Es musste einen Weg geben, sie ohne seine Hilfe dahin zu bekommen, wo er sie haben wollte. Sein Bruder hatte viel zu tun, er konnte nicht ständig auf die Frau aufpassen. Um sie sich gefügig zu machen, brauchte er einen einsamen Ort. Einen Platz, der von anderen nicht betreten werden und von dem aus niemand die Schreie hören konnte.

Im Ostland, einige hundert Meter hinter dem Ende des Seedeichs, ragten die Reste eines Bunkers aus dem Zweiten Weltkrieg aus den Sternklippdünen. Der Zugang war durch eine Stahltür versperrt. Aber Tjark rechnete sich aus, mit zwei oder drei Tagen Arbeit das Schloss knacken zu können. In dem Gemäuer würde er auch ohne die Hilfe seines Bruders zum Ziel kommen. Er musste die Frau nur irgendwie dorthin bringen.

Während er zum Hotel zurückschlenderte, nahm der Plan in seinem Kopf Gestalt an. Im Hinterhaus hatte der Alte eine Werkstatt eingerichtet. Was für ein Glück, dass er jetzt im Krankenhaus lag! So würde Tjark ungestört Vorbereitungen treffen können. An Material und Werkzeug war kein Mangel; alles, was er für sein Vorhaben brauchte, würde er dort finden. Zuerst musste er den Fahrradanhänger reparieren, der früher benutzt worden war, um das Gepäck der Feriengäste zu transportieren. Damit würde er zuerst das Werkzeug und dann die Frau zum Bunker bringen. Die Vorstellung, sie für sich allein zu haben, löste eine erregende Vorfreude in ihm aus.

Nach einigen Cocktails und ein paar Runden auf der Tanzfläche schlug Annie vor, das Lokal zu wechseln. »Ich würde gern woanders hingehen«, flüsterte sie ihm ins Ohr, »irgendwohin, wo man rauchen kann.«

»Wenn du möchtest.« Enno schien etwas irritiert. In seinem Gesicht spiegelte sich außerdem Enttäuschung. Rasch setzte sie ein verheißungsvolles Lächeln auf. »Und wo wir allein sind.«

Seine Miene glättete sich. »Da wüsste ich eine Möglichkeit.« Er nahm ihre Hand und wandte sich an den Barkeeper. »Ich würde gern zahlen.«

»Das übernehme ich.« Annie hatte bereits einen Hundertmarkschein in der Hand. »Hab doch gesagt, ich lade dich ein.« Sie genoss seinen bewundernden Blick. Während sie das Wechselgeld in Empfang nahm und in ihrer Handtasche verstaute, ließ Enno kein Auge von ihr. Es läuft ja gut, dachte sie. Der Junge ist wie Wachs. Bin gespannt, wohin er mich bringt. Zu einem Strandkorb? In die Dünen? Oder schleichen wir durch den Hintereingang ins Hotel in die Wohnung und in sein Zimmer?

Sie schlugen eine andere Richtung ein. »Wohin gehen wir?«, fragte sie, nachdem sie die Strandstraße erreicht hatten. Enno deutete zu einem Leuchtturm, der nicht nur von der Spitze aus mit seinen Lichtstrahlen den Nachthimmel teilte, sondern auch von Scheinwerfern angestrahlt wurde. »Das ist der Neue Leuchtturm. Wird auch Großer Leuchtturm genannt.«

»Hätte eher gedacht, dass dieses Gemäuer ein alter Leuchtturm ist«, bemerkte Annie spitz. »So ganz neu sieht er nicht aus.«

»Stimmt.« Enno lachte. »Der ist von 1879. Man hat ihn gebaut, nachdem der Alte Leuchtturm aus dem sechzehnten Jahrhundert abgebrannt war. Er ist noch immer in Betrieb, wie du siehst. Hat sechs Linsenfelder, die mit einer Vierhundert-Watt-Halogen-Lampe vierzig Kilometer weit leuchten.«

»Beeindruckend.« Annies Stimme klang eine Spur zu spöttisch. Dabei wollte sie diesen Jungen keineswegs vergraulen. Im Gegenteil, sie hatte Lust auf ihn. »Aber du willst doch jetzt nicht mit mir auf einen Leuchtturm kraxeln?«

»Nein. Aber ganz in der Nähe haben wir eine Ferienwohnung. Die ist heute und morgen nicht belegt.« Er grinste vielsagend. »Da können wir ungestört – rauchen.«

Das Ferienapartment entsprach nicht dem üblichen Standard. Es wirkte geräumig, hatte mehrere Zimmer und war geschmackvoll und hochwertig ausgestattet. Das Bad hatte einen Doppelwaschtisch mit glänzenden Armaturen, eine elegante Runddusche und ein Bidet. Während sie sich vor dem riesigen Spiegel die Lippen nachzog und sich ein wenig Parfüm hinter die Ohren tupfte, registrierte sie zufrieden, dass die helle Beleuchtung keineswegs nachteilig für ihr Aussehen war. Sie hatte für den Abend ein enges rotes Kleid gewählt, das zwar hochgeschlossen war, dessen Stoff aber ausreichend Transparenz gewährleistete. Schon auf der Tanzfläche in der Kajüte hatte sich ihr Bedürfnis, die Begegnung mit Enno in aller Ruhe zu ihrem Höhepunkt zu bringen, stündlich verstärkt. Und sie hatte zufrieden registriert, dass es ihm nicht anders ging. In ihrer Vorstellung drängte sich ihr Körper bereits gegen seinen, strichen ihre Hände über seinen Rücken und den flachen Bauch und provozierten vielversprechende Reaktionen. Seufzend verabschiedete sie sich von ihrem Spiegelbild.

Enno öffnete eine Champagnerflasche, als sie in den Wohnraum zurückkehrte.

»Du bist gut vorbereitet. Machst du das öfter?«

Er schüttelte den Kopf und schenkte ein. »Wir haben in jeder Ferienwohnung eine gekühlte Flasche stehen. Außerdem Wasser und Bier. Gehört bei uns zum Standard.« Er reichte ihr ein Glas und berührte dabei ihre Hand. »Auf dein Wohl!«

55

Annie durchfuhr ein Schauer. Wie gern hätte sie jetzt das Glas abgestellt und ihrem Bedürfnis nach intimen Berührungen nachgegeben. Stattdessen stürzte sie den gesamten Inhalt des Champagnerglases herunter.

Nachdem Enno nachgeschenkt hatte, trat er neben sie, legte eine Hand auf ihre Hüfte und ließ seine Finger langsam über ihren Rücken wandern. Die Wirkung ließ nicht auf sich warten. Gänsehaut am ganzen Körper, Hitze im Nacken. Annie wusste plötzlich, dass sie die Sache mit dem Joint auf später verschieben musste. Sie leerte das zweite Glas, stellte es ab, schlang ihre Arme um Ennos Hals und zog ihn zu sich heran. Während Lippen und Zungen einander fanden, presste sie ihren Unterleib gegen seine Lenden.

Sekunden später führte sie ihn ins Schlafzimmer und drückte ihn auf das große Doppelbett. Die Umarmung, aus der sie sich nur halb gelöst hatte, geriet zur Ekstase. Mit fliegenden Händen zog sie Enno das Hemd über den Kopf, ließ eine Hand zu seinem Gürtel gleiten und löste die Schnalle. Er öffnete den Reißverschluss auf ihrem Rücken, das Kleid glitt von den Schultern. Sie streifte es ab, nahm seine Hand und führte sie.

# 5

## Frühsommer 2014

»Ich will in den letzten Wagen!«, rief der Junge und rannte voraus. Es war früher Morgen, die Familie war um halb sechs aufgestanden, um die erste Fähre nehmen zu können. Müde ergaben sich die Eltern in ihr Schicksal und folgten achselzuckend ihrem Kind. Die Waggons der Inselbahn standen am Borkumer Bahnhof bereit, um Fahrgäste aufzunehmen und zur Reede zu transportieren. An diesem Frühlingsmorgen warteten nur wenige Urlauber auf den Zug, die meisten von ihnen strebten zu den vorderen Wagen.

»Das haben wir jetzt davon«, sagte die Frau, »dass du dem Jungen erklärt hast, wie man eine Bahnfahrt filmen kann.«

»Ist doch egal, wo wir sitzen«, murmelte der Vater. »Du siehst ja, es ist nicht viel los. Und auf der Fähre wird es auch nicht voll sein. Jedenfalls ist er während der Fahrt beschäftigt. Besser, als wenn er mit seinem Handy die ganze Zeit nur irgendwelche Spiele daddelt.«

Die Eltern erreichten den Zug und hoben ihr Gepäck auf die Plattform am Ende des Wagens. Nachdem sie Koffer und Taschen verstaut und sich auf den Sitzen niedergelassen hatten, ermahnte der Vater seinen Sohn. »Während der Fahrt musst du dein Handy gut festhalten. Wenn es dir runterfällt, ist es weg. Wir müssen die Fähre nehmen und können nicht den ganzen Weg zurücklaufen, um es zu suchen.«

»Klaro«, versicherte der Junge, »ich passe auf.« Er verschwand nach draußen. Eine Weile behielt seine Mutter ihn

57

noch im Auge, doch nachdem sich der Zug in Bewegung gesetzt hatte und gemächlich dahinrollte, wandte sie sich ihrer Frauenzeitschrift zu, während ihr Mann sein Smartphone zückte und sich ins Geschehen auf dessen Display versenkte.

Unwillig sah er auf, als sein Sohn in den Wagen zurückkehrte und zu schreien begann. »Hinter dem Zug läuft einer. Ein Mann. Er – ist – nackt!«

»Red nicht solchen Blödsinn«, fuhr ihn der Vater an.

»Du sollst keine Lügengeschichten erzählen«, mahnte die Mutter. »Wir hatten das doch besprochen. Man darf sich Geschichten ausdenken, aber nicht behaupten, dass sie wahr sind.«

Empört hob der Junge sein Handy in die Höhe. »Ich habe ein Video. Wollt ihr sehen?«

»Jetzt hör aber auf!« Verärgert winkte der Vater ab. »Nimm die Schienen auf! So, wie ich es dir erklärt habe. Zu Hause am Computer lassen wir das Video rückwärts laufen. Das sieht dann so aus, als wenn du vorn auf der Lok gesessen hättest. Und jetzt geh wieder raus! Die Bahn ist nur sieben Minuten unterwegs. Danach geht's auf die Fähre.«

Er wandte sich wieder seinem Smartphone zu.

»Du hast gehört, was dein Vater gesagt hat«, fügte die Mutter hinzu und blätterte eine Seite ihrer Zeitschrift um.

»Der Mann blutet«, murmelte der Junge, ohne seine Eltern anzusehen, und ließ sich auf eine Sitzbank fallen. »Und er hat – keinen – äh – Penis.« Enttäuscht tippte er auf seinem Handy herum.

Seine Mutter sah ihm eine Weile zu. Dann legte sie ihre Zeitschrift zur Seite und stand auf. »Ich will doch mal sehen ...« Sie durchquerte den Wagen, trat an die Tür zur hinteren Plattform, legte ihre Hände über die Augen und sah hinaus. »Ich sehe nichts.«

Kopfschüttelnd kehrte sie zu ihrem Platz zurück, ihr Mann stieß genervt einen Seufzer aus.

Fassungslos wanderte der Blick des Jungen von einem zum anderen. »Aber ich habe ihn gesehen!« Er sprang auf, rannte zur Tür, öffnete sie und stürzte hinaus. Im nächsten Augenblick kehrte er zurück. »Jetzt läuft er nicht mehr. Jetzt wird er gezogen. An 'nem Seil.«

Erneut erhob sich die Mutter. Diesmal trat sie hinaus auf die Plattform. Und begann zu schreien. Der Mann steckte sein Smartphone in die Tasche und folgte ihr. Seine Frau drängte ihn in den Wagen zurück. »Am Zug hängt was. Vielleicht hat der Junge recht. Es könnte – ein – Mensch – sein. Wir müssen etwas tun! Die Notbremse ziehen!«

Der Mann schüttelte den Kopf. »Kommt nicht infrage. Dann verpassen wir die Fähre.«


Missmutig betrachtete Kriminaloberrat Robert Feindt die Aktennotiz auf seinem Schreibtisch. Seit er das Dezernat 31 im Landeskriminalamt übernommen hatte, war ihm ein solches Ansinnen noch nicht untergekommen. Die Polizeiinspektion Leer/Emden forderte Unterstützung an. Offenbar hatte eine politisch einflussreiche Persönlichkeit mit dem Innenminister oder seinem Staatssekretär telefoniert. Dieser hatte den Präsidenten angerufen, und der hatte ihm diese problematische Angelegenheit aufs Auge gedrückt. »Mit Fingerspitzengefühl, lieber Herr Kollege. Und ohne öffentliches Aufsehen. Ein Parteifreund des Ministers ist indirekt von dem Fall betroffen. Der möchte seinen Namen nicht im Zusammenhang mit kriminalpolizeilichen Ermittlungen in der Zeitung lesen. Übertragen Sie die Aufgabe einem erfahrenen Beamten.«

Na toll! Robert Feindt war sicher, dass die ostfriesischen

Polizisten gern auf Beistand aus der Landeshauptstadt verzichtet hätten. Kollegen aus dem LKA waren in der Provinz nicht sonderlich beliebt. Nun musste er einen Beamten nach Ostfriesland schicken, dessen Mission von vornherein zum Scheitern verurteilt war. Die Kollegen vor Ort würden sich nicht in die Karten schauen lassen, das Delikt selbst aufklären oder – wenn ihnen das nicht gelang – verhindern, dass ein externer Ermittler den Erfolg erntete. Im ungünstigsten Fall scheiterte die Aufklärung, und es wurde bekannt, dass sein Dezernat aufgrund parteipolitischer Fäden, die im Hintergrund gezogen worden waren, an den Ermittlungen beteiligt gewesen war. Das konnte seine Position im LKA gefährden. Diese viel zu junge neue Kollegin, die eine Blitzkarriere hingelegt hatte und mit neunundzwanzig Jahren bereits Kriminalhauptkommissarin geworden war, scharrte wahrscheinlich schon mit den Hufen, um ihn ablösen zu können. Ein Freund aus dem Personaldezernat hatte ihn gewarnt. »Die Frau ist ziemlich taff. Sie hat auf der Polizeiakademie ihren Bachelor gemacht und sich im MEK bewährt. Irgendjemand ganz oben scheint sie zu protegieren. Jedenfalls soll sie mehrere Dezernate durchlaufen und dann in den höheren Dienst übernommen werden. Wahrscheinlich, um in der Führungsetage die Frauenquote zu verbessern.«

Ein böses Lächeln umspielte seinen Mund. Wer im Mobilen Einsatzkommando Punkte gesammelt hatte, war längst nicht in der Lage, bei schwierigen und heiklen Ermittlungen eine gute Figur zu machen. Einen erfahrenen Beamten sollte er nach Ostfriesland schicken. Dieses Kriterium traf in aller Regel auf Hauptkommissare zu. Sonst hätten sie den Dienstgrad schließlich nicht erreicht. Er drückte auf die Gegensprechanlage. »Lassen Sie mir bitte die Personalakte Bernstein bringen. Und zehn Minuten später schicken Sie die Kollegin zu mir.«

Nachdem er die Akte durchgeblättert hatte, war er sicher, die richtige Entscheidung zu treffen. Ihn interessierten weder die ungewöhnlich guten Beurteilungen noch die üblichen Unterlagen wie Passfoto und persönliche Daten, stattdessen hatte er den Lebenslauf überflogen. Und war auf Erkenntnisse gestoßen, die ihn zuversichtlich stimmten. Rieke Bernstein war kinderlos und nicht verheiratet. Gut. Noch besser: in Aurich geboren und aufgewachsen. Sollte die Sache schiefgehen oder jemand ihm aus anderen Gründen vorhalten, eine viel zu junge und unerfahrene Kollegin nach Borkum geschickt zu haben, hätte er ein schlagendes Argument für ihren Einsatz. Wer war besser für einen Einsatz in Ostfriesland geeignet als ein Ostfriese oder eine Ostfriesin? Sie würde die Menschen und die Verhältnisse vor Ort besser einschätzen und mit den Kollegen besser umgehen können als jeder andere. Letzteres war zwar nicht in seinem Sinn, aber für Verwirrung bei den örtlichen Beamten würde sie schon selber sorgen.

Rieke Bernstein war nicht nur zu jung, sondern auch zu hübsch. Groß, blond, blauäugig und gut proportioniert. Kaum merklich schüttelte Feindt den Kopf, als die Kollegin schwungvoll sein Büro betrat und aufreizend fröhlich grüßte. Sie trug blaue Jeans und eine in der Farbe passende Bluse, hatte ihre Haare zu einem Pferdeschwanz zusammengebunden und trug Schuhe mit Absätzen, die sie noch größer erscheinen ließen.

»Guten Morgen, Herr Kriminaloberrat. Sie wollten mich sprechen?«

Feindt blieb auf seinem Bürostuhl sitzen und deutete stumm auf die Besuchersessel vor dem Schreibtisch. Er fragte sich, was diese Frau zur Polizei getrieben haben mochte. Wo immer er sie einsetzte, musste es zu Konflikten kommen.

Unter jungen Beamten gab es immer einige, die kopflos reagierten, wenn eine attraktive Kollegin auftauchte. Sie vergaßen Frau und Kinder und wollten nur noch das eine: mit der Neuen ins Bett. Zu Beginn seiner Laufbahn hatte er selbst – ihm wurde bewusst, dass Rieke Bernstein Platz genommen hatte und ihn erwartungsvoll, vielleicht auch herausfordernd, ansah. Er räusperte sich.

»Wie ich höre, Frau Kollegin, haben Sie bereits an der Front Erfahrungen sammeln können.«

Ihr Blick signalisierte Unverständnis über diese Frage, aber sie nickte.

»Sie sind familiär nicht gebunden?«

»So ist es.«

»Sonstige private persönliche Beziehungen?«

Sie zog die Augenbrauen zusammen, über der Nasenwurzel erschien eine steile Falte. »Private ...?«

Feindt winkte ab. »Müssen Sie nicht beantworten.« Er machte eine Pause, dann fuhr er fort. »Ich möchte Sie zur Unterstützung der örtlichen Kriminalpolizei in den äußersten Nordwesten unseres Landes schicken. Spricht aus Ihrer Sicht etwas dagegen?«

»Nein, Herr Kriminaloberrat.« Sie ließ sich nicht anmerken, ob ihr die Vorstellung behagte. Erwähnte auch nicht, dass dort ihre Heimat lag.

»Es handelt sich um ein Tötungsdelikt in einem – etwas – heiklen Umfeld.« Er nahm die Aktennotiz zur Hand und setzte seine Lesebrille auf. »Sie müssen auf die Insel Borkum. Am besten machen Sie sich heute noch auf den Weg. Spätestens morgen. Setzen Sie sich mit der Polizeiinspektion Emden/Leer in Verbindung. Dort wird man Ihnen sagen, wer die Ermittlungen auf Borkum leitet und wo Sie den Beamten antreffen können.«

»Oder die Beamtin.« Rieke Bernstein erhob sich und streckte die Hand aus.

Irritiert sah Feindt sie an. »Was ...?« Dann verstand er. Sie wollte die Notiz mit den Informationen über den Fall mitnehmen. Er schüttelte den Kopf und schob das Blatt in den Aktenvernichter, der es blitzschnell häckselte. »Hatte ich nicht erwähnt, dass es sich um eine heikle Angelegenheit handelt? Also denken Sie daran: Wir stellen keine eigenen Ermittlungen an, sondern unterstützen die örtlichen Kollegen. Aber höheren Orts gibt es ein Interesse an Informationen über den Stand der Dinge. Und an einer diskreten und geräuschlosen Arbeit. Haben wir uns verstanden?«

»Ich habe Sie verstanden.«

Feindt deutete mit einem Kopfnicken zur Tür. »Dann ist es ja gut.«

Sie erhob sich. »Gibt es Beschränkungen bei den Reisekosten?«

»In diesem Fall sicher nicht. Sie können gern Ihren Privatwagen nehmen.«

Nachdem die Kollegin den Raum verlassen hatte, trat er ans Fenster und sah hinaus. Der Frühsommer zeigte sich in seinen schönsten Farben, und ein wenig beneidete er die Bernstein um ihre Dienstreise zur größten ostfriesischen Insel. Für Landschaft und Meer würde sie allerdings wenig Zeit haben. Trotzdem konnte sie mit dieser Zwickmühle nur scheitern. Entweder gab es keinen Aufklärungserfolg, oder die Ermittlungen gerieten in die öffentliche Diskussion. Erledigt war sie in jedem Fall. Auf ihr Gesicht bei der Rückkehr freute er sich schon jetzt.

Rieke Bernstein klebte einen Zettel an den Garderobenspiegel im Flur und prüfte ihr Aussehen. Ihr Spiegelbild hielt dem kritischen Blick stand. Das Haar glänzte matt und fiel locker über die Schultern, die Augen waren sorgfältig geschminkt, wirkten groß und ausgeruht, die Haut war frisch und glatt und vom Joggen in der Frühlingssonne leicht gebräunt. Im Bad war das Ergebnis nicht ganz so gut ausgefallen. Das grelle Licht hatte Fältchen um Mund und Augen erbarmungslos offenbart und sie daran erinnert, dass sie nicht mehr zwanzig, seit einem Jahr nicht einmal mehr dreißig und auf dem Wege durch das vierte Jahrzehnt war. Zum Glück hatte ihr die Natur eine glatte und feste Haut mitgegeben, dennoch wurde es wohl Zeit, sich Gedanken um die eine oder andere kosmetische Maßnahme zu machen. Etwas mehr Pflege konnte nicht schaden. Sie ließ noch einmal den Blick in die Runde schweifen. Hatte sie an alles gedacht? Der Inhalt des kleinen Koffers würde für drei bis vier Tage reichen. Zur Not auch länger. Vielleicht fand sie auf der Insel sogar Zeit, sich nach einem Pullover umzusehen. Sie überflog noch einmal die Notiz, mit der sie ihrer Freundin erklärte, dass sie für eine Ermittlung an die Nordsee reisen musste. Sobald sie auf Borkum angekommen wäre, würde sie anrufen. Vielleicht auch schon von Emden aus. Trotz Freisprechanlage telefonierte sie nicht gern im Auto. Außerdem würde sie zügig fahren müssen. Wenn die A7 frei war, würde sie in zweieinhalb Stunden am Flugplatz an der Gorch-Fock-Straße sein und bequem den letzten Flug zur Insel erreichen. Schon fünfzehn Minuten später konnte sie dort landen. Feindt würde sich ärgern, wenn er ihre Reisekostenabrechnung abzeichnen musste, aber er hatte es dringend und eilig gemacht. Auch beim Hotel würde sie nicht sparen, schließlich hatte sie wichtige Ermittlungen zu führen und keine Zeit, nach einer preiswerten Unterkunft zu suchen.

Sie zog den Kragen ihrer Bluse zurecht und verließ die Wohnung.

Im Wagen legte sie eine CD von Ina Müller ein und sang laut mit. Noch könnt ich Kinder kriegen – zumindest theoretisch, noch wirke ich bei Kerzenlicht nach zwei, drei Bier erotisch ...

Das Navigationsgerät zeigte 15.52 Uhr als Ankunftszeit an. Sie hatte beim Ostfriesischen Flugdienst in Emden angerufen. Um 16.15 Uhr ging der letzte Flug nach Borkum. Das sollte zu schaffen sein. Die Ermittlungen wurden von Kriminalhauptkommissar Jan Eilers von der Polizeiinspektion Emden/Leer geleitet. Er befand sich bereits auf der Insel und hatte mit seinen Kollegen ein Lagezentrum in der örtlichen Dienststelle eingerichtet.

Der unverhoffte Ausflug nach Ostfriesland verursachte Rieke ein leichtes Kribbeln im Nacken. Nicht dass sie aufgeregt wäre, weil sie ihre alte Heimat wiedersehen würde, aber der Gedanke an frühere Zeiten beschäftigte sie schon. Aurich lag fast am Wege, und wenn die Zeit nicht zu knapp gewesen wäre, hätte sie einen kleinen Umweg gemacht, wäre an der Grundschule Middels vorbeigefahren und hätte einen Blick auf das altehrwürdige Gymnasium Ulricianum geworfen. Während sie sich auf der Autobahn in den Verkehr einfädelte, stiegen Bilder aus der Schulzeit in ihr auf. Schon damals hatte sich ihr Empfinden für Gerechtigkeit gezeigt. Als ihre beste Freundin von einer Gruppe Jungen wegen ihrer schlaksigen Gestalt und des langen Halses immer wieder als »Giraffe« gehänselt wurde, hatte sie den Anführer zur Rede gestellt. Der stämmige, etwa zwölfjährige Junge hatte großspurig verkündet, er lasse sich von Weibern nicht vorschreiben, was er zu tun und zu lassen hätte, schon gar nicht von einer blöden Blondine. Daraufhin hatte Rieke ihm eine Ohrfeige verpasst. Nach einer Schrecksekunde hatte sich der Bursche auf sie gestürzt und versucht, ihr den Arm umzudrehen. Doch sie hatte ihn mit einem geschickten Griff und einem Tritt gegen das Schienbein zu Fall gebracht, sodass er mit dem Gesicht auf dem Pflaster gelandet war. Benommen hatte er sich aufgerappelt, seine blutende Nase gehalten und unter dem Gelächter der umstehenden Mitschüler das Weite gesucht. Von dem Tag an war ihre Freundin nicht mehr belästigt worden.

Später war sie Klassensprecherin geworden und hatte sich eher verbal als handgreiflich für Mitschüler eingesetzt. Wenn es nötig war, auch gegen Lehrer. »Du bist magersüchtig«, hatte ein Studienrat vor der Klasse zu einer Mitschülerin gesagt. »Gib mir Bescheid, wenn du zu Hause nicht genug zu essen bekommst. Dann gehen wir zusammen zum Jugendamt.« Das Mädchen war nach der Schule verschwunden und auch am nächsten Tag nicht wieder aufgetaucht. Schließlich hatte Rieke dafür gesorgt, dass sich der Lehrer entschuldigen musste.

Es gab auch schöne Erinnerungen. Die meisten verbanden sich mit Bildern von Ausflügen mit den Eltern an die Küste oder auf die ostfriesischen Inseln, mit Freundinnen und Freunden ans Große Meer oder einen anderen Binnensee in der Nähe. Hier hatten sich die ersten Liebschaften ergeben. Für Rieke war die Erfahrung zwiespältig gewesen. Zwischen Aufregung und Enttäuschung schwankend war sie lange unsicher gewesen, was sie mit den plumpen Annäherungsversuchen der Jungen anfangen sollte. Nach einigen wenig beglückenden erotischen Abenteuern hatte sie sich schließlich verliebt. In ein Mädchen aus der Parallelklasse. Während der Oberstufenzeit war daraus eine feste und intensive Beziehung geworden. Natürlich war es unvermeidlich, dass hinter vorgehaltener Hand darüber geredet wurde. Besonders einige der Jungen, die nicht zum Zuge gekommen waren, hatten sich das Maul zerrissen.

Aber keiner hatte gewagt, sie oder ihre Freundin anzusprechen oder sich öffentlich zu äußern. Ihre Mutter hatte gelegentlich vorsichtig gefragt, ob sie ganz sicher sei, mit einer Frau zusammen sein zu wollen, und als Rieke später eine Beziehung mit einem Mann begonnen hatte, war sie sichtlich erleichtert gewesen. Aber dann war sie Julia begegnet. Und damit war alles entschieden. Kein Wort war ihrer Mutter über die Lippen gekommen, aber sie hatte ihr angesehen, wie gern sie einen Schwiegersohn gehabt hätte. Dagegen hatte ihr Vater die Verbindung mit Wohlwollen betrachtet und ihr den Rücken gestärkt.

Zwischen Schwarmstedt und Walsroder Dreieck gab es einen Stau, der fast ihren Zeitplan in Gefahr gebracht hatte. Doch die A 27 war frei, sodass sie Emden rechtzeitig erreichte. Den Ausflug nach Aurich würde sie nachholen. Irgendwann würden sie bei den Ermittlungen auf der Stelle treten, dann konnte sie sich ein paar Stunden freinehmen. Spätestens auf dem Rückweg würde sie der Stadt einen Besuch abstatten. Und ihren Eltern. Sie telefonierten zwar häufig miteinander, aber gesehen hatten sie sich schon längere Zeit nicht mehr.

Sie erreichte Emden rechtzeitig und landete um 16.32 Uhr auf dem Flugplatz Borkum. Ein Taxi brachte sie in die Strandstraße. Während der Fahrt telefonierte sie mit ihrer Freundin. Julia hatte sich bereits Sorgen gemacht und war erleichtert, dass sie heil auf der Insel angekommen war. »Ich rufe morgen wieder an«, versprach Rieke. »Vielleicht kann ich dir ein bisschen von dem Fall erzählen. Mach dir einen gemütlichen Abend und schlaf gut.«

Das dunkle Backsteingebäude, in dem die Polizeidienststelle untergebracht war, diente offenbar in erster Linie anderen Zwecken. Mehr als ein schmales Segment in dem Gebäude schien den Kollegen nicht zur Verfügung zu stehen. Vor dem Eingang, der von zwei kleinen Schaufenstern mit Plakaten zur Verbrechensvorbeugung eingerahmt wurde, stand eine Bronzeplastik, die drei Kinder in Badebekleidung zeigte. Sie waren der Tür der Dienststelle zugewandt und sahen aus, als erwarteten sie von dort ein überraschendes Ereignis. Rieke Bernstein zog die Tür auf und trat ein.

Der Raum war mit schlichten Holzmöbeln eingerichtet. Am Schreibtisch saß eine uniformierte Kollegin und telefonierte. Sie nickte der Besucherin freundlich zu und gab ihr durch Handzeichen zu verstehen, dass sie gleich für sie da sein werde. Rieke stellte ihren Koffer ab. Durch eine offene Tür, die zu einem Raum im Hintergrund führte, ertönten Männerstimmen.

»Ein Kollege von der Landeskopieranstalt? Hierher?«, fragte eine von ihnen.

»So ist es«, antwortete die zweite Stimme. Sie klang wie diese berühmte deutsche Synchronstimme für Robert de Niro. »Soll schon unterwegs sein.« Ein Telefonhörer wurde aufgelegt.

»Du laberst mich an!«, hörte Rieke in Gedanken Robert de Niro sagen, jenen Kult-Satz aus »Taxi-Driver«.

»O nee. Auch das noch. Was will der hier? Uns auf die Finger schauen?«

»Wohl eher auf die Finger hauen«, vermutete Robert de Niros Stimme. »Wenn sich bestätigt, dass der Tote der ist, für den wir ihn halten, wird es heikel. Wahrscheinlich hat Enno Krabbenhöft schon in Hannover angerufen. Damit jemand aufpasst, dass die Geschichte nicht an die Öffentlichkeit kommt.«

»Enno ist in Ordnung. Der hat viel für uns getan. Schon sein Vater war ein wahrer Wohltäter. Und seit er, ich meine Enno, im Landtag ist, tut er noch mehr für uns.«

»Trotzdem müssen wir den Fall aufklären. Oder gerade deshalb.«

Die Antwort bestand aus einem unwilligen Brummen, dem nicht zu entnehmen war, ob es Zustimmung oder Zweifel signalisieren sollte.

Ein Schmunzeln ging über Riekes Gesicht. Dass die Kollegen in anderen Dienststellen BKA und LKA als Bundes- bzw. Landeskopieranstalten bezeichneten, hatte sie schon öfter gehört. Darin sollte wohl zum Ausdruck kommen, wie überflüssig man deren Beitrag zur Klärung von Tötungsdelikten hielt. Außerdem hatten gerade die Kollegen aus der Provinz oft den Eindruck, dass sich das LKA in der Öffentlichkeit mit Fahndungserfolgen schmückte, die eigentlich der örtlichen Polizei zu verdanken waren.

Die Polizistin hatte ihr Gespräch beendet und legte den Telefonhörer auf. Sie erhob sich und schloss die Tür zum hinteren Raum. Dann wandte sie sich der Besucherin zu. »Was kann ich für Sie tun?«

Rieke deutete in Richtung des hinteren Zimmers. »Ich möchte zu Hauptkommissar Eilers. Mein Name ist Bernstein.«

Erschrocken starrte die Beamtin auf den Ausweis, den Rieke ihr hinhielt. Dann wanderte ihr Blick nach oben. »Sie sind . . .«

»Ich glaube, ich werde erwartet.« Rieke öffnete die Barriere und ging an der erstarrten Kollegin vorbei. Sie klopfte und öffnete die Tür zum hinteren Raum, ohne eine Reaktion abzuwarten. »Guten Tag, meine Herren. Hier ist Ihr Aufpasser.«

Die Stimmen verstummten. Zwei Männer, die sich an zwei winzigen Schreibtischen gegenübersaßen, drehten die Köpfe und starrten sie mit offenem Mund an. Sie streckte die Hand aus. »Rieke Bernstein, LKA.«

Der Ältere klappte zuerst den Mund zu, erhob sich und ergriff ihre Hand. »Jan Eilers, angenehm. Das ist Oberkommissar Jensen. Wir sind ...«

»... von der Inspektion Leer/Emden?« Rieke schüttelte Eilers' Hand. Er hatte einen angenehmen Händedruck. Weder schlaff noch stahlhart zupackend. Jensen hob seinen Hintern nur wenig von der Sitzfläche, drückte ihre Hand aber ein wenig zu fest. Als müsste er zeigen, wer der Mann ist.

»Danke! Ich bin über Ihren Einsatz informiert. Freut mich, Sie kennenzulernen.« Rieke versuchte ein herzliches Lächeln. »Damit eins von vornherein klar ist: Sie leiten die Ermittlungen. Ich übernehme die Öffentlichkeitsarbeit und stehe Ihnen für jede Unterstützung zur Verfügung, die Sie benötigen. Falls erforderlich, kann ich Spezialisten aus meiner Dienststelle anfordern. Auch das Kriminaltechnische Institut des LKA steht uns bei Bedarf zur Verfügung. Vielleicht setzen Sie mich gleich mal ins Bild. Wer ist Enno Krabbenhöft? Was wissen wir über die Identität des Opfers? Wo befindet sich die Leiche?«

Jensen öffnete den Mund und schloss ihn wieder, Eilers kratzte sich am Hinterkopf.

»Also gut«, lachte Rieke. »Drei Fragen auf einmal – das ist vielleicht zu viel. Nicht besonders geschickt von mir. Fangen wir mit der ersten an. Wer von Ihnen kann mir erklären, wer Enno Krabbenhöft ist und was er mit dem Fall zu tun hat?«

Jan Eilers räusperte sich. »Wollen Sie nicht erst einmal ankommen? Ihr Zimmer beziehen? Wo wohnen Sie überhaupt?«

Rieke lachte erneut. »Das waren auch drei Fragen auf einmal.« Sie schüttelte den Kopf. »Sie sind nicht besser als ich. Was das Ankommen betrifft: Ich bin da. Alles andere hat Zeit.

Der Fall aber nicht. Also noch einmal: Wer ist dieser Krabben-höft?«

»Enno ist Hotelier«, antwortete Eilers. »Ihm gehören zwei der besten Hotels auf der Insel. Und mehrere Ferienwohnun-gen. Außerdem ist er Landtagsabgeordneter. Bei den Kollegen ist er sehr beliebt.«

»Bei unseren Kollegen?« Rieke zog die Augenbrauen zu-sammen. »Was hat ...«

»Herr Krabbenhöft ist ein langjähriger Förderer des Poli-zeisports«, meldete sich Jensen zu Wort. »Er veranstaltet jedes Jahr eine Fortbildung für Kolleginnen und Kollegen aus der ganzen Region. Das hat schon sein Vater so gemacht.«

»Fortbildung?«

Eilers und Jensen nickten synchron. Letzterer fuhr fort: »Hauptsächlich Wassersport. Segeln, Kitesurfen, so was.«

»Und Hochseeangeln«, ergänzte Eilers.

Rieke glaubte zu verstehen. »Mit First-Class-Unterbrin-gung im Hotel *Nordseeliebe*. Für die Kolleginnen und Kolle-gen samt Anhang kostenfrei. Stimmt's?«

Erneut nickten die beiden Männer. Wieder synchron. Sie fragte sich, ob die beiden Beamten in jahrelanger Zusammen-arbeit so etwas wie simultanes Denken und Handeln entwi-ckelt hatten. Laut sagte sie: »Darüber wird noch zu reden sein. Aber nun zur zweiten Frage. Was wissen wir über die Identität des Toten?«

# 6

## Spätsommer 1990

Enno hatte sie nicht enttäuscht. So unerfahren, wie er aussah, konnte er nicht sein. Schließlich hatte er sie zu einer Serie von Höhepunkten gebracht. Gelöst und ein wenig erschöpft lag Annie neben dem jungen Mann und inhalierte den Rauch eines vorbereiteten Joints. Auch Enno rauchte. Sie hatte ihn nicht lange überreden müssen. »Ja, probiert habe ich schon mal«, hatte er ihre Frage beantwortet. »War aber nicht so doll.«

»Dann nimm mal diese Tüte.« Sie hatte zwei Sticks aus ihrer Handtasche geholt, sie angezündet und ihm den einen zwischen die Lippen geschoben. »Das ist allerbeste und reinste Ware. Garantiert ohne Nebenwirkungen.«

Langsam machte sich die zusätzliche Entspannung bemerkbar. Annie empfand eine wohltuende Schläfrigkeit und ließ ihren Gedanken freien Lauf. Ihren ersten Joint hatte sie mit Marijke und Joost geraucht. Wenige Tage nach ihrer Ankunft in der Botterlaan von Delfzijl war Tiele Theunissen wieder zu einem Segeltörn aufgebrochen und hatte sie in der Obhut seiner Kinder zurückgelassen. Marijke und ihr Bruder sahen so aus, wie sie sich Westfriesen vorgestellt hatte. Groß, weizenblond, kräftig. Liebevoll, aber bestimmt sorgten sie dafür, dass Annie wieder zu Kräften kam. Obwohl es ihr bei den Windmöllers nicht schlecht gegangen war, hatte sie Gewicht verloren. Das Gefühl der Bedrohung durch Frerich Meiners war ihr auf den Appetit geschlagen. Während der Arbeit im Tiffany hatte sie viel geraucht und wenig gegessen. Doch nun –

in sicherem Abstand von Frerich und dessen Kumpanen, zudem getrennt durch eine Staatsgrenze – fühlte sie sich frei und unbelastet. Mit der Selbstsicherheit kehrte auch ihre ursprüngliche Figur zurück.

Hinzu kam die emotionale Zuwendung durch die fast gleichaltrigen Geschwister. Ihre unaufdringlichen, aber beständigen und ehrlichen Sympathiebekundungen fanden in Annies Innerem unerwarteten Widerhall, sodass sich rasch eine geradezu innige Freundschaft entwickelte. Es war Annie, die sich eines Tages fragte, ob sie für Joost mehr als geschwisterliche Zuneigung empfand. Der gut gebaute Holländer war ihr mehrfach nackt im Flur begegnet, und sie hatte gespürt, wie in ihr ein leichtes, noch unbestimmtes Sehnen aufkeimen wollte. Doch er hatte sie nur herzlich und vollkommen unbefangen angelächelt. Gelegentlich musterte sie ihn verstohlen, um zu ergründen, ob er einen Anflug von Interesse zeigte. Das musste Marijke aufgefallen sein, sie zog Annie irgendwann beiseite und erklärte ihr, dass sie mit Joost nichts anfangen könne, er sei »een homo jongen«. In den ersten Wochen unterhielten sich Annie und die Geschwister in einem Gemisch aus Deutsch und Niederländisch, mit der Zeit überwog Letzteres, und ihre Sprachkenntnisse machten gute Fortschritte.

Kurz darauf hatte sie auch seinen Freund kennengelernt. Cahyo Sanjaya stammte aus Indonesien. Er hatte in Deutschland Tiermedizin studiert, war aber wegen diskriminierender Verhaltensweisen seiner Kommilitonen in die Niederlande gekommen. Er arbeitete an der Universität Groningen in der Forschung. Dort entwickelten sie neue Verfahren zur Behandlung von Bissen durch Giftschlangen. Die beiden Männer waren tatsächlich von einer völlig anderen Art als die, denen Annie bisher begegnet war. Nie zuvor hatte sie sich vorstellen können, dass es Vertreter männlichen Geschlechts gab, die so rücksichtsvoll und herzlich miteinander, aber auch mit anderen Menschen umgingen.

Als sie Marijke darauf ansprach, lächelte ihre Freundin. »Es gibt ook zachte – äh – sanfte – und – zärtliche mannen onder de heteroseksuele mensen. Das Geheimnis besteht darin, sie – te selecteren – auszuwählen. Du musst afscheid nehmen van de oude katholieke idee, dat de man sich een Frau nimmt. Vandaag – äh, heute – kannst du – musst du – es – andersom – umgekehrt – machen.«

Lange hatte Annie über diese Erkenntnis nachgedacht und begonnen, die Männer in ihrer Umgebung unter dem Gesichtspunkt zu betrachten, ob sie für ein Abenteuer oder eine Beziehung geeignet waren.

Dazu hatte sie schon bald Gelegenheit, denn Marijke und Joost betrieben einen Coffeeshop, und nachdem Annie den Wunsch geäußert hatte, Arbeit zu finden, hatten die Geschwister sie eingeladen, im *Grashopper* mitzuarbeiten. Ein Großteil der Kundschaft kam aus Deutschland, darum war ihnen eine deutschsprachige Mitarbeiterin mehr als willkommen. Tatsächlich erwies Annie sich aufgrund ihrer Erfahrungen aus dem Emder Tiffany als hilfreich und ihre Anwesenheit förderlich fürs Geschäft. Dass der Verkauf von Haschisch problematisch sein könnte, kam ihr nicht in den Sinn. Im Gegenteil: Die Vorstellung, ihre Eltern würden sehen können, wie sie – in ihrer Heimat verbotene – Substanzen an deutsche Drogentouristen verkaufte, erheiterte Annie und gab ihr das Gefühl, sich für alle Strafen und Demütigungen ihrer Jugend zu rächen.

Im Umgang mit Männern lernte sie rasch, Marijkes Rat umzusetzen. Es gab keinen Tag, an dem sie nicht von männlichen Gästen angesprochen wurde. Was sie, eine so schöne Frau mit perfektem Deutsch, nach Delfzijl verschlagen habe, ob sie gebunden sei und ob sie einen Kaffee mittrinken, eine Zigarette rauchen oder einen Joint teilen wolle. Sie nutzte die Gelegenheit, ihre neue Strategie auszuprobieren. Gab Männern, die sie anziehend fand, ein paar freundliche Rückmeldungen. Nahm gelegentlich Einladungen zum Essen an und ließ dem kulinarischen Menü in seltenen Fällen einen weiteren Gang folgen, der in erster Linie ihrem Vergnügen diente. Zu ihrer eigenen Verwunderung verfügte sie offenbar über Fähigkeiten, mit denen sie Männer vollkommen in ihren Bann zog, sodass diese ihren Wünschen willenlos ausgeliefert waren.

Diese Erfahrung erfüllte Annie mit großer Zufriedenheit. Gleichzeitig genoss sie die Wertschätzung durch Marijke und Joost und deren Freundeskreis. Auch bei der Kundschaft war sie beliebt, nicht wenige der Stammgäste kamen nun häufiger und blieben länger. In diesem Umfeld fiel es Annie leicht, ihre Vergangenheit hinter sich zu lassen. Unschöne Erlebnisse verblassten, und ihre seelischen Wunden begannen zu heilen. Mehr und mehr gelang es ihr, mit dem neuen Leben das alte zu verdecken und Szenen und Bilder zu vergessen oder zu verdrängen. Nur an Gesine und Harro Windmöller dachte sie hin und wieder voller Dankbarkeit und schrieb ihnen eine Postkarte – ohne konkrete Angaben, aber mit der Versicherung, dass es ihr gut ginge.

»Woran denkst du?« Die Frage riss Annie aus ihren Erinnerungen. Sie lachte. »Was für eine Frage, Enno! Das wäre eigentlich mein Part.« Ihr Lachen ging in ein haltloses Kichern über. Schließlich beruhigte sie sich, zog an ihrem Joint, inhalierte tief und wandte sich ihm zu. »Das fragen Frauen ihre Männer. Oder ihre Freunde. Nicht umgekehrt. Du willst doch nicht wirklich wissen, was in meinem Kopf vorgeht?« Während sie sprach, stieß sie Rauch in Ennos Richtung.

»Doch.« Er nickte ernsthaft. »Mich interessiert, was du

denkst. Ich möchte an deinen Gedanken teil ... nehmen, nein, ich meine – teil…, teil…, verdammt, wie heißt dieses Wort?«

»Teilhaben?« Annie kicherte erneut. »Also willst du – mein – Teilhaber werden? An meinem brain?

»Ich versteh nicht.« Enno ließ den Arm mit seinem Joint kreisen. »Dieser – Dings – vernebelt mir das Gehirn.«

»Gehirn! Das ist das Wort!« Plötzlich wurde Annie ernst. Ein Gedanke schien durch ihren Kopf zu fliegen und nach einem Landeplatz zu suchen. Er hatte etwas mit diesem anderen Wort zu tun. Sie richtete sich auf. »Was habe ich gerade gesagt?«

Ennos Zeigefinger zuckte in die Höhe. »Teilhaben. Das war das verdammte Wort, das ich gesucht habe. Du bist eine schlaue Frau. Annie Schlaufrau.« Jetzt kicherte auch er.

Annie wälzte sich aus dem Bett, drückte den nahezu abgebrannten Joint aus, ging zum Fenster, öffnete es, lehnte sich hinaus und atmete tief durch. Schließlich kehrte sie zu Enno zurück. »Das ist eine sehr gute Idee. Du wirst mein Teilhaber. Hast du ein Boot?«

»Boot?«, echote Enno. »Wieso Boot?«

»Ich würde gern einen kleinen Segeltörn mit dir machen. Oder mit einem Motorboot – ja, das wäre vielleicht noch besser.«

»Kein Problem.« Mit einer großzügigen Geste schien Enno die gesamte Insel zu umfassen. »Habe Freunde beim Wassersportverein Burkana. Von denen kann ich mir ein Segelboot ausleihen. Oder ein Motorboot.« Er klang schläfrig. Nach einer Weile legte er den Joint auf einem Aschenbecher ab und streckte die Hand aus. »Komm zurück ins Bett!« Im nächsten Augenblick war er eingeschlafen.

Während Annie behutsam unter die Decke schlüpfte, nahm

sie sich vor, am nächsten Tag mit Joost zu telefonieren und über einen Treffpunkt zu beraten. Der Gedanke hielt sie wach. In ihrer Vorstellung verließ Marijke mit einem Segelboot den Hafen von Delfzijl, passierte zuerst den Zeehavenkanaal und setzte dann die Segel, um der Ems auf die Nordsee hinaus zu folgen.

Während eines Segelausflugs mit Marijke, Joost und Cahyo hatten sie den Plan entwickelt. In deutschen Tourismusgebieten ließen sich deutlich höhere Preise für Cannabis-Produkte erzielen als im Coffeeshop. Weil aber der Vertrieb von Holland aus zu aufwändig war, würden sie von Borkum aus einen Verteilerring aufbauen, mit dem zuerst die übrigen ostfriesischen Inseln, später auch andere Gebiete versorgt werden sollten. Mit sauberen Produkten aus Naturhanf gedachten sie in erster Linie betuchte und verlässliche Konsumenten zu gewinnen. Dazu musste ein vertrauenwürdiger und geschäftstüchtiger Partner gefunden werden. An dieser Stelle der Diskussion hatten sich alle zu ihr umgedreht.

Sie betrachtete den schlafenden Mann neben sich. Enno Krabbenhöft würde ihr helfen, den Stoff ins Land zu bringen und die ersten Konsumenten zu gewinnen. Da war sie sich sicher. Für die langfristige Organisation des Unternehmens schien er aber noch ein bisschen zu jung zu sein. Zwar war er in einem Geschäftshaushalt aufgewachsen, was generell eine gute Basis für die Übernahme betriebswirtschaftlicher Aufgaben war, aber sie würde erst noch herausfinden müssen, ob er bereits über ausreichend unternehmerische Qualitäten verfügte. Und ob er hinreichend skrupellos sein konnte.


Nachdem Enno das Apartment aufgeräumt, die Betten frisch bezogen und eine neue Flasche Champagner in den Kühlschrank gestellt hatte, rief er ein paar Freunde vom Wassersportverein an, um herauszufinden, mit wessen Boot er in den nächsten Tagen einen Ausflug planen konnte. Beim dritten Anruf hatte er Erfolg. Zufrieden machte er sich auf den Weg nach Hause. Annie war schon vor ihm gegangen. Sie wollte ebenfalls telefonieren. Um sich mit einer holländischen Freundin zu verabreden. Sie würden sich auf der Nordsee treffen. Eine seltsame Zusammenkunft. Aber ihm war jedes Ziel recht, wenn er nur mit Annie zusammen sein und ihr eine Freude machen konnte.

Trotz der kurzen und anstrengenden Nacht war er bester Laune, als er im Hotel eintraf. Er brachte die Bettlaken aus der Ferienwohnung in die hauseigene Wäscherei und winkte Elske Aalderks zu, die bereits am Empfang saß. Sie nickte nur knapp und deutete auf die Uhr. Ja, er war spät dran, musste noch frühstücken und sich umziehen. Eigentlich hätte er die Hausdame schon vor einer halben Stunde ablösen sollen. Aber da zurzeit niemand das Personal kontrollierte, nahm er sich die Freiheit, selbst zu entscheiden, wann er den Empfang übernahm. Und wenn die Aalderks an anderer Stelle gebraucht wurde, um beispielsweise der Beschwerde eines Gastes nachzugehen, musste die Angelegenheit eben warten. Außerdem war er genau genommen zurzeit der Chef. Zwar arbeitete sein Vater mehr und länger als jeder Angestellte, aber das hielt Enno für einen Fehler. Erstens hatte ein Chef das nicht nötig, und zweitens sah man ja, wohin es führte.

Statt wie sonst die Treppenstufen hinaufzusteigen, nahm er, um in der obersten Etage in die Wohnung zu kommen, den Fahrstuhl. Sein Vater hatte dessen Benutzung für Familienmitglieder streng verboten. »Die Gäste haben Vorrang«, pflegte er zu sagen. Außerdem sei die kleine Anstrengung gesünder. Enno grinste sein Ebenbild im Spiegel der Aufzugskabine an. Auch in diesem Punkt hatte die Wirklichkeit eine andere Entscheidung getroffen.

Als er die Wohnung betrat, klingelte das Telefon. Interner Anruf. Von der Rezeption. Unwillig meldete er sich. »Denken Sie daran«, flötete die Aalderks, »dass heute der Polizeisportverein kommt. Es wäre nett, wenn Sie die Gäste abholen könnten.«

Ein Blick auf die Uhr sagte ihm, dass er sich beeilen musste. Die Polizisten aus Aurich, Emden und Leer waren besondere Gäste. Seit er sich erinnern konnte, hatte sein Vater führende Köpfe aus den ostfriesischen Polizeiinspektionen für ein verlängertes Wochenende eingeladen. Offiziell durften die Beamten keine Geschenke annehmen, deshalb lief die Veranstaltung als Fortbildung: Gesundheitsförderung durch körperliche Ertüchtigung. Hochseeangeln, Kitesurfen und Segeln. Damit sich die finanzielle Belastung für das Hotel in Grenzen hielt, fand die Veranstaltung regelmäßig im Spätsommer statt, nach der Hauptsaison. Anschließend bekam das Hotel eine Spendenquittung des Sportvereins. Seinem Vater waren diese Gäste wichtig. Er betreute sie persönlich, sorgte dafür, dass es ihnen an nichts fehlte, und kümmerte sich um die Organisation der sportlichen Unternehmungen. Auf die Frage nach den Gründen für dieses Engagement hatte er geantwortet: »Als Persönlichkeit des öffentlichen Lebens musst du etwas für die Allgemeinheit tun. Etwas öffentlich Sichtbares. Im Gemeinderat und im Kreistag sitzen ist eine Sache. Eine andere ist, welche Meinung die Menschen von dir haben und was sie für dich tun, wenn du Hilfe brauchst. Das wirst du schon noch begreifen.«

Damals hatte er sich gefragt, was Polizeibeamte für ein Hotel tun konnten, aber zunächst keine Antwort gefunden. Doch dann dämmerte ihm, dass die Eskapaden, die Tjark und er sich als Schuljungen geleistet hatten, möglicherweise folgenlos geblieben waren, weil Klaus Krabbenhöft gute Beziehungen zu örtlichen und überörtlichen Dienststellen hatte. Und jetzt schoss ihm ein ungeheuerlicher Gedanke durch den Kopf. Wusste oder ahnte sein Vater, welche Gefahr von Tjark ausging? Wollte er sicherstellen, dass er Einfluss auf polizeiliche Ermittlungen nehmen konnte, falls etwas passieren würde, das den Ruf der Familie und damit den des Hotels gefährden konnte?

Enno zog sich hastig um, verzichtete auf ein Frühstück und hastete die Treppe hinunter, weil er auf den Aufzug hätte warten müssen. Während er zwei Stufen auf einmal nahm, dachte er noch immer an seinen Vater. Vielleicht war der Alte doch klüger, als er bisher geglaubt hatte. Für ihn war er eine Autoritätsperson, die in erster Linie Disziplin, Gehorsam und Selbstbeherrschung, vielleicht noch Service, Qualität und Gastlichkeit im Kopf hatte. Aber offenbar war er auch eigennützig. Und vorausschauend. Bisher war Enno sicher gewesen, als Einziger von Tjarks Erregungszuständen zu wissen und als Einziger die Sprengkraft zu erahnen, die in seinem Bruder schlummerte.

Auf dem Weg zur Reede, während Landschaft und Nordsee an den Fenstern der Inselbahn vorbeiflogen, ohne dass er die Bilder wahrnahm, dachte er wieder an Annie. Alle erotischen Abenteuer, die er bisher erlebt hatte, verblassten gegen die Nacht im Ferienapartment. Vor seinem inneren Auge entstanden erregende Szenen. Damit sie erneut Wirklichkeit wurden, musste er den Belegungsplan prüfen und sich mit ihr verabreden. Sobald die Polizisten untergebracht und ihr Sportprogramm organisiert war, würde er versuchen, sie zu treffen. Unauffällig und am besten außerhalb des Hotels. Außerdem musste er dafür sorgen, dass sie sich von Tjark fernhielt. Oder umgekehrt.

# 7

## Spätsommer 1990

Einen Augenblick lang fühlte er sich als Kind. Seine Mutter stand am Bett und rüttelte ihn wach. Du musst aufstehen, hätte sie sagen sollen. Sonst kommst du zu spät zur Schule.

»Wir müssen aufs Festland!«, rief sie stattdessen und zerrte an seiner Bettdecke. »Ins Krankenhaus. Deinem Vater geht es schlecht.«

Gerade hatte Enno so schön geträumt. Und wie gern wäre er in seinen Traum zurückgekehrt! Eben war Annie aus ihren Kleidern geschlüpft und hatte sich über ihn gebeugt. Panisch riss er die Bettdecke zurück. Seine Mutter hätte nicht verstanden, wenn sie gesehen hätte, welche Art Träume ihren Sohn beschäftigten.

»Aber wir können doch nichts tun«, wandte er ein. »Die Ärzte...«

»Es ist ernst, Junge. Beeil dich! Ich möchte nicht allein rüberfahren. Und dein Bruder will bestimmt nicht mitkommen. Außerdem ist er nicht in seinem Zimmer. Weißt du, wo er sich herumtreibt?«

»Keine Ahnung.« Enno schüttelte den Kopf und wartete darauf, dass seine Mutter das Zimmer verließ. Die Erhebung in seiner Bettdecke wollte nicht verschwinden. »Vielleicht ist er schon in der Werkstatt. Neuerdings bastelt er da an irgendetwas herum.«

»Wenn du dich angezogen hast, schau bitte nach und sag ihm, dass wir euren Vater besuchen.«

Enno schob seine Beine über die Bettkante, stellte die Füße auf den Boden und richtete sich auf. So verharrte er, bis sich die Schritte seiner Mutter auf dem Flur entfernt hatten. Dann sprang er auf und hastete ins Bad.

Tatsächlich arbeitete Tjark in der Werkstatt. Enno deutete auf die Werkbank, an der sein Bruder gerade den Schlauch eines Speichenrades flickte. »Was machst du hier? Und um diese Zeit?«

Ungerührt rieb Tjark die Flickstelle mit einem Stück Schmirgelpapier ab. »Ich konnte nicht mehr schlafen.«

»Was soll das werden, wenn's fertig ist?«

Grinsend strich Tjark Gummilösung auf den Schlauch und blies mit spitzen Lippen über die Stelle. »Das ist ein Rad«, erklärte er. »Ich repariere gerade den Reifen.«

»Aha.« Gereizt sah Enno sich um. »Und zu welcher Art Fahrzeug gehört das Rad?«

»Zum Fahrradanhänger. Weißt du noch? Früher haben wir Wettrennen gemacht. Du hast mich gezogen, und dann habe ich dich gezogen. Gegen die Stoppuhr. Ich habe meistens gewonnen.«

»Früher haben wir damit das Gepäck der Gäste transportiert.«

»Ja«, nickte Tjark. »Badenhoop. Oder ich. Du hast dich meistens gedrückt.« Er legte einen kleinen Flicken auf die Stelle und drückte ihn fest. Dann sah er auf. »Was willst du? Um diese Zeit?«

»Mutter und ich fahren ins Krankenhaus. Zu Vater.«

»Warum?«

Enno hob die Schultern. »Genau weiß ich es auch nicht. Anscheinend geht es ihm schlechter.«

82

»Wann?«

»Was wann?«

»Wann fahrt ihr?«

»Gleich. Also, wir brechen jetzt auf. Nehmen die erste Fähre. Ich wollte – sollte – dir nur Bescheid sagen.« Enno wandte sich zum Gehen, doch dann drehte er sich noch einmal um. »Du solltest besser mitkommen. Vielleicht geht es mit Vater zu Ende. Heute kannst du ihn sehen. Vielleicht ist es morgen schon zu spät. Außerdem wärst du hier den ganzen Tag allein. Wir kommen bestimmt erst mit der letzten Fähre zurück.«

Tjark winkte ab. »Kein Bedarf. Ihr könnt ja grüßen.« Er widmete sich wieder seiner Arbeit und wandte Enno den Rücken zu. »Tschüss.«

Im Hinausgehen fragte Enno sich, ob er sich getäuscht oder in den Augen seines Bruders ein kurzes Aufleuchten wahrgenommen hatte, als er ihm gesagt hatte, dass er den Tag allein verbringen müsste.

Ins Bewusstsein drang ihm die Frage erst wieder, als seine Mutter auf der Fähre nach Tjark fragte. »Hast du deinen Bruder noch gesehen? Weiß er Bescheid?«

Enno nickte. »Er war in der Werkstatt. Ich habe ihm gesagt, dass wir erst heute Abend zurückkommen.«

Seine Mutter rückte näher an ihn heran, ergriff seinen Arm und drückte ihn. »Wie gut, dass du wenigstens bei mir bist. Wenn deinem Vater etwas zustößt, bist du meine einzige Stütze.«

In Ennos Kopf rasten die Gedanken. Sein Vater hatte sich stets mehr um das Hotel als um die Familie gekümmert. Wenn er tatsächlich starb, würde seine Mutter erwarten, dass er an seine Stelle trat. Und nicht nur sie. Auch die Mitarbeiter. Von Hausmeister Badenhoop über die Servicekräfte bis hin zu

Elske Aalderks. Tjark sowieso und alle, die mit dem Hotel zu tun hatten. Gäste und Lieferanten, Gemeinderäte und Parteifreunde. Die Vorstellung war beängstigend und verlockend zugleich, erregend und verwirrend. Er schob Bilder und Szenen, in denen er sich als gefragter Hotelier sah, beiseite und versuchte sich auf Tjark zu konzentrieren. Die Bastelei an dem Fahrradwagen war sicher harmlos. Aber was bedeutete dieses kurze Aufleuchten in seinen Augen? Ihn ohne Kontrolle zu wissen erschien ihm plötzlich gefährlich. Meistens war er sich selbst überlassen, stromerte über die Insel, fuhr mit der Kleinbahn zum Anleger, um ankommende Urlauber zu beobachten oder nach »geilen Tussen«, wie er sagte, Ausschau zu halten. Wahrscheinlich würde er auch den heutigen Tag so verbringen. Es sei denn, er traf Annie. Dann würde er sich in ihrer Nähe herumdrücken, vielleicht sogar versuchen, sie zu irgendeiner Unternehmung zu überreden. Reparierte er deshalb die alte Karre? Selbst Tjark musste wissen oder zumindest ahnen, dass er niemanden zu einer Inselrundfahrt in einem Fahrradanhänger bewegen konnte, schon gar nicht eine junge Frau. Aber vielleicht wäre ihm die Abwegigkeit seines Vorhabens gar nicht bewusst. Wenn er erst einmal mit Annie im Ostland unterwegs war, konnte er auf die abenteuerlichsten Ideen kommen. Falls er ihr etwas antat ...

Enno sprang auf und schlug sich mit der flachen Hand gegen die Stirn. Er hätte den Hausmeister bitten sollen, sich um Tjark zu kümmern. Badenhoop konnte ihn mit einer Arbeit im Hotel oder am Haus beschäftigen. Meistens gelang es ihm, Tjark zu nützlichen Handgriffen zu bewegen, die dieser dann gewissenhaft ausführte. Dann würde er nicht auf dumme Gedanken kommen können. Sobald sie das Festland erreichten, würde er ihn anrufen.

Seine Mutter sah ihn an »Was ist?«

»Ich habe etwas vergessen.« Fieberhaft überlegte Enno, welche harmlose Erklärung er seiner Mutter liefern konnte. »Eine Verabredung«, stieß er hervor. »Mit einem Freund vom Wassersportverein. Ich muss ihn anrufen, wenn wir in Emden sind.«

»Im Krankenhaus gibt es Telefonzellen«, versuchte seine Mutter ihn zu beruhigen. »Komm, setzt dich wieder hin.«


Nachdem Tjark das defekte Rad montiert, Luft aufgepumpt und den Fahrradanhänger probeweise ein paar Mal hin- und hergeschoben hatte, steckte er einen stabilen Schraubendreher ein und schlich sich durch die leere Restaurantküche ins Haus. Zu dieser Zeit herrschte noch Ruhe. Auch die Aalderks war noch nicht an ihrem Platz. Schritt für Schritt näherte er sich der Rezeption, immer wieder Blicke zum Haupteingang werfend. Schließlich schlüpfte er hinter den Tresen und öffnete eine der untersten Schubladen. Einem belanglos aussehenden Kästchen entnahm er einen Schlüssel. Sorgfältig schob er alles wieder an seinen Platz und schloss die Schublade.

Dann verließ er den Empfangsbereich und eilte zum Büro seines Vaters, öffnete mit dem Schlüssel die Tür und trat an den Schreibtisch. Dessen Schübe waren verschlossen, aber mit dem Schraubenzieher ließ sich die oberste Lade aufbrechen. Er zog sie heraus und untersuchte den Inhalt. Zwischen Stiften, Büroklammern und allerlei Krimskrams fand er das Stempelkissen. Er hob es an und griff nach der Plastikkarte, die darunter lag. Fast hätte er einen Freudenschrei ausgestoßen. Mit der Generalkarte würde er die Türen aller Gästezimmer öffnen können. Aber nur eins davon interessierte ihn.

Rasch schob er die Schublade des Schreibtischs zurück, verließ den Raum, nicht ohne die Tür zu verschließen, und brachte den Schlüssel an seinen Platz in der Rezeption zurück. Dann hastete er die Treppe hinauf. Vor der Tür zu Zimmer 24 verharrte er kurz und schob schließlich die Karte in den Schlitz des elektronischen Zimmerschlosses. Nach einem leisen Klicken ließ sich der Drücker bewegen, die Tür schwang auf.

Annie schreckte aus dem Schlaf, als etwas über ihr Gesicht fuhr. Im nächsten Augenblick presste sich eine Handfläche auf ihren Mund. Entsetzt starrte sie auf den Mann, der sich über sie gebeugt hatte und ihren Kopf auf das Kissen drückte. Den Typen hatte sie schon einmal gesehen. Gehörte er nicht zum Hotel?

Sie versuchte zu schreien, sich dem Griff zu entwinden, strampelte mit den Beinen und zerrte mit beiden Händen am Unterarm des Mannes. Doch ihre Kräfte reichten nicht aus, den Druck zu mindern oder sich gar zu befreien. In der freien Hand hielt er ein Messer, das er nun vor ihren Augen hin und her bewegte.

»Wenn du brav bist, passiert dir nichts. Wir machen nur einen kleinen Ausflug. In ein paar Stunden kannst du wieder hier sein. Hast du verstanden?«

Da sie weder antworten noch nicken konnte, klappte sie ein paar Mal ihre Augenlider nieder. Der Griff lockerte sich. »Wenn du schreist, steche ich dich ab.« Die Messerspitze kratzte an ihrem Hals. Langsam löste sich die Hand von ihrem Mund. Annie atmete heftig. »Ich schreie nicht.«

»Gut.« Zufrieden sah der Typ auf sie herunter. Im nächsten Augenblick stopfte er ihr etwas Rundes in den Mund und verschloss ihn mit einem Klebeband, das von einem Ohr zum anderen reichte. Dann packte er ihre Arme und umwickelte blitzschnell ihre Handgelenke mit Plastikfolie. Kurz darauf auch ihre Füße. Dann warf er sie über seine Schulter und trug sie aus dem Zimmer, die Treppen hinab und durch einen schmalen Gang auf einen Hof. Nach wenigen Schritten öffnete er eine Tür zu einem Nebengebäude, und im nächsten Augenblick befanden sie sich in einer Werkstatt. Er ließ sie auf einen Fahrradanhänger gleiten, band Füße und Hände zusammen, sodass sie in gekrümmter Haltung verharren musste, und warf eine Decke über sie. Darüber deckte er eine Plane und zurrte sie ringsum fest.

Schließlich spürte Annie, wie der Anhänger angehoben und an irgendetwas befestigt wurde. Wenig später rollte er, wohl von einem Fahrrad gezogen, ins Freie. An den Geräuschen, die in ihre Ohren drangen, erkannte Annie, dass sie durch Straßen gefahren wurde. Irgendwann hörten sie auf, und die Geschwindigkeit schien sich zu erhöhen. Offenbar hatten sie die Stadt verlassen und fuhren über die Insel. Wohin wollte er sie bringen? Was hatte dieser Mensch vor? Hatte jemand ihren Plan an eine Drogenmafia verraten? Nein, das wären Profis, die würden anders vorgehen. Dieser Mann musste krank sein, einer, der sich auf gewalttätige Art und Weise mit ihr oder an ihr befriedigen wollte.

Warum geriet sie wieder an einen Mann mit abartigen Bedürfnissen? War das der Fluch ihres Aussehens?

Nach gefühlten zwanzig Minuten endete die Fahrt. Annie hörte den Mann keuchen. Offenbar hatte er sich anstrengen müssen, um mit seiner Ladung voranzukommen. Kurz darauf vernahm sie ein metallisches Klirren, dann quietschte etwas, das sich anhörte wie das rostige Scharnier einer schweren Tür.

Kurz darauf wurde die Plane entfernt. Der Mann packte sie mitsamt der Decke, warf sie erneut über die Schulter und trug sie durch eine offen stehende Metalltür in einen dunklen Raum. Es war kühl und roch muffig. Er ließ sie fallen. Unsanft landete sie auf einer Matratze. Während sie sich umsah und versuchte, in eine sitzende Position zu gelangen, verschwand er nach draußen. Im nächsten Augenblick kehrte er mit einer starken Handlampe zurück, leuchtete sie an und betrachtete sie von oben bis unten. Dann stellte er die Lampe auf den Boden, zog die schwere Eisentür zu und wandte sich ihr zu. Mit dem Messer durchtrennte er das Band zwischen Händen und Füßen. Vorsichtig lockerte er auch ihre Fußfesseln und riss schließlich den Klebestreifen von ihrem Mund. Annie spuckte einen Golfball aus und versuchte sich in die Decke einzuwickeln.

»Was soll das?«, schrie sie. »Bist du irre? Lass mich hier raus!«

»Hier hört dich niemand.« Er lachte. »Mich stört's nicht, wenn du schreist. Dir wird allerdings die Luft knapp, wenn du nicht aufhörst.« Er setzte sich neben sie und umfasste mit einem Arm ihre Schultern. Plötzlich hatte er eine Plastiktüte in der freien Hand. Blitzschnell stülpte er sie ihr über den Kopf und zog am Hals eine Kordel zu. Als sie Luft holen wollte, um zu schreien, legte sich die Folie auf ihre Lippen und schnürte ihr den Atem ab. Wieder lachte er. »Gleich wird alles leichter.«


Im Eingangsbereich der Klinik trennte Enno sich von seiner Mutter. »Geh du schon mal vor!« Er deutete auf die Telefonzellen. »Ich muss nur kurz telefonieren. Komme gleich nach.«

Seine Mutter schien den Weg zu kennen. Zielsicher steuerte sie auf den Fahrstuhl zu. »Beeil dich! Und komm dann zur Intensivstation!«

Er nickte und suchte in seinen Taschen nach Kleingeld.

Es dauerte eine Weile, bis er Hausmeister Badenhoop ans Telefon bekam. Gerade als sein letzter Fünfziger in dem stählernen Gehäuse nach unten fiel, meldete sich der knurrige alte Mann. »Nee, Tjark habe ich heute noch gar nicht gesehen. Ich glaube, er ist mit dem Fahrrad unterwegs. Sein Rad ist jedenfalls nicht da.«

Enno wurde heiß. »Was ist mit dem Anhänger?«

»Welcher Anhänger?«

»Der fürs Fahrrad. Mit dem wir früher das Gepäck transportiert haben.«

»Der ist doch schon lange kaputt.«

»Tjark hat ihn repariert. Ist der Wagen noch in der Werkstatt?«

»Keine Ahnung. Darauf habe ich nicht geachtet. Soll ich nachschauen?«

Am Telefon begann eine Anzeige zu blinken. Gesprächszeit zu Ende. Enno hängte auf und rannte durch die Halle zum Pförtner. »Können Sie mir fünf Mark in kleine Münzen wechseln?«

Der Mann schien sich in Zeitlupe zu bewegen und ebenso langsam zu denken. Schließlich hatte er das Kleingeld zusammen, zweimal nachgezählt, nahm Ennos Fünf-Mark-Stück entgegen und schob ihm die Münzen zu.

Eilig kehrte Enno zum Telefon zurück und wählte erneut. Die Aalderks meldete sich mit ihrem Spruch. »Hotel *Nordseeliebe*. Guten Tag. Sie sprechen mit ...«

Er unterbrach sie. »Das Zimmer von Annie de Vries. Schnell!«

»Bitte?«

»Hier ist Enno. Frau Aalderks, ich muss Annie – Frau de Vries erreichen. Es ist wichtig.«

89

»Einen Augenblick bitte, Herr Krabbenhöft.«

Endlos zogen sich die Sekunden. Es knackte in der Leitung, schließlich meldete sich Elske Aalderks. »Tut mir leid, Herr Krabbenhöft. Frau de Vries meldet sich nicht.«

Enttäuscht und wütend zugleich hängte Enno den Hörer des Münztelefons auf die Gabel. Für einen Moment erwog er, ein Taxi zu rufen und sich zum Flugplatz fahren zu lassen. Doch das würde ihm seine Mutter nie verzeihen. Voller dunkler Ahnungen machte er sich auf den Weg zur Intensivstation.

Auf dem Flur vor der Station sprach ihn eine Krankenschwester an. »Herr Krabbenhöft?« Enno nickte abwesend. Seine Gedanken waren noch bei Tjark und Annie de Vries. »Kommen Sie bitte mit!« Sie führte ihn in einen Besucherraum. »Ihre Mutter ist gerade bei Ihrem Vater. Bitte warten Sie hier einen Augenblick.«

Enno ließ sich auf einem der Stühle nieder und betrachtete die ausliegenden Zeitschriften. Auf dem Spiegel war Erich Honecker abgebildet, der einstige Staatschef der DDR. Die Justiz warf ihm vor, fünfundsiebzig Millionen Westmark, die Bonn für Häftlingsfreikäufe gezahlt hatte, auf sein eigenes Konto geleitet zu haben. Er überflog den Artikel, ohne die Einzelheiten wirklich aufzunehmen. Das Ende der DDR war das beherrschende Thema in allen Zeitungen und Zeitschriften. Im Hotel war noch kein Gast aus dem Osten aufgetaucht. Aber den ersten Trabbi hatte Enno in Emden schon gesichtet. In einem anderen Beitrag ging es um das Auto des Jahres 1990, den Citroën XM. Ein windschnittiger Wagen, der sich technisch und optisch deutlich von seinen Konkurrenten unterschied. Damit über die Autobahn zu jagen musste ein großartiges Erlebnis sein. Leider lohnte sich auf der Insel so ein Fahrzeug nicht.

Während er mit zunehmendem Interesse Erläuterungen zur hydropneumatischen Federung las, wurde die Tür geöffnet. Eine junge Frau trat ein und grüßte zaghaft.

Enno hob den Blick von der Zeitschrift und beobachtete, wie sie sich setzte, ein Taschentuch aus der Handtasche zog, sich die Augen abtupfte und die Nase putzte. Plötzlich sah sie ihn an. »Sie müssen Enno sein. Klaus hat mir von Ihnen erzählt. Und mir ein Foto gezeigt, auf dem Sie und Ihr Bruder ...« Sie brach ab und schniefte.

Irritiert musterte er die Frau. Sie war noch keine dreißig, mollig, eher klein und hatte ein hübsches Gesicht, das von kastanienbraunen, rötlich schimmernden Locken eingerahmt wurde. Gesehen hatte er sie noch nie. Wieso sprach sie von seinem Vater mit dessen Vornamen?

»Ich muss Ihnen das erklären.« Sie schien die Fragezeichen in seinen Augen erkannt zu haben. »Klaus und ich – wir – waren – zusammen. Ich heiße übrigens Petra.«

Enno rutschte die Zeitschrift aus der Hand. Klaus Krabbenhöft, der Hotelier aus Leidenschaft, Ratsherr und Kreistagsabgeordneter – sein Vater! – hatte eine Freundin? Ungläubig starrte er sie an. Die ist doch mindestens zwanzig Jahre jünger!

»Was machen Sie hier?« Kaum hatte er die Frage ausgesprochen, erschien sie ihm lächerlich. Doch sie antwortete – unter Tränen. »Das Krankenhaus hat mich angerufen. Klaus wollte mich sehen. Aber jetzt ...« Sie warf einen Blick in Richtung Intensivstation. »Ihre Mutter ist bei ihm.«

Wie auf ein Stichwort wurde die Tür geöffnet, und die Krankenschwester, die Enno in den Raum geführt hatte, trat ein. Ihr Blick wanderte zwischen ihm und der Frau hin und her. Schließlich trat sie auf ihn zu, setzte sich neben ihn auf den Stuhl und ergriff seine Hand. »Herr Krabbenhöft, mit Ihrem

Vater – ist – etwas – geschehen. Die Ärzte konnten nichts mehr für ihn tun. Möchten Sie ihn sehen?«

Plötzlich schien Enno sich in einer großen Seifenblase zu befinden, die alle Eindrücke von ihm fernhielt. Zwar hörte er die kleine Frau aufheulen, aber das Geräusch war seltsam gedämpft. Auch die Worte der Krankenschwester vernahm er undeutlich, wie aus weiter Ferne, ihren Inhalt verstand er nicht. Benommen folgte er der Frau zur Station. Das muss das Sterbezimmer sein, sagte er sich, während sie ihn zu einer Tür führte und sie öffnete. Als er das Bett und die gefalteten Hände seines Vaters auf der Decke sah, blieb er stehen. »Ich möchte doch lieber nicht ...«

Die nächsten Stunden erlebte er wie einen Film, bei dem er sich selbst zusah. Die Schwester begleitete ihn in einen anderen Raum, offenbar ein Büro, in dem ihn ein Mann im weißen Kittel erwartete. Er deutete auf einen Stuhl. Auf dem Platz daneben saß bereits seine Mutter. Sie war auf eine seltsame Weise gefasst, wie versteinert. Der Arzt erklärte ihnen, was ein Myokardinfarkt war und wie es zu dem tödlichen Ereignis kommen konnte, sprach von einer koronaren Herzerkrankung, die durch eine Arteriosklerose der Koronarien entstehe. Mit seinen Worten konnte Enno nichts anfangen, aber was auch immer der Arzt gesagt hatte, es wäre nicht bis in sein Bewusstsein vorgedrungen. Dort kreiste nur ein Gedanke. Alles lastete jetzt auf ihm. Das Hotel, der Gemeinderat, die Partei, Tjark und seine Mutter.

Er hatte gehofft, dass sie von dieser Petra nichts mitbekommen hatte. Doch dann war eine Bemerkung über ihre zusammengepressten Lippen gekommen. »Er hat diese Frau in seinem Testament bedacht. Sie soll eine der Ferienwohnungen bekommen. Das musst du verhindern, Enno.«

Als Annie zu sich kam, versuchte sie, die Rückkehr in den Albtraum zu verzögern und in der gnädigen Empfindungslosigkeit zu verharren, die sie gerade noch beherrscht hatte. Es gelang ihr nicht. Ergeben öffnete sie die Augen, sah zuerst nur einen Lichtstreifen über der Tür, dann erfasste sie die Umgebung. Raue, bemooste Betonwände, ein grauer, sandiger Fußboden, die Matratze. Ihre Handgelenke schmerzten, der Kopf summte, im Unterleib brannte es. Sie fühlte sich schmutzig, spürte Durst und Übelkeit in der Magengegend. Und sie fror. Noch immer trug sie das Nachthemd aus Jersey, mit dem sie sich am Abend ins Bett begeben hatte. Zu dem Zeitpunkt war sie noch gut gelaunt gewesen. Hatte sich an die Nacht mit Enno erinnert und war zuversichtlich gewesen, in ihm den Mann gefunden zu haben, der das Geschäft auf der Insel organisieren würde. Doch nun war sie in die Fänge eines Vergewaltigers geraten. Einer, der seine Befriedigung nur fand, wenn das Opfer ohnmächtig oder an der Grenze zur Ohnmacht war. Sie hatte ihn bei der Ankunft vor der *Nordseeliebe* gesehen. Wenn er zum Personal gehörte, musste Enno ihn kennen. Wie konnte er zulassen, dass ein perverser Sexualtäter im Hotel arbeitete?

Plötzlich und heftig meldete sich ihre Blase. Hastig richtete Annie sich auf und robbte so weit, wie es ihre Fesseln zuließen, zum Rand der Matratze, hockte sich dort auf den Boden. Anschließend kehrte sie auf das Lager zurück und hüllte sich in die Decke. Dann begann sie die Fessel aus Folie und Klebeband an ihren Handgelenken mit den Zähnen zu bearbeiten. Sie wollte aus diesem Verlies entkommen. Bevor der Irre zurückkehrte.

# 8

## Frühsommer 2014

Sie hatte sich im Hotel *Nordseeliebe* einquartiert. Beim Frühstück im Hotelrestaurant genoss Rieke die Aussicht auf die Nordsee, die im Licht der frühen Sonne eher blau als grau wirkte. Hinter der Promenade mit dem weiß-gelben Musikpavillon begann der weitläufige Strand, auf dem erste Sonnenhungrige es sich in Strandkörben bequem machten.

Das Frühstücksbuffet war reichhaltig, der Kaffee gut, das Personal freundlich. Auch in dieser Hinsicht hatte sie mit der Wahl der Unterkunft einen guten Griff getan. Für ihre Verhältnisse war das geräumige Zimmer luxuriös ausgestattet. Mit einem bequemen Bett, ungehindertem Blick aufs Meer und funktionierendem Internetanschluss. Letzteren hatte sie bereits genutzt, um ein Foto mit einem Blick aus dem Fenster an Julia zu schicken.

Die Reisekosten-Richtlinien hätten ihr dieses erstklassige Haus nicht erlaubt, aber nachdem sie von Eilers und Jensen erfahren hatte, welche Rolle der Besitzer auf der Insel spielte und dass sein Bruder vermisst wurde, war ihr der Gedanke allzu verlockend erschienen, sich im Zentrum des Krabbenhöft-Imperiums niederzulassen. Sollte es bei der Reisekostenabrechnung trotz Feindts Zusage Probleme geben, würde sie die Differenz aus eigener Tasche zahlen. Ihr war klar geworden, wer das LKA eingeschaltet hatte und weshalb ihre Ermittlungen inoffiziell bleiben sollten. Natürlich hatte kein Landtagsabgeordneter das Recht, sich des Landeskriminalamtes zu bedienen, auch nicht, wenn er mit dem Innenminister befreundet war. Aber wenn Parteifreunde miteinander telefonierten und der eine von einer Notlage des anderen erfuhr, war man gern zur Hilfe bereit. Schließlich zeigte die Erfahrung, dass derartige Dienstleistungen irgendwann vergolten wurden. Mit einer Spitzenposition, einer Beförderung oder einem guten Listenplatz bei der nächsten Wahl.

Wie gut Enno Krabbenhöft dieses Spiel beherrschte, hatte sich am Verhalten der örtlichen Kriminalisten ablesen lassen. Sie waren offenbar so sehr von der Integrität ihres Gönners überzeugt, dass sie sich nicht vorstellen konnten, wie der Mann seine Verbindungen zu seinem persönlichen Vorteil einsetzte. Die Identität des Toten war noch nicht abschließend geklärt, aber Krabbenhöft schien anzunehmen, das Opfer dieses bizarren Tötungsdelikts müsse sein Bruder sein. Bisher hatte ihn jedoch niemand identifiziert. Das Gesicht des Toten war völlig entstellt, weil der Mann mehrere Kilometer über die Gleisschwellen der Inselbahn geschleift worden war. Und der über alle Zweifel erhabene Enno weilte schließlich gerade in Hannover. Immerhin hatten sie dafür gesorgt, dass Vergleichsmaterial für eine DNA-Probe sichergestellt wurde.

Kopfschüttelnd erinnerte sich Rieke an das Gespräch. In ihrem Kopf lief der letzte Teil noch einmal ab.

»Also ist der Tote, der möglicherweise Tjark Krabbenhöft heißt, in der Rechtsmedizin in Oldenburg? Oder auf dem Weg dorthin?«

Diesmal schüttelten Eilers und Jensen synchron ihre Köpfe.

»Hat der zuständige Staatsanwalt keine Obduktion angeordnet?«

»Doch«, antwortete Jensen. »Hat er. Aber ...«

»Und wo ist der Leichnam jetzt?« Rieke war entsetzt. »Er muss doch so schnell wie möglich obduziert werden.«

»Wir wussten nicht, ob es der Familie recht war, dass er sofort – vielleicht wollen sie doch erst selbst ...«

»Sie haben auf grünes Licht von Krabbenhöft gewartet?«

»So kann man das nicht sagen«, wandte Jensen ein. »Wir wollten nur abwarten, ob er seinen Bruder selbst identifizieren möchte.«

»Die rechtsmedizinische Untersuchung kann dann immer noch stattfinden«, ergänzte Eilers.

»Wo, bitte, ist denn nun die Leiche?«

»Beim Bestatter. Bestattungsinstitut *Erd, See & Feuer.*«

»Hier auf der Insel? Oder in Emden?«

»Nicht weit von hier. In der Strandstraße. *Erd, See & Feuer* war früher im Besitz der Tischlerei Willms, damals hieß es einfach Pietät Borkum. Wurde aber Ende der Achtzigerjahre verkauft, weil es keinen männlichen Nachwuchs gab, der das Geschäft weiterführen wollte.«

Die Geschichte des Borkumer Bestattungsinstituts erschien Rieke nicht sonderlich interessant. Doch die Art, wie sich ihre Kollegen ansahen, ließ sie aufmerksam werden. »Wem gehört der Laden jetzt?«

»Enno«, antwortete Eilers. Und Jensen ergänzte überflüssigerweise: »Krabbenhöft.«

Innerlich schlug Rieke die Hände über dem Kopf zusammen. Wenn die Mitarbeiter des Bestattungsunternehmens die Leiche hergerichtet hatten, wären wichtige Spuren für die rechtsmedizinische Untersuchung verfälscht oder vernichtet. Es war zum Verzweifeln. Enno Krabbenhöft schien alles in der Hand zu haben. Die Einschaltung des LKA hätte er sich sparen können. Wahrscheinlich hatte er damit sogar einen Fehler begangen, denn in seinem Wahlkreis schien niemandem daran gelegen, ihm zu schaden. Gefahr drohte ihm allenfalls von ihr, Rieke Bernstein. Und von den Medien.

»Was weiß die Presse bisher über den Fall?«

Eilers hob die Schultern und nickte Jensen zu. Dieser machte ein betretenes Gesicht. »Leider ließ sich nicht verhindern, dass die Emder Zeitung Wind von der Sache bekam. Die Absperrung an der Reede zur Bergung der Leiche und zur Untersuchung des Fundorts hat wohl Aufmerksamkeit erregt. Wir haben allerdings noch Glück gehabt. Die Reisenden aus dem Zug haben nichts mitbekommen. Und bevor die nächste Fähre kam, hatten wir alles abgeräumt. Trotzdem hat uns jemand von der Zeitung angerufen und gefragt, was am Morgen an der Borkumer Reede los war.«

»Was haben Sie denen gesagt?«

Jensen kramte in seinen Unterlagen, zog ein Blatt hervor und setzte eine Lesebrille auf. »Gestern Morgen wurde auf Borkum ein Toter gefunden. Mitarbeiter der Inselbahn hatten die Polizei informiert, nachdem sie die männliche Leiche auf den Schienen gefunden hatten. Die örtliche Polizei sperrte den Fundort ab und sicherte Spuren. Nicht geklärt ist bislang die Identität des Toten. Seine sterblichen Überreste werden ans Institut für Rechtsmedizin nach Oldenburg überstellt. Kriminalbeamte der Polizeiinspektion Leer/Emden haben die Ermittlungen aufgenommen.«

Rieke nickte. »Das ist der offizielle Pressetext, den Sie herausgegeben haben. Aber was haben Sie dem Anrufer gesagt?«

»Es war eine Anruferin«, entgegnete Eilers.

»Also gut, was hat die Anruferin möglicherweise von Ihnen erfahren, das nicht in der Pressemitteilung steht?«

Jensen zuckte mit den Schultern. »Nichts. Nur dass eine Person vermisst wird.«

»Und Sie haben nicht zufällig erwähnt, um welche Person es sich dabei handelt?«

97

Die beiden Kollegen sahen sich an. »Natürlich nicht«, murmelte Eilers. »Jedenfalls keinen Namen. Nur, dass er, also, sie – die vermisste Person – eventuell aus einer Borkumer Hoteliersfamilie stammt.«

»Und was steht heute in der Zeitung?«

»Nur unser Text.« Jensen und Eilers strahlten. »Wörtlich. Nichts weggelassen, nichts hinzugefügt.«

»Da haben wir ja Glück gehabt«, seufzte Rieke. »Wenn sich noch einmal jemand von der Zeitung meldet, verweisen Sie ihn an mich. Und sorgen Sie dafür, dass die Aussage in Ihrer Pressemitteilung Wirklichkeit wird. Die Leiche muss so schnell wie möglich nach Oldenburg. Aber vorher schauen wir sie uns noch an. Diesen Vorteil müssen wir nutzen.«

»Wir?«, fragten Eilers und Jensen wie aus einem Mund.

»Ja.« Sie unterdrückte ein Grinsen. »Sie beide und ich. Morgen früh um neun bei *Erd, See & Feuer.*«


Rieke hatte überraschend gut geschlafen, ausgiebig gefrühstückt, und nun genoss sie die Aussicht auf die Nordsee.

Bis zu der Verabredung hatte sie noch eine halbe Stunde Zeit. Sie löste den Blick vom blauen Meer, griff zu ihrem Smartphone und gab »Enno Krabbenhöft« in das Google-Suchfenster ein. Wie erwartet stieß sie auf einen umfangreichen Eintrag bei Wikipedia.

Enno Krabbenhöft wurde 1969 als Sohn des Borkumer Hoteliers Klaus Krabbenhöft geboren. Er besuchte das Johannes-Althusius-Gymnasium in Emden. Nach dem Abitur begann er ein Studium der Wirtschaftswissenschaften an der Universität Oldenburg, das er jedoch nicht beendete. Stattdessen übernahm er 1990 das Hotel seines Vaters, der mit sechsundfünfzig Jahren verstarb, und baute das elterliche Unternehmen zum größten Hotelverbund an der Nordsee aus. Auch politisch trat er in die Fußstapfen seines Vaters, wurde Mitglied der Liberal-Konservativen Partei, die ihn 2004 zum Vorsitzenden wählte. Auf Borkum war er zeitweise Bürgermeister und wurde Mitglied im Kreistag des Landkreises Aurich. Als Landrat (1999 bis 2007) und Abgeordneter im niedersächsischen Landtag (seit 2008) hat er sich insbesondere für die Touristikbranche in Ostfriesland eingesetzt. Darüber hinaus bezeichnet er den Abbau der Staatsverschuldung als Priorität seiner Partei. Forderungen nach Steuererhöhungen lehnt Krabbenhöft ab. Stattdessen schlägt er eine Schuldenbremse für das Sozialsystem vor. Neue Sozialleistungen soll es nur geben, wenn die Wirtschaft dadurch nicht belastet wird. Außerdem setzt er sich für eine Kürzung der Bezugsdauer des Arbeitslosengeldes für ältere Arbeitnehmer ein. Krabbenhöft gilt über Parteigrenzen hinweg als gut vernetzter Lobbyist, der es versteht, seine Verbindungen für das Hotel- und Gaststättengewerbe zu nutzen. Nicht zuletzt hat er nach Kräften die Senkung der Mehrwertsteuer für Hotelübernachtungen von 19 auf 7% unterstützt.

Es gab zahlreiche weitere Eintragungen, auf denen über den Hotelier und sein Unternehmen berichtet wurde. Kongresse, Neueröffnungen oder Parteiveranstaltungen, bei denen er aufgetreten war. Auf den Fotos sah Rieke einen strahlenden, elegant gekleideten Mittvierziger, der vital und bedeutend jünger wirkte, meistens umgeben von lächelnden Krawattenträgern in dunklen Anzügen. Sie hätte gern mehr über das Privatleben und den Charakter Krabbenhöfts erfahren. Darüber würde sie sich selbst ein Bild machen müssen. Die Menschen in seiner Umgebung wussten sicher mehr über ihn. Man musste ihnen die Information allerdings entlocken. Und das war in Ostfriesland seit jeher keine leichte Aufgabe.

Sie schob das Smartphone zurück in die Handtasche, ließ den Blick noch einmal über die Urlaubswelt aus Strand, Sand und Meer wandern und erhob sich dann, um sich für den Arbeitstag umzuziehen. Beginnen würde er mit einer Verabredung in einem Bestattungsinstitut. Das hatte sie noch nicht gehabt.

Im zweiten Stock des Gebäudes aus bläulichem Backstein an der Ringstraße, das die Emder Zeitung mit Heimat- und Sonntagsblatt beherbergte, beugte sich Hannah Holthusen über eine alte Ausgabe der EZ, die sie sich aus dem Archiv besorgt hatte. Ihre Erinnerung hatte nicht getrogen. Im Frühling 1990 hatte sie über den Tod von Klaus Krabbenhöft berichtet. Über eine große Beerdigung mit viel lokaler Prominenz, aber auch über sein Hotel, seine kommunalpolitischen Aktivitäten und die Nachfolgefrage. Dem Sohn, der den Betrieb und später auch die Ämter seines Vaters übernommen hatte, war sie seitdem öfter begegnet. Sie mochte ihn nicht, denn Enno Krabbenhöft gehörte zu den Männern, die eine Frau zunächst taxierten und sofort in fuckable oder not fuckable einteilten. Außerdem waren ihr seine politischen Ansichten nicht geheuer. Sie klangen allzu sehr nach Raubtierkapitalismus. Jedenfalls, wenn man unter vier Augen mit ihm sprach. Öffentlich stellte er sich geschickt als liberaler, dem Gemeinwohl verpflichteter Mann des Volkes dar.

So musste auch schon sein Vater gewesen sein. Ihm wurde nachgesagt, bei der Durchsetzung seiner Interessen notfalls über Leichen zu gehen. Zwei Jahre vor seinem Tod hatte es eine Anzeige gegen seine Söhne gegeben. Eine junge Frau hatte behauptet, von ihnen vergewaltigt worden zu sein. Klaus Krabbenhöft hatte ein halbes Dutzend Anwälte aufgeboten, die dafür sorgten, dass die Anklage niedergeschlagen wurde. Es hatte an schlagkräftigen Beweisen gefehlt, weil die Frau sich erst ein Jahr nach der Tat gemeldet hatte. Und die Anwälte hatten einen Zeugen präsentiert, der aussagte, zur fraglichen Zeit mit Tjark und Enno in einem Segelboot auf der Nordsee unterwegs gewesen zu sein. Hannah hatte diesem Zeugen nicht geglaubt, aber dafür keinen Beleg finden können.

Nach Krabbenhöfts Tod hatte es eine Auseinandersetzung um die Erbschaft gegeben. Eine Frau, die wahrscheinlich seine Geliebte gewesen war, hatte eine seiner Ferienwohnungen auf Borkum geerbt, dagegen waren die Witwe und ihr Sohn Enno vor Gericht gezogen. Den Prozess hatten sie verloren. Bemerkenswert erfolgreich war Krabbenhöft jedoch beim Ausbau seiner Hotelkette gewesen. Schon bald hatte er ein zweites Haus auf Borkum eröffnet, später weitere Hotels auf den ostfriesischen Inseln erworben oder gebaut. Dabei waren seine politische Karriere und die daraus gewonnenen Verbindungen ausgesprochen hilfreich gewesen. Hannah hatte sich für einige seiner Projekte interessiert und die Hintergründe recherchiert. Bei Baugenehmigungen und Finanzierungen hatte es gelegentlich Ungereimtheiten gegeben, aber in allen Fällen war Krabbenhöft knapp am Skandal vorbeigeschrammt. Die Informationen, die Hannah gesammelt hatte, waren nach Ansicht ihres damaligen Chefredakteurs nicht ausreichend belegt gewesen. Außerdem hatten Informanten ihre Aussagen im letzten Augenblick zurückgezogen oder konnten sich plötzlich nicht mehr an das erinnern, was sie Hannah zuvor anvertraut hatten.

In letzter Zeit hatte sie sich kaum noch mit Krabbenhöft beschäftigt, aber dieser Todesfall auf der Insel Borkum hatte sie elektrisiert. Plötzlich waren die Geschichten und Affären, die sich um den Namen rankten, wieder präsent. Weil sich die

Staatsanwaltschaft zu dem Fall noch nicht äußern wollte, hatte sie bei der örtlichen Polizei angerufen und einen der ermittelnden Kriminalbeamten erreicht. Dessen Hinweis auf eine Familie aus der Hotelbranche hatte sie an Krabbenhöft denken lassen. Sofort hatte sie begonnen, Enno Krabbenhöfts Aufenthaltsort zu recherchieren. Dank Internet und einiger Telefonate war sie nun sicher, dass er sich in Hannover aufhielt. Wenn es sich bei dem Toten um ein Mitglied der Familie handelte, kam dafür nur sein Bruder Tjark infrage. Sicher, es gab mehrere Hoteliersfamilien auf Borkum, aber keine war so bedeutend, dass man darum ein Geheimnis machen musste. Also hatte sie herumtelefoniert, um herauszufinden, wo Tjark sich aufhielt. Niemand konnte ihr die Frage beantworten. Gut, auch das war kein Beweis. Aber Hannah spürte wieder dieses Kribbeln im Bauch, das sie befiel, wenn sie einer heißen Sache auf der Spur war. Sollte Tjark Krabbenhöft derjenige sein, den man auf der Insel Borkum tot aufgefunden hatte? Wenn sich ihr Verdacht bestätigte, gab es eine Geschichte. Vielleicht sogar eine große Geschichte. Mit überregionaler Aufmerksamkeit.

Sie beschloss, noch einmal den Kriminalbeamten anzurufen, der ihr – wahrscheinlich ungewollt – den Hinweis auf die Familie Krabbenhöft gegeben hatte. Vielleicht konnte sie ihm noch weitere Informationen entlocken. Oder sollte sie besser gleich auf die Insel fahren? Sie sah auf die Uhr. Der Katamaran legte um 12.30 Uhr vom Borkumanleger ab. Den konnte sie schaffen. Dann wäre sie in eineinhalb Stunden drüben. Mit etwas Glück würde sie auch Imke Gerdes treffen, die Borkumer Beamtin, über deren Dienstantritt als Leiterin der örtlichen Polizeidienststelle sie vor einiger Zeit berichtet hatte. Trotz eines deutlichen Altersunterschiedes hatten sie einander sympathisch gefunden und sich gelegentlich in Emden oder auf der Insel getroffen und hin und wieder miteinander telefoniert. Neben der Sympathie verband sie die gemeinsame Liebe zum ostfriesischen Platt.

Der Tote lag in einem Zinksarg, der zum Glück noch nicht verschlossen war. »Wir bereiten ihn gerade für den Transport vor«, erläuterte ein bleichgesichtiger und hohlwangiger Mitarbeiter von *Erd, See & Feuer*. Seine ebenfalls bleichen, aber sorgfältig manikürten Finger nestelten an der Krawatte. Ein schwarzer Anzug verstärkte die Blässe seiner Haut. Da er überdies extrem dünn und seine Kleidung großzügig geschnitten war, wirkte er auf Rieke ein wenig wie Gevatter Tod höchstselbst.

Sie warf einen Blick durch das Glas des kleinen Fensters, das sich im Kopfteil des Deckels befand, durch das eine rötlichbraune Masse schimmerte, und deutete auf den grauen Behälter. »Könnten Sie den Sarg bitte öffnen?«

»Selbstverständlich.« Der Bestatter winkte einem Helfer, der sich im Hintergrund gehalten hatte. Zu zweit hoben sie den Deckel an und legten ihn zur Seite.

Eilers und Jensen wichen unwillkürlich zurück. Rieke Bernstein dagegen trat näher heran. Im Film, dachte sie, haben die Toten immer die Hände gefaltet. Hier lagen sie neben den Oberschenkeln. Sie waren blutverkrustet, an den Handgelenken fanden sich schwarzblaue Striemen, die sich bei näherem Hinsehen als tiefe Einkerbungen entpuppten. Erst jetzt registrierte Rieke, dass der Mann unbekleidet war. Seine Haut war fast am ganzen Körper von einer rotbraunen Schicht getrockneten Blutes bedeckt. Dort, wo normalerweise die Geschlechtsorgane waren, klebte eine dunkle, fast schwarze Schicht.

Als Rieke sich dem Kopf des Mannes zuwandte, begann sie zu verstehen, warum ihre Kollegen vor einer Identifizierung durch Angehörige oder Bekannte zurückgeschreckt waren. Von dem, was das Gesicht eines Menschen ausmachte, war nur noch wenig vorhanden. Nase, Augenbrauen, Wangen, Lippen waren wie abrasiert, die Augenhöhlen mit verkrustetem Blut ausgefüllt.

Sie wandte sich an Jensen. »Gibt es Fotos vom Fundort? Wie wurde er aufgefunden?«

»Selbstverständlich gibt es Fotos. Die Kollegen von der Tatortgruppe haben alles aufgenommen. Er lag hinter dem Zug. Jemand muss die Leiche mit einem Seil am letzten Wagen befestigt haben.«

»Er war schon tot, als man ihn dort angebunden hat?« Rieke war skeptisch. »Gibt es Hinweise darauf?«

»Nein«, meldete sich Eilers zu Wort. »Aber wie soll es sonst gewesen sein? Es lässt sich doch niemand an einem Zug festbinden. Schon gar nicht – so, ich meine nackt.« Seine Miene drückte Abscheu und Unverständnis aus.

Rieke hob die Schultern. »Sicher nicht freiwillig. Aber vorstellen kann ich mir das schon. So wie der Mann zugerichtet ist, muss eine Menge Hass im Spiel gewesen sein.« Zum ersten Mal schoss ihr der Gedanke durch den Kopf, es mit einer Mörderin zu tun zu haben. Frauen begingen selten Taten, in denen Gewaltanwendung eine Rolle spielte. Überhaupt verübten Frauen deutlich weniger Tötungsdelikte als Männer. Aber warum fehlten diesem Opfer ausgerechnet seine primären Geschlechtsmerkmale? Wenn es sich um einen Racheakt handelte, könnte die Täterin ein Vergewaltigungsopfer sein. Beispiele waren ihr während ihrer kriminalgeschichtlichen Studien nicht begegnet, aber sie wusste, dass dieser Gedanke in der Fantasie betroffener Frauen großen Raum einnahm.

»Ist die Bahnstrecke nach – Spuren abgesucht worden?«, wandte sie sich an ihre Kollegen. »Ja«, antwortete Eilers.

»Aber wir haben nichts gefunden. Nur Blut. Jedenfalls keine …«
Hilfe suchend sah er seinen Kollegen Jensen an. Doch der hatte
den Blick zur Decke gerichtet.

»Sie meinen«, sprang Rieke ein, »Sie haben keinen Penis
und kein Skrotum gefunden?«

»So ist es.« Erleichtert atmete der Oberkommissar aus.
Zugleich spiegelte sich Befremden in seiner Miene.

Mit einer Handbewegung bedeutete Rieke dem Bestatter,
den Sarg zu schließen. »Ich denke, das reicht. Wir müssen das
Ergebnis der Obduktion abwarten. Dann werden wir wissen,
ob diese – besondere Verletzung post mortem entstanden ist.
Oder ob jemand dem Mann bei lebendigem Leibe …« Sie
brach ab, als sie das Entsetzen in den Gesichtern ihrer Kollegen bemerkte, und wandte sich wieder an den Bestatter.
»Vielen Dank für Ihr Entgegenkommen. Wann wird die Leiche abtransportiert?«

»So bald wie möglich.« Der Mann im schwarzen Anzug
warf einen Blick auf seine Armbanduhr. »Wir verschließen
jetzt den Zinksarg. Der kommt in eine Transportkiste, und die
wird mit einem unserer Fahrzeuge nach Oldenburg gebracht.
Die nächste Fähre geht um 13.00 Uhr. Das werden wir wohl
schaffen. Dann dürfte er zwischen 16.00 und 17.00 Uhr in der
Rechtsmedizin eintreffen.«

Also bekommen wir heute kein Ergebnis mehr, dachte
Rieke. Laut sagte sie zu Jensen: »Bitte rufen Sie in der MHH-
Außenstelle an. Wir benötigen die Obduktionsergebnisse so
schnell wie möglich, wir brauchen eine Antwort auf die Frage,
ob der Mann lebend oder als Leiche an den Zug gebunden
wurde, und wann man ihm seinen – na, Sie wissen schon.«

»Und das Ergebnis des DNA-Vergleichs«, ergänzte der
Hauptkommissar.

»Das ganz besonders.« Rieke nickte. »Und Sie sorgen bitte

dafür, dass wir so schnell wie möglich ein Gespräch mit Enno Krabbenhöft führen können.«

»Das wird schwierig.« Eilers und Jensen sprachen wieder einmal im Chor. »Enno«, ergänzte Eilers, »ich meine, Herrn Krabbenhöft, kann man nicht so einfach auf die Polizeiwache bestellen.«

»Der Mensch wächst mit seinen Aufgaben.« Rieke lächelte ihren Kollegen aufmunternd zu. »Sie werden das schon schaffen. Wir treffen uns dann später in der Dienststelle.«

Sie ließ zwei mürrisch dreinschauende Kollegen zurück. »Die Alte geht mir auf den Sack«, knurrte Jensen. »Erst behauptet sie, dass du die Ermittlungen leitest, und dann kommandiert sie uns rum.«

Eilers nickte bedächtig, blieb aber stumm. In einigem Abstand folgten sie der Hauptkommissarin.


»Moin. Wo geiht di dat, mien Deern?« Die Polizeibeamtin strahlte, als Hannah Holthusen die Wache betrat. Rasch umrundete sie den Tresen und breitete die Arme aus. »Ik bün blied as en Klunnie im Tee.«

Hannah drückte sie an sich, dann streckte sie die Arme aus und betrachtete sie. »Kannst di dreihn as du wist, dien Mors blifft immer achtern.«

Die Frauen brachen in Gelächter aus und umarmten sich erneut. »Psst!«, machte Imke Gerdes und deutete auf die Tür zu den hinteren Räumen. »Dicke Luft. Besuch vom Festland. Zwei Kollegen von der Kripo aus Leer. Und eine Hauptkommissarin vom LKA. Die macht den beiden ordentlich ...« Sie brach ab, als sich die Eingangstür öffnete. »... Füer unnerm Mors«, flüsterte sie noch rasch, bevor sie sich der Tür zuwandte.

»Ach, Sie sind's.« Etwas verlegen kehrte Imke hinter die Absperrung zurück. »Darf ich bekannt machen?« Sie nickte der jungen Frau zu, die eingetreten war. »Kriminalhauptkommissarin Bernstein.« Dann deutete sie auf Hannah. »Frau Holthusen von der Emder Zeitung.«

Für einen Augenblick zog die LKA-Beamtin die Augenbrauen zusammen, über der Nasenwurzel erschien eine steile Falte. Doch dann setzte sie ein geschäftsmäßiges Lächeln auf und streckte die Hand aus. »Freut mich, Sie kennenzulernen.«

»Die Freude ist ganz auf meiner Seite«, antwortete Hannah. Sie war ein wenig irritiert, für eine Hauptkommissarin erschien ihr die Frau ungewöhnlich jung. Seit sie selbst in den Fünfzigern war, fiel ihr die Einschätzung des Alters von jungen Leuten zunehmend schwer. Ob jemand Anfang oder Ende zwanzig war, vermochte sie nicht mehr recht zu beurteilen. Und diese große Blonde konnte eigentlich noch keine dreißig sein. Sie war versucht, sie für höchstens fünfundzwanzig zu halten. Damit wäre sie jünger als ihre eigene Tochter und gehörte zu einer Altersgruppe, die sie gewohnheitsmäßig duzte.

Bernstein sah sie aufmerksam an. »Können wir etwas für Sie tun?«

Hannah besann sich auf ihren professionellen Auftrag. »Mich interessiert der mysteriöse Todesfall auf der Insel. Und jetzt natürlich auch die Frage, warum Sie hier sind.«

Die junge Hauptkommissarin schien einen unhörbaren Seufzer auszustoßen. Dann deutete sie auf die Tür im Hintergrund. »Ich muss kurz etwas mit meinen Kollegen besprechen. Dann können wir uns unterhalten.«

# 9

## Spätsommer 1990

Ein Geräusch ließ sie zusammenfahren. Als hätte jemand gegen die Tür geschlagen oder einen Gegenstand dagegen geworfen. Rasch hockte sie sich auf die Matratze und hüllte sich in die Decke. Hände und Füße hatte sie von den Fesseln befreien können, doch eine Idee, wie sie den Mann außer Gefecht setzen könnte, war ihr nicht gekommen. Es gab in diesem Verlies nichts, was sie als Waffe hätte benutzen können. Außerdem fühlte sie sich schwach, Hunger und Durst peinigten sie, und nach der langen Zeit in der Dunkelheit fürchtete sie sich vor dem hellen Licht, das sie blenden und ihr die Sicht rauben würde.

Doch die Tür wurde nicht geöffnet, und weitere Geräusche blieben aus. Annie erhob sich und tastete sich zum Eingang vor. Sie legte ein Ohr an die eiserne Wand und lauschte. Helle Stimmen schrien draußen durcheinander. »Lasst den Blödsinn«, rief ein erwachsener Mann, »wir müssen weiter.« Verzweifelt schlug sie mit den Fäusten gegen die Tür, schrie um Hilfe, doch die Kinderstimmen entfernten sich, wurden schwächer und verschwanden schließlich ganz.

Enttäuscht wankte Annie zurück zur Matratze. Wahrscheinlich waren ihre Faustschläge gegen das massive Eisen draußen ebenso wenig zu hören wie ihre Rufe. Wind und Nordseewellen übertönten das schwache Geräusch, das sie hervorgebracht hatte. Immerhin hatten sich Kinder oder Jugendliche zu ihrem Versteck verirrt. Sie klammerte sich an die Hoffnung, ein Tourist könnte vor der Tür auftauchen. Aber wie sollte sie wirksam auf sich aufmerksam machen? Ihr Blick wanderte zum hinteren Bereich des feucht-kalten Gefängnisses. Gab es dort etwas, mit dem sie vernehmbar gegen die Tür schlagen konnte? Vorsichtig bewegte sie sich in der Dunkelheit voran. Doch schon bald endete ihre Bewegungsfreiheit vor einer weiteren Eisentür. Der schmale Raum, der von Betonwänden begrenzt wurde, war wohl nur ein Gang, der ins Freie führte. Die eigentlichen Räume der Anlage befanden sich hinter der zweiten Tür. Annie dämmerte, dass sie sich im Eingang zu einem ehemaligen Bunker befand. Ein anderes Gebäude aus massivem Beton schien ihr im Bereich der Inseldünen nicht vorstellbar. Leider fand sich in dem Bunkerzugang kein Gegenstand, mit dem sie etwas hätte anfangen können. Außer der Matratze und der Decke gab es nur ein wenig Sand, ein paar Scherben und einige Kronkorken.

Weil sie keine Möglichkeit sah, aus diesem Verlies zu flüchten, würde sie darauf setzen müssen, den Mann zu überlisten. Fieberhaft kreisten ihre Gedanken um die Frage, wie sie ihn dazu bringen konnte, seine Aufmerksamkeit von ihr abzuwenden. Eine Chance bekam sie nur, wenn er sich im Raum befand und die Tür geöffnet war. Die Vorstellung, ihm körperlich nah zu sein, verursachte Ekelgefühle. Aber gab es eine andere Chance? Das größte Problem war die Plastiktüte. Wenn er wieder ihr Gesicht verhüllen würde, bestand wenig Aussicht auf eine erfolgreiche Flucht. Sie würde nichts sehen, unter Atemnot leiden und sofort die Orientierung verlieren. Irgendwie musste sie ihn davon überzeugen, sie ohne verborgenes Gesicht zu nehmen. Die Aussicht auf eine Begegnung von Angesicht zu Angesicht ließ sie schaudern, aber gleichzeitig spürte sie ihren Willen wachsen, dem Ungeheuer zu entkommen.

Annie bereute, ihre Armbanduhr am Abend abgenommen

zu haben. Sie hätte gern gewusst, wie spät es war, wie lange sie schon in ihrem Gefängnis zubrachte. Irgendwann begann der Lichtstreifen über der Tür schwächer zu werden, schließlich verschwand er ganz. Würde der Mann im Schutz der Dunkelheit zurückkehren?

Sie wartete. Spielte in ihren Gedanken die Szene seiner Ankunft durch. Kämpfte gegen aufkommende Müdigkeit und zunehmendes Hunger- und Durstgefühl. Wenn der Typ nun gar nicht kam? Wenn er beschlossen hatte, sie verhungern zu lassen? Nein, korrigierte sie sich, sie würde verdursten. Der Mensch konnte einige Zeit ohne Nahrung auskommen, hatte sie einmal gelesen, aber nur zwei oder drei Tage ohne zu trinken. Wenn sie wenigstens einen Joint dabei gehabt hätte, um sich ein wenig ablenken und betäuben zu können.

Schließlich fiel sie in einen Dämmerschlaf, aus dem sie immer wieder aufschreckte. Irgendwann musste sie länger geschlafen haben, denn der Lichtstreifen über der Tür war wieder da, als sie die Augen öffnete. Ein neuer Tag. Der Mann war nicht gekommen.


Tjark war zufrieden, aber auch voller Unruhe. Seit Enno und seine Mutter zurückgekehrt waren, herrschte eine merkwürdige Stimmung im Haus. Die Angestellten schlichen auf leisen Sohlen umher und sprachen im Flüsterton miteinander. »Dein Vater ist heute gestorben«, hatte die Mutter gesagt und sich in ihr Zimmer zurückgezogen. Der Satz hatte vorwurfsvoll geklungen. Aber er war sich keiner Schuld bewusst. Schließlich hatte er den Tod des Alten nicht verschuldet.

»Wäre besser gewesen, du wärst mitgekommen«, erläuterte Enno. »Dann hättest du unseren Vater noch einmal sehen können.«

Tjark saß auf der Treppe zur Wohnung. Er zuckte mit den Schultern. »Wozu?« Interessiert betrachtete er seinen Bruder. »Jetzt bist du hier der Boss.«

Enno schüttelte den Kopf. »Mama hat zu entscheiden, was geschieht. Jeder macht erst mal weiter seine Arbeit. Später muss einer von uns die Geschäfte übernehmen. Leute einstellen, sich um die neuen Projekte kümmern, mit den Behörden verhandeln. Aber das hat Zeit. Erst müssen wir unseren Vater unter die Erde bringen.«

»Sag ich doch.« Tjark grinste. »Du bist der Boss.«

Diesmal widersprach Enno nicht. Er wirkte abwesend, schien über irgendetwas nachzudenken.

In Tjark verstärkte sich die Unruhe. Es zog ihn zum Bunker im Ostland. Er wollte sie anschauen, sich an ihrem Körper und an ihrer Angst erregen.

Einerseits bedauerte Tjark es, seinem Bruder nicht von seinem Schatz erzählen zu können. Ihm gefiel der Gedanke an seine Gefangene. Noch besser wäre es, wenn alle wissen könnten, dass sie ihm ganz allein gehörte. Er würde sie hüten wie ein Kleinod. Irgendwann würde man nach ihr suchen. Doch er rechnete nicht damit, dass sie gefunden wurde. Und vorerst würde sie wohl kaum jemand vermissen.

Andererseits durfte niemand seinen Besitz auch nur erahnen. Vor allem Enno nicht. Plötzlich brach ihm der Schweiß aus. Er würde nach ihr fragen. Vielleicht sogar in ihrem Zimmer nachsehen. Schließlich war sein Bruder scharf auf die Tusse. Wie hatte er das vergessen können?

»Und was hast du heute den ganzen Tag gemacht?« Die Frage kam unerwartet.

»Nichts Besonderes.« Tjark zuckte betont lässig mit den Schultern. »Erst habe ich den Fahrradanhänger repariert, dann bin ich damit ein bisschen herumgefahren. Nach dem Mittag-

111

essen habe ich mit der Aalderks Gäste vom Bahnhof abgeholt. Dafür ist der Anhänger übrigens sehr nützlich. Also, fürs Gepäck. Das hat sie auch gesagt.«

Sein Bruder sah ihn nachdenklich an. Er schien mit seinen Gedanken woanders zu sein. »Hast du Annie gesehen? Ich meine Frau de Vries?«

Tjark schüttelte rasch den Kopf. »Ich war heute kaum im Hotel. Und bei dem schönen Wetter waren bestimmt alle Gäste am Strand. Die – Dings – bestimmt auch.«

Gespannt wartete er auf die Reaktion seines Bruders. Doch der nickte nur. Als würde er ihm zustimmen. »Morgen besprechen wir die Beisetzungsmodalitäten. Mit der Gemeinde, dem Pastor und der Friedhofsverwaltung. Du musst einen schwarzen Anzug anziehen.«

Gern hätte Tjark widersprochen, weder interessierte ihn der Friedhof noch der Pfarrer, und einen Anzug mochte er nicht tragen, schon gar keinen schwarzen. Aber es erschien ihm klüger, den Anweisungen seines Bruders Folge zu leisten. Wenn sich sein Denken und sein Handeln jetzt um die Beerdigung drehten, vergaß Enno vielleicht die Frau aus Zimmer 24. Erneut überfiel ihn der Drang, nach ihr zu schauen. Und dann schoss ihm ein neuer Gedanke durch den Kopf. Heute würde er keine Gelegenheit mehr haben, sie zu besuchen. Und morgen konnte die Zeit knapp werden, wenn Enno und seine Mutter darauf bestanden, ihn mit zum Bürgermeister, zum Pfarrer und auf den Friedhof zu schleppen. Damit seine Gefangene nicht zu schwach wurde, musste er ihr zwischendurch etwas zu essen und zu trinken bringen. Irgendwann würde er ein paar Reste aus der Hotelküche und zwei oder drei Flaschen aus dem Getränkelager mitgehen lassen und sie damit versorgen.

Nach einer unruhigen Nacht mit seltsamen Träumen, in denen sich der Tod seines Vaters als Irrtum herausgestellt hatte und in denen es zu verwirrenden Szenen mit ihm, seiner Mutter und der molligen Petra gekommen war, erwachte Enno viel zu früh. In seinem Kopf kreisten die Bilder vom Besuch im Krankenhaus. Der bleiche Vater in den Kissen seines Totenbetts, die versteinerte Mutter, die Tränen in den Augen der Geliebten seines Vaters. Die, so hatte sein Vater der Mutter noch auf dem Sterbebett ins Ohr geflüstert, sollte eine der Ferienwohnungen erben.

Eins der Apartments abzugeben wäre für den Betrieb keine Katastrophe. Auch Enno hätte auf eine der Wohnungen verzichten können. Für seine gelegentlichen amourösen Abenteuer standen noch genügend andere zur Verfügung. Aber ein Verzicht wäre eine Frage der Ehre. Es war nicht auszuschließen, dass der Zusammenhang bekannt wurde. Die Hure seines Vaters in einer Krabbenhöft-Wohnung zu wissen wäre eine ständige öffentliche Erinnerung an einen schwerwiegenden Verstoß gegen den Anstand. Derartige Dinge hatten im Dunkeln zu bleiben, mussten vor den neugierigen Augen und Ohren der Umgebung verborgen werden. Darum würde er das Testament anfechten, wenn es tatsächlich diese Bestimmung enthalten sollte. So wie seine Eltern und ihre Anwälte dafür gesorgt hatten, dass die Familie nicht in den Schmutz gezogen wurde, als Tjark und er von einer Touristin beschuldigt worden waren. Natürlich durfte sich so etwas nicht wiederholen. Aber von den fünf oder sechs Mädchen, die sich in jeder Saison auf das Spiel eingelassen hatten, war nur eine so dreist gewesen, sich hinterher darüber zu beklagen.

Seufzend erhob sich Enno und trat ans Fenster. Die Morgensonne tauchte den Strand in ein rötliches Licht und gab der Nordsee einen violetten Schimmer. Die Promenade war leer.

Nur zwei einsame Müllwerker in orangefarbenen Westen waren zu dieser Stunde schon unterwegs und leerten Papierkörbe.

Jetzt hatte er die gesamte Verantwortung allein zu tragen. Für das Hotel, für das neue Projekt am Südstrand, die Grundstücksinvestitionen auf Juist und Norderney. Und für Tjark. Bei allen geschäftlichen Belangen hätte er Unterstützung, hatte ihm seine Mutter auf dem Rückweg erklärt. Die Anwaltskanzlei von Dr. Leßing und Partner kümmerte sich um die Immobilienangelegenheiten. Die Parteifreunde seines Vaters, die wichtige Positionen im Hotel- und Gaststättenverband und in den Behörden innehatten, sorgten für notwendige Genehmigungen. Nicht zuletzt war die Ostfriesische Privatbank, mit dessen Chef sein Vater befreundet gewesen war, ein wichtiger und verlässlicher Geschäftspartner. Sie alle würden ihm helfen.

»Nur bei Tjark hilft mir niemand«, murmelte er und kehrte zu seinem Bett zurück. Vielleicht konnte er doch noch etwas schlafen.

Doch die kreisenden Gedanken ließen ihm keine Ruhe, sodass er schließlich aufgab und schwerfällig ins Badezimmer tappte. Auf dem Flur vernahm er ein Geräusch, das von unten zu kommen schien. Er warf einen Blick die Treppe hinab und sah im Dämmerlicht gerade noch, wie eine Gestalt um die Ecke verschwand. Tjark? Kurz entschlossen hastete er die Stufen hinunter. Einem vagen Gefühl folgend verharrte er in einer Nische. Die Tür zum Hinterhof wurde geöffnet, im einfallenden Licht erkannte er die Silhouette seines Bruders. Wohin mochte er um diese Zeit gehen? Enno schlich zur Tür und öffnete sie leise. Durch einen Spalt beobachtete er, wie Tjark die Tür zum Hinterhaus öffnete. Kurz darauf schob er sein Fahrrad auf den Hof, klemmte etwas auf den Gepäckträger und schwang sich auf den Sattel. Im nächsten Augenblick war er verschwunden.

Enno beschlich ein ungutes Gefühl. Was trieb seinen Bruder zu dieser frühen Stunde aus dem Haus, ohne ihm oder jemand anderem Bescheid zu geben? Offenbar rechnete er damit, rechtzeitig vor dem Frühstück wieder zu Hause zu sein. Denn er wusste, was ihn heute erwartete. Widersprochen hatte er nicht, also war damit zu rechnen, dass er sich den Zwängen der Umstände beugte und ihm oder seiner Mutter zuliebe die lästigen Gänge und Besuche über sich ergehen ließ.

Ein Blick auf die Uhr sagte Enno, dass Tjark nur eine knappe Stunde für sein Vorhaben hatte. Wo könnte ein Ziel sein, das er mit dem Fahrrad in dieser Zeit erreichen konnte?

Nachdem er in die Wohnung zurückgekehrt war, betrat er das Zimmer seines Bruders, sah sich um und suchte nach Anzeichen, die eine Erklärung für sein seltsames Verhalten geben konnten. Das Bett war zerwühlt, der Schlafanzug lag auf dem Boden. Auch sonst herrschte die übliche Unordnung. Aber nichts deutete auf ein wie auch immer geartetes Vorhaben hin. Er würde ihn danach fragen. Aber würde Tjark ihm antworten?

Während Enno duschte und sich anzog, kreisten seine Gedanken weiter um den Bruder. Am Abend hatte er seltsam zufrieden gewirkt. Und er hatte den Hinweis auf die Besuche beim Bürgermeister, beim Pfarrer und auf dem Friedhof klaglos akzeptiert. Eigentlich hätte Tjark widersprechen müssen. Schon das Tragen eines dunklen Anzugs war ihm zuwider. Erst recht Gespräche bei Personen, die er nicht mochte. Der Pastor hatte ihn vor Jahren aus dem Konfirmationsunterricht geworfen, was Tjark ihm nie verziehen hatte. Und der Bürgermeister hatte ihm einmal eine Ohrfeige verpasst, nachdem er ihn dabei erwischt hatte, wie er versuchte, einen der Walfisch-

115

knochen aus dem Zaun an der Wilhelm-Bakker-Straße zu brechen.

Je länger er darüber nachdachte, desto ungewöhnlicher erschien ihm Tjarks Verhalten. Der Sache würde er auf den Grund gehen müssen.

Nachdem er sich angezogen hatte, war es noch immer zu früh für das gemeinsame Frühstück mit der Mutter. Um diese Zeit war auch im Hotel noch kein Betrieb. Nur in der Küche wurde schon gearbeitet, die Köche bereiteten das Frühstücksbuffet für die Gäste vor. Enno zog es in das Büro seines Vaters. Aus dem Versteck am Empfang holte den Schlüssel und schloss die Tür des Allerheiligsten auf. Künftig würde er von hier aus die Geschicke des Unternehmens lenken. Er trat an den Schreibtisch, ließ sich auf den schweren Bürosessel fallen und strich mit der flachen Hand über die Tischplatte. Spielerisch zog er eine der Schubladen auf. Und stutzte. Das oberste Schubfach war beschädigt. Es sah aus, als hätte jemand das Schloss mit einem länglichen Werkzeug aufgebrochen. Rasch kontrollierte Enno den Inhalt. Alles war an seinem Platz. Auch die Haupt-Keycard für die Hotelzimmer. Unschlüssig drehte er sie in der Hand.

Widerstreitende Gefühle breiteten sich in ihr aus, als sie Geräusche vom Eingang vernahm. Annie begann zu zittern, ohne zu wissen, ob Angst oder Aufregung, Erleichterung oder Hoffnung dafür verantwortlich waren. Sie setzte sich auf, zog die Beine an und schlang die Arme um ihre Knie. Jetzt kam es darauf an, die richtigen Worte zu finden. Ihr Leben hing davon ab, dass es ihr gelang, den Mann mit Worten zu erreichen, ihn in ein Gespräch zu verwickeln, eine menschliche Seite an ihm zu finden.

Doch als die schwere Eisentür knarrend aufschwang und er

breitbeinig im Gegenlicht stand, versagte ihre Stimme. In der Hand hielt er eine Plastiktüte. Nicht wieder die Tüte, dachte sie, nicht wieder die Tüte, nicht wieder – ein leises Wimmern unterbrach ihre Gedanken. Woher kam dieses Geräusch? Hektisch irrte ihr Blick durch das Gefängnis. Bis ihr klar wurde, dass sie selbst es war, die so jammervolle Töne ausstieß. Sie presste die Lippen zusammen und versuchte sich an das zu erinnern, was sie dem Mann hatte sagen wollen. Doch die ersten Worte kamen von ihm.

»Hier.« Er warf ihr die Tüte zu. »Was zu essen. Und zu trinken.« Annie starrte auf den Schriftzug, der auf den Beutel gedruckt war. Auf Borkum ist alles anders. Eine Plastikflasche ragte heraus. Mit zwei Schritten war er neben ihr, hockte sich nieder, ergriff die Tüte und schüttelte ihr den Inhalt vor die Füße. Zwei Flaschen und ein sorgfältig eingewickeltes Päckchen. Es sah aus wie eins der Lunchpakte, die sich Gäste im Hotel manchmal nach dem Frühstück für Tagesausflüge aushändigen ließen. Durst und Heißhunger lösten den Impuls aus, danach zu greifen. Doch sie zwang sich, ihm nicht nachzugeben. Rede mit ihm, sagte sie sich, jetzt!

»Danke«, krächzte sie gegen ihren Willen.

Er stieß einen unartikulierten Laut aus und stand wieder auf. Annie wartete auf das gleißende Licht der Handlampe, doch die schien er nicht bei sich zu haben. Langsam bewegte er sich rückwärts zur Tür.

In ihr kroch Panik hoch. Plötzlich hatte sie mehr Angst vor dem Alleinsein als vor der Nähe dieses Mannes. »Willst du nicht hier bleiben?«, stieß sie hastig hervor.

Er lachte kurz und trocken. »Sehnsucht nach mir?«

Annie schüttelte den Kopf. »Was hast du mit mir vor?«

»Morgen komme ich wieder. Dann haben wir Zeit.« Er stieß die Tür auf und trat hinaus.

117

»Warte!«, schrie Annie. »Warte doch! Wir können über alles reden!«

Die Tür krachte ins Schloss, es war wieder dunkel. Annie brach in Tränen aus. Heulte hemmungslos Enttäuschung und Wut, Angst und Entsetzen hinaus.

Fassungslos starrte Enno in das leere Zimmer. Hastig durchquerte er den Raum, öffnete die Tür zum Bad. Aber er wusste schon, dass er Annie auch hier nicht finden würde. Das Bett war benutzt, ihre Kleider hingen im Schrank, ihre Unterwäsche lag auf einem Stuhl, ihre Schuhe standen aufgereiht unter dem großen Spiegel. Es gab keinen Zweifel. Sie war nicht hier.

Die Hauptkarte in seiner Hand hatte ihn auf die Idee gebracht, einen Blick auf die schlafende Annie zu werfen. Doch schon im nächsten Augenblick hatten sich seine Beobachtungen zu einem erschreckenden Bild zusammengefügt. Tjark konnte den Schreibtisch aufgebrochen, mithilfe der Hauptkarte in ihr Zimmer eingedrungen und sie weggebracht haben. Mit dem Fahrradanhänger. Deshalb hatte er die Karre repariert. Dann hätte er die Sache bereits seit gestern oder vorgestern geplant.

Aber wohin hätte er sie bringen können? Irgendwo auf der Insel müsste sein Bruder die Frau gefangen halten. Eine beängstigende, aber auch abenteuerliche Vorstellung. Würde Tjark so weit gehen? Hoffentlich hat er ihr nichts angetan. Dieser Satz kreiste in seinem Kopf und beherrschte sein Denken, während er das Zimmer verließ, die Tür schloss und zurück ins Büro seines Vaters hastete. Wenn Tjark Annie entführt hatte und das herauskam, wäre alles verloren. Das Ansehen, die Freunde, die Verbindungen, am Ende auch das Hotel.

Zum Frühstück erschien Tjark mit leichter Verspätung. Er war etwas außer Atem, wirkte aber zufrieden und griff ungehemmt zu. Enno dagegen hatte keinen Appetit und knabberte lustlos an einem Croissant.

»Um neun ist das Gespräch mit dem Pfarrer«, verkündete die Mutter. »Seid bitte pünktlich und zieht euch angemessen an!« Sie trug bereits ein schwarzes Kleid, in dem sie vornehm und elegant wirkte. Enno nickte und sah seinen Bruder an.

»Weiß schon«, griente der. »Schwarzer Anzug. Kein Problem.« Ein überraschter Blick seiner Mutter streifte ihn, den er jedoch nicht zu bemerken schien. Mit ungebremstem Appetit verschlang er ein Marmeladenbrötchen. Enno starrte ihn an und fragte sich, was im Kopf seines Bruders vor sich ging. Es schien, als sehe er den unangenehmen Pflichten des Tages mit Vergnügen entgegen. Der Versuch, seinen Blick aufzufangen, misslang. Aber dann sagte er sich, dass es ohnehin unmöglich war, ihn auf unverfängliche Weise in Gegenwart der Mutter auf das Verschwinden des Gastes von Zimmer 24 anzusprechen. Erst als sie sich erhob und den Raum verließ, konnte Enno reden. »Wo ist Annie de Vries?«, zischte er. »Was hast du mit ihr gemacht?«

Tjark entgleisten die Gesichtszüge, und er erstarrte. Aber nur für den Bruchteil einer Sekunde, dann fand er seine Gelassenheit wieder.

Grinsend hob er die Schultern. »Keine Ahnung. Woher soll ich das wissen? Vielleicht am Wasser. Nordbad, Südbad oder ...«, sein verzerrtes Lächeln wurde breiter, und er beugte sich in einer vertraulichen Geste nach vorn, »... am FKK-Strand.«

Angewidert schüttelte Enno den Kopf. »Ich glaube dir nicht. Du warst in ihrem Zimmer. Mit Vaters Hauptkarte. Du hast die Schreibtischschublade aufgebrochen.«

Mit gespielter Empörung verdrehte Tjark die Augen. »Was du mir alles zutraust.«

»Ja, das traue ich dir zu.« Enno wurde laut. »Und wenn es so sein sollte, kann daraus eine Katastrophe werden. Für uns alle. Du landest im Knast, das Hotel geht den Bach runter.«

Beim Wort Knast zuckte Tjark zusammen. Aber dann breitete er mit einem treuherzigen Augenaufschlag beide Arme aus. »Das ist Unsinn, Enno. Und das weißt du selbst am besten. Unser Hotel kann niemals in Schwierigkeiten kommen. Auch nicht, wenn mal jemand für eine Zeit verschwindet. Ich bin sicher, du wirst dafür sorgen, dass alles gut wird.«

In Enno kochte es. »Alles wird gut?«, schrie er. »Nur wenn Annie heute oder morgen wieder auftaucht. Unversehrt. Und wenn sie keine Anzeige erstattet.«

Tjark betrachtete seinen Bruder wie ein seltenes Tier. Der Ausbruch schien ihn erschreckt zu haben, denn das Grinsen verschwand aus seinem Gesicht. Eine Weile starrte er seinen Bruder mit vorgeschobener Unterlippe an. Dann stand er auf und wandte sich zum Gehen. In der Tür sah er sich noch einmal um. »Sie wird schon wieder auftauchen«, knurrte er und verließ den Raum.

# 10

## Frühsommer 2014

»Leider haben wir hier nur sehr wenig Platz.« Unschlüssig sah Rieke zwischen Imke Gerdes und der Journalistin hin und her.

»Wir können doch woanders hingehen«, schlug Hannah Holthusen vor. »Nicht weit von hier gibt es eine gemütliche Kneipe. Da können wir uns ungestört unterhalten.«

Rieke zögerte einen Moment. Informationsgespräche führte sie ungern in öffentlicher Umgebung. Es gab immer jemanden, der sie oder ihren Gesprächspartner erkannte und seine Schlüsse zog. Auch wenn sie falsch waren, konnte das den Ermittlungen schaden. Aber hier war sie nicht im Steintorviertel von Hannover, niemand kannte sie hier, und auch das Gesicht der Journalistin aus Emden war auf der Insel sicher nur wenigen Menschen vertraut.

»Also gut«, willigte sie ein und deutete zur Tür. »Es bleibt uns wahrscheinlich nichts anderes übrig. Außerdem könnte ich einen Schnaps vertragen.«

»Wunderbar.« Hannah strahlte und drehte sich zu Imke um. »Hol di fuchtig, Deern!«

Die Polizistin winkte. »Vermaak di wat! Un kiek mol wedder in!«

»Dor kannst op af«, rief Hannah über die Schulter. Vor der Tür wandte sie sich Rieke zu. »Ich hoffe, Platt ist keine Fremdsprache für Sie.«

»Es geht so. Sprechen kann ich es nicht. Aber ich verstehe

einiges. Meine Oma lebt im Rheiderland und spricht fast ausschließlich platt. Als Kind war ich oft bei ihr und habe einiges aufgeschnappt.«

»Dann stammen Sie gar nicht aus Hannover?«

»Wie kommen Sie darauf?« In Rieke keimte Misstrauen auf. Was wusste die Journalistin über sie?

»Imke hat erwähnt, dass Sie vom Landeskriminalamt sind. Da habe ich mir gedacht, dass Sie auch in der Landeshauptstadt aufgewachsen sind.«

»Ach so.« Rieke nickte erleichtert. »Nein, ich bin geborene Ostfriesin. Aus Aurich. Nach Hannover bin ich gegangen, weil ich dort meine erste Stelle bekommen habe.«

»Hier sind wir schon.« Hannah Holthusen steuerte auf einen Eingang zu, zu dem ein paar Stufen hinabführten. Eine weiße Tür, darüber eine dezente Leuchtreklame, daneben ein weißes Sprossenfenster. Die Front der Kneipe erstreckte sich über die Breite eines großen Zimmers. Sie reichte gerade für den Schriftzug aus. *Opa sein klein Häuschen* prangte in altdeutschen Lettern auf der roten Backsteinwand.

Im Inneren bestimmte dunkles Holz mit Messingbeschlägen das Bild. Die obligatorische Theke glänzte, daneben gab es nur wenige Tische. Rieke und ihre Begleiterin ließen sich unter dem Fenster nieder. Um diese Zeit waren sie offenbar die einzigen Gäste.

»Was ist Ihnen über die Leber gelaufen, das Sie mit einem Schnaps bekämpfen müssen?« Fragend sah die Journalistin Rieke an und winkte dem Wirt. »Ein Aquavit, ein Wasser bitte!«

Rieke fühlte sich ein wenig vereinnahmt, hatte aber seltsamerweise im Augenblick gar nichts dagegen. Diese Frau wirkte unerschrocken und zielstrebig. Sie wäre sicher auch eine gute Polizistin. Kurz schoss ihr die Frage durch den Kopf,

122

ob Kriminalisten und Journalisten nicht sehr ähnliche Arbeitsweisen hatten.

Während der Wirt das Wasser und ein gefrostetes Glas auf den Tresen stellte und den eiskalten Schnaps einschenkte, betrachtete Rieke ihr Gegenüber. Hannah Holthusen war, schätzte sie, Anfang bis Mitte fünfzig, trug eine eckige schwarze Brille, die ihrem Gesicht einen intellektuellen Ausdruck gab. Die graugrünen Augen strahlten Entschlossenheit und Wärme zugleich aus. Sie wurden von Sternenkränzen aus Fältchen eingerahmt. Auch um den Mund zeigten sich unzählige Falten, in denen sich intensiv gelebte Jahre abzeichneten. Weder Lifting noch Botox hatten diese Haut verfälscht. Die glatten schwarzen Haare schienen gefärbt, aber offensichtlich fehlte ihnen entsprechende Pflege und ein konsequenter Schnitt.

Ihre Gedanken wurden unterbrochen, als der Wirt die Getränke vor ihnen abstellte und die Journalistin ihr Glas hob. »Auf Ihren Erfolg!«

»Zum Wohl!« Rieke nahm ihr Glas und stieß mit Hannah Holthusen an. Sie stürzte den Aquavit herunter und schüttelte sich. »Der hat's aber in sich.«

»Und? Besser?«

»Ja. Tut gut«, nickte Rieke.

»Schön. Dann können wir ja zur Sache kommen.« Hannah Holthusen deutete auf das leere Schnapsglas. »Haben Sie heute schon eine Leiche begutachten müssen?«

Rieke zögerte. Was konnte sie der Journalistin mitteilen, ohne ihren Auftrag zu gefährden? Enno Krabbenhöft sollte vor öffentlichen Spekulationen geschützt werden. Noch war nicht sicher, dass es sich bei dem Toten um seinen Bruder handelte. Auch die bizarre Todesart war bisher nicht bekannt geworden. Wenn die Emder Zeitung darüber berichtete, würden sich andere Medien auf den Fall stürzen, nicht zuletzt die privaten Fernsehanstalten. Und dann hätte sie genau das, was sie verhindern sollte. Vor den Kopf stoßen durfte sie die Frau aber auch nicht, denn unberechenbare Reaktionen von enttäuschten Journalisten konnten ebenfalls Schaden anrichten.

Hannah Holthusen lächelte. »Sie überlegen, was Sie mir anvertrauen können. Stimmt's? Keine einfache Entscheidung, ich weiß. Vielleicht kann ich Ihnen einen Deal vorschlagen.«

»Deal? Klingt in meinen Ohren ein wenig anrüchig.«

»Ist es auch.« Das Lächeln wurde breiter. »Früher sagte man Handel. Oder auch Kuhhandel. Wobei das in Ostfriesland nicht so negativ rüberkommt wie vielleicht anderswo. Hier werden auf den Viehmärkten Kühe noch nach traditioneller Art und Weise gehandelt. Per Handschlag.«

»Worin könnte der Kuhhandel bestehen?«, fragte Rieke skeptisch.

»Sie verraten mir so viel, wie Sie verantworten können. Und ich versorge Sie mit allen Informationen über die Familie Krabbenhöft.«

Beinahe wäre Rieke zusammengezuckt. Woher kannte die Redakteurin den Namen? Hatte Jensen ihn doch erwähnt?

»Wie kommen Sie auf – Krabbenhöft?«

Hannah Holthusen lächelte wieder. »Intuition. Lebenserfahrung. Berufspraxis. Was Sie wollen. Ich kann es selbst nicht genau erklären, aber wenn davon die Rede ist, dass möglicherweise eine Borkumer Hoteliersfamilie betroffen ist, fällt mir automatisch die Familie ein, die ich seit dreißig Jahren im Auge habe.« Sie sah Rieke aufmerksam an. »Es ist nur eine Vermutung. Die kann natürlich falsch sein.«

»Warum haben Sie Ihre Vermutung in Ihrem Zeitungsartikel nicht geäußert? Es ist doch bei den Medien üblich, Fragezeichen-Beiträge zu veröffentlichen, wenn ein Ereignis nicht sicher oder ein Sachverhalt nicht aufgeklärt ist. Hat der Pfarrer seine Frau getötet? Ist dieser Bundesligaspieler schwul?«

»Genau das mag ich an meinem Metier nicht«, antwortete Hannah Holthusen ernsthaft. »Wenn Kollegen so arbeiten, ärgere ich mich. Effekthascherei und Sensationsgier – das ist nicht meine Art.«

Rieke spürte, dass sie ernst meinte, was sie sagte, und empfand zunehmend Sympathie für die Journalistin. Sie erinnerte sich an Auseinandersetzungen mit Vorgesetzten, bei denen es darum ging, Statistiken zu schönen, weil vom Innenministerium Jahr für Jahr positive Entwicklungen erwartet wurden. Sie hatte sich widersetzt und war deshalb zum MEK versetzt worden. Dass ihr dieses nicht geschadet, sondern eher genutzt hatte, stand auf einem anderen Blatt.

»Dann dürften Sie es in Ihrer Zeitung nicht immer ganz leicht haben«, vermutete sie.

»Darum bin ich nach dreißig Jahren und mit dreiundfünfzig immer noch Redakteurin einer Provinzzeitung. Bei überregionalen Blättern oder Zeitschriften sind Leute wie ich nicht gefragt. Da zählt nur noch die Auflage. Und je mehr Sensationen du ins Blatt bringst, desto mehr Käufer findest du. So ist das nun mal. Aber mir gefällt das nicht. Hier kann ich noch einigermaßen frei arbeiten. Außerdem lebe ich gern in Ostfriesland.«

Ganz überzeugt war Rieke nicht, aber sie ließ ihr Gefühl entscheiden. Hannah Holthusen wirkte auf sympathische Weise ehrlich. Und sie hatte eine freundlich-forsche Art, die in eine positive Ausstrahlung mündete. Vielleicht konnte sie ihr tatsächlich helfen. Falls es sich bei dem Inselbahn-Mord um einen Racheakt handelte, wären umfassende Informationen über die betroffene Familie eine wertvolle Grundlage für die weiteren Ermittlungen. Sicher wussten Eilers und Jensen einiges über Enno Krabbenhöft und konnten noch manches herausfinden, aber zum einen war ihre Sicht möglicherweise gefärbt, und zum anderen verfügten sie nicht über Erkenntnisse aus dreißigjähriger Beobachtung. Sie streckte die Hand aus. »Also gut. Machen wir einen Kuhhandel.«

Hannah Holthusen ergriff ihre Hand und schüttelte sie. Mit der anderen winkte sie dem Wirt. »Noch einen Aquavit für die junge Dame.« Sie hob ihr halb volles Wasserglas. »Darauf müssen wir anstoßen.«

»Mit Wasser?«, fragte Rieke. »Wollen Sie nicht auch einen ...«

»Nein.« Die Journalistin schüttelte den Kopf. »Ich – bin – Alkoholikerin. Darf weder Schnaps noch sonst was Alkoholisches trinken.«

Wieder erschien ein Punkt über dem Horizont, der rasch größer wurde. Den ganzen Tag über hatte sie die ankommenden Flugzeuge beobachtet. Bisher waren es fast nur die weiß-roten Maschinen des Ostfriesischen-Flug-Dienstes gewesen, die sich vom Festland her genähert hatten und auf dem Flugplatz gelandet waren, der sich Flughafen Borkum nannte, in Wahrheit aber nicht mehr als ein Verkehrslandeplatz war. Sie setzte das Fernglas ab und rieb sich die brennenden Augen. Ohne das Gelände aus dem Blick zu lassen, tastete sie nach dem Fläschchen und öffnete die Verschlusskappe. Kurz legte sie den Kopf in den Nacken und tropfte ein wenig Flüssigkeit zwischen die Lider. Sie zwinkerte und hob das Glas wieder an die Augen. Von ihrem Standort auf dem Campingplatz hatte sie gute Sicht auf die Landebahn. Während sich der dunkle Punkt zu einer zweimotorigen Maschine entfaltete, spürte sie wieder diese innere Erregung. Mit der Hilfe eines

Stammkunden aus dem *Grashopper*, der jemanden bei Hannover Airport kannte, hatte sie herausgefunden, dass er mit dem Privatflugzeug eines befreundeten Bauunternehmers kommen würde. Die laut Flugplan letzte Maschine des OFD aus Emden war bereits gelandet. Der sich nähernde Flieger war also mit großer Wahrscheinlichkeit der, auf den sie wartete. Noch war die Aufschrift nicht zu entziffern, doch als die Maschine einen Bogen beschrieb und zur Landung ansetzte, waren neben dem Kennzeichen deutlich die Buchstaben HBBAG zu erkennen. Die Heinz-Bollmann-Bau Aktiengesellschaft, hatte sie im Internet recherchiert, war der Konzern, mit dem Krabbenhöft fast alle seine Bauvorhaben verwirklichte. Auf der Liste der Großspender für seine Partei stand die HBBAG ganz oben.

Mit dem Fernglas verfolgte sie, wie die Maschine aufsetzte und ausrollte. Eine Tür wurde geöffnet, eine kleine Treppe ausgeklappt, und zwei Männer stiegen herab. Einer der beiden war groß und sehr kräftig, ihn kannte sie nicht, den anderen dafür umso besser. Zufrieden legte sie den Feldstecher ab. Von nun an würde sie sich an seine Fersen heften. Und am Ende würde er für alles bezahlen. Weder ihre verquollenen Augen noch ihr vernarbter Mund zeigten etwas von dem bösen Lächeln, das der Gedanke auslöste. Mit bloßem Auge konnte sie nun erkennen, wie die beiden Männer dem Flughafengebäude zustrebten, vor dem bereits ein Taxi wartete. Kurz darauf stiegen sie in den Wagen. Er rollte an und verschwand aus ihrem Blickfeld.

Sie schloss die Augen und massierte mit Daumen und Zeigefinger die Nasenwurzel. Dann zog sie sich um. Für die kurzen Wege auf der Insel hatte sie ein Rennrad mitgebracht. Dazu trug sie professionell aussehende Kleidung. Schwarzes Trikot, schwarze Trägerhose, Kurzfingerhandschuhe, Radsportschuhe,

Armwärmer und Knielinge, ebenfalls in Schwarz. Dazu Helm und Radbrille. Alles in der Ausführung für Herren. Die Bekleidung war nicht gerade unauffällig, aber sie sagte sich, dass sie auf diese Weise in erster Linie als Radsportler wahrgenommen würde, und falls sich jemand an sie erinnern sollte, würde man von einer männlichen Person ausgehen. Nach einem prüfenden Blick in den Spiegel verließ sie das Wohnmobil und löste das Fahrrad aus seiner Halterung. Wenig später folgte sie der Ostfriesenstraße in Richtung Stadt.

Vor dem Hotel in der Strandstraße hielt das Taxi an, der Fahrer berührte eine Taste, deutete auf die Anzeige im Rückspiegel und nannte den Preis. »Ich fahre noch weiter«, sagte Heinz Bollmann zum Chauffeur.

»Du kannst im Hotel übernachten«, wandte Krabbenhöft ein. »Für die zwei oder drei Tage lohnt es sich nicht ...«

»Normalerweise gern«, unterbrach ihn sein Geschäftspartner. »Danke für das Angebot. Aber angesichts der besonderen Umstände ist es besser, wenn ich in meine Ferienwohnung gehe.«

Krabbenhöft war irritiert. »Besondere Umstände?«

Bollmann nickte. »Wenn es sich bei dem Toten um deinen Bruder handelt und er ermo..., ich meine – wie sagt man so schön? – eines nicht natürlichen Todes gestorben ist, wird es öffentliche Spekulationen geben. Ich weiß nicht, wie weit du die örtliche Presse im Griff hast. Aber selbst wenn, heutzutage verbreiten sich solche Geschichten völlig unkontrolliert. Es braucht nur ein schwachköpfiger Tourist ein Handy-Foto an die Bild-Zeitung zu schicken. Schon hast du den gesamten Medien-Zirkus auf dem Hals.«

»Hast du Angst, durch mich mit einem mysteriösen Todesfall in Verbindung gebracht zu werden? Das kann nicht dein Ernst sein!«

»Vorsicht ist die Mutter der Porzellankiste«, antwortete der Konzernchef, griff über Krabbenhöft hinweg und öffnete die Tür. »Wir sehen uns morgen.«

Zögernd stieg Enno aus dem Wagen und ließ sich vom Taxifahrer seinen Business-Koffer reichen. Er beugte sich zur Scheibe hinunter und winkte Bollmann zu, der jedoch mit seinem Smartphone beschäftigt war.

Verärgert wandte er sich ab und betrat das Hotel.

»Guten Tag, Herr Krabbenhöft.« Ein eifriger Page eilte auf ihn zu und streckte die Hand nach dem Koffer aus.

»Bringen Sie den nach oben.« Krabbenhöft überließ dem Jungen das Gepäckstück und wandte sich dem Empfang zu. Die junge Frau hinter dem Tresen war ein erfreulicher Anblick. Seit die alte Aalderks in Rente gegangen war, hatte er darauf geachtet, dass nur ansehnliches Personal eingestellt wurde. Es war schwierig genug, für die Jobs in der Gastronomie Nachwuchskräfte zu bekommen, deren Qualifikation und Auftreten besser als ausreichend waren. Aber mit seinem Konzept, den Gästen möglichst gut aussehende und freundliche Menschen zu präsentieren und diese dafür besser zu bezahlen als die Konkurrenz, hatte er durchschlagenden Erfolg erzielt. Den größten Anteil an der Gästeschaft bildeten ältere Herrschaften, die über entsprechende Mittel verfügten und gern höhere Preise zahlten und freigebig Trinkgeld verteilten, wenn sie von attraktiven jungen Frauen und Männern bedient wurden.

»Willkommen zu Hause, Herr Krabbenhöft!« Die Brünette mit den dunklen Augen strahlte ihn an. »Wir freuen uns, Sie begrüßen zu dürfen.«

Krabbenhöft nickte freundlich. Die Mitarbeiterin arbeitete

erst seit wenigen Tagen in der *Nordseeliebe*, aber ihr Name hatte sich sofort eingeprägt. Als ihre Bewerbung eingetroffen war, hatte sein Herz einen Sprung gemacht. Doch der Nachname stimmte nicht. Sie war nicht ihre Tochter. Nicht das Mädchen, das er auf Facebook gefunden und als Favoritin erkoren hatte. Erst vor einem guten Jahr hatte er ihre Adresse herausgefunden und ihr einen Gutschein für einen Aufenthalt in der *Nordseeliebe* zukommen lassen. Anonym, denn er musste sehr vorsichtig vorgehen. Eigentlich war es Wahnsinn, aber er konnte nicht anders. Sie hatte nicht reagiert, aber er hatte seine Bemühungen diskret fortgesetzt und die Hoffnung noch nicht aufgegeben, ihr eines Tages zu begegnen.

Die Brünette hatte ebenfalls ein hübsches Gesicht, zudem eine anziehende Figur. Eigentlich eher ausziehend, dachte er und lächelte unwillkürlich. Und sie sprach mit bezauberndem holländischem Akzent. Wenn erst diese unerfreuliche Geschichte mit Tjark geklärt war, würde er sich der Angestellten annehmen.

Nachdem er sich vergewissert hatte, dass im Empfangsbereich Ordnung herrschte, die Prospekte und Postkarten ordentlich ausgerichtet waren und der Teppichboden einen sauberen Eindruck machte, durchquerte er die Halle und nahm die Treppe, um zur Wohnung im Dachgeschoss zu gelangen. Wie sein Vater hatte er Tjark, sich und den Angestellten die Benutzung des Aufzugs verboten. Zugleich war das Treppensteigen eine der wenigen sportlichen Betätigungen, die er noch wahrnehmen konnte; sie erforderte keinen zusätzlichen Zeitaufwand.

Während er die Stufen hinaufstieg, wurde die angenehme Vorstellung, mit der hübschen Neele ein paar angenehme Stunden zu verbringen, von der Szene mit Heinz Bollmann verdrängt. Der Bauunternehmer war ein wichtiger Förderer seiner politischen Laufbahn. Ohne ihn hätte er es nicht bis zum Parteivorsitzenden gebracht. In der Politik waren solche Freundschaften ebenso unerlässlich wie ein enges Beziehungsgeflecht zu wichtigen Persönlichkeiten. Das Netz aus guten Verbindungen bekam jedoch sofort Risse und konnte sich überraschend schnell auflösen, wenn man öffentlich in die Kritik geriet. Allzu große Nähe zu fragwürdigen Freunden aus der Halbwelt, das Bekanntwerden einer nicht standesgemäßen Affäre oder spezieller sexueller Vorlieben, aber auch Gerüchte über finanzielle Schwierigkeiten hatten stets Absetzbewegungen zur Folge. Parteifreunde, Wirtschaftsführer oder nahestehende Journalisten waren plötzlich nicht zu erreichen, ließen sich verleugnen oder fanden keine Zeit für einen Rückruf. Bollmann war für sein gutes Gespür in solchen Fragen bekannt. Seine Ablehnung der Einladung ins Hotel *Nordseeliebe* war ein Fingerzeig. Offenbar fürchtete er, öffentlich mit ihm, Enno Krabbenhöft, in Verbindung gebracht zu werden, wenn die Medien über den seltsamen Todesfall berichteten. Es wurde Zeit, dass er sich um diese unerfreuliche Angelegenheit kümmerte. Mit jeder Stunde, die Tjark verschwunden blieb, wuchs die Wahrscheinlichkeit, dass er der Tote war. Nun ging es darum, Presse und Sender von den Ermittlungsergebnissen fernzuhalten.

Zum Glück hatte er die Tradition seines Vaters gepflegt, die Arbeit der Polizei zu unterstützen. Darüber hinaus würden seine guten Beziehungen zum Innenministerium nützlich sein. Die Zusage von dort, einen vertrauenswürdigen Beamten zu entsenden, war eine zusätzliche Sicherung. Für einen Augenblick erwog er, sich mit dem Mann aus dem Landeskriminalamt direkt in Verbindung zu setzen. Doch dann entschied er sich für die weniger riskante Version und griff zum Telefonhörer. Schließlich zahlte er viel Geld an die Kanzlei

131

Dr. Leßing und Partner. Sollten die sich um den LKA-Mann kümmern.

Nachdem Rieke Bernstein mit Hannah Holthusen die Kneipe verlassen und sich von der Journalistin verabschiedet hatte, fühlte sie sich leicht benommen. Trotz des guten Frühstücks machte sich jetzt der Schnaps bemerkbar. Während sie zwischen schlendernden Touristen die Strandstraße entlangwanderte, schwor sie sich, so bald nicht wieder am helllichten Tag Alkohol zu trinken. Zwar wurde der Kopf an der frischen Seeluft mit jedem Schritt klarer, aber sie hätte jetzt weder einen Zeugen vernehmen noch mit der Waffe auf einen flüchtenden Täter zielen können. Wegen der vielen Passanten ginge das ohnehin nicht, tröstete sie sich und unterdrückte ein aufkommendes Kichern. Wenn all die Leute um sie herum wüssten, dass ihnen eine angesäuselte Kriminalhauptkommissarin entgegenkam, wäre das kein gutes Erscheinungsbild der Polizei. Ob die Kollegen inzwischen Enno Krabbenhöft aufgestöbert hatten? Wahrscheinlich würden sie wieder nur gleichzeitig bedauernd die Schultern hochziehen. Und unauffällig schnüffeln. Machten zwei Aquavit eine Fahne? Hastig durchwühlte sie ihre Handtasche, fand eine Rolle Mentos und schob sich zwei der Kaudragees in den Mund. Dabei wäre sie fast mit einem schwarz gekleideten Rennradler zusammengestoßen, der sein Fahrrad über den Bürgersteig schob.

Ihre Gedanken kehrten zu dem Gespräch mit Hannah Holthusen zurück. Die anfängliche Einschätzung, es mit einer wenig bedeutenden Redakteurin eines wenig bedeutenden Provinzblatts zu tun zu haben, hatte sie rasch korrigiert. Die Journalistin verfügte über ein umfassendes Detailwissen zur Familie Krabbenhöft, das offenbar auf einem umfangreichen

Archiv beruhte. Schon vor über zwanzig Jahren hatte sie es angelegt und seitdem fortlaufend ergänzt. Wenn sich die bisherigen Vermutungen zu dem aktuellen Todesfall als richtig herausstellen sollten, konnten intime Kenntnisse des familiären Umfelds für die Ermittlungen hilfreich sein.

Rieke griff erneut in die Handtasche, zog ihr Handy hervor und wählte Jensens Nummer. »Haben Sie Krabbenhöft erreicht?«, fragte sie, nachdem sich der Kollege gemeldet hatte.

»Nicht direkt. Aber er ist schon auf der Insel. In seinem Hotel. Wir haben ihn dort allerdings noch nicht – sollen wir ihn ...?«

»Nein danke, ich kümmere mich darum.« Sie legte auf und ließ das Mobiltelefon in die Tasche gleiten. Wenn sie ihn im Hotel ansprach, war er vielleicht eher zugänglich als bei einer Vorladung durch die örtliche Polizei. Männer wie er schickten gewöhnlich ihre Anwälte vor, selbst wenn sie nur als Zeugen gehört werden sollten. Statt zur Polizeistation würde sie also in die *Nordseeliebe* zurückkehren. Was für ein Glück, dass hier alles so dicht beieinanderlag.

Sie schob ein weiteres Mentos in den Mund und beschleunigte ihren Schritt. Bevor sie sich näher mit Krabbenhöft befasste, musste der seinen Bruder identifizieren. Also würde sie mit ihm das Bestattungsinstitut *Erd, See & Feuer* noch einmal aufsuchen müssen. Hoffentlich war die Leiche noch dort. Sie zog wieder ihr Smartphone hervor und suchte nach der Nummer. Mit sanfter Stimme und getragenen Worten meldete sich der Bestatter. Sie ließ ihn nicht ausreden. »Ist der Leichnam noch vor Ort?«

»Bitte?«

»Hier ist Kriminalhauptkommissarin Bernstein«, wiederholte Rieke. »Wir hatten schon das Vergnügen. Ich muss den Toten noch einmal sehen. Ist er noch da?«

»Ja, aber wir haben den Sarg schon verschlossen.«

»Dann müssen Sie ihn noch einmal öffnen. Ich bin in einer Stunde bei Ihnen.«

»Aber dann bekommen wir die Fähre nicht mehr. Für die Überführung nach Oldenburg.«

»Das ist dann nicht zu ändern. Bis nachher.«


Sie lief Krabbenhöft in der Hotelhalle über den Weg. Obwohl sie ihn nur auf Fotos im Internet gesehen hatte, erkannte sie ihn sofort. Sein abwesender Gesichtsausdruck nahm die freundlich-zuvorkommende Miene des Hoteliers an, als sie auf ihn zuging. Zugleich bemerkte Rieke das aufblitzende Interesse in seinen Augen, die ihr Äußeres taxierten.

»Können wir etwas für Sie tun?« Sein Blick signalisierte eine Mischung aus Anerkennung und Erwartung. Wahrscheinlich ist er gleich tief enttäuscht, dachte sie.

»Ich würde Sie gern sprechen, Herr Krabbenhöft. Möglichst sofort.« Rieke sah sich um. »Und ohne Publikum.«

Für den Bruchteil einer Sekunde schien er verunsichert. Sein Ausdruck wandelte sich von amüsiert über abweisend zu ratlos. Irgendetwas in ihrem Ton musste ihn ahnen lassen, dass es nicht um die Qualität des Frühstücks oder nächtliche Ruhestörung ging. »Also gut. Nehmen wir mein Büro. Sie gestatten, dass ich vorausgehe?«

Rieke nickte und folgte ihm durch eine gepolsterte Tür neben dem Empfang.

Krabbenhöfts Büro war unerwartet klein. Wahrscheinlich hatte sich der vor hundert Jahren geplante Raum nicht erweitern lassen. Dennoch war er modern und elegant eingerichtet. Ein gläserner Schreibtisch mit nicht mehr als Telefon und Notebook, ein transparenter Bürosessel aus der Kollektion von Charles Eames dahinter, zwei edle Freischwinger davor. »Bitte!« Er deutete auf die Besucherstühle, ließ sich auf seinem Platz nieder und beugte sich vor. »Noch einmal: Was kann ich für Sie tun?«

»Mein Name ist Rieke Bernstein. Ich komme vom Landeskriminalamt und untersuche das Tötungsdelikt an einer männlichen Person. Möglicherweise handelt es sich dabei um Ihren Bruder.«

Entsetzt starrte Enno Krabbenhöft sie an, öffnete den Mund und schloss ihn wieder, ohne einen Ton hervorzubringen.

»Sie müssen ihn identifizieren«, ergänzte Rieke mit einer Geste des Bedauerns.

## 11

## Spätsommer 1990

Annie war vorbereitet. Sie hatte sich überwunden, die Brote und Brötchen zu essen, die er gebracht hatte, und Wasser getrunken. Fühlte sich nicht mehr so schwach und ausgeliefert. Inzwischen war es ihr gelungen, sich vollständig von ihren Fesseln zu befreien. Ihre Hände waren bereits frei gewesen, als er Essen und Mineralwasser gebracht hatte. Klebeband und Plastikfolie hatte sie mit den Zähnen zerbissen. Möglicherweise war ihm diese kleine Freiheit entgangen. Oder es war ihm gleichgültig gewesen. Weil er sich sicher war, dass sie nicht entkommen konnte. Vielleicht wollte er ihr sogar das Essen und Trinken erleichtern, indem er auf eine erneute Fesselung ihrer Hände verzichtete. Mithilfe einer Glasscherbe hatte sie schließlich auch ihre Fußgelenke von den Klebebändern befreit. Nun hockte sie unter der schmuddeligen Decke, hatte die Beine angezogen und die Arme vor der Brust verschränkt.

Als die Tür geöffnet wurde, musste sie gegen die plötzliche Helligkeit die Augen schließen. Dann blinzelte sie gegen grelles Tageslicht, das durch das Rechteck hereinströmte. Wieder nahm sie nur seine Silhouette wahr. Wie in Zeitlupe schob sich Annie an der Mauer aufwärts, richtete sich auf, in die Decke gehüllt. Er ließ die Stahltür zufallen und schaltete die Handlampe an, deren Strahl nun ihren Körper abtastete. Mit einem zufriedenen Grunzen legte er die Lampe auf den Boden, ihren Schein gegen eine Wand gerichtet. Der Bunkerzugang lag nun im Dämmerlicht. Die gedrungene Gestalt des Mannes steckte in schwarzen Jeans und einer olivgrün gescheckten Jacke. Sein Gesicht blieb unter dem Schirm einer ebenfalls grünen Militärmütze weitgehend verborgen. Er stemmte die Hände in die Hüften und deutete mit dem Kinn in ihre Richtung. »Lass das fallen!«

Wie in Zeitlupe bewegte Annie die Decke abwärts, hielt aber in Hüfthöhe inne. »Was willst du von mir?«

Er lachte. »Ich will nur spielen. Wenn du brav mitmachst, passiert dir nichts.«

»Was ist das für ein – Spiel?«

Erneut stieß er einen Lacher aus. »Mach weiter! Weg mit dem Ding!«

Sie zögerte einen Moment, dann ließ sie die Decke auf den Boden fallen. In ihrem Kopf rasten die Gedanken. Sie wollte diesen Mann in ein Gespräch verwickeln, hatte sich verschiedene Sätze zurechtgelegt, doch keiner schien jetzt zu passen.

Er zeigte auf ihren Bauch. »Und jetzt das da. Weg damit!«

Während Annie das Nachthemd über den Kopf zog, drehte sie sich zur Wand. »Ich weiß jetzt«, sagte sie über die Schulter, »was du willst. Wäre es nicht viel schöner, wenn wir irgendwo anders – in einem Zimmer, auf einem Bett . . .«

»Geht nicht«, stieß er hervor und atmete schneller. »Jetzt hinknien!«

Hinter ihr raschelte es. Offenbar nestelte er an seinem Hosenbund. Sie spürte eine Bewegung und wandte sich um. In der Hand hielt er eine Plastiktüte. Er hob sie hoch und trat auf sie zu.

Wie eine Explosion breitete sich in Annie eine Welle aus Wut, Panik und Verzweiflung aus. Die Tüte über ihrem Kopf würde ihr den Atem und die Kraft nehmen, Todesangst auslösen, die Besinnung rauben. Und vielleicht würde sie diesmal

137

nicht wieder zu sich kommen. Ohne nachzudenken drehte sie sich um, drängte sich an den Mann, der den Plastikbeutel bereits in beiden Händen hielt, um ihn ihr über den Kopf zu stülpen. Mit aller Kraft riss sie ein Knie nach oben. Die Bewegungen des Mannes erstarrten. Die Tüte flatterte zu Boden. Seine Arme fielen herunter, die Hände flogen zum Schritt, sein Körper krümmte sich, sackte zusammen, verlor das Gleichgewicht und fiel auf die Seite. Erst jetzt begann er zu stöhnen.

Annie sprang über ihn hinweg, stieß die Tür auf und stürzte hinaus. Erneut blendete das Sonnenlicht. Sie kniff die Augenlider zusammen und rannte weiter. Stolperte durch den Sand, fiel über Grasbüschel, rappelte sich wieder auf und hastete voran. Ohne sich umzusehen.

Obwohl ihr Atem rasselnd und brennend durch die Bronchien schoss, hetzte sie weiter durch die Dünen, spürte ihre Füße nicht, dachte nicht an ihre Nacktheit, wollte nur weiter, weg von diesem Ungeheuer. Der Sand erschwerte jeden Schritt. Obwohl sie nichts am Körper trug, geriet jede Bewegung zur Anstrengung, fühlten sich Arme und Beine, Schultern und Rücken an, als hätten sie schwere Winterkleidung zu tragen.

Als die Luft nicht mehr reichte und Atemnot sie zwang, innezuhalten, wagte sie einen Blick zurück. Der Mann stand auf einer Düne. Er hatte seine Kappe verloren, hielt die Hand über die Augen und suchte die Gegend ab.

Sie ließ sich fallen, robbte auf den Ellenbogen durch den Sand, suchte nach einer Vertiefung, fand halbwegs Deckung im Schatten eines schmalen Dünenkamms, der ein wenig Sichtschutz bot. Noch immer atmete sie kurz und keuchend. Sie versuchte langsam Luft zu holen und bewusst auszuatmen.

Die Entfernung zu ihrem Verfolger war geringer, als sie sich erhofft hatte. Wenn er sich von ihrem Tritt erholt hatte und ein guter Läufer war, gingen ihre Chancen gegen null. Sie brauchte Hilfe. Es mussten doch noch andere Leute unterwegs sein! Spaziergänger, Hundehalter, die ihre Tiere ausführten, Kinder, die sich in den Dünen austoben wollten. Aber sie hatte niemanden gesehen. Und jetzt nach menschlichen Lebewesen Ausschau zu halten hieße, sich auf eine Düne zu begeben. Damit würde sie ins Blickfeld ihres Verfolgers geraten. Sollte sie abwarten, bis er die Suche aufgab? Sich bis zum Einbruch der Dunkelheit in den Sand kauern?

Langsam beruhigte sich ihr Atem, und sie nahm wieder andere Geräusche wahr als nur ihr eigenes Hecheln. Das an- und abschwellende Rauschen der Nordseewellen, vielfältiges Geschrei von Möwen, Rufe von Austernfischern und Kiebitzen. Über ihr sang einsam eine Lerche. Annie stellte sich vor, wie das Borkumer Ostland von oben aussah. Helles Grasgrün und dunkles Grün der Bäume, durchzogen von sandigen Pfaden mit hellen Sandflächen und grauem Felsgestein. Irgendwo in dieser unübersichtlichen Landschaft kauerte ein nackter Mensch, der sich vor einem anderen Wesen der eigenen Art versteckte.

Ein Gedanke aus Kindertagen durchzuckte sie. Konnte man Schritte besser hören, wenn man am Erdboden lauschte? Rasch drückte sie ein Ohr auf den Sand, hielt unbewusst den Atem an. Und dann war es da. Kein Stampfen oder Dröhnen, nur ein kaum wahrnehmbares Knirschen. Wie weit entfernte Schritte im Schnee. Das Geräusch kam näher, verlangsamte sich, blieb aus, setzte wieder ein, wurde deutlicher. Vor ihrem inneren Auge sah sie schwere Schuhe, die sich Schritt für Schritt durch den Sand bewegten, ihn teilten und seitlich kleine Wülste erzeugten.

Plötzlich erstarb das Geräusch, ein Schatten fiel über sie. Annie hob den Kopf, verzögerte die Bewegung in der wahnwitzigen Hoffnung, sich zu täuschen. Doch dann machte er einen weiteren Schritt, und einer seiner Schuhe geriet in ihr Blickfeld.

»Aha«, knurrte er über ihr. Im nächsten Augenblick schlang er ein Seil um ihren Hals. Bevor sie ihrem Impuls, aufzuspringen und sich loszureißen oder ihm erneut das Knie zwischen die Beine zu rammen, folgen konnte, hatte er es verknotet. Mit einem Ruck zog er es an, und die Schlinge drückte gegen ihren Kehlkopf. »Unten bleiben!«, kommandierte er. »Mitkommen! Auf allen vieren.« Er zerrte an dem Seil. Ihr blieb nichts anderes übrig, als ihm kriechend zu folgen. Wenn sie versuchte, aufzustehen oder auch nur ihre Hände zu heben, um nach dem Strick zu greifen, riss er so heftig an der Schlinge, dass sie ihr die Kehle zuschnürte.

Schneller als erwartet kam der Bunker in Sicht. Die Angst vor Dunkelheit und Kälte und dem, was dort geschehen würde, trieb sie zu einem verzweifelten Versuch, doch noch zu entkommen. Sie ließ sich auf die Seite fallen, packte mit beiden Händen die Schlinge, um sie zu lockern und um Hilfe zu schreien. Aber sie brachte nur ein kaum vernehmbares Krächzen zustande.

Blitzartig hockte sich der Mann auf sie, zog einen länglichen Gegenstand aus der Tasche. Im nächsten Augenblick blitzte eine Klinge in der Sonne, und dann fuhr die scharfe Spitze von der Augenbraue über den Wangenknochen zum Kinn. Annie spürte warme Flüssigkeit über ihre Haut rinnen, schmeckte metallisch-süß ihr eigenes Blut. Der Schmerz kam erst Sekunden später.

»Beim nächsten Mal ist die andere Seite dran«, zischte ihr Peiniger und ließ das Messer verschwinden. »Los, weiter!« Er zerrte am Strick.

Den ganzen Tag über war Enno Krabbenhöft nicht zur Ruhe gekommen. Er hatte Texte für eine Zeitungsanzeige und die Trauerkarten entworfen und entsprechende Aufträge erteilt, mit seiner Mutter die Liste der persönlich einzuladenden Gäste zusammengestellt und mit dem Bestatter über Blumenschmuck und Grabstein beraten. Zwischendurch hatte er sich mit Frau Aalderks um die Zimmerbelegung gekümmert und mit dem Koch die Menüfolge für den Tag der Beerdigung besprochen. Nebenbei waren Anrufe entgegenzunehmen, Fragen zu beantworten und Mitarbeiter einzuweisen. Erst bei Einbruch der Dämmerung, als er sich in das Büro seines Vaters zurückzog, fiel ihm auf, dass er Tjark länger nicht gesehen hatte. Und er erinnerte sich daran, dass Annie de Vries noch immer nicht aufgetaucht war. Ihr Verschwinden beunruhigte ihn. Es war auf den Ostfriesischen Inseln, auch auf Borkum, schon vorgekommen, dass Gäste spurlos verschwanden. In fast allen Fällen handelte es sich dabei um Badeunfälle. Männer, die ihre Schwimmkünste überschätzt, Frauen, die auf der Suche nach Muscheln und Seesternen zu weit ins Watt gelaufen, Kinder, die von der Brandung mitgerissen worden waren. Die meisten waren früher oder später als Leichen aufgetaucht. Manche blieben verschollen. Trotzdem galten auch sie – wie die anderen – als Opfer von Badeunfällen.

Konnte Annie in der Nordsee ertrunken sein? Möglich. Aber wahrscheinlich? Er hoffte noch immer, dass sie wohlbehalten ins Hotel zurückkehrte. An die dritte Möglichkeit mochte er gar nicht denken. Obwohl seine Beobachtungen dafür sprachen, wollte er nicht glauben, was ihm sein Verstand einflüsterte: Tjark könnte sie entführt und versteckt haben.

Vielleicht war sie inzwischen zurückgekehrt und lag zufrieden und entspannt in ihrem Zimmer. Er hatte sie nicht gesehen, weil er den ganzen Tag in hektischer Betriebsamkeit zugebracht hatte, kaum im Hotel gewesen war und nicht auf die Gäste geachtet hatte. Er griff zum Telefon, um die Nummer 24 anzuwählen. Doch dann legte er wieder auf, nahm die Hauptkarte aus dem Schubfach und machte sich auf den Weg in die zweite Etage. Vor der Zimmertür verharrte er. Wenn Annie doch nicht in ihrem Zimmer war und er keine Anzeichen fand, dass sie sich zwischendurch darin aufgehalten hatte, würde er etwas unternehmen müssen. Natürlich war er nicht für seine erwachsenen Gäste verantwortlich. Jeder konnte so lange wegbleiben, wie er mochte, auch über Nacht. Aber dann tauchte wieder das verzerrte Gesicht seines Bruders vor seinem inneren Auge auf. Wenn Tjark ausrastete, entfesselte er eine nicht zu bändigende Wut, die leicht in unkontrollierte Gewalt ausarten konnte.

Schließlich klopfte er, wartete, öffnete die Tür und trat ein. Das Bett war gemacht, die zuvor herumliegenden Kleidungsstücke waren ordentlich auf einen Stuhl gelegt. Natürlich, inzwischen war der Zimmerservice seiner Aufgabe nachgekommen und hatte aufgeräumt. Aber sonst gab es keinerlei Anzeichen menschlicher Aktivität. Die Bewohnerin war offensichtlich nicht hier gewesen.

Während Enno eilig das Zimmer verließ, spürte er, wie sich eine unsichtbare Faust in seine Eingeweide wühlte und seinen Magen zusammendrückte. Er hastete die Treppe hinunter, durchquerte die Hotelhalle und das Restaurant, um an der Bar einen Cognac zu bestellen. Nachdem er die goldbraune Flüssigkeit heruntergestürzt und ein paar unverbindliche Worte mit dem Barkeeper und mit einigen Gästen gewechselt hatte, begann er nach seinem Bruder zu suchen.

Tjark trat kräftig in die Pedale. Obwohl er zum Ziel gekommen war, fühlte er sich unbefriedigt. Sie hatte geschrien und sich gewehrt, das hatte ihn wunderbar erregt. Aber etwas hatte gefehlt. Es war ihm nicht gelungen, ihren Widerstand zu brechen. Zwar hatte sie nicht verhindern können, dass er sie nahm, aber die endgültige und willenlose Unterwerfung war ausgeblieben. Zur Strafe hatte er ihr die andere Gesichtshälfte auch noch geritzt. Zuletzt hatte sie ausgesehen wie ein Schwein bei der Schlachtung. Aber sie würde es überleben. Er hatte schon schlimmere Verletzungen erlitten.

Einiges von ihrem Blut war an seinen Händen und auf seiner Kleidung gelandet. Zum Glück herrschte bereits Dämmerung. In dem diffusen Abendlicht würde kein Mensch die Flecken erkennen, wenn er mit dem Fahrrad vorbeifuhr. Nur zu Hause würde er darauf achten müssen, dass ihn niemand sah. Das war nicht schwer. Seine Mutter würde ihr Zimmer nicht mehr verlassen, und Enno war beschäftigt. Und auf dem Weg zur Wohnung würde er einer Begegnung mit Gästen oder Personal leicht ausweichen können.

Das Fahrrad deponierte er im Schuppen, dann schlich er zur Werkstatt, um sich die Hände zu waschen und die Schuhe zu wechseln. Die hatten am meisten Blut abbekommen. Auf den Militärklamotten und den schwarzen Jeans waren die Flecken kaum noch zu erkennen. Trotzdem mussten sie verschwinden. Die Frau auch. Morgen würde er dafür eine Lösung finden.

Als er die Werkstatt verließ, stand Enno plötzlich vor ihm. Er war blass, hatte dunkle Ringe unter den Augen und starrte ihn mit einem seltsamen Blick an. »Wo warst du?«

»Unterwegs.« Tjark zuckte mit den Schultern.

»Was hast du gemacht?«

»Nichts«, knurrte Tjark mürrisch.

143

Enno trat dicht an ihn heran und packte mit beiden Händen seinen Kragen. »Wo ist Annie de Vries?«

Unwillig zuckte Tjark mit den Schultern. Aber dann wandelte sich sein Gesichtsausdruck allmählich. Von ablehnend über heimtückisch zu bösartig. »Ich habe eine Idee«, sagte er listig. »Wo sie sein könnte. Vielleicht finden wir sie – im – Ostland.«

Sein Bruder schüttelte ihn. »Wo im Ostland? Wo?«

»Sage ich dir morgen. Jetzt habe ich Hunger, will was essen. Muss mich vorher noch umziehen.« Mit einer heftigen Aufwärtsbewegung seiner Arme schlug er Ennos Hände weg. Fast gleichzeitig versetzte er ihm einen Stoß gegen das Brustbein. Enno taumelte, verlor das Gleichgewicht und stürzte zu Boden. Sein Hinterkopf schlug auf den Beton. Leblos blieb er liegen. Entsetzt starrte Tjark auf seinen Bruder. Dann fiel er auf die Knie und umfasste seinen Kopf, stammelte Worte der Reue und Entschuldigung. Als er eine Hand löste, tropfte frisches Blut von seinen Fingern. Sein Aufschrei hallte durch den Innenhof des Hotels.


»Wir haben noch gar nichts von Annie gehört.« Joost klang besorgt. »Sie könnte mal anrufen.« Die letzten Gäste hatten den Coffeeshop *Grashopper* verlassen. Während er Stühle hochstellte, polierte seine Schwester die Theke.

»In Deutschland sind Auslandsgespräche teuer«, wandte Marijke ein. »Und so wie ich sie kenne, wird sie sich erst melden, wenn sie erfolgreich Kontakt geknüpft hat. Vielleicht hat sie einfach noch keine D-Mark-Münzen zum Telefonieren. Vom Hotel aus wird sie sicher nicht bei uns anrufen. Annie ist vorsichtig.«

Joost nickte nachdenklich. »Wahrscheinlich hast du recht.

Trotzdem frage ich mich, ob es richtig war, sie allein fahren zu lassen. Wenn Cahyo sie begleitet hätte . . .«

»Zu auffällig«, widersprach Marijke. »Ein hübsches Mädchen in Begleitung eines Indonesiers wäre ungewöhnlich. Jeder würde das Paar registrieren. Außerdem hätte sie dann weniger Chancen bei der Zielgruppe, den jungen deutschen Männern.«

»Auch richtig«, stimmte Joost zu. »Trotzdem sollte er nach ihr schauen, wenn sie sich morgen oder spätestens übermorgen noch nicht gemeldet hat. Er braucht nur eine gute Stunde nach Borkum. Der Zoll wird ihn zwar filzen, weil er Indonesier ist, aber das macht nichts, er hat ja nichts dabei.«

»Apropos nichts.« Marijke lachte. »Hast du die Ware schon verpackt?«

»Wasserdicht und seefest«, nickte Joost. »Wenn es Annie gelingt, einen deutschen Jungen mit Segelboot zu einem kleinen Ausflug zu überreden, wäre das der sicherste Weg. Wir treffen uns auf der Nordsee und übergeben den Stoff. Fertig.«

»Kein Risiko?«

»So gut wie keins«, grinste Joost. »Wenn der Zoll auftaucht, können wir das Paket notfalls über Bord werfen.«

»Das können wir uns nicht leisten«, wandte Marijke ein. »Ein ganzes Kilo allerbeste Königsmischung in der Nordsee versenken.«

Joost lachte. »Wer spricht denn von versenken? Cahyo und ich haben den Behälter so konstruiert, dass durch die Einwirkung des Seewassers nach einiger Zeit eine Stickstoff-Kapsel geöffnet wird, die ihr Gas in einen Ballon strömen lässt. Dauert eine knappe Stunde, dann schwimmt die Ware wieder oben, und wir können sie abfischen.«

»Genial!« Marijke nahm die Geldlade aus der Kasse und verstaute sie im Safe. »Feierabend.«

145

Während Enno Krabbenhöft allmählich zu sich kam und seine Umgebung wahrzunehmen begann, schossen seltsame Bilder durch seinen Kopf. Sie hatten mit Tjark und Annie de Vries zu tun, verschwammen aber zusehends und lösten sich endgültig auf, als er eine vertraute Stimme hörte.

»Sehen Sie«, sagte Dr. Sandhus. »Jetzt ist er wieder da. Ich werde ihn untersuchen, und dann können wir gemeinsam entscheiden, wie es mit ihm weitergehen soll.«

Enno lag auf der Ruheliege im Personalraum. Er richtete sich auf. »Was heißt das denn?«

»Guten Tag, Herr Krabbenhöft.« Der Arzt drückte ihn auf die Liege zurück. »Sie hatten einen kleinen Unfall und waren kurze Zeit ohne Bewusstsein. Am Hinterkopf haben Sie eine Platzwunde, die ich schon versorgt habe. Jetzt machen wir noch ein paar kurze Tests, um herauszufinden, ob Ihnen der Sturz geschadet hat.« Er zückte eine schmale Taschenlampe und leuchtete Enno ins Auge.

In dem Augenblick begann er den Schmerz wahrzunehmen. In seinem Kopf brummte es wie nach einer durchzechten Nacht, der Lichtstrahl aus der Lampe fühlte sich an wie der Stich einer Nadel. Am Hinterkopf brannte die Wunde, und im Magen breitete sich eine leichte Übelkeit aus.

»So, jetzt richten wir uns mal ein bisschen auf.« Die kräftigen Hände seines Bruders umfassten seine Schultern und zogen ihn hoch. Der Arzt hatte seine Fußgelenke ergriffen und drehte ihn nun so, dass er auf der Kante der Liege saß. Er nahm einen kleinen Gummihammer und klopfte damit gegen Ennos Kniescheiben.

Während er ihn anschließend an verschiedenen Stellen seines Körpers mit einer Nadel traktierte und ihn anwies, seltsame Bewegungen auszuführen, kehrte die Erinnerung zurück.

Tjark hatte ihn zu Boden gestoßen. Dessen heftige und

aggressive Reaktion hatte ihn überrascht. Aber es war sicher besser, die Angelegenheit als kleinen Unfall zu bezeichnen, wie Dr. Sandhus es getan hatte. Viel wichtiger war die Frage, wo sich Annie de Vries befand.

Unwillig rutschte er von der Liege und schob den Arzt beiseite. »Es ist doch alles in Ordnung, Herr Doktor? Nur ein bisschen Kopfweh, oder?«

»Sie sollten sich noch eine Weile schonen«, antwortete der Arzt. »Es sieht nicht nach einer Gehirnerschütterung aus, aber wenn die Kopfschmerzen in den nächsten Stunden nicht abklingen, müssen wir Sie noch einmal genauer untersuchen.«

Enno nickte. »Vielen Dank, Herr Doktor. Ich würde jetzt gerne mit meinem Bruder sprechen. Unter vier Augen.«

Der Arzt packte seine Instrumente ein. »Auf Wiedersehen, Herr Krabbenhöft. Und rufen Sie bitte sofort an, wenn die Schmerzen stärker werden oder Ihnen übel wird.« Er nickte Tjark zu und verließ den Raum.

»Was ist mit Annie de Vries?«, zischte Enno. »Was weißt du?«

»Tut mir leid.« Tjark deutete auf seinen Hinterkopf. »Ich wollte das nicht.«

»Vergiss es!« Mit einer wegwerfenden Handbewegung wischte er die Entschuldigung beiseite. »Beantworte lieber meine Fragen!«

Tjark seufzte und holte tief Luft. »Also – die – Annie – Dingsbums – sie hatte auch einen kleinen Unfall.« Seine Hände wedelten ziellos vor seinem Gesicht herum. »Nur anders. Hat sich geschnitten. Im Gesicht. Nicht schlimm.«

»Wo ist sie?« Ennos Stimme wurde lauter und schärfer. Er betonte jedes Wort. »Weißt du, wo sie jetzt ist?«

»Ich glaube«, antwortete Tjark zögernd, »sie – ist – im – äh – Bunker.«

147

Fassungslos starrte Enno seinen Bruder an. »Bunker? Was für ein Bunker?«

»Im Ostland. Da gibt es einen ...«

»Aber der ist zu. Verschlossen. Unzugänglich. Da kann keiner ...«

»Man kann die Tür öffnen«, unterbrach Tjark ihn.

# 12

## Frühsommer 2014

Rieke beobachtete Krabbenhöft, während der Bestatter den Sargdeckel löste und zur Seite hob. Nachdem sie dem Hotelier offenbart hatte, wer sie war und was sie von ihm wollte, war sein Verhalten spürbar reserviert gewesen. Auf dem Weg vom Hotel zu *Erd, See & Feuer* hatte er geschwiegen. Und nun spiegelte sich wenig in seiner Miene. Aber sein Unterkiefer war angespannt und die Adern an den Schläfen traten deutlich hervor. Obwohl es in dem Raum kühl war, glitzerten winzige Schweißperlen auf seiner Stirn. Er trat zwei Schritte näher an den Sarg heran. Seine Augen folgten dem Reißverschluss des Leichensacks, den der Bestatter in seltsam würdevoller Langsamkeit von oben nach unten öffnete und so die Sicht auf den geschundenen Körper freigab. Beim Anblick des verwüsteten Gesichts zog Krabbenhöft scharf die Luft ein. Als die weiße Hülle den Unterleib offenlegte, wandte er den Blick ab. Seine Kaumuskeln arbeiteten. Schließlich trat er einen Schritt zurück. »Wie soll ich denn – bei dem – Zustand – den – meinen Bruder – erkennen?«

»Gibt es kein Merkmal, das ihm zweifelsfrei zuzuordnen ist? Ein Muttermal, eine Operationsnarbe? Überlegen Sie!«

Unsicher sah Krabbenhöft zwischen Rieke und dem Bestatter hin und her. »Der linke Fuß. Wenn der – er hat – am linken Fuß einen verkürzten großen Zeh. Hatte er schon als Kind.«

Rieke gab dem Mann von *Erd, See & Feuer* einen Wink. Der verbeugte sich beflissen in Krabbenhöfts Richtung. »Einen

Moment bitte.« Er öffnete den Reißverschluss bis unten und zog den Stoff des Leichensacks zur Seite. Dann deutete er auf die Füße des Toten. »Bitte.«

Krabbenhöft beugte sich vor. »Er ist es.«

»Vielen Dank!« Rieke nickte dem Bestatter zu. »Sie können den Sarg schließen.« Dann wandte sie sich an den Hotelier. »Damit sind wir einen Schritt weiter. Um eine Obduktion kommen wir allerdings trotzdem nicht herum.« Sie deutete zur Tür. »Gehen wir ein paar Schritte gemeinsam?«

Ohne einen weiteren Blick auf den Leichnam zu werfen und ohne sich zu verabschieden, ging Krabbenhöft voran. Draußen wandte er sich mit gedämpfter Stimme an Rieke. »Ich habe eine Bitte. Können wir die Sache diskret behandeln?«

»Was verstehen Sie darunter?«, fragte sie zurück. »Wollen Sie der Öffentlichkeit verschweigen, dass Ihr Bruder eines nicht natürlichen Todes gestorben ist?«

Überrascht sah er sie an. »Genau das schwebt mir vor. Sie sind sehr einfühlsam, Frau Kommissarin. Ich wäre Ihnen sehr zu Dank verpflichtet, wenn Sie dafür sorgen könnten ...«

»Das ist völlig unmöglich.« Rieke schüttelte den Kopf. »Heute war schon jemand von der Zeitung da und hat sich nach dem Todesfall erkundigt.«

Krabbenhöfts Miene verdüsterte sich. »Von der Emder Zeitung?«

Rieke nickte. »Und außerdem werden wir uns an die Öffentlichkeit wenden müssen, um nach Zeugen zu suchen. Immerhin handelt es sich um ein Tötungsdelikt, noch dazu um ein sehr bizarres. Können Sie sich vorstellen, wer Ihrem Bruder das angetan haben könnte?«

»Nein. Es ist unvorstellbar, dass überhaupt jemand dazu in der Lage ist. Und Tjark ist – war – ein – friedfertiger Mensch, der keiner Fliege etwas zuleide tun konnte. Deshalb nehme ich an, dass Sie Ihre Ermittlungen irgendwann ohne Ergebnis einstellen müssen, weil es sich um einen Unfall handelt. Mein Bruder ist durch eine Unachtsamkeit unter die Inselbahn geraten und mehrere Kilometer mitgeschleift worden. Weil sich seine Kleidung an irgendeinem Teil eines Waggons verhakt hat. An den dadurch verursachten Abschürfungen und Brüchen ist er gestorben. Die Sache mit den abge…, ich meine, diese – absonderliche – Verletzung muss nicht erwähnt werden.«

»Sie können davon ausgehen«, versicherte Rieke, »dass von unserer Seite nicht mehr als unbedingt erforderlich an die Öffentlichkeit dringt. Wir haben aber keinen Einfluss auf die Medien. Wenn findige Reporter Einzelheiten des Falles herausfinden, müssen Sie damit rechnen, dass die das auch bringen.«

»Die Sorge können Sie mir überlassen. Weder die Emder Zeitung noch irgendwelche anderen Presseorgane oder Fernsehanstalten werden das Risiko eingehen, wenn sich unsere Anwälte in Stellung gebracht haben. Die werden übrigens auch mit dem zuständigen Staatsanwalt und mit Ihrer Dienststelle sprechen. Ich glaube nicht, dass man Ihnen erlauben wird, in irgendeiner Form öffentlich nach Zeugen zu suchen.«

Rieke verkniff sich die passende Antwort. Stattdessen stellte sie eine Frage. »Haben Sie damit gerechnet, Ihren Bruder identifizieren zu müssen?«

»Ich war beunruhigt«, gab Krabbenhöft zu. »Weil er einen ganzen Tag lang nicht auffindbar war, obwohl er sich normalerweise im Hotel aufhält und die Angestellten eigentlich immer wissen, was er gerade macht. Er ist – war – so eine Art Hausmeistergehilfe.«

Sie erreichten die *Nordseeliebe*. Rieke verabschiedete sich. »Ich muss noch zur Dienststelle. Es wäre gut, wenn Sie in den nächsten Tagen zu unserer Verfügung stünden.«

»Das hängt von meinem Terminkalender ab«, antwortete Krabbenhöft und verschwand grußlos im Hotel.

Rieke machte sich auf den Weg zur Polizeiwache. In Gedanken bereitete sie die nächsten Schritte vor. Für Eilers und Jensen musste sie sich eine andere Taktik zulegen. Sie war den Kripo-Kollegen gegenüber nicht weisungsbefugt, war also auf deren Entgegenkommen angewiesen. Die beiden Ermittler schienen zu befürchten, sich in die Nesseln zu setzen, wenn sie der Familie Krabbenhöft zu nahe traten. Darum handelten sie allzu zögerlich. Um sie zu größeren Engagement zu motivieren, würde sie ihnen weniger Vorgaben machen und ihnen mehr Verantwortung geben. Wenn ihnen bewusst wurde, dass die Lösung des Falles in ihren Händen lag und ihnen von Krabbenhöft keine Gefahr drohte, würden sie sicher zupackender und mutiger ermitteln. Also würde sie versuchen, den Unmut des Hoteliers auf sich zu ziehen, damit die Kollegen nicht von dessen Anwälten unter Beschuss genommen wurden.

Als sie in die Strandstraße abbog, kam ihr eine schwarze Gestalt auf einem Rennrad entgegen. Der Fahrer war professionell gekleidet und trug unter dem Helm eine Sonnenbrille. Diesem Mann war sie schon einmal begegnet, und Rieke schoss der Gedanke durch den Kopf, dass es herrlich sein musste, über die Insel zu radeln, gebeugt gegen den Wind anzukämpfen, oder mit Rückenwind lässig dahinzugleiten. Der schwarze Radler verschwand aus ihrem Blickfeld, als er in die Jann-Berghaus-Straße einbog, an der das Hotel *Nordseeliebe* lag. Hatte sie ihn dort gesehen?


Enno Krabbenhöft hatte sich in sein Büro zurückgezogen und die Cognacflasche geöffnet. Nach dem zweiten Glas fühlte er sich besser. Aber die Bilder aus *Erd, See & Feuer* kreisten in seinem Kopf. Dazwischen schoben sich Erinnerungen an Erlebnisse aus der Vergangenheit. Tjark war für ihn immer eine Bedrohung gewesen. Eine Art Zeitbombe, die irgendwann hochgehen würde. Aber die Explosion hatte er sich anders vorgestellt, hatte damit gerechnet, dass sein Bruder eines Tages angezeigt und angeklagt würde. Das wäre schlimm genug gewesen, aber nicht aussichtslos. Mit ein paar guten Anwälten und seinen Beziehungen zu Polizei- und Justizbehörden hätte das Verfahren glimpflich ausgehen können. Doch nun war alles anders. Jemand hatte die Sache selbst in die Hand genommen und den grausamen Spielen seines Bruders ein Ende bereitet. Einerseits war Krabbenhöft erleichtert. Andererseits befand er sich nun in einer unwägbaren Situation. Die Polizistin vom Landeskriminalamt entsprach überhaupt nicht seiner Vorstellung von Hilfestellung. Er hatte mit einem älteren, abgeklärten Beamten gerechnet, der die Fäden in der Hand behielt und ihm über den Stand der laufenden Ermittlungen berichtete. Die Bernstein hatte offenbar das Gegenteil im Auge, wollte womöglich der Sache auf den Grund gehen. Aber das war nicht möglich, ohne auf die Geschichte von damals zu stoßen.

Er seufzte und goss sich einen dritten Cognac ein. Zwei Dinge würde er noch heute anpacken. Die LKA-Beamtin musste abgelöst werden, und die Anwälte mussten informiert werden. Zum einen darüber, dass er sich selbst um die Bernstein kümmern würde, zum anderen hatten sie Unterlassungserklärungen vorzubereiten und ein paar Chefredaktionen anzurufen. Vorsorglich.

Sein Smartphone signalisierte ihm den Eingang einer E-Mail auf seinem privaten Account. Er tippte auf das Symbol, um einen Blick auf die Nachricht zu werfen. Absender war das

Hotel *Nordseeliebe*. Unwillig schüttelte er den Kopf. Wer aus dem Haus sollte ihm eine private Mitteilung senden? Auf dem Display erschien kein Text, nur ein Bild. Es zeigte eine Grabstelle. Das Krabbenhöft'sche Familiengrab. Er hatte es lange nicht besucht. Nun musste auf dem Stein, unter den Namen seiner Eltern, auch Tjark eingetragen werden. Aber was sollte das ...? Er vergrößerte den Ausschnitt mit dem Grabmal. Dort, unter Klaus Krabbenhöft, befand sich eine Inschrift, die es in Wirklichkeit nicht gab. Tjark Krabbenhöft. Daneben, wie bei den Eltern, ein Stern mit dem Geburtsdatum und ein Kreuz mit dem Datum seines Todestages. Unter Monika Krabbenhöft ein weiterer Namenszug. Enno Krabbenhöft, mit Geburtstag und einem Kreuz, aber ohne Datum. Auch diese Inschrift hatte jemand nachträglich in das Foto eingefügt.

Ein anhaltender Stich, wie mit einer feinen Nadel, durchzuckte seine Brust. Das Smartphone glitt ihm aus der Hand und fiel auf den Schreibtisch. Er wollte aufspringen, aber ein Schwindel erfasste ihn und zwang ihn, innezuhalten. Nachdem er ein paar Mal tief durchgeatmet hatte, hastete er zur Tür, durchquerte eilig die Halle. Hinter dem Empfangstresen saß die hübsche Brünette. Sie telefonierte und hatte den Blick auf den Computerbildschirm geheftet, der das Reservierungssystem zeigte. Krabbenhöft schob sie zur Seite, setzte sich auf den Bürostuhl, nahm ihr die Maus aus der Hand, startete das Mailprogramm und klickte auf »Gesendet«. In der Liste der zuletzt verschickten Mails war seine private Adresse nicht enthalten. Zur Sicherheit kontrollierte er auch noch den Papierkorb. Nichts.

Er stand auf und zog sich mit einer entschuldigenden Geste vom Arbeitsplatz der Empfangsdame zurück.

In seinem Arbeitszimmer nahm er einen weiteren Cognac. Dann griff er zum Telefon. Was immer der oder die Unbekannte im Schilde führte – er würde sich zur Wehr setzen. Zur Polizei konnte er damit nicht gehen. Die würde Fragen stellen, die er nicht beantworten wollte. Die Kanzlei von Dr. Leßing musste ihm jemanden vermitteln, der sich diskret und professionell um die Angelegenheit kümmern würde.

»Gibt's was Neues?«, hatte Rieke gefragt, als sie in die Polizeistation zurückgekehrt war. Eilers und Jensen hatten wieder synchron die Köpfe geschüttelt, und sie hatte sich an ihren Vorsatz erinnert, den Kollegen mehr Raum für Eigeninitiative zu geben. »Dafür habe ich eine Neuigkeit. Sie können jetzt richtig loslegen. Enno Krabbenhöft hat seinen Bruder identifiziert.«

»Was meinen Sie mit loslegen?«, fragte Oberkommissar Jensen.

Rieke breitete die Arme aus. »Den Täter suchen. Wir kennen jetzt die Identität des Opfers, wissen auch, dass es sich mit an Sicherheit grenzender Wahrscheinlichkeit um ein Tötungsdelikt handelt. Herrn Krabbenhöft wäre sicher ein Unfall lieber, aber ich fürchte, damit können wir ihm nicht dienen. Was meinen Sie?«

Verblüfft sahen sich die Beamten an. »Wir müssen das soziale Umfeld des Toten durchleuchten«, schlug Jensen vor.

»Und seine letzten Stunden rekonstruieren«, ergänzte Eilers.

Sein Kollege fügte hinzu: »Das Hotelpersonal befragen.«

»Die Spurenakte der Kollegen vom Erkennungsdienst durchgehen.«

Rieke nickte. »Sind das nicht spannende Herausforderungen?«

»Schon«, bestätigte Jensen, »die üblichen Ermittlungsschritte. Wenn wir damit weiterkommen, kann es tatsächlich spannend werden. Und was machen Sie?«

»Wenn ich kann, helfe ich Ihnen. Ansonsten kümmere ich mich um die Presse. Außerdem könnte ich Enno Krabbenhöft befragen. Ich habe ihn gerade erst kennengelernt und keinerlei Berührungsängste. Natürlich nur, wenn Sie wollen.«

Wieder tauschten Riekes Kollegen Blicke. Eilers ergriff das Wort. »Das ist keine schlechte Idee. Ihnen gegenüber ist er vielleicht – offener.«

»Aber viel wird er zur Aufklärung nicht beitragen können.« Jensen schüttelte betrübt den Kopf. »Er ist ja nicht mehr so oft auf der Insel. Was sein Bruder treibt, äh, getrieben hat, und mit wem – darüber weiß er bestimmt nicht . . .«

Die Tür wurde geöffnet, und Imke Gerdes steckte den Kopf herein. »Der Staatsanwalt ist am Telefon. Wer möchte . . .?«

Rieke reagierte sofort. »Kollege Jan Eilers leitet die Ermittlungen.« Zum ersten Mal sah sie den Hauptkommissar lächeln. Er stand auf, folgte der Polizistin, und sie hörte, wie er sich meldete. Imke Gerdes schloss die Tür, doch kurz darauf kehrte Eilers bereits zurück. »Staatsanwalt Rasmussen kommt morgen. Will sich vor Ort ein Bild machen.«

Bei ihrer Rückkehr in die Redaktion fand Hannah Holthusen eine Nachricht des Chefredakteurs auf ihrem Computer. *Komm bitte in mein Büro. P.*

Es kam nicht mehr so oft vor, dass Peter von Hahlen sie zu sich bestellte. In den Anfangsjahren waren sie oft aneinandergeraten und hatten manche Auseinandersetzung, gelegentlich auch lautstark, geführt. Meistens war es darum gegangen, dass sie mit ihren Texten zu forsch oder, wie er es ausgedrückt hatte, zu frech gewesen war. Später hatte er sie gelegentlich wegen ihrer alkoholbedingten Abstürze ermahnt und eines Tages vor die Wahl gestellt, sich einem Entzug zu stellen oder die Redaktion zu verlassen. Es war hart gewesen, hatte aber wesentlich zu ihrer Entscheidung beigetragen, die Kur anzutreten und durchzuhalten. Heute waren sie sich bei der Beurteilung der journalistischen Arbeit weitgehend einig. Nur politisch gehörten sie nach wie vor verschiedenen Richtungen an. Gleichwohl hatte er sich immer vor sie gestellt, wenn sie von Parteipolitikern, Lesern oder Kollegen angegriffen worden war.

»Du warst auf Borkum?«, fragte von Hahlen und deutete auf den Besucherstuhl vor seinem Schreibtisch.

Hannah setzte sich und schlug die Beine übereinander. »Eine interessante Geschichte. Wird wahrscheinlich noch richtig spannend. Ein mysteriöser Todesfall, der möglicherweise mit...«

»...deinem Lieblingsfeind Krabbenhöft zu tun hat?«, unterbrach er sie.

Verblüfft sah Hannah ihren Chef an. »Woher weißt du...?«

Peter von Hahlen war vierundsechzig und grauhaarig, aber plötzlich sah er jünger aus, denn er grinste wie ein großer Junge. »Es gab einen Anruf. Genau genommen zwei.« Er deutete auf sein Telefon. »Die Verlagsleitung hat mich gebeten, ein Auge auf dich zu haben. Nein«, lachte er, »natürlich nicht auf dich, sondern auf deine Texte. Sofern sie sich auf Krabbenhöft beziehen. Darauf sind die natürlich nicht von allein gekommen. Sie hatten ihrerseits einen Anruf von der Kanzlei Doktor Leßing und Partner.«

»Was wollen die?« Hannah schüttelte irritiert den Kopf. »Wir haben doch noch gar nichts gebracht.«

»Da kannst du mal sehen, wie schnell Ostfriesen sein können, wenn es um Geld geht. Aber im Grunde haben die

Anwälte recht. Schaden verhindern ist besser als Schaden beheben.« Noch immer grinste von Hahlen spitzbübisch.

»Um Geld? Schaden? Jetzt verstehe ich gar nichts mehr. Bei der Sache auf Borkum handelt es sich um einen Todesfall, ich vermute einen Mord. Wenn das der Schaden sein soll, ist er nicht mehr zu verhindern.«

»Was die Anwälte verhindern wollen, ist eine ausufernde Berichterstattung, in der Enno Krabbenhöft im Zusammenhang mit dem Ableben seines Bruders Ziel von Spekulationen werden könnte.«

»Dann ist der Tote also sein Bruder?« Hannah nickte unwillkürlich. »Interessant. Und die Herren Rechtsanwälte möchten unsere Berichterstattung zensieren.« Hannah beugte sich vor und fixierte Peter von Hahlen. »Das findest du lustig?«

Der Chefredakteur hob beschwichtigend die Arme. »Aus deren Sicht ist ihr Vorgehen nur konsequent. Wenn sie unliebsame Berichte verhindern, ist das effektiver, als hinterher Gegendarstellungen durchzusetzen. Aber ...« Er unterbrach sich, ließ die Arme fallen und schlug mit flachen Händen auf die Schreibtischplatte. »Wir werden ihnen den Gefallen nicht tun. Du hast völlig freie Hand.«

Hannah glaubte, nicht richtig zu hören. »Willst du die Anweisung der Verlagsleitung ignorieren?«

Peter von Hahlen breitete die Arme aus. »Was heißt schon Anweisung? Wir werden nichts Ungesetzliches tun und nichts, was unserem Blatt schaden könnte. Aber wir werden auch nichts unter den Tisch fallen lassen. Wenn du bei deinen Recherchen auf – sagen wir mal – fragwürdige Machenschaften oder undurchsichtige Hintergründe stößt, wirst du sie durchleuchten und alles ins Blatt bringen, was sich belegen lässt.«

158

»Das ist aber nicht ohne Risiko, Peter«, gab Hannah zu bedenken. »Wenn Gegendarstellungen und Klagen kommen, werden sie uns zur Verantwortung ziehen. Im schlimmsten Fall werden wir unsere Jobs los.«

»Ich vielleicht. Du nicht.« Ihr Chef tippte mit dem Zeigefinger auf den Schreibtisch. »Du legst mir alle Texte vor. Ich zeichne sie ab und übernehme die Verantwortung. Dann kann dir nichts passieren.«

»Und was ist mit dir?« Hannah schüttelte ungläubig den Kopf. Dass Peter so weit gehen würde, hätte sie nicht für möglich gehalten.

»Was immer auch geschieht, Hannah, es wird sich hinziehen. Im nächsten Jahr gehe ich in Rente. Wenn mich die Verlagsleitung kurzfristig loswerden will, muss sie mich beurlauben.« Er beugte sich vor und grinste erneut. »Was kann mir Besseres passieren, als den Ruhestand vorzeitig zu genießen? Mit vollen Bezügen. Und im Bewusstsein, der Pressefreiheit einen Dienst erwiesen zu haben.«

»So mutig warst du nicht immer«, bemerkte Hannah leise.

Peter von Hahlen nickte. »Ich weiß. Aber wenn nicht jetzt, wann dann?«


Fast hätte er den Anruf verpasst. Arne Osterkamp war bereits an der Tür, um abzuschließen. Halbwegs pünktlich Feierabend machen zu können gehörte zu den seltenen Ereignissen in seinem Beruf. Zwischen Pflichtgefühl und Bierdurst hin- und hergerissen, wartete er auf den Anrufbeantworter, der sich nach zwanzig Sekunden melden würde. Vielleicht legte der Anrufer dann auf, ein sicheres Zeichen dafür, dass die Angelegenheit nicht so dringlich war. Er lauschte seiner eigenen Stimme. Detektei Osterkamp, Emden. Bitte hinterlassen Sie

Ihre Nachricht mit Ihrer Telefonnummer nach dem Signalton. Ich rufe Sie zurück. Als sich nach seinem Spruch die Kanzlei Leßing und Partner meldete, hastete er zum Telefon und hob ab.

Es war Dr. Leßing persönlich. Der Anwalt war ein guter Kunde, dessen Aufträge nicht unwesentlich dazu beitrugen, seine Detektei über Wasser zu halten. Mit zunehmendem Interesse hörte er den Worten des Anrufers zu. Gegen einen Job auf der Insel Borkum hatte er nichts einzuwenden, zumal Leßing ihm die Unterbringung in einem der besten Hotels, eine großzügige Tagespauschale und ein attraktives Erfolgshonorar in Aussicht stellte. Als der Anwalt begann, über Diskretion zu reden, unterbrach Osterkamp ihn. »Sie müssen mir nicht meinen Job erklären. In diesem Punkt gibt es nichts zu besprechen. Sie wissen das, Herr Doktor Leßing.«

»Selbstverständlich, mein lieber Osterkamp. Ich kenne Sie und Ihre Arbeit. Darum rufe ich Sie an und keine der großen Detekteien. Ich weiß aber auch um Ihre finanzielle Situation. In diesem Fall kann es unter Umständen zu Interessenkonflikten kommen. Wenn der eine oder andere Fernsehsender auf die Idee kommt, Informationen zu kaufen und vor Ihrer Nase mit größeren Scheinen wedelt.«

»Also geht es um einen Prominenten? Ehekrieg? Liebesaffäre? Sie haben mir noch nicht gesagt, wer die Rechnung bezahlt. Und Ihre Andeutungen über die Zielrichtung meiner Ermittlungen sind etwas nebulös.«

»Zur konkreten Aufgabe sage ich Ihnen mehr, wenn Sie entschieden haben, ob Sie den Job annehmen. Ihr Auftraggeber wäre – Enno Krabbenhöft.«

Osterkamp musste sich bremsen, um nicht einen Laut der Zufriedenheit auszustoßen. Der Politiker und Hotelier galt als einer der reichsten Männer Ostfrieslands. Was immer er für

Krabbenhöft herausfinden oder erledigen sollte – lukrativer konnte ein Job kaum sein. In Gedanken überschlug er die Einnahmen für eine Woche Arbeit auf einer Ferieninsel und kam zu dem Ergebnis, dass er ein Vollidiot wäre, wenn er diese Chance nicht ergreifen würde.

»Ich nehme den Auftrag an«, sagte er ungewohnt gestelzt. »Mit wem darf ich die Honorarfrage besprechen?«

»Mit mir«, antwortete der Anwalt. »Ich habe freie Hand. Allerdings sollten Ihre Forderungen nicht ins Uferlose gehen. Ein wenig muss ich auch die Interessen meines Mandanten berücksichtigen.«

»Wir werden uns über akzeptable Konditionen verständigen«, versicherte Osterkamp, nannte seine Vorstellungen und war darauf gefasst, von Leßing eine Abfuhr zu bekommen und sich mindestens ein Drittel der Summen herunterhandeln lassen zu müssen. Doch der Anwalt antwortete mit nur einem Wort. »Einverstanden.«

Nach dem Ende des Telefonats ließ Osterkamp sich auf seinen Bürostuhl fallen und schaltete den Computer ein. Sobald sich der Rechner mit dem Internet verbunden hatte, startete er das Programm fürs Onlinebanking und tat etwas, das er in den letzten Wochen vermieden hatte, er kontrollierte seinen Kontostand. Mit dem neuen Auftrag würde er nicht nur das Soll ausgleichen, sondern auch ein beträchtliches Guthaben verbuchen können.

Dann legte er einen neuen Ordner an, startete die Spracherkennungssoftware und diktierte die von Dr. Leßing erhaltenen Informationen. Anschließend ergänzte er sie mit Angaben über Enno Krabbenhöft, die ihm Google bereitwillig lieferte. Bevor er den Computer herunterfuhr, buchte er noch einen Platz für den nächsten Tag auf dem Katamaran *MS Nordlicht* nach Borkum.

Mit sich und der Welt zufrieden, verließ Arne Osterkamp sein Büro im Pottersgang und steuerte das nur wenige Schritte entfernte *Mojito* an. Durst hatte er sowieso und die Aussicht auf ein anschwellendes Konto hatte ihm nun auch noch Appetit gemacht.

# 13

## Spätsommer 1990

»Du hast die Tür des Bunkers geöffnet?« Fassungslos betrachtete Enno seinen Bruder. »Und du hast Annie dort eingesperrt?«
Tjark nickte stumm.

»Mann, Mann, Mann«, stöhnte Enno. »Da kann sie nicht bleiben. Wir müssen sie rausholen.«

»Und dann?«, fragte Tjark unwillig. »Wohin?«

»Das ist eine gute Frage. Darauf habe ich noch keine Antwort.« Ein beängstigendes Szenario entstand in seinem Kopf. Annie de Vries würde Anzeige erstatten. Man würde Tjark wegen Freiheitsberaubung, Körperverletzung und sicher auch Vergewaltigung anzeigen. Eine Katastrophe. Gerade jetzt, wo es darum ging, das Image des Hotels in die neue Ära zu retten. Parteifreunde, Kollegen und die Borkumer Gastronomie-Szene würden gespannt darauf warten, ob er die Regie im Haus *Nordseeliebe* übernehmen und wie er die von seinem Vater hinterlassene Lücke ausfüllen würde. Konkurrenten und Investoren lauerten wahrscheinlich schon auf ihre Chance. Aber er würde es allen zeigen, die Pläne seines Vaters zum Ausbau des Unternehmens zu einem kleinen, aber feinen Imperium der Gastlichkeit umsetzen und am Ende von allen als geschätzter und erfolgreicher Hotelier anerkannt werden. Dieses alles durfte keinesfalls durch unappetitliche Berichte über seinen Bruder gefährdet werden. Darum musste Annie de Vries verschwinden. Am besten auf dem normalen Weg. Urlaub beenden, auschecken, abreisen, Ende.

»Wir werden sie holen«, murmelte er. »Und in ihr Zimmer bringen. Dann verhandeln wir mit ihr über eine angemessene Entschädigung. Meinetwegen kann sie auch bleiben. Wenn es sein muss, stellen wir ihr für den ganzen Sommer eine Suite zur Verfügung.«

Tjark schob die Unterlippe vor. »Ich weiß nicht, ob ...« Er brach ab und hob die Schultern. »Aber du wirst das schon hinkriegen.«

»Es wäre die beste Lösung. Zur Not gibt es noch einen anderen Weg.« Entschlossen stand Enno auf. »Natürlich darf niemand etwas mitkriegen. Wir holen sie heute Nacht. Du bereitest unsere Fahrräder und den Anhänger vor. Sobald es dunkel ist, fahren wir los.«

»Was meinst du mit dem anderen Weg?« Tjarks Stimme klang ungewohnt unsicher.

»Badeunfall«, antwortete Enno. »Es kann passieren, dass ein Feriengast in der Nordsee ertrinkt und nie wieder auftaucht. Kommt nicht oft vor, aber es kommt vor.«

»Wäre vielleicht sowieso besser.«

Enno schüttelte den Kopf. »Nein, nur im Notfall. Wir müssten sie als vermisst melden. Es gäbe polizeiliche Ermittlungen. Auch bei uns. Weil sie in der *Nordseeliebe* gewohnt hat. Das wäre nicht gut für unseren Ruf.«

»Also gut«, lenkte Tjark ein. »Heute Abend.«


Graue und schwarze Wolken bedeckten den Himmel, als Enno Krabbenhöft und sein Bruder sich auf den Weg machten. Über Hindenburgstraße und Barbaraweg erreichten sie die Ostfriesenstraße, passierten den Flugplatz und umrundeten Häuser und Campingplatz im Ostland, um abseits der Straßen ihren Weg fortzusetzen.

Zielsicher führte Tjark seinen Bruder zum Eingang des Militärbunkers. Er löste eine Eisenstange, mit der er die rostige Eisentür verkeilt hatte, und benutzte sie als Hebel, um das Türblatt zu bewegen. Schließlich zog er es mit beiden Händen auf. Enno schaltete die Handlampe ein und betrat den Bunker.

Der Raum aus grauem Beton war kaum breiter als die Tür und vielleicht vier Meter lang. Vor ihm lag eine reglose Gestalt auf einer schmuddeligen Matratze, vollständig bedeckt von einer dünnen Decke. Er beugte sich hinab, hob sie vorsichtig an und richtete den Strahl der Lampe auf das, was darunter zum Vorschein kam. Entsetzt wich er zurück, die Decke entglitt seiner Hand. »Was hast du mit der Frau gemacht?«, brüllte er.

Tjark antwortete nicht. Als Enno den Lichtstrahl in sein Gesicht richtete, zuckte er mit den Schultern. »Nichts Besonderes, nur – das – wie sonst auch.«

»Halten! Leuchten!« Enno stieß ihm die Lampe in die Rippen und wandte sich dem leblosen Körper zu. Wenn er sie umgebracht hatte …

Annie bewegte sich und stöhnte leise. Hastig zog er die Decke zur Seite. Und erschrak erneut. Sie hatte die Hände vor das Gesicht geschlagen, zwischen ihren Fingern war Blut hervorgequollen und zu einer dunklen rotbraunen Masse geronnen. Die ehemals blonden Haare waren verfilzt, grau vom Staub und fleckig vom Blut, das Nachthemd war zerrissen und von der Brust bis zum Bauchnabel blutgetränkt.

Enno kniete sich auf die Matratze und schob seine Arme unter den Körper. »Fass mal mit an!«, befahl er Tjark. Gemeinsam hoben sie Annie hoch, trugen sie zum Fahrradanhänger und legten sie ab. Sie atmete, zeigte aber keine Reaktion. »Hoffentlich kommt sie durch«, murmelte Enno. Dann fauchte er seinen Bruder an. »Hol die Decke! Schnell! Und mach die Tür wieder zu!«

Als sie die Fahrräder durch Sand und Gras schoben, spürte Enno, wie seine Kräfte nachließen. Die Kopfschmerzen waren zurückgekehrt, und er hatte das Gefühl, sein Schädel wollte zerspringen. Er überließ Tjark das Fahrrad mit dem Hänger und stützte sich auf den Lenker seines eigenen Rades. Irgendwie musste er diese Sache zu einem Ende bringen. In dem Augenblick, in dem er Annie gesehen hatte, war ihm klar geworden, dass er sie in diesem Zustand nicht ins Hotel bringen konnte. Außerdem brauchte sie einen Arzt. Oder wenigstens jemanden, der sich mit der Behandlung von Verletzungen auskannte. Dafür kam nur eine Person infrage, die zu absoluter Verschwiegenheit fähig war. Ein verwegener Gedanke durchzuckte ihn. Plötzlich wusste er, wer Annies medizinische Versorgung übernehmen würde.

Mühsam erreichten sie die Ostfriesenstraße, hier kamen sie zügig voran. »Wir bringen sie in eine Ferienwohnung«, entschied er, als sie die ersten Häuser passierten. »Die im Dachgeschoss vom Haus Nordseewelle sind nicht belegt.«

Sie rollten den Anhänger in den Hof der Wohnanlage, um Annie durch den Hintereingang ins Haus zu bringen. Nachdem Enno das Minutenlicht ausgeschaltet hatte, war es auf dem Hinterhof stockfinster. Hier drang keine Helligkeit von den Straßenlaternen durch, und wegen der Wolkendecke gab es kein Mondlicht. Als sie den schlaffen Körper aus dem Wagen hoben, flammte in der zweiten Etage ein Licht auf, Sekunden später wurde die Balkontür geöffnet, und ein Mann trat heraus. Hastig drückten sich Enno und Tjark in den Schatten eines Mauervorsprungs. Über ihnen wurde eine Zigarette angezündet, sie glaubten, die Atemzüge des Mannes zu hören, als er den Rauch inhalierte. Die Frau in ihren Armen wurde immer schwerer, sie bewegte sich, und Enno befiel die Angst, sie könnte Geräusche von sich geben. Als sie zu stöhnen begann, drückte er voller Panik seine Lippen auf ihren blutverkrusteten Mund.

Schließlich verschwand der Mann nach innen, und die Jalousie wurde heruntergelassen, sodass kaum noch Licht in den Hinterhof fiel. Enno löste seine Lippen von ihrem Mund und eine Hand vom Rücken der Frau, durchwühlte seine Hosentasche nach dem Schlüsselbund und fingerte zittrig den Hauptschlüssel heraus. »Kannst du sie einen Moment allein halten?«, flüsterte er. Tjark nickte stumm. Enno schloss die Tür auf und schob seinen Bruder mit der Last hindurch. »Kein Licht im Treppenhaus, wir tasten uns im Dunkeln nach oben.«

Nachdem Tjark den blutigen Körper auf dem Doppelbett der Ferienwohnung abgelegt hatte, gab Enno seinem Bruder Anweisungen. »Den Anhänger lassen wir hier im Hof stehen. Falls wir ihn noch brauchen. Du fährst nach Hause und holst zwei dieser großen schwarzen Müllsäcke aus dem Lager und packst in den einen die Decke da rein. Außerdem deine Klamotten. Meine kommen nachher dazu. Später bringen wir alles in den Müll. Dann gehst du ins Zimmer vierundzwanzig und packst ein paar Klamotten von ihr ein. Unterwäsche, Nachthemd, was du so findest. Aber pass auf, dass dich niemand sieht. Mit den Sachen kommst du wieder her. Hast du alles verstanden?«

»Ist ja nicht so schwer.« Tjark sah ihn fragend an. »Und was machst du?«

»Ich kümmere mich um Annie.«

»Ach so.« Sein Bruder grinste vielsagend. Enno war versucht, ihm die Faust ins Gesicht zu schlagen. »Geh jetzt!«

Nachdem Tjark gegangen war, wandte er sich Annie zu. Der Anblick versetzte ihm einen neuen Schock. Während des Transports hatten sich ihre Hände vom Gesicht gelöst. Jetzt, im Licht der Deckenleuchte, erkannte er das Ausmaß ihrer Verletzungen. Von den Schläfen bis zu den Lippen zogen sich auf beiden Seiten klaffende Wunden mit rotbraunen Rändern. Das konnten keine versehentlich erlittenen Verletzungen sein. Offenbar hatte Tjark ihr Schnitte mit einem Messer beigebracht. Annie bewegte den Kopf, aus einem Mundwinkel rann Blut auf das weiße Kopfkissen. Enno zog seine Jacke aus, krempelte die Hemdsärmel hoch und ging ins Bad, um Wasser, Waschlappen und Handtücher zu holen.

Zuerst flößte er ihr ein Glas Wasser ein. Sie schluckte, spuckte, hustete, trank schließlich. Dann befreite er sie von dem schmutzigen Nachthemd und begann das Blut abzuwaschen. Je mehr Verkrustungen er entfernte, desto deutlicher traten die Schnitte im Gesicht hervor. Das muss genäht werden, dachte er und versuchte die wieder einsetzenden Blutungen zu stillen, indem er ihren Kopf mit einem Handtuch umwickelte. Für Augen und Mund ließ er jeweils einen schmalen Schlitz frei. Zweimal öffnete sie die Lider, nahm aber weder ihn noch ihre Umgebung wahr.

Als Tjark mit einem prall gefüllten Müllsack erschien, hatte Enno Annies Körper weitgehend von Blut und Schmutz befreit. Nur die Haare bildeten noch immer ein grau-braunes Gewirr von Büscheln und Strähnen. Er erwog, die Verletzte mit Tjarks Hilfe ins Bad zu tragen und ihre Haare mit der Dusche abzuspülen. Doch dann erschien ihm der Transport zu riskant. Sie atmete flach, wahrscheinlich hatte sie viel Blut verloren. Dunkel erinnerte er sich an einen Erste-Hilfe-Kurs. Erhöhte Herzfrequenz, schneller, aber schwacher Puls und erkaltende Extremitäten deuteten auf einen Volumenmangelschock hin. Ohne ärztliche Hilfe würde danach der Tod eintreten. Voller Unruhe ertastete er die Halsschlagader, ihr Puls schien in Ordnung zu sein, dann befühlte er Hände und Füße.

Sie waren kühl, auch die Bauchdecke fühlte sich kalt an. Es wurde Zeit, den unterkühlten Körper mit Wärme zu versorgen.

»Kipp die Sachen aus!«, herrschte er seinen Bruder an, als dieser zurückkehrte und seine Versuche, dem nackten Frauenkörper Signale über seinen Zustand zu entlocken, mit einem kaum zu deutenden Grinsen verfolgte. »Ich brauche ein Nachthemd. Und dann eine Schere.« Er deutete in Richtung Küche. »Sieh mal in den Schubladen nach!«

Tjark schüttete den Inhalt des Müllsacks neben Annie aufs Bett, zog ein Kleidungsstück heraus und hielt es hoch. »Das hier?«

Enno nickte, riss es ihm aus der Hand und versuchte, es Annie überzustreifen. »Jetzt die Schere! Und dreh die Heizung an!« Weil ihn seine Aktivitäten ins Schwitzen gebracht hatten, hatte er nicht bemerkt, wie kühl es im Schlafzimmer war. Kein Wunder, dass sich Annies Haut kalt anfühlte.

Nachdem er ihren Körper vollständig mit dem Nachthemd bekleidet und ihn mit einer Bettdecke zugedeckt hatte, begann er, die verfilzten und verdreckten Haare abzuschneiden. Am Ende sah der bandagierte Kopf aus wie ein schlecht gerupftes Huhn. »Das wächst wieder«, murmelte Enno entschuldigend in Richtung des Sehschlitzes.

»Und jetzt?«, fragte Tjark.

Enno wandte sich zu seinem Bruder um. »Du fährst wieder nach Hause. Ich bleibe hier und warte, bis sie zu sich kommt. Und dann muss sie medizinisch versorgt werden. Ich werde mit Mutter sprechen. Sie ist schließlich gelernte Krankenschwester.«

»Bist du verrückt?« Entsetzt starrte Tjark ihn an. »Mutter darf niemals erfahren ...«

»Sie wird nichts erfahren, was sie nicht schon weiß.« Enno schüttelte den Kopf. »Und sie wird mit niemandem über – das hier – sprechen. Wenn Annie wiederhergestellt ist, reist sie ab, und alles ist gut.«

Zweifelnd schob Tjark die Unterlippe vor. Wortlos wandte er sich zum Gehen. In der Tür drehte er sich noch einmal um, öffnete den Mund und schloss ihn wieder.

Enno lauschte den Schritten seines Bruders, die sich allmählich entfernten, dann wandte er sich Annie zu, seufzte schwer und setzte sich auf die Bettkante. Er tastete unter der Bettdecke nach ihrer Hand, stellte beruhigt fest, dass sie sich erwärmt hatte, und schob sie wieder zurück.

Sekunden später nahm er erneut ihre Hand und hielt sie fest. Unwirkliche Bilder kreisten in seinem Kopf. Dieser geschundene Körper, den er aus dem verlassenen Bunker geholt hatte, gehörte einer Frau, die ihm vor wenigen Tagen wie eine Offenbarung erschienen war. In dieser Wohnung, in diesem Bett, hatte sie ihm unvergessliche Stunden bereitet. Unbeschwert, fröhlich, geradezu übermütig. Und nun wäre sie fast verblutet. Weil Tjark ausgerastet war. Irgendwann würde er es wieder tun. Und damit die Existenz der Familie aufs Spiel setzen. Irgendwie musste dieser Trieb unter Kontrolle gebracht werden. Zur Not durch einen medizinischen Eingriff. Gab es nicht auch Tabletten? Sobald wie möglich würde er die Frage mit seiner Mutter besprechen. Aber zuerst musste sie die Versorgung von Annie übernehmen. Sie würde schockiert sein, sich der Notwendigkeit aber nicht verschließen.

Annie röchelte und bewegte sich. Enno beugte sich über sie, um ihre Augen sehen zu können. Die Lider zitterten, dann öffneten sie sich. »Kannst du mich hören?« Voller Hoffnung wartete er auf eine Reaktion. Mit einem leisen Aufstöhnen schloss Annie die Lider. Doch wenige Sekunden später öffnete sie die

Augen erneut. Diesmal schien sie ihn zu erkennen. Ein unartikulierter Laut drang aus ihrem Mund. Hastig griff Enno zum Wasserglas, umfasste mit der freien Hand ihre Schultern, hob ihren Oberkörper an und drückte das Glas an ihre Lippen. Diesmal trank sie gierig, verschluckte sich, hustete, trank erneut. »Was ist passiert?«, flüsterte sie anschließend kaum hörbar. »Wo bin ich?«

»Du hattest einen Unfall. Aber es kommt alles wieder in Ordnung, Annie. Du bist in der Ferienwohnung, in der wir – erkennst du mich? Ich bin Enno.«

Sie antwortete nicht, sah ihn nur an. Langsam zog sie ihre Hände unter der Bettdecke hervor, betastete den Verband. »Was ist mit meinem Gesicht? Alles tut so weh.«

»Du hast – Verletzungen. Ich habe dir einen provisorischen Verband angelegt. Nachher kommt jemand, der sich um dich kümmert. Meine – eine – Krankenschwester. Ich gehe sie jetzt holen. Darum muss ich dich nur kurz allein lassen. Okay?«

Eine kaum wahrnehmbare Kopfbewegung deutete Enno als Zustimmung. »Also gut. Es dauert höchstens eine Stunde.« Vorsichtig legte er Kopf und Schultern auf dem Kopfkissen ab. »Bis nachher.«


Ein wenig außer Atem erreichte er das Hotel. Im Eingang stieß er auf einen dunkelhäutigen Gast mit asiatischem Äußeren, der sich unsicher umschaute. Enno hatte nichts gegen ausländische Gäste, wenn sie ausreichend gut betucht waren. Dieser war elegant gekleidet, wirkte gepflegt und hatte ein ebenmäßiges Gesicht mit weichen Zügen. »Kann ich Ihnen helfen?«, fragte Enno höflich.

»Ich habe ein Zimmer gebucht«, antwortete der Fremde mit holländischem Akzent.

»Dort drüben ist die Rezeption.« Enno deutete auf den unbesetzten Tresen. In diesem Augenblick erschien Elske Aalderks, die offenbar im Restaurant nach dem Rechten gesehen hatte. Sie wirkte nicht begeistert über den Ankömmling, nickte ihm jedoch geschäftsmäßig freundlich zu und sagte ihren Spruch auf. »Willkommen im Hotel *Nordseeliebe*. Familie Krabbenhöft wünscht Ihnen einen angenehmen Aufenthalt. Wie ist denn Ihr Name?«

Der Mann verbeugte sich. »Cahyo Sanjaya. Aus Delfzijl, Niederlande.« Die Aalderks verzog keine Miene, aber Enno wusste, wie ungern sie sich mit diesem Gast befasste. Rasch durchquerte er die Halle, um die Treppe zur Wohnung zu nehmen.

Seine Mutter war sechsundvierzig, sah aber gut zehn Jahre jünger aus. Figur und Beweglichkeit waren noch immer die einer jungen Frau. Sie glich auffallend jener französischen Sängerin, für die sein Vater in jungen Jahren geschwärmt hatte und deren Lieder Enno während seiner Kindheit begleitet hatten. *Tous les garçons et les filles* konnte er noch immer auswendig, so oft hatte das Lied gehört. Wie Françoise Hardy war seine Mutter schlank, hatte dunkle Augen und langes glattes Haar, das sie erst in letzter Zeit etwas kürzer trug. Es war ihm völlig unverständlich, warum sich sein Vater mit dieser kleinen molligen Frau eingelassen hatte.

»Wir haben ein ernstes Problem«, begann Enno, nachdem er seine Mutter in ihrem Zimmer aufgesucht hatte. Sie war ganz in Schwarz gekleidet und erschien ihm noch eleganter als sonst. Trotz ihres blassen Gesichts wirkte sie gefasst und entschlossen.

Rasch und umfassend informierte er sie über die Eskapade

seines Bruders mit Annie de Vries und über deren Zustand. »Wir kommen in Teufels Küche«, schloss er, »wenn wir die Sache nicht in den Griff bekommen. Darum musst du dich um sie kümmern. Ich sehe keine andere Lösung.«

Monika Krabbenhöft zeigte keinerlei Regung. Für einen Augenblick glaubte Enno, sie könnte den Ernst der Lage nicht erfasst haben. Doch dann erhob sie sich. »Ich ziehe mich um und packe ein paar Sachen zusammen. In zwanzig Minuten können wir gehen. Erst müssen wir ins Krankenhaus. Und dann gehen wir noch zur Apotheke.«

Gewöhnlich fand Cahyo recht schnell einen guten Draht zu älteren Damen. Sie waren meistens sehr empfänglich für ein freundliches Wort, und aus Gründen, die er nie herausgefunden hatte, schienen sie sein Äußeres zu mögen. Aber die Empfangsdame des Hotels trug offenbar einen emotionalen Panzer, der nicht so leicht zu durchdringen war. Seine Frage nach Annie de Vries hatte sie mit dem Hinweis beantwortet, dass sie grundsätzlich keine Auskunft über Gäste gebe. Sich nach dem gut aussehenden Mann zu erkundigen, der ihm im Hoteleingang begegnet war, hatte er gar nicht mehr gewagt. Er hatte sich unauffällig umgesehen, während die Rezeptionistin die Reservierung überprüft, seine Daten eingegeben und ihm die Schlüsselkarte ausgehändigt hatte. Wie in allen Hotels gab es ein Postfach für jedes Zimmer. Wenn er kein Zimmermädchen fand, das ihm Auskunft gab, würde er über diesen Weg Annies Zimmernummer herausfinden, allerdings wohl erst am nächsten Tag.

Nachdem er sich eingerichtet hatte, wanderte er über die Flure aller Etagen. Aber außer überwiegend älteren Gästen, die er höflich grüßte, begegnete ihm niemand, der ihm hätte weiterhelfen können. Also kehrte er in die Hotelhalle zurück, wo noch immer die strenge Empfangsdame ihren Dienst versah. Er lächelte ihr freundlich zu und verließ das Haus, um sich in der Umgebung ein wenig umzusehen. Cahyo war zum ersten Mal auf Borkum, die Insel gefiel ihm. Wenn er nicht in Sorge um Annie gewesen wäre, hätte er Urlaubsatmosphäre, spätsommerliches Wetter und salzhaltige Nordseeluft genießen können.

Nur wenige Schritte entfernt entdeckte er einen kleinen Laden, in dem er einen pinkfarbenen Briefumschlag kaufte. Auf einer Bank an der Promenade beschriftete er ihn mit Annies Namen und der Hoteladresse und verschloss ihn. Dann wanderte er weiter, fragte Passanten nach einer Postfiliale. Er fand sie in der Strandstraße, kaufte eine einzelne Briefmarke, vergewisserte sich, dass der Brief am Folgetag zugestellt würde, und warf ihn in den Kasten. Dann kehrte er zum Hotel zurück.

Vor dem Eingang entdeckte er den attraktiven Mann, dem er bei seiner Ankunft begegnet war, neben einer Frau in den Vierzigern, die eine Arzttasche trug. Sie war schwarz gekleidet und sprach mit einem älteren Ehepaar. Der Mann hatte seinen Hut gezogen und der Frau in Schwarz die Hand geschüttelt. Jetzt deutete er eine Verbeugung an und sprach mit sehr ernster Miene. Cahyo schlenderte näher heran, bis er den Mann verstehen konnte. »Es tut uns wirklich sehr leid, Frau Krabbenhöft, Herr Krabbenhöft. Wir kannten Ihren Mann beziehungsweise Ihren Vater seit über zwanzig Jahren. Ein schmerzlicher Verlust.«

In der Familie musste es einen Todesfall gegeben haben, offenbar der Vater des jungen Mannes und Ehemann der schwarz gekleideten Frau. »Sehr freundlich«, antwortete die Witwe. »Vielen Dank. Wir müssen jetzt leider – es gibt für uns noch viel zu tun.«

Sie wandten sich zum Gehen und eilten schnellen Schrittes in die Richtung, in der die Reihe der Hotels und die Promenade endeten. Ihre Körperhaltung und ihre Bewegungen ließen ihn erkennen, dass sie es nicht nur eilig hatten, sondern auch Wert darauf legten, nicht wahrgenommen zu werden. Kurz entschlossen folgte er ihnen. Sie führten ihn zum nahe gelegenen Krankenhaus, wo der Sohn mit der Tasche draußen wartete und die Mutter die Klinik betrat. Eine Viertelstunde später kam sie wieder heraus, ließ sich die Tasche geben und legte etwas hinein. Dann gingen sie den Weg zurück, passierten zügig das Hotel und erreichten schließlich in der Nähe des Bahnhofs die Insel-Apotheke, in der sie verschwanden. Während Cahyo die Sonnenschutz- und Kosmetikartikel im Schaufenster betrachtete, fragte er sich, warum die Besitzerin des Hotels und ihr Sohn erst ein Krankenhaus und dann eine Apotheke aufsuchten, statt eventuell benötigte Medikamente durch einen Boten holen oder bringen zu lassen. Kurz darauf traten beide auf die Straße, sahen sich um und eilten auf dem gleichen Weg zurück. Jetzt trug der Sohn die Tasche.

Ihr Ziel war aber nicht das Hotel, denn sie bogen in eine Querstraße ab, überquerten diese, bogen noch einmal ab und verschwanden in einem Haus mit der Aufschrift *Nordseewelle – Ferienwohnungen.* Vor dem Eingang hing ein Schaukasten mit Fotos, die Eindrücke vom Inneren der Wohnungen vermittelten. Dazu eine Liste mit nach Saisonzeiten gestaffelten Preisen und ein Hinweis auf die Möglichkeit, die gewünschte Wohnung im Hotel *Nordseeliebe* zu buchen.

Während Cahyo noch überlegte, ob er warten sollte, verließ der Sohn bereits wieder das Haus. Erneut erweckte er den Eindruck eines von Eile und Unsicherheit getriebenen Menschen. Da die Witwe Krabbenhöft auch nach einer Viertelstunde noch nicht wieder auftauchte, machte Cahyo sich auf den

Rückweg zum Hotel. Unterwegs suchte er nach Erklärungen für das merkwürdige Verhalten der Krabbenhöfts. Eine Frau, die gerade ihren Mann verloren hatte, dessen sichtlich gut gehendes Hotel der Oberklasse nun ihr gehörte, würde wohl kaum die Reinigung eines Ferienapartments übernehmen. Was hatte sie stattdessen dorthin geführt?

# 14

## Frühsommer 2014

Auf dem Weg zur *Nordseeliebe* erreichte sie ein Anruf von Kriminaloberrat Feindt. »Wie kommen Sie voran, Frau Bernstein?«

»Ganz gut«, antwortete Rieke. Was sonst hätte sie in dieser Phase der Ermittlungen sagen sollen? Feindt musste einen anderen Grund für seinen Anruf haben. Und dann kam er auch schon damit raus. Zuerst indirekt. »Gefällt es Ihnen auf der Insel Borkum?«

»Sehr gut, ich kann nicht klagen. Gute Luft, gutes Wetter, gutes Hotel.«

»Und die Zusammenarbeit mit den Kollegen vor Ort?«

Sie dachte an die allzu zurückhaltende Art von Jensen und Eilers. Aber das musste sie ihrem Chef nicht auf die Nase binden. »Auch gut«, sagte sie.

Feindt räusperte sich. »Sie müssen nicht dort bleiben. Wenn die Kollegen Sie entbehren und den Fall ohne unsere Unterstützung lösen können ...«

»Ich werde sie fragen«, unterbrach Rieke ihren Vorgesetzten. »Wenn sie mich loswerden wollen, lasse ich es Sie wissen, Herr Kriminaloberrat. Vorerst gehe ich davon aus, dass ich einen Ermittlungsauftrag habe, weil es höheren Orts ein Interesse an Informationen über den Stand der Dinge gibt. Und an einer diskreten und geräuschlosen Aufklärung. Ist es nicht so?«

Ein undefinierbarer Laut des Unwillens erklang aus dem

Telefon. »Ihre Worte, Herr Kriminaloberrat«, fügte Rieke süffisant hinzu. »Wenn ich mich recht erinnere.«

»Halten Sie mich auf dem Laufenden!«, knurrte Feindt giftig und legte auf.

»Sieh mal an«, murmelte Rieke und ließ das Telefon in ihre Handtasche gleiten. »Anscheinend hat sich jemand die Sache anders überlegt. Der Fall wird noch spannend.«

Sie traf Enno Krabbenhöft in der Hotelhalle, als er gerade den schwarz gekleideten Bestatter von *Erd, See & Feuer* verabschiedete. »Sobald ich etwas weiß, informiere ich Sie«, hörte sie noch. Als er sie erkannte, begrüßte er sie mit einem Kopfnicken. »Sie kommen wie gerufen. Ich habe gleich mal eine Frage.«

»Das trifft sich gut«, antwortete Rieke. »Ich auch. Allerdings nicht nur eine.« Die geschäftsmäßig-freundliche Miene des Hoteliers wurde zu einem Ausdruck unwilligen Zweifels. Dennoch machte er eine einladende Handbewegung. »Gehen wir in mein Büro.«

»Sie wollen sicher wissen, wann der Leichnam Ihres Bruders für die Beerdigung freigegeben wird«, vermutete Rieke, nachdem sie in einem der Besucherstühle und Krabbenhöft hinter seinem Schreibtisch Platz genommen hatte.

»Genau das wäre meine Frage gewesen«, nickte er.

»Das hängt davon ab, wie schnell die Untersuchungen der Rechtsmediziner abgeschlossen werden können. Rechnen Sie mit drei Tagen. Plus einen Tag für den Rücktransport, die Aufbahrung und Herrichtung im Bestattungsunternehmen. Wenn Sie einen Termin für die Beisetzung festlegen wollen, sind Sie mit einer Woche auf der sicheren Seite.«

Krabbenhöft verzog kaum merklich das Gesicht. »So lange kann ich nicht hier bleiben. Aber gut, das Problem lässt sich lösen.« Er setzte eine neutrale Miene auf. »Was kann ich für Sie tun?«

»Sie können dazu beitragen, den Tod Ihres Bruders aufzuklären. Wir müssen alles über ihn wissen. Seinen Tagesablauf, Freunde, Freundinnen, Freizeitbeschäftigungen. Insbesondere, was er am Vortag und Vorabend seines Todes gemacht und wo er sich aufgehalten hat. Aber auch, was für ein Mensch er war. Je genauer wir über all dieses Bescheid wissen, desto eher können wir ein Täterprofil erstellen.«

Kopfschüttelnd und mit einem leicht angeekelten Gesichtsausdruck musterte er sie. Als hätte er ein exotisches und widerwärtiges Insekt vor sich. »Zum einen handelt es sich um einen Unfall. Nach einem Täter muss nicht gesucht werden. Zum anderen wäre die Ermittlung der näheren Umstände Sache der zuständigen Kriminalbeamten. Meines Wissens gehören derartige Routineangelegenheiten nicht zu den Aufgaben des Landeskriminalamts.«

Rieke schoss eine Versuchsrakete ab. »Warum haben Sie mich dann angefordert?«

Der Hotelier sprang auf und schnappte nach Luft. Sein Hals färbte sich dunkelrot. »Was ist das für ein Unsinn? Die Kriminalpolizei hat jemanden angefordert. Allerdings nicht Sie, sondern ...« Er brach ab. War ihm bewusst geworden, was er gerade offenbart hatte?

Unbeeindruckt von Krabbenhöfts Ausbruch zog Rieke einen kleinen Notizblock und einen Stift aus ihrer Handtasche. Im Gegensatz zu manchen Kollegen, die lieber ein Diktiergerät oder ihr Smartphone auf den Tisch legten, benutzte sie die herkömmliche Art, sich Notizen zu machen. Von einem älteren Ausbilder hatte sie gelernt, dass Zeugen leichter aus der Reserve zu locken waren, wenn man ihre Antworten deutlich sichtbar und möglichst ausführlich mitschrieb. Ihre Erfahrung hatte diese Regel bestätigt. Mit betont munterer Stimme fragte sie: »Können wir jetzt zur Sache kommen?«

179

Krabbenhöft hatte sich gefangen. Er setzte sich mit einem kaum hörbaren Seufzer, lockerte seine Krawatte und löste den obersten Hemdknopf. »Also gut. Was wollen Sie wissen?«

»Zuallererst: Was für ein Mensch war Ihr Bruder Tjark?«

»Was hat das mit seinem Tod zu tun?« Misstrauisch kniff der Hotelier die Augenlider zusammen.

Rieke lächelte entwaffnend. »Ich sag's mal so: Wenn ein Mensch gewaltsam ins Jenseits befördert wird, klären wir die Umstände seines Ablebens am besten auf, indem wir rückblickend auf sein Leben schauen. Natürlich benötigen wir Fakten wie Alter, Beruf, Freunde, Familienverhältnisse. Aber der Mensch ist mehr als die Summe seiner Daten. Er besteht auch aus Hoffnungen und Wünschen, Erfahrungen und Ängsten, Sehnsüchten und Leidenschaften.« Sie beugte sich vor und sah ihrem Gegenüber in die Augen. »Ich möchte Ihren Bruder Tjark kennenlernen, Herr Krabbenhöft. Mit all seinen Stärken und Schwächen, Eigenarten und Besonderheiten.«

»Da haben Sie sich aber was vorgenommen. Ist das nicht ein bisschen viel – für einen Unfall?«

»Lassen wir die Frage nach der Ursache für die tödlichen Verletzungen erst einmal beiseite. Darüber müssen wir nicht streiten und nicht spekulieren. Kriminaltechniker und Rechtsmediziner finden gewöhnlich heraus, wie sie zustande gekommen sind. Das ist nur eine Frage der Zeit. Aber die Lebensgeschichte des Getöteten verrät uns, wer für sein Ableben verantwortlich sein könnte. In den allermeisten Fällen kommen nur ganz wenige Personen infrage.« Rieke lehnte sich zurück und hob ihren Notizblock an. »Also, wie würden Sie den Charakter Ihres Bruders beschreiben?«

Krabbenhöft verschränkte die Arme hinter dem Kopf. Rieke sah ihm an, dass es hinter seiner Stirn arbeitete. Jetzt überlegt er, dachte sie, ob und wie weit er die Wahrheit sagen kann. Oder ob er ein Charakterbild entwerfen soll, das jeglichen Gedanken an Fremdverschulden ins Absurde rückt.

»Tjark war ein liebenswerter und guter Mensch«, begann der Hotelier. »Gemessen an den Anforderungen unserer Schulen war er nicht der Klügste. Aber er besaß das, was man früher Herzensbildung nannte. Immer freundlich, immer hilfsbereit. Bei der Arbeit zupackend und ausdauernd. Unentbehrlich für unser Haus. Wo immer es etwas zu tun gab, hat er geholfen. Fragen Sie unser Personal!«

Rieke notierte die entscheidenden Stichworte. »So einen Mann wünscht man sich als Frau. Trotzdem war er nicht verheiratet. Hatte er eine Freundin?«

Ihr war, als sei Krabbenhöft zusammengezuckt. Hatten seine Augenlider eben geflackert? Als er nicht antwortete, wiederholte sie ihre Frage und betonte dabei jedes Wort. »Hatte er eine Freundin?«

Resigniert, so schien es Rieke, schüttelte er – kaum wahrnehmbar – den Kopf. Dann straffte er sich. »Dafür war keine Zeit. Er war von morgens bis abends für unser Haus im Einsatz. Im Grunde wie ich. Zu wenig Zeit, zu wenige Gelegenheiten. Hier auf der Insel gibt es – wie soll ich sagen? – nur ein begrenztes – Angebot. Irgendwann ist es dann zu spät.«

»Gab es andere Träume, Sehnsüchte oder Leidenschaften Ihres Bruders?«

Diesmal geriet Krabbenhöfts gesamte Körperhaltung zu einer Verneinung. »Davon weiß ich nichts. Vielleicht haben wir als Jugendliche herumgesponnen, Fantasien über Frauen und Autos, Traumberufe und Reisen in die große weite Welt ausgetauscht. Es gibt aber nichts Konkretes, an das ich mich erinnern kann.«

An dieser Stelle beschlich Rieke das Gefühl, dass ihr Gegenüber ihr etwas vormachte. Um der Wahrheit auf die Spur zu kommen, brauchte sie Informationen, die Krabbenhöft ihr nicht liefern würde. Sein Personal erst recht nicht. Sie entschloss sich, die Frage nach Charaktereigenschaften jetzt nicht weiter zu verfolgen, und fragte nach konkreten Daten. »Können Sie mir eine Art Lebenslauf Ihres Bruders zur Verfügung stellen? Und eine Liste seiner Freunde und Bekannten?«

Krabbenhöft wirkte erleichtert und beeilte sich, ihr zu versichern, dass er die gewünschten Daten schnellstens zusammenstellen würde.

Während Rieke sich von ihm verabschiedete, nahm sie sich vor, beim nächsten Gespräch besser vorbereitet zu sein. Vielleicht mit Material aus dem Archiv von Hannah Holthusen.

Während sie die Hotelhalle durchquerte, kramte sie in ihrer Handtasche. Die Redakteurin hatte ihr eine Visitenkarte gegeben, irgendwo musste die sein. Nachdem sie Schminkspiegel, Lippenstift, Papiertaschentücher, Reserveakku des Handys, drei Kugelschreiber, zwei angefangene Rollen Mentos, eine Wäscheklammer, eine Cremedose, zwei Tampons, drei Pflaster und ein Parfümfläschchen in der Hand gehabt hatte, zog sie die Karte aus einem Seitenfach und wählte Hannahs Handynummer.

Sie meldete sich sofort und wirkte überrascht, als Rieke ihren Namen nannte. Ihre Stimme klang überdies ein wenig hohl. Als befände sie sich in einem Raum mit kahlen Wänden. »Ich hoffe, ich störe Sie nicht.«

»Keineswegs. Ich freue mich, von Ihnen zu hören. Kommen Sie voran?«

»Grundsätzlich schon, soweit es die ermittlungstechnische Seite betrifft. Krabbenhöft hat seinen Bruder identifiziert, aber er mauert bei den Informationen über ihn. Ich habe das Gefühl, dass er möglichst wenig aus dem Leben seines Bruders preisgeben möchte. An der Stelle komme ich im Moment nicht weiter. Ich brauche einfach mehr Wissen über die familiären Verhältnisse. Es gibt ja nur noch Enno. Meinen Sie, dass sich in Ihrem Archiv der eine oder andere Beitrag über Familie Krabbenhöft finden lässt?«

Hannah Holthusen lachte. »Was glauben Sie, wo ich gerade bin?«

»Klingt nach einer leeren Halle. Oder einem Kellergewölbe.«

»Gut erkannt, Frau Hauptkommissarin. Ich befinde mich im Archiv. Und das liegt in der Tat im Keller.«

»Können Sie die Artikel nicht am Computer abrufen?«

»Leider nicht. Unsere alten Ausgaben sind nicht digitalisiert. Ich muss also Mikrofilme durchsehen und schauen, ob ich etwas finde. Wenn ich Pech habe, muss ich alte Folianten durchblättern, in denen jeweils ein Jahrgang gebunden ist. In meinen persönlichen Unterlagen habe ich nur meine eigenen Artikel. Die können Sie sich gerne durchlesen. Ich müsste sie allerdings auch erst einscannen. Oder wir treffen uns, und wir schauen sie uns gemeinsam an.«

»Ich glaube«, überlegte Rieke laut, »die zweite Variante hat viel für sich. Denn ich müsste sicher öfter nachfragen. Wann hätten Sie Zeit?«

»Wollen Sie zu mir nach Emden kommen, oder soll ich Sie auf der Insel besuchen?«

»Können wir das morgen entscheiden und telefonisch klären? Ich würde gern vorher mit meinen Kollegen sprechen. Und mit dem Staatsanwalt. Der schlägt nämlich morgen hier auf.«

»Ich bin mit allem einverstanden. Also dann bis morgen, Frau Bernstein. Nein, halt, warten Sie! Mir fällt gerade etwas ein. Es gibt jemanden, den sie dort zur Familie Krabbenhöft befragen können. Eine Frau – Aalderks. Elske Aalderks. Die hat fast ihr ganzes Arbeitsleben im Hotel *Nordseeliebe* verbracht. Schon unter dem Großvater. Und ich glaube, sie hat auch die beiden Jungen mit erzogen. Der Vater hatte kaum Zeit für die Familie, und die Mutter war – etwas – seltsam.«

»Inwiefern seltsam?«

»Ich kann das nicht erklären. Ich habe nur zwei- oder dreimal beobachtet, wie sie mit ihren Kindern umgegangen ist. Das fand ich nicht normal. Kinder brauchen Zuwendung und Zärtlichkeit, aber diese Mutter war – wie eine Glucke. Sie hat ihre Söhne vergöttert und verhätschelt und – irgendwie nicht wie Kinder, eher wie – Liebhaber behandelt. Ich weiß nicht, ob es das trifft, aber ich habe gerade kein anderes Wort dafür.«

»Interessant«, stellte Rieke fest. »Wo finde ich die Frau? Lebt sie überhaupt noch?

»Frau Aalderks wohnt in diesem Altenheim – an der Gartenstraße, glaube ich. Es heißt – *Seniorenhuus In't Skuul*. Hab mal eine Reportage über Senioren auf Borkum gemacht. Da war ich auch bei denen. Ich bin sicher, dass Frau Aalderks noch lebt. Eine Todesanzeige in unserem Blatt wäre mir aufgefallen.«

»Vielen Dank für den Tipp, Frau Holthusen. Wegen unserer Verabredung melde ich mich morgen wieder.«

Rieke verabschiedete sich von der Journalistin und sah auf die Uhr. Noch war es für einen Besuch im Altersheim nicht zu spät.


Im Büro der Heimleitung legte Rieke ihren Ausweis vor und fragte nach Elske Aalderks. Die Angestellte bot ihr einen Sessel an und griff zum Telefonhörer. »Ich melde Sie an.« Knapp zehn Minuten später erschien eine andere Mitarbeiterin. »Frau Aalderks kann Sie jetzt empfangen. Ich führe Sie zu ihr.«

Die weißhaarige alte Dame wirkte gepflegt, trug einen schwarzen Rock und eine silberfarbene Bluse mit Perlenkette und einer Schleife vor dem Dekolleté. Rieke schätzte sie auf etwa achtzig Jahre. Sie hatte an einem Biedermeiersekretär aus Kirschholz gesessen, erhob sich behände und nickte der Altenpflegerin zu. Auf eine vornehme Art, als sei sie es gewohnt, mit Personal umzugehen, und als wollte sie sagen: »Sie dürfen jetzt gehen.«

Eine dezente Bewegung mit der sorgfältig manikürten rechten Hand signalisierte Rieke, auf einem der Biedermeierstühle an einem Tisch Platz zu nehmen, der ebenfalls in Kirschholz gearbeitet war. »Guten Tag, Frau Bernstein. Oder muss ich Hauptkommissarin sagen?«

Rieke setzte sich und schüttelte den Kopf. »Darauf kommt es nicht an.«

Elske Aalderks nahm ihr gegenüber Platz und nickte, als hätte sie nichts anderes erwartet. »Was führt Sie zu mir?«

»Eine unerfreuliche Angelegenheit«, antwortete Rieke. »Es tut mir sehr leid, Ihnen sagen zu müssen, dass ich wegen eines Todesfalls zu Ihnen komme.«

»Geht es um Tjark Krabbenhöft?«

»Woher wissen Sie...?«

»Dass er gestorben ist?« Aalderks breitete die Hände aus. »Auf unserer Insel breiten sich in gewissen Kreisen bestimmte Nachrichten in Windeseile aus. In diesem Fall hat mich ein ehemaliger Mitarbeiter angerufen.«

»Mitarbeiter?«

»Herr Badenhoop. Er war bei uns als Hausmeister angestellt.«

»Bei Ihnen?«, wunderte sich Rieke.

»Ich meine natürlich unser – das Hotel *Nordseeliebe*.«

»Sie haben dort sehr lange gearbeitet.«

»Das kann man wohl sagen. Siebenundvierzig Jahre.« In Elske Aalderks' Miene spiegelten sich Stolz und Bedauern zugleich.

Rieke nahm an, dass sie ihr Lebenswerk – das Dasein als Empfangschefin, die alles und jeden unter Kontrolle hatte, ungern in andere Hände gegeben hatte. Sie beschloss, das Ego der alten Dame ein wenig zu streicheln. »Dann geht sicher ein guter Teil der erfolgreichen Entwicklung des Hauses Krabbenhöft auf Ihr Konto.«

Aalderks lächelte. »Wenn Sie es so ausdrücken möchten . . .«

»Hat die Familie Krabbenhöft Ihr Engagement zu schätzen gewusst?«

Die alte Dame neigte den Kopf, ihr Blick schien sich nach innen zu wenden. Einige Sekunden lang hörte Rieke nur ihren Atem. Schließlich gab sie sich erkennbar einen Ruck. »Es gab Anerkennung, ja. Aber von den verschiedenen Personen in sehr unterschiedlicher Weise. Der alte Herr, ich meine Kurt Krabbenhöft, den Vater von Klaus, der mich 1950 eingestellt hat, war zurückhaltend in seinen Äußerungen, hat mir aber trotzdem zu verstehen gegeben, wie sehr er meine Arbeit schätzte. Sein Sohn, der leider viel zu früh gestorben ist, hat mir ebenfalls viel Vertrauen geschenkt und immer wieder deutlich gemacht, dass ich eigentlich zur Familie gehöre – gehörte. Seine Frau dagegen – und ihre Söhne – na ja.«

»Ihre Söhne? Tjark und Enno waren doch wohl auch die Söhne von Klaus Krabbenhöft. Oder?«

»Natürlich.« Elske Aalderks seufzte. »Aber er hat sich nicht um die Erziehung gekümmert. Und die Mutter – hat die Jungen – extrem verwöhnt.«

»Verwöhnt? Wie fast jede Mutter ihre Kinder verwöhnt?«

Sekundenlang schwieg die alte Dame. Dann schüttelte sie kaum wahrnehmbar den Kopf. »Anders«, murmelte sie schließlich. »Auf eine Art und Weise, die – sich – für eine Mutter – nicht gehört.« Sie atmete heftig aus. Offenbar war ihr der Satz nicht leicht über die Lippen gegangen.

»Können Sie mir das näher erklären?«, fragte Rieke leise.

Elske Aalderks schüttelte den Kopf. »Erklären? Wie soll man das erklären?« Sie beugte sich vor. »Haben Sie Kinder, Frau Bernstein?« Ohne eine Antwort abzuwarten, fuhr sie fort: »Kleine Kinder kriechen gerne mal ins Bett der Mutter. Dagegen ist nichts einzuwenden. Aber irgendwann muss das aufhören.«

Rieke war elektrisiert. »War das bei Tjark und Enno nicht so?«

Erneut seufzte Elske Aalderks. »Schon. Aber viel zu spät. Da waren sie vierzehn und fünfzehn Jahre alt.«

»Und der Vater? Hat der davon nichts mitbekommen?«

»Ich weiß es nicht. Sie hatten ja getrennte Schlafzimmer. Aber es muss einen ziemlich großen Krach gegeben haben. Das war Mitte der Achtzigerjahre. Klaus, ich meine Herr Krabbenhöft, stand tagelang neben sich. Ich habe ihn damals ...« Sie brach ab und schüttelte energisch den Kopf. »Das tut jetzt nichts zur Sache. Die Jungs kamen dann für ein Jahr ins Internat. Obwohl er viel zu tun hatte, hat er sie besucht. Die Mutter nie.«

»Und Sie und Herr Krabbenhöft?«, wagte Rieke zu fragen. Wenn sie nicht alles täuschte, wurde das Rouge auf Aalderks Wangen ein wenig dunkler. Sie winkte ab. »Ich war doch viel zu alt für ihn. Außerdem ...«

»Außerdem?«

»Klaus – Herr Krabbenhöft hatte eine Freundin. In Emden. Ich glaube, sie hieß – Petra und war halb so alt wie ich.«

»Wie hat sich das Verhältnis der Söhne zu ihrer Mutter nach dem Tod des Vaters entwickelt?«

Elske Aalderks hob die Schultern. »Schwer zu sagen. Enno musste ja den Betrieb übernehmen. Erstaunlicherweise hat er sich richtig ins Zeug gelegt. Aus dem leichtlebigen Jungen wurde ein knallharter Geschäftsmann. Er war geschickt, das muss man anerkennen. Ich glaube, er ging eher sachlich mit seiner Mutter um. Obwohl sie weiter versucht hat, ihn an sich zu binden. Die Jungs sind ja nie von zu Hause ausgezogen. Das muss man sich mal vorstellen, mit Ende zwanzig, Anfang dreißig immer noch unter der Fuchtel der Mutter. Die hatten ja gar keine Chance, junge Frauen kennenzulernen und eine Beziehung einzugehen.«

»Es gab also keine Freundinnen?«

»Nein. Das hätte ich mitbekommen. Sie haben zwar oft von Mädchen oder Frauen geredet, aber in einer – abschätzigen Art und Weise, besonders schlimm war Tjark.« Sie schüttelte den Kopf. »Eine anständige Frau hätte das angewidert.«

»Hat der Einfluss der Mutter denn nie aufgehört?«

»Eigentlich erst nach ihrem Tod. 1998 ist sie ganz plötzlich gestorben. Herzversagen. Mit vierundfünfzig. Aber da waren die Jungs schon fast dreißig. Bis dahin haben sie sich von ihr bedienen lassen. Und finanziell gab es keine Grenzen. Schon als Kinder hatten sie immer Geld in der Tasche. Die hatten Anfang der Achtzigerjahre als erste Kinder auf der Insel diese BMX-Fahrräder. Und Enno dann den ersten Computer. Tjark ist später seiner Mutter zunehmend aus dem Weg gegangen. Er war irgendwie unstet. Immer in Unruhe. Als wäre er ständig auf der Suche nach irgendetwas. Zum Glück war Badenhoop noch da. Der hatte ihn einigermaßen im Griff. Leider nur ein paar Jahre. Er ist vorzeitig in Rente gegangen, weil er es unter Enno nicht ausgehalten hat.«

»Und Sie? Sie hatten es sicher auch nicht leicht mit dem neuen Chef.«

»Da sagen Sie was, Frau Bernstein. Sieben Jahre habe ich noch ausgehalten. Er wäre mich gern früher losgeworden, wollte nur hübsche Mädchen am Empfang. Aber die jungen Dinger hatten ja keine Ahnung. Ohne mich wäre ...« Sie hielt inne, und Rieke war es, als schüttelte sie die Erinnerung ab. Ihr angespannter Gesichtsausdruck wich einer freundlichen Miene, aufmerksam sah sie Rieke an. »Sind Ihnen meine alten Geschichten überhaupt eine Hilfe? Sie müssen doch – wie sagt man? – die Todesumstände von Tjarks – Unfall – klären.«

»Ihre Erinnerungen sind eine große Hilfe«, versicherte Rieke. »Ich muss mir ein Bild von der Familie machen. Das gehört zum Hintergrund des Opfers. Aber wie kommen Sie auf Unfall?«

»Badenhoop hat die Inselbahn erwähnt. Man hätte Tjark auf den Gleisen gefunden. Dann kann es doch nur ein Unfall sein. Oder?«

Rieke breitete die Arme aus. »Das wissen wir noch nicht. Aber wir arbeiten daran. Und Sie haben mir wirklich sehr geholfen. Vielen Dank!« Sie machte Anstalten, aufzustehen.

»Sie wollen doch nicht schon gehen?« Elske Aalderks deutete auf ihren Sekretär. »Wie wär's mit einem Likörchen? Oder nehmen Sie lieber einen Friesengeist? Ich habe beides da.«

Im Gesicht der alten Dame las Rieke so viel freudige Erwartung und Hoffnung, dass sie es nicht übers Herz brachte, sie zu enttäuschen. Sie setzte sich wieder. »Also gut. Aber Likör ist mir, ehrlich gesagt, ein bisschen zu süß.«

»Mir auch. Den habe ich nur wegen der alten Damen hier im Haus. Die bevorzugen Likör. Freut mich, wenn ich mal Gelegenheit habe, was anderes zu trinken. Kommt selten genug vor.« Sie erhob sich und öffnete eine Tür ihres Sekretärs.

Im nächsten Augenblick standen zwei Gläser auf dem Tisch, jedes ordentlich auf einem Zinntellerchen. Dazu kamen zwei kupferne Pfännchen, schließlich hatte Elske Aalderks eine Flasche Friesengeist in der Hand und schenkte ein. Sie entzündete den Schnaps und rezitierte die magischen Worte, während sie die Flammen löschte. »Wie Irrlicht im Moor flackert's empor. Lösch aus, trink aus, genieße leise auf echte Friesenweise – den Friesen zur Ehr vom Friesengeist mehr!«

In einem Zug stürzte Rieke den edlen Kornbrand herunter. Für Sekunden befand sie sich mit einem Dutzend anderer Abiturientinnen in einer ohrenbetäubend lauten Auricher Kneipe, wo sie das bestandene Abitur feierten und irgendjemand dafür sorgte, dass der Friesengeist immer wieder neu aufflammte. Mit einem erschreckenden Ergebnis. Als sie vom Tisch hatte aufstehen wollen, waren ihr die Beine weggeknickt. Das weitere Geschehen entzog sich dauerhaft ihrer Erinnerung. Seitdem hatte sie das Zeug gemieden. Aber der Friesengeist aus Elske Aalderks' Flasche schmeckte überraschend gut.

# 15

## Spätsommer 1990

Als sie ins Zimmer trat, hob die junge Frau mühsam den Kopf. Ihre Augen waren kaum zu sehen, dennoch erkannte sie die Angst in ihrem Blick. Diese Art zu schauen war Monika Krabbenhöft geläufig. Patienten hatten sie oft so angesehen, wenn sie mit einer Spritze in der Hand ein Krankenzimmer betrat. Obwohl es weit über zwanzig Jahre her war, kamen ihr die tausendfach geübten Sätze wie von selbst über die Lippen. »Nur ein kleiner Piekser. Tut überhaupt nicht weh. Danach geht es Ihnen gleich viel besser. Damit Ihre Wunden gesäubert und desinfiziert werden können, werden Sie jetzt ein Weilchen schlafen.«

Die Patientin schüttelte zaghaft den Kopf, aber Monika Krabbenhöft war schon am Bett, zog einen Arm hervor, rieb die Armbeuge mit Alkohol ab und setzte die Injektion.

Kühl beobachtete sie die junge Frau, die zunächst noch versuchte, sich aus dem Bett zu rollen, doch Monika Krabbenhöft drückte ihre Schultern mit hartem Griff auf die Matratze und hielt sie so lange fest, bis das Propofol seine Wirkung entfaltet hatte. Dann entfernte sie den provisorischen Kopfverband. Unter den Handtüchern kam ein blutverschmiertes Gesicht zum Vorschein.

Von beiden Ohren ausgehend liefen dunkelrote Linien über die Wangen bis zu den Mundwinkeln. »Das kommt davon«, murmelte Monika Krabbenhöft. »Nun wirst du für den Rest deines Lebens gezeichnet sein. Mit zwei wunderschönen Narben.« Sie begann, das Gesicht von Blutresten zu befreien. »Saubere Schnitte. Zu sauber eigentlich. Wir müssen jetzt dafür sorgen, dass die Schnittkanten gut offen gehalten werden, damit sich ordentlich Granulationsgewebe bildet und ausgeprägte Wülste entstehen. Das verstehst du nicht? Ich erkläre es dir. Leider kannst du mich nicht hören. Aber das macht nichts. Entscheidend ist das Ergebnis. Und dafür musst du noch einige Zeit hier bleiben. Ein Chirurg würde jetzt mit einer sehr feinen Nadel und einem dünnen Faden arbeiten. Wahrscheinlich eine Intrakutannaht legen. Dann gäbe es keine Einstichstellen in der Haut, die als weiße Punkte zurückbleiben. Das machen die heute schon richtig gut. Aber wir wollen ja ausgeprägte Narben.«

Nachdem sie die Wunden vom geronnenen Blut befreit hatte, zog sie die Ränder auseinander und träufelte ein blutstillendes Mittel hinein. Danach tupfte sie die Flüssigkeit ab und säuberte noch einmal die Haut neben den Schnitten. Schließlich fixierte sie die äußeren Hautpartien mit Heftpflaster so, dass die Wundränder möglichst weit auseinanderklafften.

Zufrieden betrachtete sie ihr Werk. In drei bis vier Tagen würde sich ausreichend Granulationsgewebe gebildet haben, sodass breite und wulstige Narben entstehen konnten. Selbst ein geschickter Schönheitschirurg würde das Ergebnis kaum noch korrigieren können.

Die Patientin bewegte sich, und Monika Krabbenhöft sah auf die Uhr. Bevor das Mädchen zu sich kam, musste sie dafür sorgen, dass seine Bewegungsfreiheit hinreichend eingeschränkt wurde. Aus Mullbinden drehte sie reißfeste Stricke, mit denen sie zunächst die Füße aneinanderfesselte. Dann fixierte sie beide Armgelenke mit etwas Spielraum am Bettgestell. So erhielt die Patientin minimale Bewegungsfreiheit. Sie würde sich ein wenig aufrichten oder auf die Seite legen können, aber keine ihrer Hände konnte das Gesicht erreichen. Jemand würde sie füttern müssen, aber diesen Nachteil musste sie in Kauf nehmen. Ihre Söhne würden zwischendurch Zeit dafür finden. Der Gang zur Toilette war mit einem gewissen Risiko verbunden, weil die Fesseln vom Bett gelöst und die Hände auf dem Rücken zusammengebunden werden mussten. Aber Tjark war sehr kräftig. Wenn er dabei war, würde sich auch das Problem lösen lassen.

Plötzlich schlug die Patientin die Augen auf. »Wo bin ich?«, krächzte sie. »Was ist passiert?«

Monika Krabbenhöft räumte die herumliegenden Utensilien zusammen, dann trat sie an das Bett. »Du hast dich an meinen Söhnen vergriffen. Das wirst du bereuen. Den Rest deines Lebens wirst du daran erinnert werden, wie schamlos du dich an meine Jungen herangemacht und sie aus der Bahn geworfen hast.«

Verständnislos schüttelte das Mädchen den Kopf. »Ich verstehe nicht.«

»Ich erkläre es dir«, seufzte Monika Krabbenhöft und setzte sich auf die Bettkante. »Aber nur einmal. Hör genau zu!« Sie beugte sich vor. »Ich habe zwei wunderbare Söhne. Enno und Tjark. Sie waren immer für mich da. Bis diese unbedarften kleinen Hexen aufgetaucht sind. Sie waren alle wie du. Hübsch, blond, blauäugig, blöd. Plötzlich waren meine Kinder nicht mehr meine Kinder. Deinesgleichen haben sie verwirrt, ihnen den Kopf verdreht und Hampelmänner aus ihnen gemacht.« Sie hielt inne, richtete sich auf und schüttelte angesichts dieser Erinnerungen den Kopf. Dann fuhr sie fort: »Aber das lief immer nur kurze Zeit. Es gab einen unappetitlichen Abend am Strand, dann waren die kleinen Huren wieder weg.« Erneut beugte sie sich zu dem bepflasterten Gesicht hinab. »Bei dir war

193

es anders. Das habe ich sofort gespürt. Du hast sie in Gefahr gebracht. Enno ist noch zu weich, er wäre dir verfallen. Aber Tjark ist stark. Er hat sich gewehrt.« Sie deutete auf die Pflaster.

Die Patientin zerrte an ihren Fesseln. Monika Krabbenhöft erhob sich. »Warte, ich hole einen Spiegel.« Sie kramte in ihrer Tasche und kehrte mit einem Kosmetikspiegel zurück. »Schau! Er hat dir zwei wunderschöne Erinnerungsstücke verpasst.«

Ein erstickter Schrei drang aus dem Mund der Verletzten.

»Mach dir keine Sorgen!« Monika Krabbenhöft legte den Spiegel zur Seite. »Ich habe die Wunden gereinigt und desinfiziert. Und die Haare wachsen wieder. Es ist also alles in Ordnung. Noch ein paar Tage Bettruhe, und du kannst diese Wohnung verlassen. Wir empfehlen dir, sofort abzureisen. Bis dahin bleibst du in unserer Obhut.«

Mit aufgerissenen Augen starrte die Patientin sie an. »Ich werde euch anzeigen«, stieß sie schließlich hervor. »Alle drei.«

Monika Krabbenhöft lächelte. »Niemand wird dir glauben.« Sie wandte sich ab und begann, das Verbandsmaterial und die anderen Utensilien in die Arzttasche zu packen. »Ich gehe jetzt. Tjark oder Enno werden später nach dir schauen. Wie gesagt, es gibt keinen Grund zur Sorge. Wenn du vernünftig bist und unser Angebot annimmst. Falls nicht...«, ihr Lächeln wurde boshaft, »... es gibt verschiedene Wege, die Insel zu verlassen.«


»Was meinst du?«, fragte Enno, als seine Mutter nach Hause zurückkehrte. »Wird sie durchkommen?«

»Das ist überhaupt nicht die Frage«, antwortete sie barsch. »Die Verletzungen sind nur oberflächlich. In ein paar Tagen sind die so weit verheilt, dass sie die Rückreise antreten kann.

Ich frage mich allerdings, ob das die richtige Lösung ist. Die Frau wirkt ziemlich – selbstbewusst. Könnte sein, dass sie noch nachträglich Schaden anrichtet.«

»Inwiefern Schaden? Den Schaden hat doch sie.«

»Du musst noch viel lernen«, seufzte Monika Krabbenhöft. »Sie hat Pech gehabt, weil sie Tjark begegnet ist. Nun ist sie der Meinung, sie könnte daraus irgendwelche Rechte ableiten. Redet von Anzeige. Das ist zwar lächerlich, kann aber trotzdem gefährlich für uns werden.«

Enno schüttelte den Kopf. »Wir könnten uns mit ihr einigen. Über eine finanzielle Entschädigung. Dann wäre die Sache erledigt.«

Seine Mutter lachte bitter. »Das glaubst du! Wenn du ihr Geld gibst, wird sie irgendwann mehr wollen. Und dann noch mehr. Ein Fass ohne Boden.«

»Aber es gibt keine andere Lösung«, wandte Enno ein. »Außer ...«

Monika Krabbenhöft breitete die Arme aus. »Komm zu mir, mein Junge! Ich weiß, was du denkst.«

Mit gemischten Gefühlen ließ Enno sich umarmen. »Du weißt, was ich denke?«

Seine Mutter strich ihm durchs Haar. »Ich weiß, dass du an unsere Zukunft denkst. An das Hotel. Und an die Verantwortung, die du jetzt hast. Für das Haus, den Betrieb, deinen Bruder und mich.« Sie drückte seinen Kopf an ihre Brust und flüsterte dicht an seinem Ohr: »Und an die Tücken der Nordsee. Du wirst dich nicht erinnern können, du warst noch zu klein, drei oder vier Jahre. Wir hatten damals einen Gast, der unbedingt außerhalb der überwachten Badezonen schwimmen wollte. Einmal hat er ablaufendes Wasser erwischt. Beziehungsweise das Wasser ihn. Man hat tagelang nach ihm gesucht, aber er ist nie wieder aufgetaucht.«

Der pinkfarbene Umschlag lag am nächsten Morgen im Postfach des Zimmers 24. Nachdem Cahyo ihn entdeckt hatte, machte er sich sofort auf den Weg in den zweiten Stock, klopfte, lauschte, wartete. Klopfte erneut, kräftiger. Keine Reaktion. Vorsichtig drückte er die Klinke nieder, aber das Schloss war verriegelt. Unschlüssig sah er sich um. Würde er ein Zimmermädchen überreden können, die Tür zu öffnen? Unwahrscheinlich. Er kehrte in sein Zimmer zurück, studierte die Anleitung für internes Telefonieren und wählte. Wie erwartet, meldete sich niemand.

Cahyo verließ sein Zimmer und das Hotel. Er wanderte durch die Straßen, bis er eine Telefonzelle fand. Dort suchte er die Nummer des Hotels *Nordseeliebe* heraus und gab die Nummer ein. Eine junge Stimme meldete sich. Das konnte nicht die Empfangsdame sein. Er schöpfte Hoffnung und fragte nach Annie de Vries. »Einen kleinen Augenblick bitte«, antwortete die Stimme. »Ich verbinde.« Geduldig wartete Cahyo, bis sich die junge Frau wieder meldete. »Frau de Vries ist leider nicht auf ihrem Zimmer.«

»Können Sie mir sagen, wann und wo ich sie erreichen kann?«

»Warten Sie, ich sehe nach, ob ich eine Buchung für das Mittag- oder Abendessen finde.«

Sekunden später meldete sich die Stimme wieder. »Ich sehe gerade, Frau de Vries ist von allen Mahlzeiten abgemeldet, auch vom Frühstück.«

»Sie wohnt aber noch bei Ihnen?«

»Das Zimmer ist auf sie gebucht. Bis zum Ende der Woche. Warten Sie, hier ist noch etwas eingetragen. Option für eine Verlängerung. Da muss der Chef eine Ausnahme genehmigt haben. Normalerweise machen wir das nicht – nur das Zimmer ohne Frühstück. Und in der Saison nur mit Halbpension.«

Cahyo bedankte sich und legte auf. Warum sollte Annie auf ihr Essen verzichten? Wenn sie für die eine oder andere Mahlzeit ein anderes Restaurant aufsuchte, wäre das verständlich. Aber für alle? Sogar für das Frühstück, das so reichlich und vielfältig und von bester Qualität war? Er würde ihr Zimmer im Auge behalten, rechnete aber nicht mehr damit, Annie im Hotel anzutreffen. Es war schwer vorstellbar, aber irgendetwas war nicht planmäßig gelaufen. War Annie etwas zugestoßen? Rasch warf er Münzen nach und wählte die Nummer des Coffeeshops in Delfzijl. Von Marijke erfuhr er, dass sie sich auch dort nicht gemeldet hatte.

Voller Unruhe verließ er die Telefonzelle und wanderte ziellos durch die Straßen. Plötzlich erkannte er das Schaufenster der Insel-Apotheke. Hier hatte die Hotelierswitwe eingekauft, war dann mit ihrem Sohn zu einer Ferienwohnung geeilt. Ein seltsamer Gedanke schoss Cahyo durch den Kopf. War Annie krank geworden? Hatte man sie, um Unruhe unter den Hotelgästen zu vermeiden, in einer Ferienwohnung untergebracht?

Er folgte dem Weg, den er schon einmal gegangen war, und stand schließlich vor dem Schaukasten der Ferienwohnanlage Nordseewelle. Niemand war in der Nähe. Er öffnete die kleine Pforte und betrat das Grundstück.

Die Haustür war verschlossen, daneben befand sich ein Klingelschild mit sechs Tasten. Statt mit Namen waren sie mit Nummern versehen. Also gab es in dem Haus sechs Wohnungen, drei links und drei rechts vom Eingang. Ob sie belegt waren, konnte Cahyo nicht erkennen. Für einen Moment erwog er, alle Knöpfe zu drücken, doch dann entschloss er sich, zu warten.

Seine Geduld zahlte sich aus. Nur wenige Minuten später kamen zwei Kinder heraus, die mit Schaufeln und Eimern bewaffnet waren und sich lautstark über das Vorhaben austauschten, heute am Strand eine Sandburg zu errichten. Kurz darauf folgten die Eltern mit Rucksäcken und Taschen, die ebenfalls nach Ausstattung für einen Strandtag aussahen.

Cahyo grüßte freundlich und schlüpfte durch die Tür, bevor sie zufallen konnte. Im Treppenhaus entdeckte er eine Anschlagtafel mit Informationen über Borkum, die Lage der Badestrände und Hinweise zum sicheren Schwimmen und Baden. Daneben hingen Fahrpläne der Inselbahn und der Fähren nach Emden und Eemshaven sowie ein Gezeitenplan.

Den Wohnungseingängen war nicht anzusehen, wer oder was sich hinter ihnen verbarg. Dennoch musterte Cahyo sämtliche Türen, legte sekundenlang ein Ohr auf jede Tür und lauschte. Auch in den oberen Etagen. Ohne Ergebnis. Enttäuscht wandte er sich zum Gehen. Vielleicht gab es eine Möglichkeit, von der Rückseite her einen Blick in die Wohnungen zu werfen.

Neben dem Haus führte ein Weg in den Hinterhof. Vor den Fenstern im Erdgeschoss waren die Rollläden heruntergelassen. Aber von einem Baum, der mitten im Hof stand und für seine Zwecke hoch genug war und dessen Äste ihm stabil genug erschienen, würde er einen Blick in die oberen Wohnungen werfen können. Um den untersten Ast zu erreichen, benötigte er etwas, auf das er steigen konnte. In einer Ecke des Hofs entdeckte er einen Fahrradanhänger. Nachdem er sich umgesehen hatte und niemand in der Nähe war, rollte er ihn neben den Stamm, trat hinein, ergriff den untersten Ast und schwang sich hinauf. Wenig später hatte er die oberen Wohnzimmerfenster im Blick. Hinter dem ersten entdeckte er ein älteres Ehepaar am Esstisch, beim zweiten waren die Gardinen zur Hälfte zugezogen, dennoch konnte er den leuchtenden Bildschirm eines Fernsehgeräts erkennen. Beim Blick in die dritte Wohnung begann sein Herz schneller zu schlagen. Auf der Arbeitsplatte der Küchenzeile entdeckte er die Tasche, mit der die Witwe Krabbenhöft das Haus betreten hatte. Im Hintergrund standen zwei Türen offen, durch die er den Fußteil eines Bettes erkennen konnte. Darin bewegte sich etwas. So schnell wie möglich verließ Cahyo seinen Beobachtungsposten. Als er den Fahrradanhänger zur Seite schob, entdeckte er eine verschmierte rotbraune Spur an der Deichsel. Er leckte einen Finger an und strich damit über die Stelle. Sie färbte ab, und was er dann zwischen Daumen und Zeigefinger zerrieb, sah aus und roch wie Blut.

»Der neue Gast auf Zimmer 38 ist mir nicht ganz geheuer«, bemerkte Elske Aalderks halblaut, als Enno Krabbenhöft ihr die Liste mit den Übernachtungsgästen für den Tag der Beerdigung seines Vaters brachte.

Für die Empfindlichkeiten der Empfangsdame hatte Enno den Kopf zu voll. Mit den Vorbereitungen für die Beisetzungsfeierlichkeiten und mit der Frage, was mit Annie de Vries geschehen sollte. Genervt fragte er, ob ihr sein Aussehen nicht gefiel. »Darüber würde ich mir kein kritisches Wort erlauben«, entgegnete die Aalderks spitz. »Aber ich habe ihn beobachtet. Er geht nicht an den Strand wie andere Feriengäste. Stattdessen lungert er hier herum. Oder vor dem Hotel. Man könnte meinen, er beobachtet Sie.«

»Mich?« Enno stieß einen trockenen Lacher aus. »Soll er doch! Vielleicht ist er schwul. Wäre nicht der erste warme Bruder, der versucht, mit mir anzubändeln.« Er grinste, weil die Aalderks zusammengezuckt war. Die gute Frau war ein bisschen von gestern, und sie mit Begriffen zu schockieren, die nicht zu ihrem Sprachschatz gehörten, bereitete ihm Freude.

»Er belauert nicht nur Sie«, murmelte Elske Aalderks. »Auch Ihre Frau Mutter. Und Ihren Bruder. »Ich habe gesehen, wie er ...« Enno entfernte sich bereits, ihre letzten Worte hatte er nicht mehr wahrgenommen. In seinen Gedanken war er wieder bei Annie de Vries. Mit seiner Mutter war er übereingekommen, dass sie die Lösung des Problems nach der Beerdigung des Vaters angehen würden. Bis dahin mussten sie die Frau mit Lebensmitteln versorgen und ihren Zustand kontrollieren. Sobald sie sich hinreichend erholt hatte, würde er versuchen, mit ihr zu einer Einigung zu kommen. Sollte sie sich einer Abmachung verweigern, gäbe es nur noch einen Ausweg. Noch hoffte er auf die einvernehmliche Lösung.

Sie war in einen Albtraum geraten. Erst Dunkelheit und Kälte, Hunger und Todesangst in einem düsteren Gemäuer, wo sie von einem sadistischen Ungeheuer von Mann gequält und grausam verletzt worden war, jetzt eingesperrt in eine Wohnung, an ein Bett gefesselt und einer Frau und ihren Söhnen ausgesetzt, deren kranke Hirne offenbar kein Mitgefühl kannten. Dagegen erschienen die verquasten Moralvorstellungen ihres Vaters und die Brutalität ihres früheren Verlobten Frerich als geradezu harmlose Verirrungen. Wie war es möglich, dass eine Frau einen Sohn mit derart grausamen Neigungen aufziehen konnte? Konnten Tjark und Enno wirklich Brüder sein? Was für einen Vater mochten sie haben?

Annies Gedanken drehten sich im Kreis. Wenn sie nicht über die Familie Krabbenhöft rätselte, galt ihr Denken und Hoffen Flucht und Rettung. Marijke und Joost würden sich Gedanken machen, auf die Insel kommen und nach ihr suchen. Oder sie würden Cahyo schicken. Er war klug und umsichtig, schnell und geschickt. Bestimmt würde er herausfinden, wo man sie versteckt hielt. Und sie befreien. Wütend zerrte sie an ihren Fesseln. Wie unzählige Male zuvor. Aber ohne Hilfe von außen würde sie nicht freikommen. Aber sie musste fliehen. Die Bemerkung dieser Frau konnte schließlich nur eines bedeuten: Man würde sie in die Nordsee werfen.

Inzwischen war sie zu Kräften gekommen, aber ihre Versuche, sich zu befreien, waren erfolglos geblieben. Die aus Mullbinden gedrehten Stricke waren durch metallene Handschellen und eine Kette ersetzt worden, die ihr gerade so viel Bewegungsfreiheit gaben, dass sie den Nachttopf benutzen konnte, den sie ihr ans Bett gestellt hatten. Wenn sie sich zusammenkrümmte, konnte sie mit den Fingerspitzen auch ihr Gesicht erreichen. Voller Entsetzen und Verzweiflung hatte sie die empfindlichen Wundränder und die Heftpflaster ertastet, deren Funktion ihr aber nicht klar geworden war, weil sie nicht die Wunden bedeckten. Was hätte sie für einen Spiegel gegeben! Die Krabbenhöft hatte ihr den Blick in ihren kleinen Kosmetikspiegel nur den Bruchteil einer Sekunde gegönnt. Sie war versucht gewesen, für einen gründlichen Blick in ihr eigenes Gesicht auf Ennos Angebot einzugehen. Fünftausend Mark für ihr Schweigen über das Erlebte. Und ein beliebig langer kostenloser Aufenthalt im Hotel. Sie hatte sich gesagt, dass ein dauerhaftes Geschäft wesentlich mehr bringen würde. Aber sie war nicht in der Lage, mit diesen Schweinen zu verhandeln. Die Frau war nur noch einmal gekommen und hatte einen kurzen Blick auf ihr Gesicht geworfen. Wenn einer ihrer Söhne auftauchte, wurde Annie von einer Welle aus Wut und Ekel, Hass und Widerwillen überrollt, sodass sie kaum einen klaren Gedanken fassen konnte. Oder gar überlegte Sätze formulieren. Alles in ihr drängte nach Rache und Strafe, nach Verletzung und Tod. Sollte sie jemals freikommen, würde sie diese Menschen verfolgen, zur Not bis ans Ende der Welt, und alles daransetzen, sie zu vernichten. Selbst wenn es Jahrzehnte dauern sollte. Nur darin würde künftig der Sinn ihres Lebens bestehen.


Bei der Trauerfeier gab es einen kleinen Zwischenfall. Der Pastor hatte in seiner Predigt zunächst die Verdienste des Verstorbenen gewürdigt, sein Engagement für den Tourismus auf Borkum und für das Ansehen der Insel. Außerdem für das Hotelgewerbe und das Gemeinwesen der Stadt. Dann hatte er sich direkt an die Familie gewandt und den amerikanischen Schriftsteller Thornton Wilder zitiert: »Da ist ein Land der Lebenden und da ist ein Land der Toten; als Brücke dazwischen ist unsere Liebe.« An dieser Stelle schluchzte eine Frau so heftig auf, dass fast alle Trauergäste sich nach ihr umsahen. Auch Enno und Tjark drehten die Köpfe. Enno erkannte die junge Frau, der sie im Krankenhaus begegnet waren.

Nach dem Ende der Zeremonie in der Kirche trat Monika Krabbenhöft auf sie zu. »Sie sind hier nicht erwünscht«, zischte sie halblaut. »Und das Erbe können Sie sich aus dem Kopf schlagen. Ich werde nicht zulassen, dass auch nur eine Mark aus dem Familieneigentum an eine Hure geht.«

Doch die Frau schien gar nicht zu verstehen, was ihr die Witwe an den Kopf geworfen hatte, sie wurde von einem Weinkrampf geschüttelt und zitterte am ganzen Körper. Während sich die Trauergemeinde zu einem Zug formte, der die Kirche verließ und dem Sarg zum Friedhof folgte, näherte sich ihr eine große dunkelhaarige Frau, die keine schwarze Kleidung trug. Sie nahm die Weinende in den Arm und führte sie ein paar Schritte abseits. »Wollen Sie sich das wirklich antun?«, fragte sie. »Aus der Ferne zuschauen, wie der Sarg im Erdboden verschwindet, ohne dass man Ihnen erlaubt, Abschied zu nehmen? Kommen Sie! Wir gehen ein paar Schritte, und vielleicht gönnen wir uns eine Medizin für Körper und Seele. Ich heiße übrigens Hannah.«

Wenig später saß Hannah Holthusen der Frau in einer kleinen Kneipe gegenüber. Sie hatte zwei Pharisäer bestellt, und nun schlürften die beiden Frauen den heißen Kaffee mit der hochprozentigen Beigabe. Die Tränen der Trauernden versiegten. »Danke! Sie haben mich gerettet. Ich hätte da nicht hingehen sollen.« Sie streckte die Hand aus. »Ich bin Petra Barghus.«

Hannah drückte sie und nickte. »Hinterher ist man immer schlauer.« Sie bestellte zwei weitere Gläser Rum, leerte sie in die halb vollen Tassen und hob ihre an. »Sagen wir du?«

Petra lächelte verhalten. »Das tut gut. Ich meine nicht nur das Duzen, auch der Rum.«

Sie nickten sich zu und tranken. Hannah stellte ihre Tasse ab und beugte sich vor. »Magst du mir von Klaus erzählen?«

# 16

## Frühsommer 2014

»Das alles ist schwer zu glauben.« Jan Eilers zeigte eine bedenkliche Miene, nachdem Rieke von ihrem Gespräch mit Elske Aalderks berichtet hatte. »Vielleicht ist die Alte – ich meine die alte Dame, nicht mehr ganz auf der Höhe. Oder ein bisschen frustriert. Und nun versucht sie, Familie Krabbenhöft in ein schlechtes Licht zu stellen.«

Rieke schüttelte den Kopf. »Ich hatte eher den gegenteiligen Eindruck. Sie hat nicht alles, zumindest nicht alles in aller Deutlichkeit ausgesprochen. Frau Aalderks ist absolut fit im Kopf und auf eine altmodische Art vornehm. Sie gehört zu einer Generation, in der intime oder familiäre Angelegenheiten allenfalls angedeutet werden. Insofern war sie schon sehr entgegenkommend. Ich habe herausgehört, dass Tjark Krabbenhöft ein problematischer Mensch gewesen ist, um es mal vorsichtig auszudrücken. Dagegen versucht Enno seinen Bruder als guten Jungen mit Herzensbildung darzustellen. Ich frage mich also, warum Krabbenhöft einen falschen Eindruck zu erwecken sucht. Außerdem ist ihm nicht daran gelegen, dass wir die Todesursache aufklären. Er bevorzugt die Version vom Unfall. Dagegen spricht nicht nur der Zustand der Leiche, sondern auch die Tatsache, dass sie an den Zug gebunden war.«

»Die Familie hat einen Ruf zu verlieren«, meldete sich Oberkommissar Jensen zu Wort. »Könnte man nicht trotzdem nach außen, ich meine, für die Öffentlichkeit, die Unfallversion ...«

»Erst mal geht gar nichts an die Öffentlichkeit«, unterbrach Rieke ihn. »Wenn wir das Ergebnis der Obduktion vorliegen haben, sehen wir weiter. Natürlich können wir Details für uns behalten. Aber eins können wir nicht: die Öffentlichkeit täuschen. Irgendwann käme ohnehin die Wahrheit ans Licht. Und dann stünden wir – Sie und ich und die gesamte Polizei – ziemlich dumm da.«

»Aber Enno hat so viel für uns getan«, wandte Jensen ein. »Wir können doch nicht zusehen, wie Journalisten die Familie in den Dreck ziehen.« Er hatte die Stimme gehoben und wirkte geradezu aufgebracht. Am liebsten hätte sie ihn jetzt angefaucht und gefragt, ob er bereit sei, sich korrumpieren zu lassen. Jan Eilers kam ihr unerwartet zu Hilfe.

»Bis jetzt droht in dieser Hinsicht keine Gefahr, Gerit. Wenn Staatsanwalt Rasmussen mitzieht, bleibt die Sache hier bei uns. Dass die Emder Zeitung was schreibt, lässt sich wohl nicht vermeiden. Aber wenn es dabei bleibt, kann Krabbenhöft zufrieden sein. Er hat genug Einfluss, um unschöne Artikel und wilde Spekulationen zu verhindern.«

Eilers nickte Rieke zu. »Und unsere Kollegin von der – äh – vom LKA will sich ja um die Presse kümmern.«

»So ist es«, nickte Rieke. »Ich hatte bereits ein interessantes Gespräch mit einer Redakteurin. Sie macht einen sehr vernünftigen Eindruck. Heute oder morgen treffe ich mich mit ihr. Ich bin sicher, dass sie die Pressefreiheit nicht für eine Schmutzkampagne gegen Familie Krabbenhöft missbrauchen wird.«

Jensen schien beruhigt. »Heute kommt Rasmussen auf die Insel«, wechselte er das Thema. »Vielleicht sollte ihn jemand von uns abholen.«

»Das könnten Sie doch übernehmen«, schlug Rieke vor. »Da können Sie beim Staatsanwalt gleich einen guten Eindruck machen.«

Der Oberkommissar warf ihr einen unsicheren Blick zu. Aber dann nickte er. »Ich frage Imke, ob sie weiß, mit welcher Fähre er kommt.« Er erhob sich und verließ den Raum.

Rieke beugte sich zu Jan Eilers hinüber und deutete mit einer Kopfbewegung zur Tür. »Müssen wir uns seinetwegen Gedanken machen? Er scheint ja besonders große Stücke auf Enno Krabbenhöft zu halten.«

»Gerit stammt von der Insel. Die kennen sich ja alle irgendwie. Außerdem ist er Vorsitzender des Polizeisportvereins«, antwortete Eilers halblaut. »Durch Krabbenhöfts großzügige Unterstützung konnte er den Kolleginnen und Kollegen sehr viel bieten. Wenn Enno in ein schiefes Licht gerät, könnte das auch Schatten auf ihn werfen.«

»Rasmussen kommt um fünfzehn Uhr mit dem Katamaran *Nordlicht*«, rief der Oberkommissar durch die offene Tür. »Wir sollen ihm ein Zimmer besorgen. Ich kümmere mich darum.«

Während Jensen im Nebenraum telefonierte, fragte sich Rieke, ob sie nicht die *Nordlicht* nehmen sollte, um Hannah Holthusen aufzusuchen. Wenn der Staatsanwalt auf der Insel übernachten würde, könnte sie ihn ebenso gut morgen kennenlernen. Sie sah Eilers an. »Wenn ich mit dem Katamaran nach Emden fahre – komme ich dann heute Abend noch zurück?«

Der Hauptkommissar schüttelte den Kopf. »Erst wieder morgen früh. Ziemlich früh, die genaue Zeit kann ich Ihnen nicht sagen. Ich vermute, um halb sieben. Der Sommerfahrplan beginnt erst nächste Woche. Dann fahren die Schiffe häufiger.«

Rieke angelte ihr Mobiltelefon aus der Handtasche und wählte Holthusens Nummer. Sie meldete sich sofort. »Wissen Sie eine Übernachtungsmöglichkeit für mich? Heute Abend geht keine Fähre mehr. Ich müsste aber ziemlich früh aufbrechen.«

»Alles kein Problem«, antwortete Hannah Holthusen. »Ich habe genug Platz und freue mich auf Sie. Werde uns was Schönes kochen. Nehmen Sie den Katamaran? Dann sind Sie um sechzehn Uhr in Emden. Ich hole Sie vom Anleger ab.«

»Das wäre nett. Und vielen Dank für die Einladung.« Rieke legte auf und schob das Telefon zurück in die Tasche. »Wir haben noch Zeit. Ich würde gern mehr über Tjark Krabbenhöft erfahren. Vielleicht können Sie herausfinden, ob er jemals mit dem Gesetz in Konflikt geraten ist. Mich interessiert alles. Vom Ladendiebstahl bis zur Anzeige wegen – sexueller Belästigung. Morgen Vormittag sollten wir dann alle Informationen zusammentragen und mit dem Staatsanwalt besprechen.« Sie sah sich um und verzog das Gesicht. »Wenn es Ihnen dann auch noch gelänge, einen brauchbaren Raum dafür zu finden, wären Ihnen sicher alle Beteiligten dankbar.«

Jan Eilers nickte. »Ich kümmere mich darum.«

Sie erhob sich. »Ich spreche noch einmal mit Enno Krabbenhöft. Wir sehen uns dann morgen Vormittag. Einigen Sie sich mit Rasmussen auf eine Uhrzeit und rufen Sie mich dann an?«

»Mache ich.« Der Hauptkommissar stand ebenfalls auf. »Eine Bitte hätte ich noch, Frau Bernstein. Ob Sie vielleicht die Sache mit dem Polizeisportverein dem Staatsanwalt gegenüber unerwähnt lassen könnten?«

»Keine Sorge. Von mir wird er nichts erfahren.« Rieke nickte freundlich und verließ den Raum. In der Wache verhandelte Gerit Jensen noch immer über eine Unterkunft für Rasmussen. Sie winkte Imke Gerdes zu und verließ die Polizeistation.

Auf dem Weg zum Hotel *Nordseeliebe* begegnete ihr wieder

der schwarze Radler. Er fuhr mit hoher Geschwindigkeit über die Hindenburgstraße und verschwand an der nächsten Biegung aus ihrem Blickfeld.

In ihren Gedanken rekapitulierte sie das Gespräch mit Elske Aalderks. Sie würde Krabbenhöft nach seiner Mutter fragen. Um zu sehen, wie er reagierte.


Mit zwiespältigen Gefühlen starrte er auf die elektronische Post. Diesmal war Enno seinem ersten Impuls gefolgt und hatte die E-Mail gelöscht. Doch dann hatte er sie aus dem Papierkorb zurückgeholt. Nun zögerte er. Sollte er sie öffnen? Schließlich klickte er die Nachricht an. Kein Bild. Nur ein kurzer Text.

*Hallo Enno, jetzt wo ich tot bin, kann ich es dir ja sagen. Die Frau, die wir damals in die Nordsee gebracht haben, ist gar nicht gestorben. Ich habe sie gesehen. Am Tag vor Mamas Tod. Im Hotel. Und dann noch einmal. Bei der Beerdigung. Sie hat gelächelt.*

*Tjark*

Er spürte wieder sein Herz. Sein Puls begann zu rasen, Schweiß perlte auf seiner Stirn, und sein Atem beschleunigte sich. Fragen schossen durch seinen Kopf. Wer, zum Teufel, konnte E-Mails unter falschem Namen und mit gefälschtem Absender verschicken? Aber vor allem: Wer konnte von dieser Sache wissen? Eine Leiche war nie gefunden worden. Niemand überlebte den Sog des ablaufenden Wassers der Nordsee. Und niemand konnte wissen, was in jener Nacht geschehen war.

Als sich draußen Schritte näherten, klappte er mit einem hastigen Griff das Notebook zu. Im nächsten Moment klopfte es.

Er rührte sich nicht, versuchte seine Atemzüge zu kontrollieren und sich auf das Gemälde an der gegenüberliegenden Wand zu konzentrieren. Es zeigte einen Fischkutter, der gegen haushohe Wellen ankämpfte. Das Bild war der einzige Einrichtungsgegenstand, den er von seinem Vater übernommen hatte. Zuerst nur seiner Mutter zuliebe. Später hatte er den Zeitpunkt verpasst, es abzuhängen. Mit der Zeit hatte er sich daran gewöhnt. Jetzt gab es ihm Halt.

Es klopfte erneut. Inzwischen hatte er sich so weit in der Gewalt, dass er antworten konnte. »Ja bitte.«

Die Brünette vom Empfang steckte den Kopf durch die Tür. »Entschuldigen Sie, Herr Krabbenhöft. Hier ist eine Dame, die Sie sprechen möchte.«

»Soll reinkommen!«

Im nächsten Augenblick bereute er seine gedankenlose Aufforderung.

»Sie schon wieder!« Diese Hauptkommissarin vom Landeskriminalamt raubte ihm noch den letzten Nerv. Wieso hatte sich Leßing eigentlich noch nicht gemeldet? Er nahm sich vor, die Bernstein kurz abzufertigen und dann den Anwalt anzurufen.

»Was wollen Sie?«, stieß er hervor, ohne sich um Höflichkeit und einen verbindlichen Ton zu bemühen.

Sie lächelte. »Darf ich mich setzen?«

Er antwortete nicht. Sie nahm es als Zustimmung und ließ sich auf einem der Besuchersessel nieder. »Ich hoffe, ich störe Sie nicht, Herr Krabbenhöft. Aber es gibt noch ein paar Fragen. Im Moment habe ich allerdings nur eine.«

Stumm starrte er sie an. Die Frau war zweifellos attraktiv. Unter anderen Umständen hätte er sich anders verhalten. Ganz anders.

»Und die wäre?«

»Vielleicht beruhigen Sie sich erst einmal. Sie wirken, mit Verlaub, etwas – derangiert.«

»Ich bin die Ruhe selbst«, log Krabbenhöft und wischte sich mit einem Taschentuch den Schweiß von der Stirn. »Mir ist nur gerade etwas warm.«

»Also gut.« Die LKA-Beamtin fixierte ihn. »Fast alle Mütter lieben ihre Kinder. Einige weniger, manche mehr. Wieder andere missbrauchen ihre Kinder, indem sie ihnen eine Art der Liebe zumuten, die ihnen schadet. Zum Beispiel, indem sie ihre halbwüchsigen Söhne zu sich ins Bett holen.«

Krabbenhöft spürte, wie sich in seinem Inneren eine Sprengladung zusammenballte, die zu explodieren drohte. Der Fußboden schwankte, die Wände des Raumes bewegten sich auf ihn zu. Er wollte aufspringen, schreien, die Schimäre verjagen, der Angst entkommen, die sich über ihn zu legen drohte. Von seinen Lippen tropften ungewollt Worte. »Unser Geheimnis. Niemand darf es erfahren. Sonst muss Mama sterben.«

Entsetzt schlug er die Hand vor den Mund. Verschluckte sich. Hustete. Das Gesicht der Frau schien sich explosionsartig zu vergrößern. Wie unter einer riesigen Lupe. Es kam auf ihn zu. Panisch hob er die Hände, um es abzuwehren. »Ist Ihnen nicht gut?« Wie ein Ballon, aus dem die Luft gelassen wurde, schrumpfte das Gesicht wieder auf Normalgröße, der Blick war besorgt.

»Entschuldigen Sie«, stammelte er heiser. »Mir war gerade ein wenig unwohl. Ich hoffe, ich habe Sie mit dem Unsinn nicht erschreckt.«

Rieke sah ihn aufmerksam an und beugte sich vor. »Welchen Unsinn meinen Sie?«

Er winkte ab. »Vergessen Sie's! War ein Blackout. Hat nichts zu bedeuten. Was wollten Sie wissen?«

Sie lehnte sich zurück und schlug die Beine übereinander.

»Mich interessiert Ihr Verhältnis und das Ihres Bruders zu Ihrer Mutter.«

»Wieso?« Er breitete die Arme aus und drehte die Handflächen nach oben. »Was könnte daran interessant sein? Wir haben unsere Mutter geliebt. Und sie uns. Wie das so ist in einer Familie. Mehr gibt es dazu nicht zu sagen. Und nun möchte ich Sie bitten, zu gehen. Ich habe zu tun.«

Zu seiner Überraschung erhob sich die Kommissarin und verabschiedete sich. Nachdem sie gegangen war, fragte er sich, was da gerade passiert war. Für einen Augenblick hatte er die Kontrolle verloren und wirres Zeug geredet. Worte aus der Kindheit. Damit konnte niemand etwas anfangen, auch die Kriminalbeamtin nicht. Außerdem war sie mit seiner Antwort ganz offensichtlich zufrieden gewesen. Aber noch einmal wollte er ihr nicht begegnen. Er griff zum Telefon und ließ sich mit Dr. Leßing verbinden.

»Ich habe einen Mann gefunden, der Ihre Probleme lösen wird«, sagte der Anwalt, nachdem Krabbenhöft seinem Unmut über ausbleibende Unterstützung Luft gemacht hatte. »Er heißt Arne Osterkamp und ist auf dem Weg zu Ihnen.«


Während Rieke am Borkumer Anleger zwischen Urlaubern, Handwerkern und Einheimischen darauf wartete, den Katamaran betreten zu können, beobachtete sie die ankommenden Fahrgäste. Sie entdeckte Gerit Jensen, der an der Gangway wartete und schließlich einen der Ankömmlinge begrüßte. Das musste der Staatsanwalt sein. Aus der Ferne wirkte Fokko Rasmussen attraktiv. Ein großer Mann mit vollem Haar, einer sportlichen Figur und dynamischem Auftreten. Innerlich stellte sie sich auf die Begegnung mit einem Macho ein. Ihm folgte in einigem Abstand ein Mann, der die Begrüßungsszene ebenfalls beobachtete und so lange stehen blieb, bis Jensen und Rasmussen sich wieder in Bewegung setzten und dem Funkstreifenwagen der örtlichen Polizei zustrebten.

Die einstündige Fahrt nach Emden mit dem Katamaran nutzte Rieke für einen Blick in die Zeitung, die sie am Wege gekauft hatte. Seit sie auf Borkum angekommen war, hatte sie weder gedruckte Informationen noch Nachrichtensendungen im Fernsehen mitbekommen. Es gab Streit um die Rentenpolitik der Berliner Regierungskoalition, um die Zukunft der Ukraine und um amerikanische Spionagetätigkeit in Europa, also wenig Neues in der Welt. Immerhin erfuhr sie, dass Borkum einen Bahnanschluss in Richtung Holland bekommen sollte. Sie stutzte. Bahnanschluss für eine Insel? Gemeint war der Fähranleger in Eemshaven, den die Regionalbahn aus Groningen in Zukunft mehrmals täglich erreichen sollte. Von dort war Borkum per Schiff nur noch eine Stunde entfernt. Allerdings hatte es wieder einmal ein Erdbeben im Norden der Niederlande gegeben. An der Emsmündung in der Nähe von Delfzijl, wo infolge der umstrittenen Erdgasförderung Schäden an Häusern, Leitungen und Deichen entstanden waren. Rieke fragte sich, ob der Gleisanschluss von Beben verschont bleiben würde.

Bevor das Boot anlegte, versuchte sie Julia zu erreichen. Sie war noch nicht zu Hause, also probierte sie es auf dem Handy. Doch da meldete sich nur die Mailbox. Ein wenig enttäuscht betrachtete sie das Telefon. Um diese Zeit war ihre Freundin wahrscheinlich unterwegs. Trotzdem empfand sie einen kleinen Funken Beunruhigung. Noch war Zeit, also schickte sie ihr eine SMS. *Liebste J. Interessanter Fall. Die Insel ist, soweit ich sehen konnte, ziemlich schön. Vielleicht machen wir hier mal Nordsee-Urlaub? LG, R.*

Hannah Holthusen empfing sie am Anleger mit einer herzlichen Umarmung. »Ich freue mich, dass Sie kommen konnten. Habe schon ein paar Unterlagen vorbereitet. Kommen Sie, dort drüben steht mein Wagen. Wir fahren nur zehn Minuten.«

Rieke fühlte Dankbarkeit. »Es ist sehr freundlich von Ihnen, mich abzuholen. Und danke auch für die Möglichkeit, bei Ihnen zu übernachten. Wer weiß, ob ich es sonst geschafft hätte. Morgen Vormittag haben wir ein Gespräch mit dem Staatsanwalt. Und ich habe keine Ahnung, was sich daraus für den Tag noch ergibt.«

Die Redakteurin winkte ab. »Wenn Sie nicht hätten kommen können, wäre ich zu Ihnen auf die Insel gekommen. Aber so finde ich es viel schöner.« Sie sah Rieke von der Seite an und öffnete mit der Fernbedienung die Türen ihres feuerroten Kleinwagens. »Ich habe mich richtig auf Ihren Besuch gefreut.«

Die Herzlichkeit der Journalistin verwirrte Rieke. Überrascht stellte sie fest, dass ihre eigenen Empfindungen in die gleiche Richtung gingen. Diese Frau war bestimmt zwanzig Jahre älter als sie, nicht gerade eine Schönheit, aber auf eine unerklärliche Art liebenswert. Schon bei ihrer ersten Begegnung auf Borkum hatte sie Sympathie für sie empfunden, ihre Gefühle aber nicht weiter beachtet, da es ihr zu spontan und verfrüht erschienen war. Jetzt ertappte sie sich dabei, wie sie die Redakteurin in Gedanken beim Vornamen nannte.

Auf dem Weg zeigte Hannah auf einige Bauwerke. »Kunsthalle. Rathaus am Delft mit Ostfriesischem Landesmuseum. Otto Huus.«

»Otto?«

Hannah nickte. »Ja, der Komiker.« Sie klang nicht begeistert. Rieke lachte. »Mein Fall ist er auch nicht.«

Der Wohnung war auf den ersten Blick anzusehen, dass hier eine Frau allein lebte. Sie war nicht unaufgeräumt, strahlte aber den Charme eines begrenzten Chaos aus. Hannah deutete auf einen gläsernen Schreibtisch unter einem Fenster, dessen Platte von einem Wust an Papieren bedeckt war. »Ich habe über dreißig Artikel gefunden. Aber jetzt hole ich uns erst mal was zu trinken. Wasser? Saft? Tee? Kaffee?«

»Wasser wäre gut.« Rieke ließ sich in den angebotenen Sessel fallen und sah sich um, während Hannah durch die offene Tür in die angrenzende, durch eine gläserne Schiebetür abgetrennte Küche verschwand. Der Raum war geschmackvoll, aber sparsam eingerichtet. Statt einer Couchgarnitur besaß die Journalistin eine Hand voll bequemer hellgrauer Ledersessel, die auf einem dicken Teppich in der gleichen Farbe um einen Glastisch gruppiert waren. Auf Gardinen hatte Hannah verzichtet, sodass der Blick ungehindert aus der bodentiefen Fensterfront zum Balkon und über eine Gracht zu einem Kirchturm wandern konnte.

»Schöne Wohnung«, stellte Rieke fest, als Hannah mit einer Flasche Wasser und zwei Gläsern zurückkehrte.

»Freut mich, wenn es dir gefällt. Entschuldigung, Ihnen natürlich.« Hannah schenkte ein und schob Rieke das Glas über den Tisch. »Ach was, wir stoßen jetzt an und sagen ab sofort du. Einverstanden? Ich heiße Hannah. Vorwärts wie rückwärts.«

Rieke stutzte, dann lächelte sie und hob ihr Glas.« Rieke.«

Hannah erwiderte ihr Lächeln. »Bevor wir uns an die Arbeit machen, wüsste ich gern, was du nachher essen möchtest. Ich habe Emder Matjes, dazu Landbrot oder Bratkartoffeln. Wir können uns aber auch was bestellen. Türkisch, italienisch, japanisch. Was du willst.«

»Ich liebe Matjes. Mit Bratkartoffeln wäre super.«

»Okay. Dann machen wir es so.« Sie trank und stellte ihr Glas ab. »Du kannst sitzen bleiben. Ich hole mal die Artikel. Es sind nicht so viele, wie ich dachte. Die meisten sind aus heutiger Sicht belanglos. Weil es in ihnen um irgendwelche Baustellen oder die Eröffnung eines neuen Hotels auf einer der Inseln ging. Damals hat das manche Leute aufgeregt. Aber heute sind die Häuser längst in Betrieb und kein Schwein erinnert sich daran, dass sie mal umstritten waren.«

Sie zog ein paar Blätter aus dem Wirrwarr von Stapeln und kehrte zu Rieke zurück. »Hier habe ich ein paar Notizen und drei Beiträge aus unserem Blatt, in denen der Name Krabbenhöft gar nicht fällt. Paradoxerweise sind das die interessantesten. Und der wichtigste von allen ist einer, der gar nicht gedruckt wurde. Ich habe ihn 1988 geschrieben, kurz nachdem ich bei der Emder Zeitung angefangen habe. Und ohne die Familie persönlich zu kennen. Mein damaliger Chef hat ihn in letzter Minute rausgenommen. Es gab einen Riesenkrach, aber ich konnte nichts machen.«

»So etwas gibt es? Das hätte ich nicht für möglich gehalten.«

»Öfter als man denkt.« Hannah gab ihr die mit Schreibmaschine geschriebene Seite, auf der die Schrift schon ein wenig verblasst war. Rieke kniff die Augenlider zusammen und las die Überschrift halblaut vor. »Borkumer Brüderpaar wegen sexueller Gewalt beschuldigt.« Sie griff nach ihrer Handtasche. »Dafür brauche ich meine Brille.«


In seinem Büro begrüßte er den Mann, der sich als Arne Osterkamp vorgestellt hatte. »Ich stehe lieber«, sagte der Privatdetektiv, als Krabbenhöft mit einer Geste auf die Besucherstühle wies. »Habe gerade über eine Stunde auf der Fähre und dann in der Inselbahn gesessen.«

Osterkamp wirkte nicht wie einer dieser Schnüffler, die er aus amerikanischen Fernsehfilmen kannte. Er war etwas mollig, von durchschnittlicher Größe, hatte ein wenig markantes Gesicht und trug eine Brille. Er schien in jeder Hinsicht durchschnittlich zu sein, und Krabbenhöft hoffte, dass seine Fähigkeiten nicht auch durchschnittlich waren. Weil er nicht aus einer niedrigen Sitzposition mit ihm reden wollte, blieb Krabbenhöft ebenfalls – hinter seinem Schreibtisch – stehen. Obwohl er sich gerade nicht sonderlich stark fühlte. Die Begegnung mit der Kriminalkommissarin saß ihm noch in den Knochen. Und der Inhalt der E-Mail. Er hatte sie, wie auch das Foto, das kürzlich gekommen war, ausgedruckt und schob die Dokumente über den Tisch. »Wie ist es möglich, dass ich E-Mails ohne beziehungsweise mit falschem Absender bekomme?«

»Das ist kein Problem.« Osterkamp zuckte mit den Schultern. »Es gibt Internetportale, von denen aus man das machen kann. Diese Mails lassen sich auch nicht zurückverfolgen. Wenn Sie wissen wollen, wer sie Ihnen geschickt hat, müssen wir anders vorgehen. Dazu müsste ich wissen, in welcher Angelegenheit Sie mich engagiert haben. In aller Regel finden sich die Urheber im unmittelbaren Umfeld des Adressaten.«

Krabbenhöft zögerte. In ihm arbeitete es. Die Angelegenheit war heikel, und er musste sich gut überlegen, wie weit er den Detektiv ins Vertrauen zog. Er beschloss, sich zunächst auf die E-Mails, die Kommissarin vom Landeskriminalamt und jene Redakteurin von der Emder Zeitung zu beschränken, die seine Familie schon seit Jahrzehnten mit lästigen Fragen und Verdächtigungen konfrontierte, und deutete auf das Foto. »Das Bild von unserem Grabstein ist manipuliert. Selbstverständlich stehen weder mein Name noch der meines Bruders auf dem Stein.«

»Da will Sie jemand verunsichern«, nickte der Detektiv.

»Um es zurückhaltend auszudrücken.« Er legte das Foto ab und überflog die Textnachricht. »Tjark ist Ihr Bruder? Kürzlich verstorben?«

»So ist es«, bestätigte Krabbenhöft.

»Die Frau, die wir damals in die Nordsee gebracht haben«, zitierte Osterkamp, »ist gar nicht gestorben. Ich habe sie gesehen. Am Tag vor Mamas Tod.« Er sah auf und fixierte ihn. »Was ist das für eine Geschichte? Wer ist wir? Und um welche Frau geht es?«

Krabbenhöft hob die Schultern. »Keine Ahnung.«

»Das glaube ich nicht.« Osterkamp ließ das Blatt auf den Schreibtisch segeln. »Wenn es hier um einen Schülerstreich ginge, hätten Sie mich nicht engagiert. Ich kann Ihnen nur helfen, wenn Sie alle Informationen auf den Tisch legen. Ich meine wirklich alle! Selbstverständlich bleiben sie unter uns. Ich bin Privatdetektiv, Betonung auf Privat. Was ich herausfinde, erfahren nur Sie. Alles andere bleibt hier oben drin.« Er tippte sich an seine Stirn.

»Also gut.« Krabbenhöft holte tief Luft. »Aber dann müssen Sie sich doch setzen. Es ist eine längere Geschichte. Sie beginnt Ende der Achtzigerjahre. Hauptpersonen sind mein Bruder und ich. Und ein paar Mädchen.« Er wartete, bis Osterkamp Platz genommen hatte, und ließ sich auf seinem Bürosessel nieder. Mit leiser Stimme setzte er seinen Bericht fort.

# 17

## Spätsommer 1990

Er beobachtete den Trauerzug aus der Ferne, verfolgte dessen Weg zur Grabstelle und wanderte dann am Friedhof entlang, um das Geschehen von der gegenüberliegenden Seite im Auge zu behalten. Im Schatten einer Platane betrachtete er den Strom der schwarz gekleideten Menschen, der sich rings um das Grab in die Wege ergoss und schließlich zum Stillstand kam. Dunkle Wolken verdüsterten den Himmel. Es war ein trüber und windiger Tag, viele der weiblichen Trauergäste mussten ihre Hüte festhalten.

Die Familie des verstorbenen Hoteliers wirkte gefasst. Während der Pfarrer die Zeremonie am Grab vollzog, schien die Mutter das Wort an einen ihrer Söhne zu richten. Er nickte stumm und starrte auf den Sarg, der unter den Klängen einer Blaskapelle in die Grube hinabgelassen wurde. Sein Bruder, der ein wenig kleiner, aber kräftiger war, schien sich in seinem schwarzen Anzug nicht wohl zu fühlen. Er bewegte die Schultern, wandte den Kopf mal in die eine, mal in die andere Richtung und trat unruhig von einem Bein auf das andere.

Auch Cahyo trug dunkle Kleidung. Einen schwarzen Jogginganzug mit Kapuzenpulli und schwarze Turnschuhe. Dazu einen kleinen Rucksack, in dem er seine Ausrüstung verstaut hatte.

Nachdem Angehörige und Trauergäste Blumen, Blütenblätter oder eine Schaufel Sand auf den Sarg geworfen hatten, beendete der Pastor die Zeremonie. Zahlreiche Menschen bildeten eine Schlange und kondolierten der Familie. Unterdessen begann sich die Trauergemeinde von den Rändern her aufzulösen. Einige schienen es eilig zu haben, den Friedhof zu verlassen, andere bewegten sich gemessenen Schrittes Richtung Ausgang oder verharrten unschlüssig auf Seitenwegen.

Cahyo verließ seinen Beobachtungsposten und machte sich auf den Weg zu den Ferienwohnungen im Haus *Nordseewelle*. Das Hotelrestaurant, hatte er gesehen, war den Nachmittag über für die Trauergesellschaft reserviert. Während dieser Zeit würden sich die Krabbenhöfts um ihre Gäste kümmern. Er konnte die Gelegenheit nutzen, sich die Ferienwohnung genauer anzusehen, die von den Familienmitgliedern in den letzten Tagen mehrfach aufgesucht worden war.

In einem Geschäft für Bootsausrüstungen hatte er sich ein Seil und einen kleinen Anker besorgt. Außerdem spezielle Handschuhe und Werkzeug. In oberen Etagen war die Balkontür so gut wie nie gesichert, es sollte kein Problem sein, sie von außen zu öffnen. Einsetzender Nieselregen würde sein Vorhaben unterstützen. Bei diesem Wetter hielten die wenigen Menschen, die in der Stadt unterwegs waren, die Köpfe gesenkt und achteten nicht auf ihre Umgebung.

Der Fahrradanhänger stand noch immer im Hinterhof. Cahyo sah sich um. Weder hier noch am Haus oder auf den angrenzenden Grundstücken waren Menschen zu sehen. Er überquerte den Hof und stellte sich unter den Baum. Im Dämmerlicht unter den Regenwolken verschmolz er fast mit dem Stamm. Erneut musterte er die Hinterfront des Hauses. Als sich dort nichts regte, legte er den Rucksack ab, entnahm die Werkzeugtasche, befestigte sie an seinem Gürtel und zog das Seil mit dem kleinen Anker hervor, der einem großen Widerhaken ähnelte. Damit näherte er sich dem Haus. Unterhalb der Balkone ließ er das schwere Metallstück kreisen. Als es genü-

219

gend Schwung entwickelt hatte, lockerte er den Griff. Es schoss fast senkrecht nach oben und landete polternd auf dem obersten Balkon. Cahyo zog am Seil, bis sich der Anker am Balkongeländer festhakte. Dann verharrte er und lauschte. Niemand schien auf das Geräusch zu reagieren. Dennoch wartete er noch eine volle Minute, bevor er begann, sich aufwärts zu hangeln. Wenig später erreichte er den Balkon und kletterte über die Brüstung.

Da die Wohnung nicht beleuchtet war und von außen nicht genügend Licht hineinfiel, konnte er nicht erkennen, wie es in den Räumen aussah. Ein Blick auf die Balkontür sagte ihm, dass er sie in wenigen Augenblicken von innen sehen würde. Die einfache Rollenzapfverriegelung ließ sich leicht ausheben. Er zog das Seil vollständig auf den Balkon, entnahm seiner Werkzeugtasche einen metallenen Keil und einen kräftigen Schraubenzieher. Dessen Klinge stieß er zwischen Türstock und -blatt, hebelte den Spalt ein wenig auf, schob den Keil hinein und stieß den Schraubenzieher erneut in die Lücke. Gleichzeitig drückte er mit der Schulter gegen die Scheibe. Nach einigen Hebelbewegungen sprang die Tür auf.

Cahyo packte sein Werkzeug zusammen, verstaute es in der Tasche und betrat die Wohnung.


Leise und anfangs mit stockender Stimme berichtete Petra Barghus von ihrem Verhältnis zu Klaus Krabbenhöft. »Wir haben uns kennengelernt, als er seine Söhne im Internat besucht hat. Im Gegensatz zu den anderen Eltern kam er regelmäßig. Obwohl es für ihn ein ziemlich weiter Weg war. Immerhin musste er nach Spiekeroog. Ich war als Praktikantin in der Gaststätte tätig, in der er immer gegessen hat. Für meine Ausbildung zur Restaurantfachfrau. Erst haben wir uns nur über die Arbeit in der Küche, im Service und den Umgang mit Gästen unterhalten. Später auch über Jobs im Hotel und über Organisationsfragen. Irgendwann hat er mich gefragt, ob ich bei ihm arbeiten wollte. Aber da hatte ich mich schon in ihn verliebt, deshalb wollte ich es nicht. Nach dem Praktikum habe ich in Emden in einem Hotel angefangen, das er mir empfohlen hatte.«

Hannah Holthusen leerte ihre Tasse mit dem veredelten Kaffee. »Und seitdem seid ihr zusammen gewesen?«

Petra nickte. »Immer, wenn er auf dem Festland zu tun hatte, hat er mich in Emden besucht. Und meistens bei mir übernachtet.«

Mit einem Seufzer leckte Hannah sich die Lippen. »Ostfriesen wissen schon, was gut ist. Möchtest du noch einen Pharisäer?«

»Ach ja, einen kann ich wohl noch vertragen.« Petras Stimme klang entschlossen.

Nachdem Hannah bestellt hatte, schob sie ihre leere Tasse zur Seite und beugte sich über den Tisch. »Später habt ihr sicher nicht nur Fachgespräche geführt.«

»Nein«, lächelte Petra. »Manchmal hat Klaus mir auch von seinen Problemen erzählt. Es waren selten berufliche. Er war ja sehr erfolgreich und überall gut angesehen. Aber mit seiner Frau und den Söhnen gab es wohl Schwierigkeiten. Besonders mit dem einen. Er heißt Tjark. Muss wohl sehr speziell sein. Seinetwegen hat er sich große Sorgen gemacht.«

»Inwiefern?«

»Genau weiß ich das auch nicht.« Petra breitete bedauernd die Arme aus. »Klaus hat nur in Andeutungen darüber gesprochen. Es ...«

Sie wurde unterbrochen, als der Wirt zwei frische Pharisäer vor ihnen abstellte. Nach einem kräftigen Schluck fuhr sie fort.

»Es hörte sich nach einer Krankheit an. Aber als ich ihn einmal gefragt habe, woran sein Sohn leidet, hat er den Kopf geschüttelt. ›Er leidet nicht‹, hat er gesagt, ›andere leiden.‹ Das war zwei oder drei Jahre nach dem Internatsaufenthalt seiner Söhne. Danach haben wir nicht mehr darüber geredet. Klaus wollte mich mit dem Thema nicht belasten. Nur einmal hat er erwähnt, dass es eine üble Geschichte gab, die er aus der Welt schaffen musste. Irgendwas mit Polizei und Staatsanwalt und Gerichtsverhandlung. Ein paar Wochen lang war er sehr angespannt. Dann war alles wieder wie vorher. Ich nahm an, dass er das Problem gelöst hatte. Aber was genau und wie, weiß ich natürlich nicht.«

Hannah nickte. »Weißt du, warum die Jungen im Internat waren? Noch dazu auf einer anderen Insel. Sie hätten doch auch in Emden zur Schule gehen können.«

»Das hatte mit ihrer Mutter zu tun.« Petra sah sich um und senkte die Stimme. »Die muss auch irgendwie komisch sein. Sie hat ihre Kinder dermaßen verwöhnt, dass sie in der Pubertät völlig aus dem Ruder gelaufen sind. Aber im Internat hat sie die Jungen nicht besucht.«

»Wird sie jetzt die Leitung des Hotels übernehmen?«

»Ich glaube nicht. Nach allem, was Klaus mir erzählt hat, interessiert sie sich nicht für Gastronomie und Hotelgewerbe, schon gar nicht für das Geschäftliche. Ich nehme an, dass Enno das Erbe antritt. Er ist zwar äußerlich das Gegenteil seines Vaters, aber vom Wesen her der ideale Nachfolger als Hotelier. Tjark ist eher der Typ für Hausmeisterarbeiten.«

»Normal ist diese Familie jedenfalls nicht«, stellte Hannah fest und hob ihre Tasse. Die Mischung aus Koffein und Alkohol hatte ihren Kreislauf angeheizt. Sie fühlte wohlige Wärme in allen Gliedern und spürte ein deutliches Verlangen nach einem weiteren Glas des hochprozentigen Getränks.

»Magst du noch einen?«, fragte sie und deutete auf die leeren Tassen.

Petra schüttelte den Kopf. »Die beiden Pharisäer haben mich schon ganz schön benebelt.« Sie warf einen Blick auf die Uhr. »Außerdem muss ich mich bald auf den Weg machen, damit ich meine Fähre bekomme.«

»Klar«, nickte Hannah. »Nur noch eine Frage. Wie geht es jetzt für dich weiter? Die Familie will anscheinend nichts mit dir zu tun haben.«

»Das wird noch ein Problem«, seufzte Petra. »Klaus hat mir nämlich eine Ferienwohnung vererbt. Das passt seiner Frau natürlich überhaupt nicht.«

»Und?«, fragte Hannah. »Willst du auf das Erbe verzichten?«

Unschlüssig sah Petra sie an. »Ich weiß es noch nicht.« Sie wandte sich um und winkte dem Wirt.

»Lass mal!« Hannah legte eine Hand auf ihren Unterarm. »Die Rechnung übernehme ich.«

»Das ist aber wirklich nicht nötig.« Petra stand auf, schlüpfte in ihre Jacke und nahm ihre Handtasche.

»Geht auf Spesen«, behauptete Hannah wahrheitswidrig. Natürlich würde ihr im Verlag niemand eine Rechnung über vier Pharisäer abnehmen. »Es war nett, mit dir zu reden. Komm gut nach Hause.«

»Willst du nicht mitkommen?« Petra deutete zur Tür.

Hannah schüttelte den Kopf. »Ich nehme die nächste Fähre. Habe hier noch etwas zu erledigen.« In Wahrheit begann die behaglich-entspannte Wärme ihres Körpers nachzulassen. Im gleichen Maße verlangte er nach einer weiteren Dosis des hochprozentigen Stoffs, der das Wohlgefühl auslöste. Sie wartete, bis Petra die Kneipe verlassen hatte, und bestellte einen Wodka.

Die Arzttasche stand noch immer auf der Arbeitsplatte in der Küchenzeile. Lautlos durchquerte Cahyo den Wohnraum, erreichte den Flur und näherte sich der halb offen stehenden Tür zum Schlafzimmer. Ein unangenehmer Geruch stieg ihm in die Nase. Vorsichtig drückte er gegen das Türblatt, sodass es langsam aufschwang. Aus dem Geruch wurde Gestank. Viel war in dem Halbdunkel des Raumes nicht zu erkennen. Aber was sein Blick erfasste, genügte für einen Schock. Auf einem zerwühlten Bett lag eine Gestalt. Eine Frau im Nachthemd, ihre Hände und Füße waren mit Handschellen an das stählerne Bettgestell gefesselt. Cahyo tastete nach dem Lichtschalter. Als die Beleuchtung aufflammte, erkannte er Annie. Im selben Augenblick stieß sie einen erstickten Laut aus. Rasch zog er die Kapuze vom Kopf. »Ich bin es, Annie. Cahyo. Was ist passiert?« Er trat ans Bett, sein Fuß stieß gegen einen Nachttopf, in dem ein bräunlicher Brei schwappte.

Annies Körper wurde von einem Weinkrampf geschüttelt. Tränen quollen aus ihren Augen. Sie öffnete den Mund, um zu sprechen, brachte aber nur unartikulierte Laute hervor.

Cahyo untersuchte rasch die Handschellen. Mit solchen Hindernissen hatte er nicht gerechnet, sein Werkzeug würde nicht ausreichen, um sie zu öffnen.

»Ich hole dich hier raus«, sagte er und strich Annie über die Haarstoppel. »Morgen früh komme ich wieder. Muss ein paar Sachen besorgen.« Er bückte sich, um nach dem Nachttopf zu greifen. »Jetzt mache ich hier erstmal ein bisschen sauber.«

Mit aufgerissenen Augen und offenem Mund warf Annie den Kopf hin und her. »Nicht!«, stieß sie hervor. »Wenn sie kommen und das sehen …«

Er hielt inne und sah sie an. »Die sind beschäftigt. Beerdigungsfeier. Heute kommt keiner mehr. Jedenfalls nicht von der Familie. Oder haben die noch jemand anders …?«

Erneut schüttelte Annie den Kopf. »Bei denen weiß man nie.«

»Also gut.« Cahyo setzte sich auf die Bettkante. »Was kann ich jetzt tun? Möchtest du etwas trinken?« Neben dem Bett stand ein Tablett mit Essensresten und einer Wasserflasche. Er griff danach und öffnete den Verschluss.

Annie nickte und richtete sich so weit auf, wie es ihre Fesseln zuließen. In großen Schlucken trank sie aus der Flasche, die Cahyo ihr an den Mund setzte.

»Willst du erzählen, was passiert ist?«, fragte er, nachdem er die Wasserflasche abgestellt hatte.

Wieder schüttelte sie den Kopf. »Kann ich nicht. Noch nicht.«

»Dann lass mich dir ein paar Fragen stellen. Nur, damit ich sicher bin, mit wem wir es zu tun haben. Die Familie des verstorbenen Hotelbesitzers hält dich hier gefangen. Richtig?«

Annie nickte. »Krabbenhöft.«

»Also: Frau Krabbenhöft und ihre beiden Söhne?«

»Enno und – Tjark.«

»Und nur die drei waren hier?«

»Ja«, bestätigte Annie. »Sonst keiner.«

»Das ist gut.« Cahyo nickte zufrieden. »Die kann ich im Auge behalten.« Er sah sie an und deutete auf ihr Gesicht. »Was mit diesen Pflastern? Die sind doch völlig falsch ...«

»Kannst du sie abmachen?«, fragte Annie rasch. »Hast du einen Spiegel?«

»Die Pflaster könnte ich entfernen.« Nachdenklich betrachtete er sie. »Aber das würde auffallen. Und einen Spiegel habe ich nicht. Vielleicht finde ich einen in der Wohnung.«

225

Nach drei weiteren Gläsern verließ Hannah die Kneipe und machte sich auf den Weg zum Bahnhof. Dort gab es einen Laden, in dem sie sich mit ein paar Miniflaschen für die Wartezeit bis zur Abfahrt der Fähre versorgen konnte. Während sie durch die Straßen wanderte, bemühte sie sich, möglichst aufrecht und gerade zu gehen. Auch wenn sie hier kaum ein Mensch kannte, wollte sie kein Risiko eingehen, auf jemanden zu treffen, der aus ihrem Zustand die falschen Schlüsse zog. Schließlich war die Begegnung mit Petra ein Glücksfall gewesen, den sie hatte ausnutzen müssen. Vielleicht war es ein Fehler gewesen, sie zu einem Pharisäer einzuladen. Andererseits hatte ein bisschen Alkohol entkrampfende Wirkung und löste die Zunge. Wer konnte das besser beurteilen als sie! Die Informationen über Familie Krabbenhöft waren jedenfalls Gold wert, auch wenn sie nicht unmittelbar verwendet werden konnten. Allenfalls das Verhältnis konnte sie andeuten. Aber sie würde die Söhne weiter im Auge behalten. Irgendwann mochte sich eine gute Story ergeben, das fühlte sie.

Hannah blieb stehen und starrte auf den beleuchteten Eingang des Hotels *Nordseeliebe*. Sie war in die falsche Richtung gelaufen. Verdammter Schnaps! In nächster Zeit würde sie Alkohol meiden. Ganz bestimmt. Oder hatte ihr Unterbewusstsein ihre Schritte gelenkt? Gab es eine Chance, hier noch eine Information aufzuschnappen? Zögernd und mit steifen Beinen setzte sie einen Fuß vor den anderen. Als sie die gläserne Tür erreichte, kam ihr ein kräftiger Mann im schwarzen Anzug entgegen. Er erinnerte sie an einen der Krabbenhöft-Söhne, die sie auf dem Friedhof gesehen hatte. Mit sicherem Blick erkannte sie, dass er mindestens ebenso viele alkoholische Getränke intus hatte wie sie selbst. Und er war in Eile. Instinktiv folgte sie ihm in die Strandstraße. Wenig später verschwand er im Eingang eines Hauses. Hannah studierte den

Schaukasten neben der Pforte. »Aha«, murmelte sie, »hier haben die ihre Ferienwohnungen.« Sie musterte die Hausfront. Eine von denen sollte an Petra Barghus gehen. Irgendwo ging Licht an. Hannah wartete.


Natürlich würde er keinen Spiegel finden. Diesen Schock musste er ihr nicht antun. »Ich seh mal nach«, sagte Cahyo und ging ins Wohnzimmer, wo er ein paar Schubladen öffnete und wieder schloss. Er nutzte die Gelegenheit und prüfte die Wohnungstür. Sie war verschlossen, würde sich aber von innen leicht aufbrechen lassen. Das würde er morgen auch tun, wenn er Annie holte. Für den Fall, dass doch noch einer der Krabbenhöft-Brüder auftauchte, war es besser, den Rückweg über den Balkon zu nehmen. Anschließend suchte er das Bad auf, klapperte auch hier ein wenig herum und kehrte schließlich zu Annie zurück. »Ich könnte den großen Spiegel im Flur abschrauben. Aber ich weiß nicht, ob ich ihn dann wieder an seinem Platz befestigen kann.«

»Lieber nicht«, seufzte Annie. Dann erstarrte sie und sah ihn aus angstgeweiteten Augen an. »Da kommt jemand«, flüsterte sie.

Auch Cahyo hatte das Geräusch eines Schlüssels gehört, der ins Schloss geschoben wurde. Er legte einen Finger auf seine Lippen, mit der anderen Hand machte er eine beruhigende Geste und gab Annie durch Zeichen zu verstehen, dass er sich im Nebenraum verstecken würde. Er schaltete das Licht aus und schlich ins Wohnzimmer. Hier gab es eine Nische zwischen einem Schrank und der Wand. Für einen kräftigen Mann wäre sie zu schmal gewesen, aber Cahyo konnte darin verschwinden.

Die Wohnungstür wurde aufgestoßen, schwere Schritte

näherten sich, hielten einen Moment inne und nahmen dann die Richtung zum Schlafzimmer. »O verdammt«, murmelte eine männliche Stimme. »Das stinkt hier ja wie auf dem Scheißhaus. Was bist du nur für eine Sau.«

Cahyo hörte, wie der Nachttopf unter dem Bett hervorgezogen wurde, dann stapfte der Mann zum Bad, leerte den Inhalt aus, anschließend rauschte die Toilettenspülung. Ein Wasserhahn wurde betätigt und wieder geschlossen. Schließlich wanderten die Schritte zurück zum Schlafzimmer.

»Morgen früh hat es sich hier ausgeschissen«, vernahm er die leicht schleppende Stimme des Mannes. Offenbar hatte er schon einiges getrunken. »Dann machst du den Abflug.« Er stieß einen dumpfen Lacher aus. »Kannst nach Hause schwimmen. Oder du gehst auf unser Angebot ein. Fünftausend Mark für dich, du reist ab und – und alles ist im grünen Bereich.«

»Steck dir dein Geld in den Arsch!«, flüsterte Annie. »Ich zeige euch an. Ihr müsst mich schon umbringen, wenn ...«

»Gute Idee.« Der Mann lachte meckernd. »Vielleicht gehen wir auf deinen Vorschlag ein. Morgen früh. Eine Stunde vor Sonnenaufgang haben wir ablaufendes Wasser. Bis dahin kannst du es dir noch überlegen.«

Für eine Weile herrschte Stille. Zu lange. Cahyo löste sich aus seinem Versteck und bewegte sich geräuschlos zum Schlafzimmer. Der Mann im schwarzen Anzug stand am Bett. Er schwankte leicht, beugte sich über Annie, Cahyo war nicht sicher, welcher der beiden Brüder es war. Er hatte sein Jackett ausgezogen, die Bettdecke zur Seite geworfen und schob nun mit der einen Hand Annies Nachthemd nach oben, mit der anderen nestelte er an seinem Hosenbund. Plötzlich hielt der Mann inne, verharrte einige Sekunden, bewegungslos bis auf sein Schwanken. Cahyo hielt den Atem an.

»Scheiße«, knurrte der Mann schließlich, richtete sich auf

und streckte die Hand nach seinem Jackett aus. Lautlos bewegte Cahyo sich rückwärts und zog sich in sein Versteck zurück.

Unter unverständlichem Gemurmel wanderte der Besucher durch den Flur zur Wohnungstür, die er mit lautem Knall ins Schloss fallen ließ.

Rasch eilte Cahyo zurück zu Annie, zog ihr Nachthemd herunter und deckte sie zu. »Was für eine üble Bande. Ich informiere die Polizei.« Er deutete auf ihre Handschellen. »Die können dich losmachen und die Verbrecher festnehmen. Und dann bringen wir dich ins Krankenhaus.«

Annie schüttelte den Kopf. »Ich will hier nicht ins Krankenhaus. Lass die Polizei aus dem Spiel! Die halten mich womöglich länger auf der Insel fest. Wenn sie dir überhaupt glauben und rechtzeitig hier auftauchen. Wer weiß, welchen Einfluss die Krabbenhöfts haben. Ich möchte nach Hause.«

»Aber ich kann dich jetzt nicht mitnehmen. Muss erst Werkzeug besorgen. Das kann Stunden dauern. Und morgen früh ist es vielleicht zu spät. Wenn die dich bei Sonnenaufgang in die Nordsee werfen wollen ...«

»Du musst rechtzeitig hier sein«, unterbrach Annie ihn. »Und wenn Joost mit einem Boot auf dem Wasser wartet ...«

Cahyo schüttelte den Kopf. »Das ist zu riskant.«

»Aber es kann funktionieren«, beharrte Annie. »Ich stelle mir das so vor ...« Sie erläuterte ihren Plan. »Es ist die beste Lösung. Zur Not musst du vorher eingreifen. Aber so bekommen wir sie in die Hand.«


Der Krabbenhöft-Sohn tauchte nicht wieder auf. Achselzuckend wandte Hannah sich zum Gehen. Nach wenigen Schritten stand er plötzlich neben ihr. »Na, schöne Frau«, brummte er mit schwerer Zunge, »wo soll's denn hingehen?«

»Zum Bahnhof«, antwortete sie. »Ich muss zum Anleger. Damit ich die letzte Fähre kriege.«

Sie sah ihn an und erschrak. Ein derart hässlicher Mann war ihr noch nicht begegnet. Er grinste, seine wässrigen Schweinsaugen musterten sie begehrlich. Er musste derjenige sein, von dem Petra berichtet hatte, dass er schwierig sei. Wie hieß er noch? Tjark?

»Ich kann Sie hinbringen. Kenne mich hier aus.«

»Danke, nicht nötig.« Hannah beschleunigte ihre Schritte. Der Mann war ihr unheimlich, und sie fragte sich, ob sie mit ihrem benebelten Kopf zu raschen und koordinierten Bewegungen in der Lage sein würde, mit denen sie Zudringlichkeiten abwehren konnte. Aber anscheinend war er genauso schwerfällig.

Sie spürte seine Hand an ihrem Arm. »Bin auf Borkum geboren. Kenne jeden Winkel. Ehrlich.«

Unwillig zog sie ihren Arm aus seiner Reichweite. »Ich möchte aber keinen Ihrer Winkel kennenlernen. Und nun lassen Sie mich in Ruhe!«

Umständlich betrachtete er seine Armbanduhr. »Sie haben noch Zeit. Wir könnten am Bahnhof zusammen einen trinken. Ich lade Sie ein.«

»Kein Bedarf. Und jetzt verschwinden Sie endlich!«

Tjark Krabbenhöft stieß ein hässliches Lachen aus. Plötzlich hatte er eine Plastiktüte in der Hand, mit dem freien Arm umklammerte er Hannahs Oberkörper.

# 18

## Frühsommer 2014

»Du hast dich ja ganz schön auf die Familie Krabbenhöft ein-
geschossen«, stellte Rieke fest, als sie mit Hannah beim Frühstück saß. »Ausnahmslos kritische Artikel.«

Die Journalistin nickte bedächtig. »Hat sich so ergeben.
Wenn du erst einmal irgendwo auf fragwürdige Machenschaften gestoßen bist, bohrst du immer weiter. Aber vielleicht ist
das bei mir auch eine Art Berufskrankheit. Ich will den Dingen
immer auf den Grund gehen.«

Rieke lachte. »Das ist in meinem Job nicht anders. Als
Ermittlerin würde ich allerdings immer auch fragen, ob persönliche Motive eine Rolle spielen.«

Hannahs Miene verdunkelte sich. »Vielleicht liegst du damit
gar nicht so falsch. Bei meinem ersten Artikel – der nicht erschienen ist – war ich einfach nur wütend, dass die Brüder
ungeschoren davongekommen sind. Weil man ihnen nichts
beweisen konnte. Und die betroffene junge Frau als unglaubwürdig hingestellt wurde. Leider hatte sie sich erst ein Jahr
nach dem Vorfall gemeldet. Später habe ich einen von denen
selbst kennengelernt. Von einer ganz unangenehmen Seite.
Leider war ich der Situation nicht gewachsen. Weil ich ...« Sie
unterbrach sich und seufzte schwer. »Ich hab's dir gesagt, ich
bin Alkoholikerin. Und bei dem Vorfall damals war ich –
ziemlich blau. Aber die Begegnung hat meine Wut angeheizt.
Später – nach meinem Entzug – habe ich versucht, die Dinge
professionell zu betrachten.«

»Und das ist dir gelungen?«

»Ich glaube ja. Mein Chef hat meine Arbeit jedenfalls akzeptiert.«

Rieke sah Hannah offen an. »Magst du über den – Vorfall – reden?«

»Da gibt's nicht viel zu erzählen. Ich war auf der Insel, um über die Beerdigung von Klaus Krabbenhöft zu berichten, dem Vater der Jungen. Das war 1990. Dabei bin ich einer gewissen Petra Barghus begegnet. Sie war in meinem Alter und die Freundin des Verstorbenen. Hat ein bisschen aus dem Nähkästchen geplaudert. Demnach hat der Vater gewusst, dass mit einem seiner Söhne etwas nicht stimmt. Nach dem Gespräch habe ich mir ein paar Schnäpse gegönnt und wollte eigentlich zum Bahnhof gehen. Aber dann ist mir Tjark Krabbenhöft begegnet. Er hat mich auf einer menschenleeren Straße regelrecht angefallen. Ich bin heute noch sicher, er wollte mich vergewaltigen. Dazu ist es aber nicht gekommen, weil plötzlich ein Unbekannter aufgetaucht ist und ihm einen Bootsanker über den Schädel gehauen hat.«

»Einen Anker?« Ungläubig schüttelte Rieke den Kopf.

»Jedenfalls sah es so aus. Ein dumpfer Schlag, Krabbenhöft ist zusammengesackt, der Mann hat sich kurz über mich gebeugt, mir auf die Beine geholfen und war im nächsten Augenblick verschwunden. Er war dunkelhäutig, hatte asiatische Gesichtszüge und sah aus wie – Spiderman in Schwarz. Das Ganze war – total – unwirklich.«

»Und du hast keine Anzeige erstattet.« Riekes Einwurf klang nicht wie eine Frage, eher wie eine Feststellung.

»Ich wusste ja, dass es sinnlos war. Außerdem ist nicht wirklich etwas passiert. Als Krabbenhöft sich bewegt und gestöhnt hat, bin ich weggerannt, so schnell ich konnte. Am Bahnhof Borkum habe ich mir dann endgültig die Kante gegeben.«

Rieke rührte ihren Kaffee um und nickte nachdenklich. »Kann ich eine Kopie von deinem damaligen Artikel mitnehmen?«

»Wenn du mir eine Mail-Adresse gibst, schicke ich ihn dir als PDF-Datei.«

»Das ist toll. Danke. Hast du vielleicht auch noch Fotos von den Krabbenhöft-Brüdern aus der Zeit?«

»Bestimmt. Muss ich nur raussuchen und digitalisieren. Schicke ich dir ebenfalls.«

»Super! Du bist ein echter Glücksfall für mich.« Rieke kramte eine Visitenkarte aus ihrer Tasche und schob sie über den Tisch. »Warum ist der Artikel eigentlich nicht erschienen? Du hast schließlich keine Namen genannt.«

»Gute Frage, Frau Kommissarin.« Hannah lächelte. »Du musst bedenken, dass die Geschichte bald dreißig Jahre zurückliegt. Auf ostfriesisch sind das mindestens fünfzig. Es war eine andere Zeit. Entscheidend war wohl, dass auf Borkum jeder gewusst hätte, wer gemeint war. Zwei halbwüchsige Brüder, Söhne eines Hoteliers. Wer hätte das sein sollen, wenn nicht die Krabbenhöfts? Die können wir nicht in den Schmutz ziehen, hat mein damaliger Chef gesagt. Fertig. Aus. Ende.«

»Es muss doch polizeiliche Ermittlungen gegeben haben.«

»Sicher«, bestätigte Hannah. »Aber die Staatsanwaltschaft hat keine Anklage erhoben. Krabbenhöfts Anwälte haben das Mädchen als unglaubwürdig hingestellt und einen Zeugen präsentiert, der den Brüdern ein Alibi gegeben hat. Damit war der Fall erledigt.«

»Die Ermittlungsakte würde ich gern sehen«, murmelte Rieke. »Am besten rufe ich gleich mal die Kollegen an. Die sollen nachforschen, ob es die Akte noch gibt.« Sie nahm ihr Smartphone zur Hand. »Oh, ich glaube, es wird Zeit für mich. Ich darf die Fähre nicht verpassen.« Eilig trank sie noch einen

Schluck Kaffee und erhob sich. »Tut mir leid, ich muss los. Kannst du mir ein Taxi rufen?«

»Ich bringe dich zum Borkum-Anleger.« Hannah stand ebenfalls auf. »Unterwegs kannst du telefonieren.«

Im Auto versuchte Rieke, Hauptkommissar Eilers zu erreichen. Da er sich nicht meldete, wählte sie die Nummer der Polizeidienststelle. Imke Gerdes' fröhliche Stimme begrüßte sie. »Moin, Frau Hauptkommissarin. Gut, dass Sie anrufen. Staatsanwalt Rasmussen möchte Sie und die Kollegen sprechen. Um neun Uhr im Hotel *Nordseeliebe*.«

»Das wird knapp. Aber ich werde es schaffen. Wenn die Fähre pünktlich ist. Kann mich jemand abholen?«

»Kein Problem. Die Kollegen müssen jeden Augenblick da sein. Einer von uns kommt zum Anleger und bringt Sie ins Hotel.«

Rieke bat die Kollegin, nach der Ermittlungsakte zu forschen, die den Fall einer angezeigten, aber nicht strafrechtlich verfolgten Vergewaltigung aus dem Jahr 1987 enthielt.

»Das dürfte schwierig werden«, antwortete die Polizeikommissarin. »Akten, die älter als zehn Jahre sind, werden bei der Staatsanwaltschaft in Aurich archiviert. Das wäre ein Fall für Herrn Rasmussen.«

»Der wird sich bedanken«, vermutete Rieke. »Vergessen Sie's, Frau Gerdes. Nach Aurich will ich sowieso noch fahren. Zur Not kümmere ich mich selbst darum. Bis nachher.«

»Du willst nach Aurich?«, fragte Hannah, nachdem Rieke ihr Gespräch beendet hatte.

»Meine Eltern besuchen. War lange nicht da. Und jetzt habe ich sogar einen dienstlichen Grund.«

»Würdest du ohne den nicht fahren?«

»Doch. Natürlich. Meine Mutter liegt mir seit Monaten in den Ohren, ich soll sie mal wieder besuchen. Bei ihr geht es auch darum, was die Nachbarn denken könnten, wenn sich ihre Tochter so lange nicht sehen lässt. Mein Vater sagt zwar nichts, aber ich bin sicher, er hat wirklich Sehnsucht nach mir. Ich auch nach ihm. Mehr noch als nach meiner Mutter. Aber beruflich war es in den letzten Monaten einfach zu schwierig.«

»Dann wünsche ich dir, dass es mit dem Besuch klappt.« Hannah deutete nach vorn. »Wir sind gleich da.«


Dem Staatsanwalt war Arne Osterkamp bei einem Prozess um Kunstfälscher begegnet. Ein Ehepaar hatte Gemälde bekannter Maler gefälscht und in den Handel gebracht. Als der Emder Kunsthalle Bilder angeboten wurden, an deren Echtheit Zweifel aufkamen, war er beauftragt worden, den Weg der Gemälde durch den Dschungel des Kunstmarkts nachzuzeichnen. Nachdem er schließlich auf die Urheber gestoßen war, hatte Rasmussen Anklage gegen die Fälscher erhoben, und Osterkamp war als Zeuge vor Gericht aufgetreten. Nun war der Staatsanwalt im Hotel *Nordseeliebe* aufgetaucht, und Osterkamp hoffte, dass er ihn nicht erkennen würde. Um ganz sicher zu sein, sprach er Rasmussen am Frühstücksbuffet auf die Qualität der Frühstückseier an. Ob sie empfehlenswert oder so hart gekocht seien, wie das oft in Hotels der Fall sei. Der Staatsanwalt lachte und antwortete unbefangen. »Da haben Sie recht. Aber hier werden sie laufend frisch aus der Küche gebracht. Und wir haben die Auswahl zwischen weich und hart.«

Zufrieden zog Osterkamp sich an seinen Platz zurück, behielt aber den Staatsanwalt unauffällig im Auge. Der schien sein Frühstück zu genießen, las nebenbei die Emder Zeitung und trat, nachdem er den letzten Schluck Kaffee getrunken hatte, hinaus auf die Terrasse, um zu telefonieren. Dann kehrte er zurück, sprach die Bedienung an, die nach einem kurzen Wortwechsel auf einen großen runden Tisch im Hintergrund deutete, der nicht für Frühstücksgäste vorbereitet war. Aus einer Schublade zog sie einen kleinen Aufsteller und platzierte ihn auf dem Tisch: *Reserviert.*

Sieht nach einem Meeting aus, dachte Osterkamp. Bin gespannt, mit wem er sich hier trifft. Will er sich mit Familie Krabbenhöft absprechen? Dem Hotelier ist zuzutrauen, seine politischen Beziehungen zu nutzen, um den Staatsanwalt unter Druck zu setzen. Zu Rasmussen passt das allerdings weniger. Sympathisch ist er zwar nicht gerade, aber wohl doch korrekt.

Obwohl Osterkamp sich am Buffet gern noch einmal den Teller gefüllt hätte, beendete er das Frühstück und eilte auf sein Zimmer. Einem Aluminiumkoffer entnahm er ein winziges Kästchen und eine SIM-Karte. Letztere schob er in den dafür vorgesehenen Schlitz des mobilen GSM-Abhör- und Überwachungsgeräts. Anschließend schloss er sorgfältig den Koffer, steckte das Kästchen in die Tasche und kehrte in den Frühstücksraum zurück. Rasmussen war nirgends zu sehen. Unauffällig schlenderte Osterkamp zu dem reservierten Tisch, hob das Reserviert-Schild auf und klebte das kleine Übertragungsgerät darunter. Dann wanderte er zum Büfett, nahm eine Banane aus der Obstschale und verließ das Restaurant. Auf der Terrasse suchte er sich einen Platz, von dem aus er durch die große Scheibe den Innenraum im Blick hatte, ohne allzu sehr durch Spiegelungen behindert zu werden.

Staatsanwalt Rasmussen kehrte zwanzig Minuten später zurück und ließ sich an dem reservierten Tisch nieder. Kurz darauf betraten zwei Männer den Raum, die sich unsicher und suchend umsahen. Schließlich schien einer von ihnen den

Staatsanwalt zu erkennen und strebte seinem Tisch zu. Die Männer begrüßten einander, und die Ankömmlinge setzten sich zu Rasmussen. Osterkamp grinste kaum merklich. Zweifellos Bullen.

Er zog sein Smartphone aus der Tasche, stöpselte einen Ohrhörer ein und wählte die Nummer des Abhörgeräts, um es zu aktivieren. Einen Augenblick später vernahm er deutlich die Stimmen der Männer. Für einige Sekunden beobachtete er sie, um herauszufinden, welche Stimme zu welcher Person gehörte. Der Mann, der von Rasmussen als Hauptkommissar Eilers angesprochen wurde, kam ihm bekannt vor. Jedenfalls seine Stimme. Die hatte er bestimmt schon mal gehört. Sein Kollege hieß Jensen, war Oberkommissar und schien in diesem Duo die zweite Geige zu spielen. Mit dieser Erkenntnis wandte er seinen Blick Strand und Meer zu und begann seine Banane zu schälen.

»Was ist mit Frau Bernstein?«, fragte der Staatsanwalt, nachdem sich die Männer kurz über das Wetter auf Borkum und die günstige Lage des Hotels *Nordseeliebe* ausgetauscht hatten.

»Sie muss jeden Augenblick hier sein«, antwortete Eilers. »Ist gerade erst mit der Fähre aus Emden gekommen. Kollege Jensen hat sie abgeholt.« Jetzt erinnerte sich Osterkamp, wo er die Stimme schon einmal gehört hatte. Im Kino. Als deutsche Version von Robert de Niro.

»Übernachtet sie nicht auf der Insel?«, Rasmussen klang überrascht.

»Doch«, antwortete Jensen. »Sogar hier im Hotel. Gestern Abend hat sie sich in Emden mit jemandem getroffen.«

»Na, hoffentlich macht die Frau keine Alleingänge. Sprechen Sie die Ermittlungsschritte mit ihr ab?«

»Im Prinzip schon.« Das war wieder Eilers. »Aber was sie gestern Abend in Emden gemacht hat, wissen wir nicht.«

237

In seinem Ohrhörer vernahm Osterkamp nahende Schritte von Pumps. Er wandte sich zum Fenster um und beobachtete eine große blonde Frau, die auf den Tisch mit den drei Männern zuging. »Guten Morgen, meine Herren. Ich bin Rieke Bernstein, LKA.«

Der Staatsanwalt erhob sich und streckte die Hand aus. »Fokko Rasmussen. Freut mich, Sie kennenzulernen.«

»Die Freude ist ganz auf meiner Seite.« Die Blonde ließ sich auf einem Stuhl nieder. »Entschuldigen Sie bitte, dass Sie warten mussten. Ich bin gerade erst angekommen und musste noch kurz aufs Zimmer.«

»Sie waren in Emden?«

»So ist es, Herr Staatsanwalt«, nickte die Frau. »Ich hatte eine Verabredung mit einer Journalistin. Von der Emder Zeitung.«

»Mit der Presse? Zu diesem Zeitpunkt?« Rasmussen klang ein wenig unwirsch.

»Keine Sorge«, entgegnete Rieke Bernstein. »Es ging nicht um Berichte über das aktuelle Tötungsdelikt, sondern um Informationen über die Familie Krabbenhöft. Die Redakteurin kennt sie seit fast dreißig Jahren. Sie konnte mit ein paar sehr interessanten Details aufwarten.«

Arne Osterkamp wandte sich ab und aktivierte auf seinem Smartphone die Mitschnittfunktion.

»Zum Beispiel?« Die Frage kam von Jensen. In seiner Stimme schwebte eine Spur von Misstrauen mit.

»Am interessantesten fand ich das hier.« Osterkamp hörte, wie jemand einen Gegenstand aus seiner Tasche zog und auf dem Tisch ablegte.

»Einen kleinen Augenblick, bitte. Das Ding braucht ein paar Sekunden. Frau Holthusen hat mir freundlicherweise ein Dokument aus dem Jahr 1988 zur Verfügung gestellt. Ah, da ist es.«

Osterkamp warf einen kurzen Blick durch die Scheibe. Am Tisch beugten sich die drei Männer über ein iPad.

»Dieser Bericht ist seinerzeit nicht erschienen«, erläuterte die LKA-Beamtin. Einen Augenblick später fuhr sie fort. »Zu dem, was Sie gerade gelesen haben, muss es eine Ermittlungsakte geben. Deren Inhalt würde mich sehr interessieren.«

»Achtundachtzig«, ließ sich der Staatsanwalt vernehmen. »Das ist – sechsundzwanzig Jahre her. Die ist wahrscheinlich nicht mehr vorhanden. Außerdem: Was soll das bringen?«

»Wenn sich bestätigt, dass damals tatsächlich gegen die Krabbenhöft-Brüder wegen Vergewaltigung ermittelt worden ist, könnten wir vielleicht die Frau finden, die seinerzeit Anzeige erstattet hat.«

»Aber wenn es keine Verurteilung gegeben hat«, wandte Eilers-de-Niro ein, »was wollen Sie mit ihrer Aussage?«

»Mich interessiert ihre Glaubwürdigkeit. Ich will nicht unterstellen, dass die Staatsanwaltschaft damals beeinflusst wurde. Es könnte ja auch sein, dass es aus formaljuristischen Gründen nicht zu einer Anklage kam. Oder der Alibi-Zeuge ist – hat sich geirrt. Den würde ich auch gern ausfindig machen und befragen. Ich habe jedenfalls Grund zu der Annahme, dass die Frau, die Anzeige erstattet hat, nicht das einzige Opfer sexueller Eskapaden eines der Krabbenhöfts geworden ist.«

»Diese Gründe werden Sie uns sicher noch erläutern«, meldete sich der Staatsanwalt. »Bis jetzt sehe ich noch keinen Zusammenhang zu unserem Tötungsdelikt.«

Es entstand eine Pause. Dann sprach wieder Rieke Bernstein. »Eine der betroffenen Frauen könnte sich an Tjark Krabbenhöft gerächt haben. In diesem Fall müssten wir nach einer Täterin suchen.«

»So alte Akten haben wir nicht«, stellte Hauptkommissar Eilers nach einem weiteren Moment der Stille fest.

»Sie könnte aber existieren«, murmelte der Staatsanwalt. »Und zwar bei uns. In Aurich. Auch wenn ich von Ihrer Theorie noch nicht überzeugt bin, Frau Bernstein – ich werde die Akte suchen lassen. Und zwar sofort. Bitte entschuldigen Sie mich einen Augenblick.« Er stand auf, durchquerte den Raum und trat auf die Terrasse, das Handy bereits am Ohr.

»Was ist denn noch?«, fragte Enno Krabbenhöft ohne aufzusehen, als es klopfte und die Tür geöffnet wurde. Gerade hatte er mit der hübschen Brünetten vom Empfang den Belegungsplan und die Buchungen für die kommende Woche durchgesehen und entschieden, wessen Wünsche für ein Zimmer zur Seeseite erfüllt wurden. Natürlich wollten alle Gäste Meerblick. Aber nur wer nicht über ein Internetportal, sondern direkt gebucht hatte und den vollen Preis für das Zimmer zahlte, bekam diese Chance. Die junge Frau war klug und verständig und hatte den Plan perfekt vorbereitet. Trotzdem hatte er sich geärgert. Weil er in diesen Tagen weder die Zeit noch die innere Ruhe haben würde, mit der attraktiven Holländerin etwas anzufangen.

»Paketsendung für Sie.« Unbekannte Stimme. Krabbenhöft hob den Kopf. In der Tür stand ein junger Mann in der Uniform eines Logistikunternehmens und hielt ein Päckchen in der Hand.

»Geben Sie's vorne am Empfang ab!«, knurrte Krabbenhöft unwirsch und wandte sich wieder seiner Arbeit zu.

»Ist persönlich. Sie müssten den Empfang quittieren.«

»Dann geben Sie's schon her!«

Der Postzusteller trat näher, klemmte das Päckchen unter den Arm, tippte auf seinem Handscanner herum und hielt Krabbenhöft schließlich das Gerät zum Unterschreiben hin.

Nachdem der junge Mann die Sendung übergeben und das Büro verlassen hatte, betrachtete Krabbenhöft das kleine Paket. Es trug die Aufschrift eines bekannten Versandkonzerns. Der war auch als Absender angegeben. Hatte jemand in seinem Namen dort bestellt? Unwillig schob er es zur Seite. Dabei schien im Inneren eine Flüssigkeit zu schwappen. Was mochte das sein?

Kurz entschlossen griff er zu einem Brieföffner, ritzte das Klebeband auf und öffnete den Karton. Zwischen zusammengeknülltem Papier entdeckte er ein Glasgefäß. Es hatte die Größe eines Marmeladenglases, unter dem Deckel perlten ein paar Luftblasen. Er hob das Glas heraus und stellte es auf der Schreibunterlage ab. Im ersten Augenblick konnte er mit dem bräunlichen Inhalt, der in der Flüssigkeit schwebte, nichts anfangen. Doch dann überfiel ihn die Erkenntnis wie ein Schlag. Sein Magen rebellierte, Säure schoss in die Speiseröhre und brannte wie Feuer. Er würgte und schnappte nach Luft.

Er hätte nicht sagen können, wie lange er sich keuchend an der Schreibtischplatte festgeklammert und versucht hatte, seinen Atem und sein Herz zu einer ruhigeren Taktfolge zu zwingen. Irgendwann wankte er zur Toilette, hielt sein Gesicht unter fließendes Wasser und trank gierig. Trotz eines heftigen Widerwillens kehrte er schließlich ins Büro zurück. Das Glas musste verschwinden. Unauffällig und spurlos. Und Osterkamp musste her. Den Karton untersuchen. Vielleicht konnte er den Absender herausfinden.


Arne Osterkamp ließ den Anruf abweisen. Er konnte jetzt nicht telefonieren, später würde er seinen Auftraggeber zurückrufen. Nachdem der Staatsanwalt sein Telefonat beendet hatte und an den Tisch zurückgekehrt war, setzten die Ermittler das Gespräch fort.

»Wenn wir Glück haben«, ließ sich Rasmussen vernehmen, »bekomme ich in einer Stunde den Inhalt der Akte als PDF.«

»Alle Achtung, Herr Staatsanwalt!« In Rieke Bernsteins Stimme klang ein Hauch Bewunderung mit. »Ich weiß nicht, ob wir im LKA das schaffen würden. Eine Akte aus den achtziger Jahren aufzufinden. Und das in so kurzer Zeit. Müsste die nicht längst vernichtet sein?««Eigentlich schon«, erklärte Rasmussen. »Wir haben aber einige unserer Akten aufgehoben. Alle, bei denen es erhebliche Fragezeichen gab. Das sind insgesamt nicht viele. Darum können wir Glück haben und sie noch finden.«

Osterkamp biss sich auf die Unterlippe. Wenn sein Auftraggeber durch die alte Akte belastet würde, wäre es besser, sie würde nicht gefunden. Also musste er ihn doch sofort anrufen. Vielleicht konnte er telefonisch etwas erreichen. Er stoppte die Aufzeichnung und wählte.

»Endlich!« Krabbenhöft klang mehr als ungeduldig. Er schien außer sich. »Ich brauche Sie hier. Sofort. Kann Ihnen das am Telefon nicht erklären.«

»Sofort geht leider nicht«, bedauerte Osterkamp. »Aber Sie müssen sofort etwas tun. Der Staatsanwalt und seine Ermittler wollen eine Akte ausgraben. Von neunzehnhundertachtundachtzig. Damals muss es Ermittlungen gegen Sie und Ihren Bruder gegeben haben. Wissen Sie, was gemeint ist?«

Einige Sekunden herrschte Stille. »Ach, die alte Geschichte«, sagte Krabbenhöft dann gedehnt. »Was wollen die damit?«

»Das spielt jetzt keine Rolle. Es eilt. Sehr. Die müssen in Aurich ein gut organisiertes Archiv haben. Rasmussen meint, die Akte könne innerhalb einer Stunde gefunden werden. Das müssen Sie verhindern. Hängen Sie sich ans Telefon! Sie wissen besser als ich, wen Sie anrufen können. Die Akte muss verschwinden, bevor seine Leute sie finden. Also beeilen Sie sich! Ich melde mich in einer halben Stunde wieder.«

Osterkamp legte auf und schaltete auf das Abhörgerät zurück. Gerade sprach wieder die Bernstein.

»... Holthusen wäre beinahe Opfer von Tjark Krabbenhöft geworden. Wenn nicht jemand dazwischengegangen wäre. Sie hat den Vorfall nicht zur Anzeige gebracht. Aus verschiedenen Gründen. Aber das ist nicht ungewöhnlich. Nur acht Prozent der Frauen, die sexuelle Gewalt erleben, wenden sich an die Polizei. Es wäre also nicht unwahrscheinlich, dass Krabbenhöft mehrfach Straftaten dieser Art begangen hat, ohne als Täter in Erscheinung getreten zu sein. Damit schließt sich der Kreis meiner Theorie.«

»Ich kann das nicht glauben«, wandte Jensen ein. »Die Familie Krabbenhöft hat so viel für ...« Er brach unvermittelt ab. Als hätte ihm jemand ein Zeichen gegeben. Oder vors Schienbein getreten. Für einen Augenblick entstand eine Pause.

Staatsanwalt Rasmussen füllte die Lücke »Ich gebe zu, dass Ihre Theorie nicht von der Hand zu weisen ist, Frau Bernstein. Vielleicht sollten wir erst einmal sehen, ob die Akte noch existiert und was sie hergibt. Und dann entscheiden, in welche Richtung weiter ermittelt wird. Ich melde mich bei Ihnen, wenn die Unterlagen eingetroffen sind. Dann sehen wir uns wieder. Einverstanden?«

Osterkamp wartete die Antwort nicht ab. Er deaktivierte das Abhörgerät und steckte sein Smartphone samt Ohrhörer in die Tasche. Mit dem schlendernden Schritt eines Urlaubers betrat er das Restaurant, durchquerte es, warf einen bedauernden Blick auf die Reste des Frühstücksbuffets und begab sich in die Hotelhalle. Von dort aus steuerte er Krabbenhöfts Büro an.

Der Hotelier saß hinter seinem Schreibtisch, machte keinerlei Anstalten, aufzustehen oder ihn zu begrüßen. Wortlos und mit den Zeigefingern beider Hände deutete er auf ein vor ihm zwischen zerknülltem Papier stehendes Schraubglas.

Osterkamp schloss die Tür und trat näher heran. Das Behältnis glich jenen Schaugläsern mit Formalin, in denen Organe oder andere Körperteile konserviert wurden. Auch in dieser wässrigen Lösung schwebten zwei bräunliche Teile. Ihre Form erinnerte ihn fatal an männliche Genitalien. Er beugte sich über das Glas, tippte es mit einem Kugelschreiber an und beobachtete, wie sich der Inhalt in der Flüssigkeit bewegte. »Ist es das, wofür ich es halte?«

Krabbenhöft nickte stumm.

»Von Ihrem Bruder?«

Erneutes Nicken. »Von wem sonst?«, krächzte Krabbenhöft heiser. »Sie müssen herausfinden, wer die – das – Paket – abgeschickt hat.«

# 19

## Spätsommer 1990

Ein Geräusch ließ sie aus unruhigem Dämmerschlaf schrecken. Grelles Licht blendete ihre brennenden Augen. Jemand hatte die Deckenbeleuchtung eingeschaltet. Und nun beugten sich zwei vermummte Gestalten über sie. Die Schlösser der Handschellen schnappten auf, eine Hand zerrte an ihrem Arm. »Aufstehen, anziehen! Abreisetag«, kommandierte eine Stimme. Enno Krabbenhöft.

Mühsam wälzte Annie sich aus dem Bett und rieb ihre schmerzenden Handgelenke. Der andere warf ihr wortlos einen Haufen ungeordneter Kleidungsstücke zu. Sachen aus dem Hotelzimmer. Es schien eine Ewigkeit her zu sein, dass sie dort eingezogen war. Sie griff Unterwäsche, ein T-Shirt, eine Hose und wankte mit unsicheren Schritten in Richtung Badezimmer.

»Beeil dich!«, knurrte Enno Krabbenhöft. »Und denk noch mal über unser Angebot nach! Fünftausend Mark. Das ist deine letzte Chance.«

Widerstreitende Gefühle tobten in Annie. Abscheu, Verachtung, Wut, Angst, Hoffnung. Sie wollte sich nicht lähmen lassen, warf Enno einen drohenden Blick zu. »So leicht kommt ihr nicht davon. Ich will das Doppelte. Und ein Geschäft.«

»Ein Geschäft?« Misstrauisch runzelte Enno die Stirn.

»Ich erkläre es dir gleich.« Annie wunderte sich über ihre Fähigkeit, Gelassenheit vorzutäuschen. »Wenn ich aus dem Bad komme.«

Der Blick in den Spiegel ließ fast ihre Beine einknicken. Sie klammerte sich am Waschbecken fest und starrte auf das Gesicht mit den roten Striemen, die von den Schläfen bis zu den Mundwinkeln reichten. Vorsichtig betastete sie die wulstigen Narben. Dieses Schwein. Ich werde ihn umbringen. Ich muss ihn umbringen. Sie drehte den Hahn auf und ließ kaltes Wasser über ihre Handgelenke laufen. Vorsichtig, aber zügig und systematisch wusch sie ihr Gesicht und rieb ihren Körper ab. Schlüpfte schließlich in die Kleidungsstücke, vermied einen weiteren Blick auf ihr Spiegelbild und wandte sich zur Tür.

Als sie auf die Klinke drückte, vernahm sie Stimmen.

»Geh nicht darauf ein! Sie wird dich reinlegen.« Tjark.

»Anhören können wir uns das. Die Frau ist nicht dumm. Sie wird uns nichts vorschlagen, bei dem eine Seite den Kürzeren zieht.« Enno.

»Mach, was du willst! Ich bin dafür, sie in die Nordsee zu werfen. Mutter auch.« Tjark.

Annie öffnete die Tür und trat hinaus.

Enno sah sie an. »Was soll das für ein Geschäft sein?«

»Ein Geschäft auf Gegenseitigkeit.« Annie streifte einen Pullover über. »Langfristig würdet ihr sehr gut daran verdienen.«

»Was soll das sein?«

»Import im kleinen Rahmen. Aus Holland. Cannabis. Marihuana. Haschisch. Du versorgst Kunden auf allen ostfriesischen Inseln. Wir liefern hochwertigen Stoff. Über die Nordsee.«

Verblüfft starrte er sie an. »Ist das dein Ernst? Du willst aus mir einen Drogendealer machen?«

Annie zuckte mit den Schultern. »Verbrecher bleibt Verbrecher. Überleg es dir! Es geht nicht darum, Jugendliche anzufixen oder auf der Straße Stoff zu verticken. Wir denken an anspruchsvolle Kundschaft. So wie die Gäste in der *Nordsee-liebe*. Gesetzt, gut situiert, ausreichend Kohle. Leute, die Wert auf astreine Ware legen, ungern in Szenelokalen nach Dealern suchen wollen und bereit sind, dafür ein paar Mark mehr zu investieren.«

Ungläubig schüttelte Enno den Kopf. »Das soll funktionieren?«

»Sicher. In jeder Hinsicht. Ein überschaubarer, aber langfristig expandierender Markt mit geringem Risiko.«

»Geringes Risiko?« Er stieß einen freudlosen Lacher aus. »Du hättest mich in der Hand und könntest mich jederzeit hochgehen lassen. Kommt nicht infrage.« Er gab seinem Bruder einen Wink. Tjark packte Annies Arme, drehte sie auf den Rücken und ließ eine Handschelle zuschnappen.

Enno zeigte zum Flur. »Los geht's!«

»Bist wohl doch nicht der Geschäftsmann, für den ich dich gehalten habe«, zischte Annie mit Verachtung in der Stimme. Sie hob den Kopf. »Aber für das hier werdet ihr bezahlen. Alle beide.«

»Ja ja, im nächsten Leben. Vielleicht.« Enno trat an sie heran und klebte ihr einen Streifen Textilband über den Mund.

Durch den Hintereingang führten sie Annie in den Hof. Hier stand der Fahrradanhänger, den sie schon kannte. Die Männer banden ihre Füße zusammen und warfen sie auf die Transportfläche. Schließlich breiteten sie eine Decke über sie und koppelten den Hänger ans Fahrrad. Wenig später rollte das Gespann durch die Straßen von Borkum. Wohin würden sie ihre Fracht bringen? An einen abgelegenen Strand? Um sie dort den Wellen zu überlassen? Annie versuchte die Panik niederzukämpfen. »Ich behalte dich im Auge«, hatte Cahyo gesagt. Auf ihn war Verlass. Er würde dafür sorgen, dass der Plan funktionierte.

Hannah erwachte mit schmerzendem Kopf und einem trockenen Gefühl in Mund und Rachen. Die Zunge klebte pelzig am Gaumen. Unerträglicher Druck auf der Blase zwang sie aus dem Bett. Orientierungslos stolperte sie ins Bad. Als sie auf der Toilette saß, kam die Erinnerung. Bruchstückhaft. Beerdigung auf Borkum. Petra Barghus. Pharisäer. Wodka. Blackout.

Am Himmel hinter dem Badezimmerfenster zeichnete sich beginnende Helligkeit ab. Viel zu früh zum Aufstehen. Aber ihr Unterbewusstsein signalisierte irgendetwas, das heute erledigt werden musste. Sie spülte und schaltete das Licht an. Mit zusammengekniffenen Lidern starrte sie in ihr zerfurchtes Spiegelbild. Je öfter sie im Kampf gegen den Alkohol versagte, desto stärker zeigten sich die Spuren, gruben sich tiefer und tiefer ein. Als dunklen Linien neben den Augen, auf den Wangen und rund um die Lippen. Schrecklich. Wieder einmal schwor sie sich, in Zukunft mit Alkohol vorsichtiger zu sein. Die Pharisäer waren der Fehler gewesen. Warum hatte sie nicht auf den Schnaps verzichtet? Es war immer das Gleiche. Wenn sie erst einmal einen Drink genommen hatte, brauchte sie einen zweiten. Und nach dem zweiten einen dritten. Und immer so weiter. Bis zum Filmriss.

Sie seufzte und kehrte ins Schlafzimmer zurück, ließ sich auf der Bettkante nieder und versuchte, die Erinnerungsfetzen von gestern zu einem Bild zusammenzufügen. Schließlich wurde ihr klar, dass sie im Auftrag der Redaktion auf Borkum gewesen war und heute den Artikel über die Beisetzungsfeier abgeben musste. Sie erhob sich mühsam und tappte mit vorsichtigen kleinen Schritten ins Wohnzimmer. Das Papier steckte noch in der Schreibmaschine. Sie beugte sich über das Blatt. Es war leer. Der Artikel war noch nicht geschrieben.

Hannah ging wieder ins Bad, ließ ihr Nachthemd fallen und

stellte sich unter die Dusche. Zwanzig Minuten später saß sie am Schreibtisch und rieb sich die Schläfen. Wie schön wäre es, den Kopfschmerz zu vertreiben und das Gefühl der Leichtigkeit und Sorglosigkeit wiederherzustellen. Vielleicht mit einem Piccolo. Aber dann würde sie den zweiten brauchen. Danach eine Flasche Wein. Der Artikel würde wieder nicht fertig. Noch hatte sie ausreichend Zeit. Draußen wurde es langsam hell, erst um neun musste sie in der Redaktion sein. Schon wieder krankmelden konnte sie sich nicht. Also Zähne zusammenbeißen. Kaugummi kauen. Rauchen. Tief inhalieren, das betäubte – wenigstens etwas.

Mit unruhigen Händen zündete sie eine Zigarette an, beugte sich über die Tastatur und begann zu schreiben.

*Borkumer Hotelier Krabbenhöft beigesetzt. Große Anteilnahme der Bevölkerung. Zahlreiche Trauergäste von der Insel und vom Festland begleiteten Klaus Krabbenhöft auf seinem letzten Weg.*

*Das Gotteshaus konnte die Menge nicht aufnehmen. Dicht gedrängt standen die trauernden Menschen hinter den letzten Kirchenbänken, in den offenen Türen und sogar noch draußen im Freien.*

*Pastor Möhlmann würdigte in seiner Ansprache die Verdienste des Verstorbenen als Bürger von Borkum, Gastronom und Hotelier, sowie seine Vorbildfunktion als Ehemann und Familienvater. Sein Wirken für die Allgemeinheit als Vertreter seiner Partei in verschiedenen politischen Gremien auf Kreisebene stand im Mittelpunkt der Ausführungen des Landtagsabgeordneten Stefan Köser, der Krabbenhöft als aufrichtigen und ehrlichen Politiker bezeichnete. Ein Vertreter des Deutschen Hotel- und Gaststättenverbandes hob die Leistungen und Erfolge des verstorbenen Mitglieds für den Fremdenverkehr der Region hervor.*

*Klaus Krabbenhöft wurde 1938 auf Borkum geboren. Hier besuchte er auch die Grundschule, anschließend die Realschule in Emden. Im väterlichen Unternehmen erlernte er das Hotel- und Gastronomiegewerbe von der Pike auf. Ende der Sechzigerjahre übernahm er von seinem Vater Kurt das Hotel »Nordseeliebe« und baute es zum größten Beherbergungsbetrieb der Insel aus. Inzwischen gehören der Familie ein weiteres Hotel auf der Insel sowie mehrere Ferienwohnungen. Über die Zukunft des Unternehmens gibt es derzeit noch keine gesicherten Erkenntnisse; Branchenkenner gehen jedoch davon aus, dass der älteste Nachkomme Enno die Führung des Hauses übernehmen wird. Der 21-Jährige studiert Betriebswirtschaft in Oldenburg, kennt aber nach eigenen Angaben die Arbeit im Hotel von Kindesbeinen an. Seine Mutter hat sich hingegen nie mit dem Betrieb befasst und setzt ebenfalls auf ihren Sohn.*

*Am Rande der Trauerfeier kam es zu einem kurzen Zwischenfall, als die Witwe mit einer jungen Frau in einen Wortwechsel geriet. Nach Informationen der EZ ging es dabei um eine Erbschaftsangelegenheit. Der Verstorbene soll der 29-Jährigen, bei der er in den letzten Jahren regelmäßig übernachtet hatte, eine Ferienwohnung vermacht haben. Familie Krabbenhöft wird, wie ihr Anwalt Dr. Leßing mitteilte, diesen Teil des Testaments anfechten.*

Hannah zog das Blatt aus der Maschine und zählte die Zeilen. Knapp, aber ausreichend. Zusammen mit Fotos von der Trauergemeinde, einer Aufnahme vom Hotel *Nordseeliebe* und einem Bild des Verstorbenen würde daraus ein brauchbarer Aufmacher für die erste Lokalseite. Sie war sich allerdings bewusst, dass ihr Chef, spätestens ein aufmerksamer Schlussredakteur den letzten Absatz streichen könnte. Falls er von beiden übersehen und tatsächlich in der gedruckten Ausgabe zu lesen sein würde, musste sie mit einem Riesenkrach rechnen. Schließlich gehörte Krabbenhöft zur besseren Gesellschaft der Region. Und er war ein nicht unbedeutender Anzeigenkunde. »Also können wir es uns nicht leisten«, würde ihr Chef sagen, »private Angelegenheiten der Familie öffentlich zu machen.«

Der Gedanke an die verlogenen Verhältnisse, denen sie sich schon einmal hatte unterordnen müssen, ließ eine Hitzewelle durch ihren Körper rollen. Sie fühlte Trockenheit im Hals, die Zunge schien immer noch am Gaumen zu kleben. Hannah ging in die Küche, um eine Flasche Mineralwasser aus dem Kühlschrank zu holen. Neben dem Suur Wouter stand eine halb volle Piccolo. Die musste von gestern Abend übrig geblieben sein. Dabei hatte sie doch in einem Anfall vorsorgender Vernunft alle Flaschen ausgeleert, die noch Reste von Alkohol enthielten. Na ja, bei dem Schluck konnte man kaum von Alkohol sprechen. Sie nahm die Flasche heraus und hielt sie gegen das Licht. Allenfalls ein Glas. Sie kontrollierte die anderen Fächer des Kühlschranks. Von dort drohte keine Gefahr. Also weg damit! Sie öffnete den Schraubverschluss und ließ die perlende Flüssigkeit in den Rachen laufen.

Der Sekt war gut gekühlt und schmeckte nicht einmal schal oder abgestanden. Seine Wirkung ließ nicht lange auf sich warten. Die Hitzewallung verschwand, stattdessen breitete sich das angenehme Gefühl von Entspannung und Leichtigkeit in ihr aus. Sie warf die Flasche in den Abfalleimer und ging zurück zum Schreibtisch, um den Artikel in ihre Mappe für die Redaktion zu legen. Zuvor überflog sie noch einmal den Text. Zufrieden schob sie ihn in den Ordner. Sie hatte die Meldung in weniger als zwanzig Minuten geschrieben und beim dritten Durchgang sogar fehlerfrei getippt. Warum hatte sie sich eigentlich Gedanken gemacht? Wenn man am nächsten Morgen fit war, konnte man ruhig einmal versacken.

Sie packte ihre Sachen zusammen und setzte Kaffee auf. Ihr blieb noch genug Zeit für ein Frühstück. Während die Maschine röchelte und einen angenehmen Duft verbreitete, machte sich in Hannah wieder diese Unruhe breit. Ihr Hals fühlte sich trocken an, und als sie versuchte, eine Tasse mit Kaffee zu füllen, zitterten ihre Hände, sodass sie einen Teil der Flüssigkeit verschüttete. Der Wischlappen war nicht an seinem Platz, also öffnete sie den Schrank unter der Spüle, wo sie Putzmittel und Reinigungsutensilien aufbewahrte, und ging in die Knie. Ganz hinten, zwischen Ata und Pril entdeckte sie die fast vergessene Flasche Wodka. Ihre Notfallreserve.

Wodka verursachte keine Fahne, ein kleiner Schluck würde den inneren Aufruhr bekämpfen. Sie zog die Flasche hervor, öffnete den Verschluss und nahm einen Zug. Hastig stellte sie die Flasche an ihren Platz, griff nach einem frischen Lappen und kehrte an ihren Frühstücksplatz zurück, um die Kaffeelache zu beseitigen. Sie fühlte sich besser und schenkte erneut ein. Diesmal mit ruhigen Händen. Geht doch, dachte sie. Man kann auch kontrolliert mit Alkohol umgehen und muss sich nicht jedes Mal volllaufen lassen.

Während sie den heißen Kaffee schlürfte, fiel ihr Blick auf den Unterschrank. Eine der Türen war nicht richtig geschlossen. Hannah stand auf und versuchte sie zuzudrücken. Etwas sperrte. Sie ging in die Hocke und öffnete sie. Ein Putzlappen aus dem Stapel hatte sich zwischen Tür und Schrankboden geklemmt. Hannah schob ihn zurück. Ihre Hand verharrte einen Moment, dann griff sie nach der Wodkaflasche. Nur noch einen kleinen Schluck.

Sie nahm drei große.

Diesmal stellte sie die Flasche nicht zurück, sondern behielt sie in der Hand, als sie an den Tisch zurückkehrte. Mit einer guten Grundlage konnte sie sich noch den einen oder anderen

Zug aus der Flasche leisten. Sie fühlte sich inzwischen wieder so angenehm leicht und selbstgewiss, dass sie sicher war, nach zwei oder drei kleinen Gläsern Wodka den Weg in die Redaktion ohne sichtbare Anzeichen von Alkoholeinfluss antreten und den Arbeitstag bei der Emder Zeitung bestehen zu können.

Eine gute Stunde später war ihre Stimmung umgeschlagen. Ihre Bewegungen waren unkontrolliert und fahrig. So würde sie ihrem Chef nicht unter die Augen treten können. Zum Glück gab es eine technische Errungenschaft, mit der sie ihren Artikel an die Zeitung übermitteln konnte. Sie schrieb eine Entschuldigung auf ein leeres Blatt, legte sie zusammen mit dem Artikel aufs Faxgerät und drückte die Kurzwahltaste für die Redaktion. Nach kurzer Wartezeit zog das Gerät knarrend die Blätter ein. Hannah beobachtete die Bewegung und lachte zufrieden auf, als ein Piepton und das kleine Display das Ende der Übertragung meldeten. Dann kehrte sie in die Küche zurück. Die Flasche auf dem Frühstückstisch war noch zu einem Drittel gefüllt. Sollten die in der Redaktion doch machen, was sie wollten.

Cahyo war die halbe Nacht unterwegs gewesen, hatte mehrfach und ausführlich mit Joost telefoniert und ihm Instruktionen erteilt. Um zwei Uhr war sein Freund mit dem Motorboot am Borkumer Hafen eingetroffen, hatte ihm eine Handlampe und das Funkgerät überreicht und war wieder hinausgefahren. In der kurzen Zeit war es unmöglich gewesen, hochwertige Geräte aufzutreiben. Diese Walkie-Talkies hatten nicht mehr als fünf Kilometer Reichweite und eine geringe Sprachqualität. Er hoffte darauf, dass die Hindernisfreiheit über dem Wasser zu einer ausreichenden Verbindung beitragen und die Lampe mit den einstellbaren Signalfarben über die Entfernung gut zu erkennen sein würde. Am Hafen hatten sie sich noch verständigen können, aber später in der Stadt hatte er den Kontakt verloren und nichts als Rauschen, Knacken und knarzende Geräusche vernommen.

Nach der kurzen Begegnung war er zu dem Haus zurückgekehrt, in dem Annie de Vries gefangen gehalten wurde, und hatte die Wohnung im Auge behalten. Als es zu dämmern begann, waren die Krabbenhöfts gekommen. Wie er erwartet hatte, mit Fahrrädern. Auch er hatte sich deshalb ein Rad besorgt. Kurze Zeit, nachdem die Brüder das Haus betreten hatten, ging in der Ferienwohnung das Licht an.

Ungeduldig wartete Cahyo auf die Rückkehr der Männer. Offenbar dauerten die Vorbereitungen länger als gedacht. Schließlich verdunkelten sich die Fenster, wenig später vernahm er flüsternde Stimmen und gedämpfte Geräusche aus dem Hinterhof. Dann kamen sie, schoben die Räder auf die Straße, das Rad des kleineren Bruders zog den Anhänger.

Mit Mühe unterdrückte er den Impuls, die Radfahrer zu Fall zu bringen und mit dem Anhänger das Weite zu suchen. Zu ungewiss wäre der Ausgang eines Angriffs. Also beschränkte er sich darauf, sie im Auge zu behalten und ihnen in sicherem Abstand zu folgen.

Erleichtert stellte Cahyo fest, dass sie die Stadt in nördlicher Richtung verließen. Damit hatte er gerechnet. Nordwestlich der Siedlung Ostland gab es mehrere Zugänge zum Strand. Der Wind blies aus Süd-Südwest. Ideale Bedingungen, um einen Menschen den Wellen zu übergeben und diesen hinaus aufs offene Meer treiben zu lassen.

Mit Joost hatte er besprochen, dass er nordwestlich der Insel kreuzen und auf seine Signale warten würde.

Als die festgefahrenen Wege in lockeren Sand übergingen,

mussten die Brüder absteigen und schieben. Schließlich koppelten sie den Anhänger ab, legten ihre Fahrräder an einer Düne ins Gras und zogen den Karren zu zweit in Richtung Strand. Cahyo blieb zurück und erklomm eine Düne. Zwischen Sanddorn und Grasbüscheln im Sand liegend drückte er die Ruftaste des Funkgeräts. »Cahyo für Joost, bitte kommen.« Es rauschte, knackte und knisterte in dem kleinen Lautsprecher. Er presste das Gerät ans Ohr und wiederholte seinen Ruf. Ohne Erfolg.

Inzwischen hatten die Krabbenhöft-Brüder den weiten Strand erreicht. Trotz der Dämmerung sah Cahyo, wie die Räder des Fahrradanhängers eine deutliche Spur im Sand hinterließen. Sie führte schräg über den Strand zur Wasserlinie. Er richtete sich auf und rief erneut in das Funkgerät. Diesmal antwortete Joost. »Kann dich hören. Wo sind sie?«

»Am Nordweststrand, ungefähr in der Mitte. Von dort geht die Strömung nach Nord-Nordost. Ich befinde mich hinter ihnen in den Dünen.« Cahyo schob das rote Glas der Handlampe vor die Lichtquelle und schaltete sie ein. Langsam bewegte er sie in der Waagerechten. Siehst du das rote Licht?«

»Okay«, meldete Joost. »Gut zu erkennen. Siehst du mich auch?«

Cahyo brauchte einen Augenblick, bis er den leuchtenden Punkt über dem Wasser entdeckte. »Ich sehe dich. Du musst weiter nach Westen. In zehn Minuten melde ich mich wieder. Ende.« Er kontrollierte die Uhrzeit, verstaute Lampe und Funkgerät und rutschte durch den Sand von der Düne. Dann folgte er in gebückter Haltung der Spur des Fahrradanhängers.

Wenig später hatte er die Brüder wieder im Blick. Die schmalen Räder ihrer Transportkarre versanken tief im Sand, und die beiden mussten sich sehr ins Zeug legen, um ihre Last vorwärtszubewegen. Wenn sie den feuchten Streifen am Wasser erreichten, würden sie schneller vorankommen.

Auf der freien Fläche des Strandes hatte Cahyo keine sichere Deckung mehr. Ihm blieb nichts anderes übrig, als die Brüder genau im Auge zu behalten und sich fallen zu lassen, sobald einer den Kopf drehte, und zu hoffen, dass sie den dunklen Gegenstand, den sie zweifellos ausmachen konnten, für einen angeschwemmten Baumstamm halten würden.

Nach und nach näherte er sich dem Gespann bis auf etwa hundert Meter. In einer Mulde, die von einer Sandburg zurückgeblieben sein mochte, fand Cahyo überraschend eine Möglichkeit, sich vor den Blicken der Brüder zu verbergen. Bisher waren sie mit dem Ziehen des Anhängers so beschäftigt gewesen, dass sich keiner von ihnen umgesehen hatte. Nun erreichten sie den vom ablaufenden Wasser angefeuchteten Sandstreifen, hielten an und ließen die Deichsel des Karrens fallen. Cahyo zog den Kopf ein und wartete zwanzig Sekunden. Dann riskierte er einen Blick über den Rand der Senke. Die Krabbenhöfts waren damit beschäftigt, sich auszuziehen. Bis auf die Unterhosen. Anschließend ergriffen sie wieder die Deichsel und zogen weiter in Richtung Wasser. Als die Wellen in den Karren zu schlagen begannen, warfen sie die Decke ab und hoben Annie heraus. Cahyo blieb das Herz stehen, als er sah, dass sie gefesselt war. So hatte sie keine Chance zu überleben. Doch dann nahm einer der Brüder etwas aus der Karre, das er nicht erkennen konnte, und löste die Handschellen. Im nächsten Augenblick packten sie die Arme ihres Opfers und zerrten sie gegen die Brandung in Richtung See.

Cahyo zog eine kleine Kamera mit Teleobjektiv aus der Tasche und schoss eine Serie von Fotos. Dann sah er auf die Uhr und zog das Funkgerät hervor. »Es ist so weit«, flüsterte er ins Mikrofon, nachdem Joost sich gemeldet hatte. »Sie schleppen sie ins Wasser. Mach dich bereit! Ich zeige grünes Licht, wenn die Brüder den Strand verlassen haben.«

Als den Männern die Wellen bis zur Hüfte reichten, ließen sie Annie los. Der Sog des ablaufenden Wassers trennte sie in Sekunden von ihren Peinigern. Sie hatten Mühe, gegen den Strom zum Strand zurückzukehren. Sie stützten sich gegenseitig und sanken sichtbar erschöpft auf den Sand, sobald sie die Uferlinie erreicht hatten. Ungeduldig wartete Cahyo darauf, dass sie weitergingen. Gleichzeitig hielt er nach Annie Ausschau. Ihr Kopf tauchte auf jedem Wellenkamm auf und verschwand im nächsten Wellental. Dabei entfernte sie sich zusehends. Zuversichtlich, aber dennoch voller Unruhe suchte er den Horizont nach dem Boot ab. Noch erschwerte die Morgendämmerung die Sicht, aber im Osten wurde der Himmel bereits heller. Hoffentlich verschwanden die Krabbenhöft-Brüder bald! Wenn Joost gegen Sonnenlicht schauen musste, würde er das Signal der Lampe nicht mehr erkennen können.

Aufatmend registrierte er, wie sich die Männer aufrafften, zum Fahrradanhänger zurückkehrten und sich anzogen. Auch sie schienen noch einmal das Meer abzusuchen, dann wandten sie sich zum Gehen. Wenige Minuten später waren sie mitsamt ihrer Karre zwischen den Dünen verschwunden.

Cahyo kroch aus der Mulde und schaltete die Lampe ein. Mit langsamen und weit ausholenden Bewegungen schwenkte er das grüne Licht hin und her und suchte erneut mit den Augen die Meeresoberfläche ab. Annie war kaum noch zu erkennen, und er fragte sich, ob sie nicht doch ein zu großes Risiko eingegangen waren. Aber dann blinkte über dem Wasser ein rotes Licht auf. Es lag fast auf einer Linie mit Annies schaukelndem Kopf. Er musste sich zwingen, die ruhigen Bewegungen beizubehalten. Das Licht wechselte von Rot auf Grün und kam langsam näher. Mit der freien Hand aktivierte

257

Cahyo sein Funkgerät. »Joost, bitte kommen, Joost, bitte kommen!«

»Hallo Cahyo«, antwortete sein Freund. »Ich sehe dein Lichtzeichen. Und ich sehe Annie. In drei bis vier Minuten habe ich sie erreicht. Wir treffen uns heute Abend in Delfzijl. Ende.«

# 20

## Frühsommer 2014

Das Auricher Schloss, in dem die Geschichte der Staatsanwaltschaft vor über hundertfünfzig Jahren begonnen hatte, verschwand heute fast in dem riesigen Komplex aus rotem Backstein, in dem seine Behörde neben anderen Dienststellen der Justiz und dem Gefängnis heute untergebracht war. Immerhin hatte der Leitende Oberstaatsanwalt von seinem Büro aus einen unverstellten Blick auf die historische Fassade im englischen Tudorstil des Historismus. Kurz dachte er an die wechselvolle Geschichte des Gebäudes, das der Verwaltung der hannoverschen Regierung als Residenz gedient hatte, später Sitz der Bezirksregierung war und heute von der Oberfinanzdirektion Niedersachsen genutzt wurde. Dann kehrten seine Gedanken zu dem Ansinnen seines Parteifreundes aus dem Ministerium zurück. Natürlich konnte er nach der Akte suchen lassen und – falls sie noch existierte – ein paar Stunden oder auch Tage festhalten. Dummerweise hatte gerade Staatsanwalt Rasmussen, dessen Ehrgeiz dafür gesorgt hatte, dass einige der uralten Unterlagen überhaupt noch vorhanden und auffindbar waren, eben diese Akte angefordert. Sein Blick wanderte zum Schlösschen, dem ehemaligen Wohnsitz des ersten preußischen Regierungspräsidenten von Colmar-Meyenburg. Ihm wurde nachgesagt, er habe einen Streit zwischen zwei Amtmännern beigelegt, indem er beiden recht gegeben und jedem seinen Wunsch nach einem gehobenen Dienstposten erfüllt habe. Vielleicht sollte er es ebenso machen und die

Akte für Rasmussen kopieren und sie sich anschließend bringen lassen, um seinem Parteikollegen versichern zu können, dass sie bei ihm in Verwahrung sei und gegebenenfalls in seinem Büro eingesehen werden konnte. Seltsamerweise war von Einsichtnahme gar nicht die Rede gewesen. Aber wozu sonst hätte er sie ziehen sollen? Mit einem Seufzer wandte er sich vom Blick in den Schlossgarten ab und seinem Schreibtisch zu. Er drückte auf die Sprechanlage und gab die notwendigen Anweisungen. Dann rief er im Ministerium an und teilte mit, dass er dem Wunsch des Staatssekretärs entsprechen könne und die Akte, wenn sie noch existierte, in Kürze zur Verfügung stünde.

Als Staatsanwalt Rasmussen, die LKA-Beamtin und ihre Kollegen wieder am für sie reservierten Tisch erschienen, hatte Arne Osterkamp seinen Platz bereits eingenommen. Das delikate Objekt aus Krabbenhöfts Büro hatte er in sein Zimmer gebracht. Natürlich würde er es nicht entsorgen, auch wenn seinem Auftraggeber sehr daran lag. Man konnte nie wissen, wofür das seltsame Beweisstück noch nützlich sein konnte. Seine Gedanken wurden unterbrochen, als Rasmussen das Wort ergriff. Osterkamp war überrascht, hatte Krabbenhöft ihm doch versichert, die Akte sei in Sicherheit gebracht worden und deshalb für den Staatsanwalt nicht zugänglich. Da musste etwas schiefgelaufen sein. Auch das würde er für sich behalten. Er drückte den Ohrhörer etwas tiefer und konzentrierte sich auf das Gespräch.

»Wenn Sie erlauben, zitiere ich die entscheidenden Passagen«, ließ Rasmussen sich gerade vernehmen. »Zu dritt auf diesem Tablet-PC zu lesen ist bei längeren Texten etwas mühsam.«

»Es gibt doch sicher eine Täterbeschreibung«, sagte Bernstein. »Vielleicht fangen wir damit an?«

Niemand erhob Einwände.

»Der eine junge Mann nannte sich Lars«, zitierte der Staatsanwalt, »war etwa zwanzig Jahre alt, schlank und sportlich, hatte langes dunkelblondes Haar und braune Augen. Lehramtsstudent – Mathematik und Sport in Oldenburg. Geboren in Emden, seine Eltern besaßen ein Unternehmen, möglicherweise ein Bauunternehmen.«

»Möglicherweise?«, fragte der Oberkommissar, der sich bisher kaum geäußert hatte.

»An dieser Stelle war sich die Zeugin wohl nicht sicher. Schließlich hat sie ihre Anzeige erst ein Jahr nach der angeblichen oder tatsächlichen Tat erstattet. Aber man hat das geprüft, es gab keinen Bauunternehmer in Emden mit einem Sohn in dem Alter. Zumindest diese Angaben waren unzutreffend.«

»Aber die Beschreibung passt«, warf die LKA-Beamtin ein.

»Woher wollen Sie das wissen?« Oberkommissar Jensen klang ein wenig spitz.

»Schauen Sie – hier.« Osterkamp drehte den Kopf zum Fenster. Bernstein legte wieder ihr iPad auf den Tisch. »Dieses Foto hat mir Frau Holthusen von der Emder Zeitung zur Verfügung gestellt. Enno Krabbenhöft als Zwanzigjähriger.«

»Aber der Name stimmt auch nicht«, wandte Jensen ein.

»Enno – Lars. Und was das Aussehen betrifft – damals sahen bestimmt viele junge Männer so aus.«

»Was hat die Zeugin über den zweiten Mann gesagt?«, fragte Eilers-de-Niro.

»Wenig«, antwortete der Staatsanwalt. »Etwas kleiner, untersetzt, kräftig. Trug eine Mütze mit Schirm. Kein Name, keine weiteren Einzelheiten.«

»Die Beschreibung passt auf Tjark Krabbenhöft«, stellte Bernstein fest. »Auch von ihm gibt es ein Foto aus der Zeit. Darauf trägt er sogar die Kappe.«

»Das besagt gar nichts«, meldete sich Jensen wieder zu Wort. »Auch kräftige untersetzte Männer mit solchen Kopfbedeckungen gab es sicher reichlich. Oder die Frau hat Tjark und Enno irgendwo gesehen und für ihre Geschichte benutzt. Außerdem hat sie sich, wie wir gehört haben, erst ein Jahr, nachdem sie auf Borkum war, gemeldet.«

»Geschichte?« In der Stimme der LKA-Beamtin schwang Verärgerung mit. »Eine Frau denkt sich nicht aus, dass sie vergewaltigt wurde. Schon gar nicht, nachdem ein Jahr vergangen ist.«

»Hat es aber schon gegeben«, widersprach Jensen. »Voriges Jahr ist in Darmstadt eine Lehrerin verurteilt worden, die einen Kollegen beschuldigt hatte ...«

»Wir kennen den Fall«, unterbrach der Staatsanwalt den Kriminalbeamten. »Diese Diskussion führt uns nicht weiter. Der entscheidende Punkt kommt jetzt.« Mit dem Finger schob er das Dokument über den Bildschirm des Tablets. »Hier. Die Zeugin hat trotz des langen zeitlichen Abstandes Tag und Uhrzeit des Ereignisses angegeben. Und für genau diesen Zeitraum haben die Krabbenhöft-Brüder ein Alibi. Sie waren mit einem Freund beim Segeln.«

»Das hat dieser Freund sicher bestätigt«, vermutete die Bernstein. »Gab es dafür weitere Zeugen? Leute, die das Ablegen oder die Rückkehr des Segelbootes am Hafen beobachtet haben?«

»Sieht nicht so aus.« Rasmussen schüttelte den Kopf.

»Also gibt es drei Möglichkeiten.« Die LKA-Beamtin hob eine Hand. »Erstens, die Vergewaltigung ist erfunden. Theoretisch denkbar, aber in meinen Augen ganz und gar unwahrscheinlich. Zweitens, die Tat hat stattgefunden, Täter waren aber nicht Tjark und Enno Krabbenhöft. Ich halte die dritte Möglichkeit für die wahrscheinlichste. Die Brüder haben das Mädchen vergewaltigt, und der Zeuge hat ihnen ein Alibi verschafft. Vielleicht hat der Vater das arrangiert. Ich würde gern nach dem Zeugen suchen, der mit ihnen auf der Nordsee unterwegs gewesen sein will. Selbst wenn wir dessen Aussage nicht erschüttern können, bleibt für mich als Arbeitshypothese die Annahme, dass wir es im aktuellen Fall mit dem Racheakt einer Frau zu tun haben. Einer Frau, die durch die Brüder – aus der Bahn geworfen worden ist. Das kann kürzlich passiert sein, vor einem Jahr, vor zehn oder vor zwanzig Jahren. Jedenfalls müssen wir davon ausgehen, dass auch das Leben von Enno Krabbenhöft in Gefahr ist.«

Für einige Zeit herrschte Schweigen. Dann meldete sich wieder der Staatsanwalt zu Wort. »Es fällt mir schwer, aber ich muss Ihnen recht geben, Frau Bernstein. Ihre Argumentation ist einleuchtend. Obwohl ich nicht begreife, wie nachlässig seinerzeit ermittelt wurde.«

Die LKA-Beamtin hob die Schultern. »Jedenfalls sind Sie dafür nicht verantwortlich. Wenn Sie uns nun vielleicht noch den Namen des Zeugen nennen könnten. Falls er noch lebt, würde ich ihn gern ausfindig machen und befragen.«

Osterkamp drückte den Ohrhörer noch etwas fester. Dieser Name konnte dem Fall eine entscheidende Wendung geben. Doch Rasmussen nannte ihn nicht. Stattdessen schob er sein Tablet über den Tisch. Hauptkommissar Eilers zog ein Notizbuch aus der Tasche und begann zu schreiben, Bernstein zückte ihr Smartphone und fotografierte das Display.

»Wann bekommen wir das Ergebnis der Obduktion?«, fragte sie anschließend.

»Ich fahre morgen nach Oldenburg«, antwortete der Staatsanwalt. »Dann nehmen wir die Leichenöffnung vor. Das Ergebnis erhalten Sie als E-Mail-Anhang. Anschließend erreichen Sie mich in meiner Dienststelle in Aurich.« Er zog etwas aus der Tasche, das wie eine Visitenkarte aussah, und reichte es über den Tisch. Dann packte er seine Papiere zusammen und erhob sich. »Ich wünsche Ihnen guten Erfolg.«

Osterkamp beobachtete, wie sich Rasmussen verabschiedete und den Raum durchquerte. Am Tisch herrschte Schweigen. Bis die Bernstein wieder das Wort ergriff. »Kümmern Sie sich um den Alibi-Zeugen? Ich würde ihn gern so schnell wie möglich sprechen.«

»Selbstverständlich«, antwortete die Robert-de-Niro-Stimme. »Er hatte damals eine Borkumer Adresse. Die Inselbewohner sind sesshafte Leute. Bestimmt finden wir ihn.«

»Und was ist mit Enno Krabbenhöft?«, fragte Jensen. »Wenn er gefährdet ist, müssen wir ihn doch ...«

»Ich spreche mit ihm.« Die Bernstein stand ebenfalls auf. »Wenn er einverstanden ist, behalten wir ihn im Auge. Eventuell brauchen wir Unterstützung vom Festland. Aber das müssen Sie entscheiden. Ich melde mich bei Ihnen.«

Sie nickte ihren Kollegen zu und verschwand in Richtung Hotelhalle. Osterkamp nahm den Ohrhörer heraus und steckte sein Smartphone in die Tasche. Er wartete, bis auch die Männer den Raum verlassen hatten, schlenderte zum Tisch und entfernte das Abhörgerät.


Gut gelaunt kehrte Rieke Bernstein in ihr Zimmer zurück. Unerwartet hatte sich der Staatsanwalt als freundlicher, kompetenter und pragmatischer Gesprächspartner gezeigt. Dass er sich ihrer These vom Rachefeldzug einer Frau angeschlossen hatte, machte ihn auch noch sympathisch. Außerdem sah er gut aus. Groß, schlank, mit üppigem, von grauen Strähnen durchzogenem dunklen Haarschopf und einem markanten Profil. Er ähnelte jenem deutschen Schauspieler, der einen schwedischen Schönwetterkommissar auf Gotland darstellte. Unauffällig hatte sie seine Hände betrachtet und erstens keinen Ring gesehen und zweitens schlanke und gerade Finger bemerkt, die zu einem Klavierspieler passen konnten. Bei Männern und Frauen gleichermaßen achtete sie auf die Hände, sie entschieden neben dem Ausdruck der Augen über Sympathie oder Abneigung. Sie war sich dieser Eigenheit bewusst, hatte sie aber bisher nicht überwinden können. Von Rasmussens Händen konnte sie sich vorstellen, wie sie sie berührten. Bei einem Mann hatte sie das schon lange nicht erlebt. Plötzlich wurde ihr klar, dass dieser Staatsanwalt genau der Typ war, bei dem sie schwach werden konnte. Gut, dass er morgen schon wieder abreiste. Unwillkürlich schüttelte Rieke den Kopf über ihre Empfindungen. Auf was für Abwege sie manchmal kam! Statt Gedanken an einen Mann zu verschwenden, sollte sie Julia anrufen und ihr von dem kleinen Sieg berichten, den sie gerade errungen hatte. Sie würde sich mit ihr freuen.

Als sie in der Handtasche nach dem Handy kramte, machte es sich bereits mit den ersten Takten von Gianna Nanninis Bello e impossibile bemerkbar. Julia.

»Schön, dass du anrufst«, meldete sie sich fröhlich. »Ich wollte dich auch gerade ...«

Sie brach ab, als sie Julias Stimme hörte. Denn sie spürte sofort, dass etwas nicht stimmte. Wann immer sie mit ihrer Freundin sprach, erkannte sie schon am Tonfall, ob sie gut drauf war oder ob irgendetwas sie belastete. »Geht's dir nicht gut?«, fragte sie rasch. »Du klingst so ...«

»Mit mir ist alles in Ordnung, Rieke. Aber – gerade hat – deine Mutter angerufen. Sie war ziemlich durch den Wind.

Wenn ich sie richtig verstanden habe, musste dein Vater ins Krankenhaus. Wegen einer Herzrhythmusstörung. Sie ist mitgefahren, deshalb ist sie jetzt nicht zu erreichen. Alles, was ich aus ihr herausbekommen habe, ist, dass euer Hausarzt deinen Vater eingewiesen hat, weil das EKG ein Vorhofflimmern angezeigt hat. Es ist nicht lebensgefährlich, muss nur genauer untersucht werden.«

In Rieke stieg Angst auf, und Übelkeit erfasste sie. Sie sah ihren Vater auf einem von Ärzten in grüner Kleidung umringten Operationstisch liegen. Ein Gewirr aus Kabeln, Schläuchen und Kanülen verband ihn mit blinkenden Apparaten. »Welches Krankenhaus?«

»Ich meine, sie hat vom Kreiskrankenhaus gesprochen. Gibt es mehrere in Aurich?«

»Nein.« Rieke schüttelte unbewusst den Kopf. »Das muss die Ubbo-Emmius-Klinik sein. Ich glaube, das war früher das Kreiskrankenhaus. Danke, Julia. Ich lege jetzt auf, will gleich dort anrufen.«

»Bitte melde dich, wenn du Genaueres weißt«, bat Julia.

»Natürlich.« Rieke beendete das Gespräch und gab ins Suchfeld ihres Smartphones Krankenhaus und Aurich ein. Wenig später hatte sie eine weibliche Stimme am Telefon. »Es tut mir sehr leid, Frau Bernstein, telefonisch darf ich Ihnen keine Auskunft geben. Aber als Angehörige können Sie jederzeit vorbeikommen.«


Der Anruf, den die hübsche Neele mit dem holländischen Akzent durchgestellt hatte, löste zwiespältige Gefühle in Enno aus. Einerseits gefiel es ihm, dass Heinz Bollmann sich meldete, andererseits hatte er derzeit nicht die Nerven für bautechnische Angelegenheiten. Zwar war er dankbar, dass sich der Firmenchef persönlich um das neue Hotel am Südstrand kümmerte, aber nachdem sie sich mit dem Architekten auf eine größere und modernere Ausgabe der *Nordseeliebe* geeinigt hatten, mussten Einzelheiten der Umsetzung nicht mehr erörtert werden. Erst bei der Ausstattung würde er sich um Details kümmern. Dennoch meldete er sich mit betont freundlicher Stimme. »Schön, dass du anrufst, Heinz. Bist du noch auf der Insel?«

»Bin schon wieder zurück«, knurrte der Bauunternehmer. »War gerade auf Langeoog. Da geht es drunter und drüber. Diese Schwarzbaugeschichte vom letzten Jahr macht Probleme. Hunderte von Anzeigen wegen Verstößen gegen das Baurecht. Man sollte ...«

»Betrifft uns das denn? Wir haben doch alle Genehmigungen. Oder?«

»Hauptsächlich sind kleine Krauter betroffen. Leute, die ihre Häuser schwarz ausgebaut haben. Aber wir haben deine Pläne auch etwas großzügiger umgesetzt, als es im Bauantrag stand. Wie wir das in Ordnung bringen können, weiß ich noch nicht. Muss ich noch mit den Architekten besprechen. Ich gehe davon aus, dass wir das mit vertretbarem Aufwand hinkriegen. Aber du solltest dir jetzt keine Angriffsfläche leisten. Dieser Wahnsinnige von Langeoog findet vielleicht Nachahmer. Oder jemand in der Baubehörde kommt auf die Idee, einige Pläne noch einmal nachzuprüfen. Würde mich jedenfalls nicht wundern. Die sind ja jetzt alle angepisst. Darum müssen wir uns den Rohbau hier noch einmal zusammen ansehen und ein paar Veränderungen in Betracht ziehen. Sagen wir, heute Abend um sieben, wenn keiner mehr auf der Baustelle ist?«

Der Gedanke, sich freiwillig nach kleinkarierten Vorschriften zu richten, war für Krabbenhöft ungewohnt. Gewöhnlich zog er es vor, seine Interessen mithilfe seiner Beziehungen durchzusetzen. Aber vielleicht hatte Bollmann recht. In der augenblicklichen Situation sollte er nicht riskieren, öffentlich an den Pranger gestellt zu werden. Diese Journalistin von der Emder Zeitung wartete sicher auf eine Gelegenheit, ihm am Zeug flicken zu können.

»Also gut. Treffen wir uns um neunzehn Uhr. Soll ich dich abholen? Oder kommst du hier vorbei?«

»Wir treffen uns an der Baustelle«, bestimmte Bollmann und legte auf. Verärgert ließ Krabbenhöft den Telefonhörer auf den Apparat fallen. Wahrscheinlich will der alte Fuchs nicht mit mir gesehen werden. Ein Gedanke, der ebenso neu für ihn war wie die Tatsache, sich mit Kleinkram wie Bauvorschriften befassen zu müssen.

Er nahm den Hörer wieder auf und wählte die Neun für den Empfang. »Ich habe um neunzehn Uhr eine Verabredung«, sagte er, als sich die Stimme mit dem reizenden Akzent meldete. »Bin dann nicht mehr zu erreichen. Ach ja, bestellen Sie mir bitte für achtzehn Uhr fünfzig ein Taxi. Muss zum Südstrand.«


Die Information erreichte sie per SMS. *K. hat Verabredung mit Bauunternehmer Bollmann. 19 h Neubau Südstrand.* Das holländische Mädchen am Empfang war ein Glücksfall. Sie war dankbar für ein paar freundliche Worte in ihrer Muttersprache und den 100-€-Schein gewesen. Beides zusammen war allemal die eine oder andere kleine Information wert. Neele stand auf dem kleinen Schild an ihrer Bluse. Der Name ihrer Tochter. Sie hatte dasselbe Alter, eine ähnliche Frisur und trug, wenn sie nicht am Empfang arbeitete, gleichartige Klamotten. Eine Mischung aus Freude und Schmerz hatte sie durchzuckt, als sie der jungen Frau das erste Mal begegnet war.

An der Baustelle war sie schon einmal vorbeigefahren. Ein großes Schild verkündete die Entstehung eines neuen Luxushotels, mit dem der Investor für eine höhere Zahl von Gästebetten und damit für mehr Arbeitsplätze auf der Insel sorgen würde. Eine Zeichnung zeigte ein Ebenbild des Hotels *Nordseeliebe*, aber mit einer zusätzlichen Etage und einem großzügigen Außengelände. Keine Überraschung, dass der Bauherr Krabbenhöft hieß.

Ein weitläufiger Rohbau war die ideale Umgebung für ihr Vorhaben. Um die Zeit würden keine Bauarbeiter dort sein, und da er sich mit dem Unternehmenschef treffen würde, war mit weiteren Personen nicht zu rechnen. Bis zu der Verabredung hatte sie zwei Stunden Zeit, mehr als ausreichend für die notwendigen Vorbereitungen. Mit der soliden und präzisen Wasserpistole, die Cahyo besorgt hatte, war sie nach einigen Übungen so vertraut, dass sie sicher war, ihr Ziel genau treffen zu können. Befüllen konnte sie die Waffe erst vor Ort, denn die Flüssigkeit konnte die Pumpmechanik angreifen und sie unbrauchbar machen.

Sie trafen kurz nacheinander mit jeweils einem Taxi ein. Der Bauunternehmer hielt eine große Mappe in der Hand, als er seinen massigen Körper aus dem Auto quälte. Krabbenhöft deutete auf das Tor in der Umzäunung und hielt etwas hoch, das wie ein Schlüssel aussah. Sie war auf der Rückseite der Baustelle durch eine Lücke im Maschendrahtzaun geschlüpft, die sie mithilfe eines Seitenschneiders erweitert hatte.

Von ihrer Position im Dachgebälk hatte sie die Männer nur kurze Zeit im Blick, dann verschwanden sie unter dem Dachvorsprung. Wenig später vernahm sie jedoch Schritte, deren dumpfer Klang durch das offene Treppenhaus und den leeren Fahrstuhlschacht nach oben drang. Um den Spitzgiebel zu erreichen, hatte sie eine Luke geöffnet und eine Leiter ausgeklappt. Sie hatte den Durchstieg offen gelassen und hoffte darauf, dass Krabbenhöft hinaufsteigen und seinen Kopf durch die Öffnung stecken würde. Unter dem Dachfirst standen gut eineinhalb Meter zur Verfügung. Sie musste sich in gebückter Haltung bewegen und hockte sich hinter einen gemauerten Schornstein. Dort öffnete sie die Flasche, löste den Einfüllstopfen der Wasserpistole und füllte die Flüssigkeit vorsichtig hinein. Für ihre Flucht hatte sie eine wenige Meter entfernte Öffnung zum Dach vorbereitet. Zu ihrer Ausrüstung gehörte ein Seil, mit dem sie sich an der Außenwand des Gebäudes hinunterlassen konnte.

Die Stimmen kamen näher. Direkt unter ihr blieben die Männer stehen. »Wenn wir das Dachgeschoss nicht für Gastzimmer nutzen können, kostet mich das fünfzigtausend Euro im Jahr.«

»Ist doch nur vorübergehend«, schnaufte der Bauunternehmer. Der Aufstieg hatte ihm offenbar zu schaffen gemacht. »In zwei oder drei Jahren kräht kein Hahn mehr danach. Wenn die Sache auf Langeoog im Sande verläuft, kannst du das hier oben sogar schon früher nutzen. Ich schlage vor, dass wir die Räume vollständig ausbauen und einrichten. Dann setzen wir eine Platte in den Flur, der zu den Zimmern führt, und du nutzt den anderen Teil als Lager für den Zimmerservice. Bettwäsche, Handtücher und was ihr sonst so braucht. Sobald sich die Lage beruhigt hat, nehmen wir die Abtrennung heraus, und du kannst sofort in die Vermietung gehen. Was hältst du davon?«

»Drei Jahre – das wären hundertfünfzigtausend Euro«, antwortete Krabbenhöft. »Das ist mir zu viel.«

»Aber wenig im Vergleich zu dem Schaden, der auf dich zukommt, wenn du öffentlich wegen einer Schwarzbau-Geschichte ins Gerede kommst. Überleg dir das gut!«

»Mit einem Jahr könnte ich mich anfreunden«, murmelte der Hotelier. »Aber vielleicht hast du recht und das Ganze löst sich in Wohlgefallen auf.«

»Ich bin sicher. Dann ist auf jeden Fall diese unangenehme – wie soll ich sagen? – Familienangelegenheit vergessen. Weiß man inzwischen eigentlich schon, wer deinen Bruder...?«

»Woher weißt du, dass es sich um Tjark handelt?«

»Hat mir ein Vögelchen geflüstert.« Der Bauunternehmer atmete noch immer schwer. »Mein lieber Enno, du bist nicht der Einzige, der über gute Verbindungen verfügt. Aber du musst dir keine Sorgen machen. Meine Quelle ist absolut vertrauenswürdig. Von dort dringt nichts nach außen. Aber es ist nur eine Frage der Zeit, bis es bekannt wird. Du kannst die Sache nicht bis in alle Ewigkeit unter der Decke halten.«

»Ich weiß.« Krabbenhöft klang unwillig. »Aber die Einzelheiten gehen niemanden etwas an. Darum werde ich den Tod meines Bruders offiziell erst bekannt geben, wenn ich sicher sein kann, dass die Medien nichts verbreiten, was unserem Image schadet. Daran arbeiten wir gerade.«

»Du meinst diese Journalistin von der Emder Zeitung, die euch schon so manches Ei ins Nest gelegt hat? Wie willst du die an die Leine nehmen?«

»Lass das meine Sorge sein. Ich denke übrigens, wir können jetzt gehen. Wir machen das so, wie du vorgeschlagen hast. Wenn der Betrieb hier erst mal läuft, kriegt eh keiner mit, wenn ein paar Zimmer dazukommen.«

Sie vernahm wieder die Schritte der Männer und lauschte angespannt. Statt näher zu kommen, schienen sie sich zu entfernen. Rasch ergriff sie einen Mörtelbrocken, der zu ihren Füßen lag, und warf ihn gegen die offene Bodenklappe.

Der Bauunternehmer reagierte zuerst. »Was war das?« Die Männer standen still. »Hast du das auch gehört?«

»Ich glaube, es kam von dort.« Krabbenhöfts Stimme. »Womöglich treibt sich eine Katze oder irgendein anderes Vieh auf dem Boden herum. Wieso ist das da überhaupt offen? Ich sehe mal nach.«

Seine Schritte kamen näher. Vor ihrem inneren Auge sah sie, wie der Mann die Treppe erreichte und Stufe für Stufe die Leiter zum Spitzboden erklomm. Sie legte die Wasserpistole an und zielte auf die Öffnung, in der sein Kopf erscheinen musste.

# 21

## Spätsommer 1990

In einem unbeobachteten Augenblick schob Cahyo einen Brief in den Korb, in dem der Postbote täglich die Sendungen für das Hotel und seine Gäste ablegte. Der Umschlag war an Monika Krabbenhöft adressiert. Dann wartete er auf die Empfangsdame und bat, als sie erschien, um die Rechnung. Auf die Frage, ob es ihm in der *Nordseeliebe* gefallen habe, nickte er nur. Wortlos zahlte er den geforderten Betrag in bar und legte einen Zwanzig-Mark-Schein für das Personal dazu. Dann nahm er seine Reisetasche auf und verließ das Haus.

Es war ein freundlicher Tag. Ein paar kleine weiße Wolken zogen gemächlich über den Himmel. Noch war es ein wenig frisch, aber die Sonne würde die Luft rasch erwärmen und den Urlaubern einen Spätsommertag wie aus dem Bilderbuch bescheren. Unter anderen Umständen wäre Cahyo gern noch ein paar Tage geblieben, aber es zog ihn nach Hause zu seinen Freunden. Sie würden sich um Annie kümmern müssen. Neben den äußeren Verletzungen würden ihr die traumatischen Erlebnisse der letzten Tage zu schaffen machen. Marijke und Joost würden sich Vorwürfe machen, dass sie Annie nach Borkum geschickt hatten. Ja, es war ein Fehler gewesen. Aber dass sie in die Fänge eines Sadisten geraten würde, war nicht vorauszusehen gewesen. Jetzt kam es darauf an, die beschädigte Seele des Mädchens zu heilen und die Folgen ihrer Verletzungen zu behandeln. Von Schönheitschirurgie hatte Cahyo bisher Widersprüchliches gelesen, aber er war sicher, dass es in Amsterdam Ärzte gab, die Annies Entstellungen zwar nicht verschwinden lassen, aber ausreichend verringern konnten. Dafür würden sie viel Geld benötigen, aber er wusste schon, wer den größten Teil davon übernehmen würde. Die makellose Schönheit ihres Gesichts war für immer verloren, dennoch – vielleicht auch gerade deshalb – würde sie ein normales Leben führen können. Nur wer die Härte des Lebens erfahren hatte, sagte ein indonesisches Sprichwort, kann sich beugen, ohne seinen Stolz zu verlieren. Er wünschte Annie die Kraft, ihre Verunstaltung anzunehmen.

Bis zur Abfahrt der Inselbahn, die ihn zur Fähre bringen würde, war noch genügend Zeit, sodass er sich den Umweg über die Kurpromenade gönnte. Hier kreuzten Familien mit Strandausrüstung seinen Weg. Von überall her zogen kleine Karawanen in Richtung Strand, wo unzählige bunt gestreifte Kabinen und Körbe auf die Besucher warteten. Unbeschwert und fröhlich wirkten die Feriengäste, deren Vorstellungen von einem entspannten Badeurlaub hier täglich erfüllt wurden. Eine junge Frau, die ihn an Annie erinnerte, lächelte ihm zu und wanderte beschwingt in Richtung Meer. Auch sie strahlte unbekümmerte Freude am Dasein aus. Wie schnell konnte aus dem Urlaubsparadies ein Albtraum werden. Wenn das Mädchen mit der rot-weiß gestreiften Badetasche und dem Strohhut in die Fänge der Krabbenhöft-Brüder geriet, würde sich ihr Leben auf Dauer verändern. Nie wieder würde sie die Leichtigkeit des Daseins so empfinden können wie heute. Auch deshalb hatte er den Brief hinterlassen. In erster Linie natürlich wegen Annie. In Gedanken ging er die Zeilen noch einmal durch.

*Frau Krabbenhöft,*

*mit der Ermordung von Annie de Vries, die von Ihnen, Frau Krabbenhöft, misshandelt, von Tjark gequält und missbraucht, von Enno verraten und schließlich von Ihren Söhnen in die Nordsee geworfen wurde, haben Sie Ihre unmenschliche Grausamkeit auf einen Höhepunkt getrieben. Dafür werden Sie bezahlen. Wir werden in nächster Zeit mit Ihnen Kontakt aufnehmen, um das Geschäft in die Wege zu leiten, von dem bereits die Rede war.*

Am Bahnhof kaufte er eine Emder Zeitung, setzte sich auf eine Bank in der wärmenden Sonne und wartete auf den Zug.

Auf der ersten Lokalseite des Blattes sprangen ihm Fotos des verstorbenen Hoteliers und ein bebilderter Bericht von dessen Beisetzung ins Auge. Die Zeitung hatte sich bemüht, mit wenig Inhalt möglichst viel Fläche zu füllen. Mit seinen Bildern nahm der Artikel die Seite fast vollständig ein. Cahyo überflog den Text und fragte sich, nachdem er die wichtigsten Lebensstationen des verstorbenen Hoteliers erfahren hatte, was in der Familie schiefgelaufen war. Nirgends wurde so viel gelogen wie auf Beerdigungen. Dennoch schien Klaus Krabbenhöft ein tüchtiger Kaufmann und erfolgreicher Lokalpolitiker gewesen zu sein. Warum waren seine Söhne kriminell geworden? Es musste mit der Mutter zusammenhängen. Das Auge ist der Spiegel, aber das Ohr ist das Tor zur Seele, sagte man in seiner Heimat Indonesien. Was mochte die Mutter ihren Söhnen eingeflüstert haben?

# 22

## Frühsommer 2014

Sie drückte ab, als Krabbenhöft mit seinem Kopf in der Luke erschien, sich zu ihr umdrehte und überrascht die Augen aufriss. Die Flüssigkeit schoss aus der Pistole und traf die linke Gesichtshälfte, der zweite Strahl die rechte. Er schrie auf, riss die Hände vors Gesicht, geriet ins Schwanken und verschwand schreiend und polternd nach unten.

»Enno«, brüllte der andere Mann, »was ist?«

Krabbenhöft war nach einem dumpfen Aufschlag verstummt und schien sich nicht zu rühren.

Lautlos kroch sie zur Luke. Unter ihr auf dem Betonboden lag der verkrümmte Körper von Enno Krabbenhöft. Dessen Begleiter hantierte nervös mit dem Handy. »Schnell«, rief er, nachdem er eine Verbindung hatte. »Wir brauchen einen Krankenwagen! Baustelle neues Hotel. Am Südstrand. – Nein, ich weiß nicht, wie die Straße heißt. Beeilen Sie sich! Der Mann ist von der Bodentreppe gestürzt. Auf den Kopf gefallen. Er ist besinnungslos.«

Er steckte sein Mobiltelefon in die Tasche und sah kopfschüttelnd auf Krabbenhöft hinab. »So eine Scheiße!«, murmelte er. »Warum musstest du Idiot auch auf die verdammte Treppe steigen?«

Vorsichtig zog sie sich zurück, bewegte sich geräuschlos zur Dachluke, befestigte das Seil, warf es hinaus und kletterte aufs Dach. Sekunden später erreichte sie den Erdboden, schlüpfte durch die Lücke im Zaun und schwang sich auf ihr Fahrrad.

Als sie die ersten Häuser der Stadt erreichte, kam ihr mit Blaulicht und Sirene ein Krankenwagen entgegen. Zufrieden setzte sie ihren Weg fort. Bis Krabbenhöfts Gesicht und insbesondere seine Augen behandelt würden, dürften mindestens zwanzig Minuten vergehen. Auf eine Verätzung durch Natronlauge waren die Rettungssanitäter nicht vorbereitet. Außerdem würden sie sich zuerst um die Bewusstlosigkeit des Patienten kümmern. Im ungünstigsten Fall war er bei ihrem Eintreffen schon wieder zu sich gekommen, und sie konnten sofort beginnen, seine Augen zu spülen. Dennoch würde er bleibende Schäden zurückbehalten. Mindestens eine Einschränkung der Sehfähigkeit, wahrscheinlicher noch eine starke Sehbehinderung, dicht an der Blindheit. Die konzentrierte Natriumhydroxid-Lösung zerstörte nicht nur die Oberflächenschicht der Hornhaut und der Bindehaut. Sie verursachte auch Schäden im Innenauge. Außerdem konnte sie die umliegenden Hautpartien angreifen und bei ausreichender Einwirkungsdauer irreparabel schädigen. Aber es kam nicht in erster Linie auf den Grad der Verletzung an. Krabbenhöft würde endlich erfahren haben, dass sein Leben bedroht war. Um dieses Wissen, um die Angst vor weiteren, möglicherweise tödlichen Verletzungen ging es.

Von innerer Unruhe getrieben wanderte Rieke Bernstein in ihrem Zimmer auf und ab. Zwischendurch kontrollierte sie immer wieder ihr Handy. Irgendwann musste ihre Mutter sich doch melden. Am liebsten wäre sie sofort nach Aurich aufgebrochen. Aber für die Fähre war es zu spät und die Flüge des OFD waren ausgebucht. Also morgen Vormittag. Außerdem musste sie noch mit Krabbenhöft sprechen. Heute war er anscheinend nicht erreichbar. Selbst die Empfangsdame des Hotels hatte ihr nicht helfen können. »Der Chef hat eine Verabredung. Ich weiß nicht, wo und mit wem und wann er zurückkommt. Auf seinem Handy meldet er sich nicht.«

Also morgen früh. Das Gespräch mit Krabbenhöft würde sie gern selbst führen. Sie hoffte, ihn noch heute Abend oder am nächsten Morgen zu erreichen, damit sie den Tag über ausreichend Zeit hätte, ihren Vater zu besuchen.

Die nächsten Ermittlungsschritte konnte sie Eilers und Jensen überlassen. Ohnehin mussten sie auf das Ergebnis der Obduktion und den Bericht der Kriminaltechnik warten. In der Zwischenzeit konnten die Kollegen die Frau ausfindig machen, die seinerzeit die Anzeige gegen die Krabbenhöft-Brüder erstattet hatte. Und nach dem Zeugen suchen, der den Krabbenhöft-Brüdern ein Alibi gegeben hatte.

Es gab noch etwas, das sie ihnen hatte auftragen wollen. Es war nur ein kurzer Ideenblitz gewesen, der sich sofort wieder verflüchtigt hatte. Aber sie hatte damit eine Erwartung verbunden. Das lose Ende eines Fadens, der sie zu einer wichtigen Erkenntnis führen konnte. Sie forschte in ihrer Erinnerung nach jenem Gedankenfetzen, bekam ihn aber nicht zu fassen. Es erschreckte sie, wie sehr die Nachricht von den Herzbeschwerden ihres Vaters sie aus dem Tritt gebracht hatte. »Auch wenn du längst erwachsen bist«, hatte Julia einmal gesagt, »vielleicht sogar eigene Kinder hast, bleibst du immer das Kind deiner Eltern. Ganz besonders gilt das für Mütter. Wenn du selbst schon sechzig und Oma bist, deine fünfundachtzigjährige Mutter sieht in dir immer noch das Kind, dem sie Vorschriften machen möchte.« Rieke konnte sich das zwar für sich selbst nur schwer vorstellen, aber bei einer Freundin hatte sie schon erlebt, wie deren Mutter auf das Leben ihrer Tochter hatte Einfluss nehmen wollen. Dagegen hatte ihr eigener Vater ihr immer alle Freiheiten gelassen. Vielleicht verhielten sich Väter bei Söhnen anders. Aber Mütter sicher auch. Der

Fall Krabbenhöft gab ein bizarres Beispiel für deren Einfluss.

Riekes Gedankengang stockte an dieser Stelle. Ihr Unterbewusstsein signalisierte ihr, dass sie gerade das gesuchte Ende des Fadens berührt hatte. Die Andeutungen von Hannah Holthusen und Elske Aalderks! Das Verhalten der Mutter, die ihre Söhne irgendwie nicht normal behandelt hatte. Und sie war relativ jung und sehr plötzlich gestorben. Das war es, woran sie gedacht hatte. Sie hatte sich gefragt, woran Monika Krabbenhöft gestorben war, und sich vorgenommen, nachzuforschen. Und die Frage wieder vergessen. Auch darum würden sich die Kollegen kümmern müssen. Den Hausarzt der Familie ausfindig machen, ihn aufsuchen und befragen. Wahrscheinlich führte der schnellste Weg über Elske Aalderks. Sie würde wissen, wer die Frau damals behandelt hatte.

Rieke griff zum Handy, um Eilers anzurufen. In dem Augenblick klingelte es. Anonymer Anrufer. Das musste ihre Mutter sein. Sie strich über das Display und meldete sich.

»Wo bist du, mein Kind? Julia hat gesagt, auf Borkum?«

»Ja, Mama. Ich bin dienstlich hier. Wie geht es Papa?«

Ihre Mutter seufzte. »Ehrlich gesagt, ich weiß es nicht so richtig. Er sagt, ihm geht es gut. Aber die Ärzte haben ihn sehr lange untersucht. Und ihm eine Spritze gegeben. Außerdem muss er Medikamente nehmen. Vielleicht muss er nach Hamburg ins Herzzentrum. Aber genau wissen die das auch noch nicht. Man bekommt ja keine richtige Auskunft. Und wenn man einen Arzt erwischt, versteht man nicht, was er sagt. Es ist eine Herzrhythmusstörung. Vorhofflimmern oder Vorhofflattern. Sie müssen es beobachten.«

»Wann hast du mit ihm gesprochen? Hast du ihn gesehen?«

»Vor einer knappen Stunde. Ich bin gerade aus dem Krankenhaus gekommen. Es hat alles so lange gedauert. Wir mussten immer wieder warten. Auf den Arzt, auf eine Untersuchung, was weiß ich. Jedenfalls haben sie ihn dabehalten.«

»Was sagt er denn? Wie hat er auf dich gewirkt?«

»Ganz normal eigentlich. Aber du kennst ja deinen Vater. Der will nie krank sein. Er sagt, er fühlt sich gut. Aber ich weiß nicht, ob ich ihm glauben kann. Er sieht aber auch nicht krank aus.«

»Kann ich ihn anrufen? Hast du eine Telefonnummer?«

»Telefon kriegt er erst morgen.«

»Ich komme morgen nach Aurich. Ich weiß noch nicht wann. Muss erst noch was erledigen. Und dann die Fähre erwischen. Aber ich rechne damit, dass ich in der Mittagszeit bei dir bin. Oder wollen wir uns gleich im Krankenhaus treffen?«

»Ach, Kind. Es ist schön, dass du kommst. Vielleicht kannst du besser mit den Ärzten reden. Dir müssen sie Auskunft geben. Du bist schließlich beim Landeskriminalamt.«

»Das klären wir alles morgen, Mama. Ich rufe dich an, wenn ich auf der Fähre bin. Dann kann ich auch schon genauer sagen, wann ich ankomme.«

»Weißt du überhaupt, wo das Krankenhaus ist? Findest du hin?«

»Mach dir keine Sorgen, Mama. Ich weiß noch, wo das Krankenhaus ist, außerdem habe ich ein Navi im Auto.«

Nachdem Rieke sich von ihrer Mutter verabschiedet und die Verbindung beendet hatte, ließ ihre innere Unruhe nach. Sie sorgte sich um ihren Vater, aber die Gewissheit, dass es ihm nicht schlecht ging und dass sie ihn morgen sehen und von den Ärzten genauere Informationen erhalten würde, war entlastend. Dennoch nahm sie ihren Tablet-PC zur Hand und gab ins Fenster der Suchmaschine die Begriffe Vorhofflimmern und Vorhofflattern ein. Sie konnte weder das eine vom ande-

280

ren unterscheiden noch die Folgen dieser Erscheinungen beurteilen.

Sie erfuhr, dass Vorhofflimmern harmlos sein, sich aber auch zu ernsten Störungen ausweiten konnte. Es wurde mit Elektroschocks behandelt, die Patienten mussten Betablocker und blutverdünnende Mittel nehmen. In schweren Fällen wurde von der Leiste her über eine Vene der Ablationskatheter bis ins Herz geschoben und dort eine Stelle verödet, über die störende elektrische Impulse ausgelöst wurden. War es das, was möglicherweise in einem Herzzentrum gemacht werden musste? Obwohl die Methode im Internet als Routinebehandlung bezeichnet wurde, empfand sie die Vorstellung als bedrohlich.

Je mehr Beiträge sie im Netz dazu las, desto belastender erschien ihr das Wissen um die Möglichkeiten und Grenzen der Medizin bei der Behandlung von Herzrhythmusstörungen. Als sie schließlich das Gerät ausschaltete, stellte sie fest, dass mehr als eine halbe Stunde vergangen war, und sie erinnerte sich an das, was sie noch erledigen wollte. Erneut versuchte sie, Krabbenhöft telefonisch zu erreichen.

Diesmal hatte das Mädchen vom Empfang eine Information für sie, die sie allerdings nur zögernd herausrückte. »Herr Krabbenhöft hatte anscheinend – einen Unfall. Gerade hat hier ein Herr Bollmann angerufen. Er war mit ihm auf der Baustelle, dort ist er, also der Chef, gestürzt. Der Krankenwagen bringt ihn gerade in die Nordseeklinik. Vielleicht ist er auch schon da. Ich weiß nicht ...«

Rieke bedankte sich und beendete die Verbindung. Was das Mädchen nicht wusste, interessierte sie nicht. Stattdessen googelte sie in ihrem Smartphone Krankenhaus und Borkum. Sie hatte nicht damit gerechnet, auf der Insel ein Krankenhaus zu finden. Nun stellte sie überrascht fest, dass es sogar mehr als eins gab und die Nordseeklinik ganz in der Nähe war. Sie entschloss sich, dort mit Krabbenhöft zu sprechen. Bevor sie aufbrach, rief sie erneut bei Eilers an und bat ihn, nach der Anzeigeerstatterin von 1988 und dem Alibizeugen zu suchen und Elske Aalderks zu befragen, um herauszufinden, welcher Arzt seinerzeit Monika Krabbenhöft behandelt hatte.Im Eingangsbereich der Klinik kam ihr jener schwarz gekleidete Radfahrer entgegen, der ihr schon einmal begegnet war. Der Schirm seiner Kappe war tief ins Gesicht gezogen, sodass es nicht zu sehen war. Fast schien es, als wollte der Mann nicht erkannt werden. Er schien es eilig zu haben, seine Bewegungen wirkten grazil und nicht unbedingt wie die eines Leistungssportlers. Bevor Rieke noch einmal hinschauen konnte, war er an ihr vorbei, und sie konzentrierte sich auf die Suche nach dem Empfang oder einem Auskunftsschalter, wo sie nach Krabbenhöft fragen konnte.

»Herr Krabbenhöft will mit niemandem sprechen«, erklärte der Stationsarzt, nachdem Rieke sich vorgestellt hatte. »Und ich kann Sie nicht zu ihm lassen, wenn er das nicht will. Außerdem sind Sie keine Angehörige. Ohnehin ist es besser, wenn er jetzt nicht behelligt wird. Er ist stark sediert und braucht dringend Ruhe.«

Rieke wog ihre Chancen ab und kam zu dem Ergebnis, über keine Handhabe zu verfügen, gegen den Willen Krabbenhöfts und seines Arztes etwas zu erreichen. Sie nickte verständnisvoll und lächelte den Arzt mit dem gesamten ihr zur Verfügung stehenden Charme an. »Ist denn überhaupt sicher, dass er einen Unfall hatte, Herr Doktor? Unsere Ermittlungen haben ergeben, dass er möglicherweise bedroht wird. Eventuell müssen wir – ich meine, Sie und ich – für seine Sicherheit sorgen.«

Der Arzt zögerte. »Nach Auskunft seines Begleiters ist er von einer Treppe oder Leiter gestürzt. Aber der Auslöser könnte durch einen Angriff verursacht worden sein.«

»Angriff?«

Erneut zögerte der Mann im weißen Kittel. »Es klingt unwahrscheinlich, aber es könnte sein, dass jemand ein Attentat auf ihn verübt hat. Mit Natriumhydroxid.«

»Natrium...?«

»...hydroxid. NaOH. Besser bekannt als Natronlauge oder Ätznatron. Selbst in mäßiger Konzentration hat der Stoff eine stark ätzende Wirkung. Ich darf Ihnen keine Auskunft über den Gesundheitszustand von Herrn Krabbenhöft geben. Aber wenn Sie mit dem Stoff in Berührung kommen, müssen Sie mit Schäden an Ihrer Haut rechnen. Besonders gefährdet sind die Augen. Je nach Einwirkungsdauer kann Ihre Sehkraft mehr oder weniger stark beeinträchtigt werden. Sie können sogar erblinden.«

Erneut lächelte Rieke herzlich. »Vielen Dank für Ihre Hinweise, Herr Doktor. Ich werde dafür sorgen, dass ein Beamter zur Bewachung Ihres Patienten abgestellt wird.« Sie zog ihr Smartphone aus der Tasche. »Eine Frage noch. Sie sprachen von einem Begleiter. Wer hat Herrn Krabbenhöft hierher begleitet?«

Bedauernd hob der Arzt die Schultern und breitete die Arme aus. »Ein großer, kräftiger Mann. Ende sechzig, Anfang siebzig. Sehr – dynamisch.« Er verzog kaum wahrnehmbar das Gesicht.

»Ein eher unangenehmer Zeitgenosse?«

»Könnte man so sagen. Er hat sich nicht vorgestellt, ist aber gegenüber unseren Schwestern und Pflegern sehr laut geworden.«

»Ich denke, ich finde ihn. Vielen Dank für Ihre freundliche

Unterstützung, Herr Doktor.« Rieke tippte auf das Display ihres Smartphones, um Hauptkommissar Eilers zum dritten Mal anzurufen. Als sie den missbilligenden Ausdruck im Gesicht des Arztes bemerkte, hob sie entschuldigend eine Hand und wandte sich zum Gehen. In der Tür drehte sie sich noch einmal um und winkte dem Arzt zu.

Während sie über den Flur und durchs Treppenhaus eilte, sprach sie Eilers eine Nachricht auf die Mailbox und verließ die Nordseeklinik.

Zufrieden kehrte Annie zu ihrem Wohnmobil zurück. Natürlich hatte sie in dem Krankenhaus niemanden ansprechen können. Aber dann war dieser große dicke Mann aufgetaucht, der mit Krabbenhöft auf der Baustelle gewesen war. Sie war ihm gefolgt und hatte mitbekommen, welche Auskunft er erhalten hatte. Zunächst hatte niemand mit ihm reden wollen, daraufhin war er laut geworden. Bis sich schließlich ein Arzt fand, der ihm versicherte, dass sein Freund keine lebensgefährlichen Verletzungen erlitten hätte. Mehr Informationen gab es nicht, aber mehr brauchte sie auch nicht. Der Sturz von der Leiter war nicht geplant, und eine tödliche Verletzung wäre nicht in ihrem Sinn gewesen. Lebenslanges Leiden, das war es, was sie für Enno Krabbenhöft vorgesehen hatte. Ein Leben im Rollstuhl und in Dunkelheit. Ursprünglich hatte sie alle drei Familienmitglieder töten wollen. Doch nach dem Tod der Mutter hatte sie ihre Pläne geändert. Die Frau hatte nicht leiden müssen. Ein kurzer, kaum spürbarer Stich, wenig später war sie gestorben. Und niemand hatte bemerkt, woran. Dabei hätten die Söhne erfahren sollen, dass sie es war, die ihnen die Mutter genommen hatte. Aber der Arzt hatte die Todesursache nicht erkannt. Oder verschwiegen. Um die Jungen zu schonen. Vielleicht hatten sie gemeinsam die Todesursache vertuscht. Um kein Aufsehen zu erregen. Wie auch immer, der leichte und schnelle Tod von Monika Krabbenhöft war ein Fehler gewesen.

Für das Monster Tjark hatte sie ein tödliches Ende als Möglichkeit einkalkuliert. Obwohl es ihr lieber gewesen wäre, wenn er mit seiner Verletzung überlebt und den Rest seines Lebens ohne seine Männlichkeit hätte auskommen müssen. Das Seil war wider Erwarten nicht gerissen. Niemand hatte den nackten Mann bemerkt und den Zug gestoppt. Damit hatte sie nicht gerechnet. So war Tjark Krabbenhöft zu Tode geschleift worden. Nicht optimal, aber auch nicht die schlechteste Lösung. Nun hoffte sie darauf, dass Enno entstellt und blind oder zumindest stark sehbehindert weiterleben musste. Und dass ihn die Angst vor weiteren Anschlägen auf sein Leben seelisch zerstören würde. Ob ihm inzwischen klar geworden war, wer seine Mutter und seinen Bruder getötet hatte? Obwohl er deutliche Zeichen bekommen hatte, würde ein zusätzlicher Hinweis nicht schaden.

Sie startete ihr Notebook und begann eine entsprechende E-Mail vorzubereiten. Es würde einige Tage dauern, bis er sie bekommen und lesen würde. Wenn er überhaupt lesen konnte. Wahrscheinlich musste ihm jemand die Nachricht vortragen. Die Vorstellung erheiterte sie. Wenn darin ein Foto enthalten wäre, müsste ihm dieser Jemand das Bild beschreiben und würde bei der Gelegenheit Informationen bekommen, die Krabbenhöft sicher mit niemandem teilen wollte. Schon gar nicht mit der Öffentlichkeit, aber die würde sich natürlich auch für seinen »Unfall« interessieren.

Aus der Zeit vor 1990 gab es keine digitalen Bilder von ihr. Aber Joost hatte eine kleine Serie von Aufnahmen eingescannt, die er bei einem gemeinsamen Segelausflug gemacht hatte. Viele Jahre hatte sie Fotos aus der Zeit nicht ansehen können. Erst nach ihrem Absturz in die Drogenszene und nach einer langen Therapie war sie in der Lage gewesen, die frühere Schönheit ihres Gesichts zu ertragen. Da hatte sie bereits den Entschluss gefasst, sich auf einen Rachefeldzug zu begeben, und begonnen, sich darauf vorzubereiten.

Sie wählte eine Aufnahme, auf der sie übermütig in die Kamera lachte und einen Wolfsbarsch am Haken hielt, den sie kurz zuvor ins Boot gezogen hatte. Das Bild war nicht besonders scharf, aber es zeigte sie so, wie Enno sie in der gemeinsamen Nacht erlebt und in Erinnerung behalten haben musste. Darunter fügte sie drei Zeichnungen von Grabsteinen aus dem Internet ein, auf denen jeweils ein »R.I.P.« prangte. Über ein Anonymisierungsportal schickte sie die Nachricht an Krabbenhöfts persönliche Mail-Adresse.

Dann suchte sie die Webseite der Emder Zeitung heraus und schickte – ebenfalls anonym – eine kurze Nachricht an die Redaktion. *Der Borkumer Hotelier Enno Krabbenhöft liegt nach einem schweren Unfall in der Nordseeklinik.*


Nach einer unruhigen Nacht erwachte Rieke viel zu früh. Aber Schlaf wollte sich nicht mehr einstellen. Also stand sie auf, trat ans Fenster und beobachtete das Farbenspiel der aufgehenden Sonne am Himmel und auf den Wellen der Nordsee. Wie schön könnte es sein, wenn sie mit Julia ganz entspannt im Hier und Jetzt den Strand und das Meer genießen könnte. Ohne Ermittlungsdruck und ohne Angst um ihren Vater. Sie seufzte und löste den Blick vom Urlaubspanorama, um zu duschen und sich für den Tag fertig zu machen. Aus dem Badezimmerspiegel blickte ihr ein müdes und verknittertes Gesicht entgegen. Heute würde sie viel Zeit und Sorgfalt darauf verwenden müssen, sich in Form zu bringen und die Spuren der zu kurzen Nacht mit den Mitteln der Kosmetik zu kaschieren. Vielleicht sollte sie mit einem Wechselbad beginnen.

Während sie sich abwechselnd den heißen oder kalten Strahlen der Dusche aussetzte, eilten ihre Gedanken voraus. Sie würde die erste Fähre um 7.30 Uhr nehmen, also im Hotel nicht mehr frühstücken können, weil in der *Nordseeliebe* die Frühstückszeit erst um 8.00 Uhr begann. Ein Kaffee und ein Imbiss auf dem Schiff würden heute ausreichen müssen. Die Fahrt von Emden nach Aurich würde eine halbe Stunde in Anspruch nehmen. Also konnte sie schon deutlich vor Mittag bei ihrer Mutter sein. Sollte sie anrufen, um ihre vorzeitige Ankunft anzukündigen? Oder lieber gleich zum Krankenhaus fahren? Sie war unsicher und beschloss, später darüber zu entscheiden.

Um halb sieben meldete sich bereits ihr Handy. Überrascht stellte sie fest, dass Hauptkommissar Eilers der Anrufer war. Am Telefon klang seine Stimme noch interessanter, geradezu erotisch. Unwillig schob sie den Gedanken beiseite und bedankte sich rasch für seine Kontaktaufnahme.

»Ich habe Ihre Nachricht gehört«, erklärte er. »Es tut mir sehr leid, dass Ihr Vater ins Krankenhaus musste. Machen Sie sich keine Gedanken um den Fall. Gerit Jensen und ich kümmern uns um alles. Fahren Sie in aller Ruhe nach Aurich. Kümmern Sie sich um Ihre Eltern. Wenn Sie auf die Insel zurückkommen, haben wir vielleicht schon ein paar interessante Informationen zusammengetragen. Den Alibizeugen von damals und den Arzt von Monika Krabbenhöft zu finden dürfte nicht allzu schwierig sein. Bei der Frau, die seinerzeit Anzeige erstattet hat, wird es sicher etwas länger dauern.«

Rieke war gerührt über so viel Fürsorge und Verständnis. Eilers klang überzeugend und aufrichtig, was keineswegs an seiner de-Niro-Stimme lag. In Gedanken bat sie ihn um Verzeihung für ihre vorschnelle Einschätzung als nicht sonderlich engagierten Kollegen. »Ich bin Ihnen sehr dankbar«, sagte sie. »Und es beruhigt mich, dass Sie sich um die Zeugen kümmern.«

»Kein Problem«, antwortete Eilers. »Eine Frage hätte ich noch. In welchem Zusammenhang suchen wir nach einem Herrn Bollmann? Heißt der vielleicht mit Vornamen Heinz? Dann könnte es der Chef des Baukonzerns sein, der Krabbenhöfts Häuser baut. Die neuen Hotels auf Langeoog und Wangerooge. Und hier am Südstrand.«

»Den Vornamen kenne ich nicht«, antwortete Rieke. »Laut Auskunft der Empfangsdame hatte Krabbenhöft gestern Abend eine Verabredung mit einem Herrn, der so hieß. Krabbenhöfts Unfall, der in Wahrheit wahrscheinlich ein Attentat ist, hat sich auf einer Baustelle ereignet. Sein Begleiter hat von dort aus den Rettungsdienst angerufen. Er wäre ein potenzieller Tatzeuge.«

»Alles klar, Frau Bernstein. Wir machen ihn ausfindig und befragen ihn. Gute Fahrt für Sie.«

»Danke.« Nach dem Gespräch fiel es Rieke leichter, die Gedanken an den Fall Krabbenhöft auszublenden und sich auf den Besuch bei ihren Eltern einzustellen.

# 23

## Spätsommer 1990

Der Umschlag war an sie adressiert, trug keinen Absender und war in Emden abgestempelt. Er enthielt ein mit Schreibmaschine beschriebenes Blatt. Ihre Hände begannen zu zittern, als sie den Text überflog.

Sie atmete mehrfach tief durch, dann griff sie zum Telefon und wählte die Nummer des Empfangs. »Schicken Sie bitte Enno zu mir. Ich möchte ihn sprechen. Und geben Sie Badenhoop Bescheid, dass ich auch mit Tjark reden will. Sofort.«

Wenig später standen die Brüder im Zimmer ihrer Mutter. »Ich möchte euch etwas vorlesen«, sagte sie ohne Begrüßung. »Setzt euch!«

»Ich bleibe lieber stehen«, entgegnete Enno. »Will gleich wieder runter. Wir müssen den Belegungsplan überarbeiten. Es gibt eine Anfrage ...«

»Du gehst«, schnitt seine Mutter ihm das Wort ab, »wenn ich es dir erlaube. Wir haben hier ein ernsthaftes Problem zu besprechen. Danach kannst du wieder den Hotelier spielen.«

Enno trat ans Fenster, richtete den Blick nach draußen und kaute auf seiner Unterlippe. Tjark ließ sich in einen Sessel fallen und streckte die Beine aus. »Lass hören! Ich muss auch gleich wieder los. Badenhoop wartet auf mich.«

Monika Krabbenhöft ließ den Blick zwischen ihren Söhnen hin und her wandern, dann setzte sie ihre Lesebrille auf und hob das Blatt. »Hört gut zu.«

»*Für die erste Lieferung erwarten wir eine Zahlung von*

*7.000 DM. Ware und Geld werden auf dem Wasser übergeben. Den genauen Tag und die Uhrzeit teilen wir telefonisch mit. Dabei richten wir uns nach Wetter, Wind und Seegang. Ihre Söhne benötigen ein kleines, aber seetüchtiges Segel- oder Motorboot. Wir werden mit Lichtsignalen auf uns aufmerksam machen. Das Treffen findet drei Seemeilen westlich des Neuen Leuchtturms statt. Sobald die Boote längsseits gegangen sind, werden die Pakete ausgetauscht. Wir stellen Ihnen anheim, die Ware an Endabnehmer zu veräußern. Damit können Sie mehr einnehmen, als Sie bezahlt haben. Vor Einbruch des Winters findet eine weitere Übergabe statt. Dann sind weitere 7000 DM fällig. Im Frühjahr setzen wir die Lieferung fort. Sollten Sie unser Angebot nicht annehmen, würden wir die Informationen über den Mord an die deutschen Strafverfolgungsbehörden und die Öffentlichkeit übergeben.«*

»Das verstehe ich nicht«, bemerkte Tjark. »Es weiß doch keiner, dass wir die Tusse – also, ich meine, so etwas kann sich doch nur ein Irrer ausgedacht haben.«

»Offenbar weiß doch jemand etwas«, zischte Enno wütend. »Oder jemand ahnt etwas. Aber wer auch immer das ist, er oder sie hat keine Beweise. Auf diese Frechheit reagieren wir nicht.«

»Genau!«, stimmte Tjark ihm zu. »Siebentausend Tacken und dann noch mal. Der spinnt wohl.«

»Ihr macht es euch zu leicht.« Monika Krabbenhöft hatte sich gefangen und ein paar Überlegungen angestellt. Ihre Stimme klang entschlossen. »Wir werden das Angebot annehmen. Natürlich kann es sich um einen Bluff handeln, jemand könnte versuchen, uns zu erpressen, ohne Beweise für seine Behauptung zu haben. Nehmen wir einmal an, es wäre so. Und dieser Jemand würde seine Geschichte an die Presse verkaufen. Für manche Zeitungen wäre das ein gefundenes Fressen. Auch ohne Beweise. Allein das Gerücht, ihr könntet einem weiblichen Gast etwas angetan haben, würde reichen, uns zu ruinieren. Im Vergleich dazu sind siebentausend Mark nichts.«

»Ich bin trotzdem dagegen«, beharrte Enno. »Ich kann mir nicht vorstellen, dass irgendjemand wirklich weiß, was passiert ist. Vielleicht hat sich einer etwas zusammengereimt. Aber er hat keine Beweise. Wenn der Erpresser anruft, werde ich ihm sagen, dass er uns gefälligst in Ruhe lassen soll.«

»Das kannst du versuchen, aber es wird wahrscheinlich nichts ändern. Der Unbekannte scheint sich seiner Sache sehr sicher zu sein. Er könnte einfach nur Geld verlangen. Auch eine deutlich höhere Summe. Aber er nennt einen Betrag, den wir uns leisten können, und schlägt uns ein Geschäft vor, an dem wir sogar noch verdienen können. Damit setzt er auf unser kaufmännisches Denken. Das ist ziemlich gut durchdacht. Wir haben die Wahl zwischen Ruin und Gewinn.«

»Wenn es aber überhaupt keine Beweise gibt?«, wandte Enno ein.

Seine Mutter schüttelte den Kopf. »Darauf können wir nicht setzen. Wenn es dir gelingt, dem Anrufer auf den Zahn zu fühlen und sich daraus neue Gesichtspunkte ergeben, können wir immer noch anders entscheiden. Ansonsten bleibt es dabei: Wir machen das Geschäft. Ihr könnt jetzt gehen.«

Während Tjark wortlos hinaushastete, starrte Enno gedankenverloren aus dem Fenster. Er war entschlossen, nicht auf die Erpressung einzugehen, und dachte darüber nach, wie er seine Mutter von seiner Haltung überzeugen konnte. Doch dann entschied er, auf ihre Zustimmung zu verzichten und die Sache selbst in die Hand zu nehmen.

»Du überlegst noch?«, fragte seine Mutter.

Enno löste sich vom Fenster und schüttelte den Kopf.

»Nein. Jetzt nicht mehr. Wir machen es so, wie du gesagt hast.«

In der Tür drehte er sich noch einmal um. »Ich besorge ein Boot und bereite alles vor. Das Geld ...«

»... bekommst du von mir«, ergänzte Monika Krabbenhöft.


Cahyo Sanjaya betrat den Coffeeshop und begrüßte seinen Freund mit einem Kuss auf die Wange.

»Was glaubst du?«, fragte Joost, während er an die Theke zurückkehrte, um dort weiter Gläser zu polieren. »Werden die auf unseren Vorschlag eingehen?«

Cahyo lächelte. »Ja. Sie wissen es vielleicht nur noch nicht.« Er hielt einen bunten Umschlag hoch. »Die Fotos sind heute aus dem Labor gekommen. Hervorragende Aufnahmen. Trotz der Entfernung sind alle Personen gut zu erkennen. Einige Aufnahmen sind verwackelt, aber die meisten total scharf.«

»Lass sehen!«, forderte sein Freund und legte Glas und Geschirrtuch ab.

»Sehr gerne.« Mit verschmitztem Grinsen zog Cahyo ein Päckchen Farbfotos aus dem Umschlag und breitete sie vor Joost aus. Sie zeigten alle die gleiche Szene. Drei Personen an der Wasserlinie eines typischen Nordseestrandes. Zwei Männer in Unterhosen schleppten oder stießen eine Frau in Richtung Meer.

»Das schicke ich heute noch los.« Er tippte auf eine der Aufnahmen. »Hier sind die beiden Arschlöcher besonders gut getroffen. Annie ist zwar nicht so deutlich zu erkennen, aber das dürfte für unseren Zweck keine Rolle spielen.«

»Sehr gut.« Joost nickte zufrieden und umarmte seinen Freund. »Wie du das alles hingekriegt hast! Du bist unser Held.«

»Mir war schon etwas mulmig zumute«, gestand Cahyo. »Wenn du Annie nicht so schnell aus dem Wasser gefischt hättest, wer weiß – wie geht es ihr eigentlich?«

»Marijke ist bei ihr. Sie raucht ziemlich viel. Ist ja auch verständlich. Nach allem, was sie durchgemacht hat. Und verkehrt ist es auch nicht. Jedenfalls für einige Tage. Wir müssen nur darauf achten, dass daraus keine Sucht wird. Und wir sollten bald einen Chirurgen finden, der ihre Narben operiert. Sie sieht schrecklich aus. Ohne Gras würde ich das auch nicht aushalten.«

Cahyo nickte. »Darum sollten wir so bald wie möglich die Ware liefern und das Geld kassieren. Die Wetterlage ist günstig, der Wellengang auf der Nordsee hält sich zurzeit in Grenzen. Wenn du einverstanden bist, gebe ich heute noch die Daten durch. Für übermorgen Vormittag.«

»Willst du bei denen anrufen?«

»Ich spreche die Ansage auf ein Diktiergerät. Dann rufe ich von einer Telefonzelle aus an und lasse das Band ablaufen.«

»Gute Idee. Also fahren wir Samstagmorgen raus. Bin schon gespannt, ob sie sich auf das Geschäft einlassen.«

»Wir werden sehen.« Cahyo sortierte die Fotos zurück in den Umschlag und steckte ihn ein.

## 24

## Frühsommer 2014

Dunkel erinnerte sich Rieke an das rote Backsteingebäude an der Wallinghausener Straße. Als Fünfzehnjährige war sie hier eingeliefert worden, nachdem sie sich beim Fußballspiel das obere Sprunggelenk gebrochen hatte. Die Knöchelgabel am Unterschenkel musste operiert werden, und sie hatte Tage oder Wochen – nach ihrem damaligen Empfinden jedenfalls unendlich lange – im Auricher Krankenhaus zubringen müssen. Nachdem die Operation überstanden war, hatte sich der Aufenthalt jedoch zu einer heiteren Angelegenheit entwickelt. Täglich waren Freundinnen und Freunde zu Besuch gekommen, und auf der Station war es laut und fröhlich zugegangen.

Jetzt ergriff die bange Erwartung von ihr Besitz, das Leben ihres Vaters könnte in Gefahr sein. In ihrer Fantasie sah sie ihn auf einem Krankenhausbett liegen, mit zahlreichen Schläuchen und Kabeln an blinkende und piepende Maschinen angeschlossen, bleich, geschwächt, abwesend. Mit klopfendem Herzen und belegter Stimme erkundigte sie sich nach der Station und dem Zimmer, in dem sie ihn finden würde. Ihr Blick fiel auf ein Exemplar der Ostfriesischen Nachrichten, die vor der jungen Frau hinter der Glasscheibe lag. *Ubbo-Emmius-Klinik will Krankenschwestern durch weniger qualifizierte Mitarbeiter ersetzen.* Konnte das wahr sein? Würde die Betreuung ihres Vaters unter der Maßnahme leiden?

»Was kann ich für Sie tun?«, fragte die junge Frau hinter der Scheibe.

Rieke verscheuchte die Fragen. »Ich möchte meinen Vater besuchen. Peter Bernstein.«

Nach einem Blick auf den Computerbildschirm und einer kurzen Suche antwortete die junge Frau. »Ihr Vater ist auf der Inneren. Sie können dort drüben den Fahrstuhl nehmen oder die Treppe.« Sie nannte Rieke die Zimmernummer und beschrieb den Weg dorthin.

Als Hannah Holthusen die Redaktion betrat, deutete ein Kollege in Richtung ihres Schreibtischs. »Ich habe dir eine E-Mail ausgedruckt. Angeblich liegt Enno Krabbenhöft im Krankenhaus. Der ist doch dein spezieller Freund. Die Nachricht ist allerdings anonym. Willst du dich darum kümmern?«

»Selbstverständlich will ich das, danke!« Hannah war elektrisiert. Sie stürzte zu ihrem Platz und griff nach dem Ausdruck. Wieder und wieder flogen ihre Augen über den Satz. *Der Borkumer Hotelier Enno Krabbenhöft liegt nach einem schweren Unfall in der Nordseeklinik.* Die Information konnte ein Fake sein. Oder auch nicht. Bei solchen Hinweisen hielten sich zutreffende und gefälschte Mitteilungen zahlenmäßig die Waage. Sie setzte sich und griff zum Telefon.

An der Rezeption des Hotels *Nordseeliebe* erhielt sie keine Auskunft. »Nein, Herr Krabbenhöft ist nicht im Haus. Wir wissen nicht, wo er sich aufhält«, beharrte die weibliche Stimme, auch nachdem Hannah darauf hingewiesen hatte, dass sie von der Emder Zeitung sei. Nachdem sie aufgelegt hatte, schoss ihr der Gedanke durch den Kopf, dass das vielleicht ein Fehler gewesen sein könnte. Möglicherweise hatte Krabbenhöft die Anweisung gegeben, ihn von der Presse abzuschirmen. Wenn er dazu in der Lage war, hatte er wahrscheinlich sogar dafür gesorgt, dass überhaupt keine Information nach außen dringen konnte.

Sie wählte die Nummer der Polizeidienststelle und freute sich, die Stimme von Imke Gerdes zu hören. »Moin, Imke. Hier is Hannah. Sech mol, weet jie wat over'n Malöör van Enno Krabbenhöft?«

»Nee«, antwortete die Polizistin. »Kien Ohnung. Ober wacht ewen, ik froog de Kolleegen.«

Kurz darauf meldete sie sich wieder.

»Wij haan güstern Ohmd 'n Nootfallinsaz van'n Reddungsfohrtüüg. Wer dormit in't Krankenhuus brocht woorn is un worrum, weet ik nich.«

»Dank di, Imke. Dat genügt mi all. Ik koom bi jau up de Eiland.«

»Dat freit mi!«


Rieke klopfte, vernahm ein undeutliches »Herein!« und öffnete die Tür zum Krankenzimmer. Der fragende Blick eines unbekannten Mannes traf sie. Er lag in dem Bett direkt vor ihr, das andere auf der Fensterseite war leer.

»Entschuldigung! Ich suche meinen Vater. Peter Bernstein.«

»Der kommt bestimmt gleich wieder. Ist gerade zum EKG. Sie können gerne hier warten.« Mit dem Kinn deutete der Mann zu einem Stuhl am Fenster. »Wenn Sie die Tochter sind, wird sich gleich einer riesig freuen. Ihr Vater hält große Stücke auf Sie.«

»Danke.« Rieke trat in den Raum und schloss die Tür hinter sich. Was mochte ihr Vater dem anderen Patienten erzählt haben? Es war nicht seine Art, mit Fremden über persönliche Angelegenheiten zu sprechen.

Langsam durchquerte sie das Krankenzimmer und ließ sich vorsichtig auf dem Stuhl nieder.

»Sie sind bei der Polizei«, ließ sich der Bettnachbar vernehmen. »Landeskriminalamt. Stimmt's?«

Rieke war fassungslos. »Hat mein Vater Ihnen ...«

»Nee«, wehrte der Patient ab. »Der redet ja eher wenig.
Aber Ihre Mutter. Eine ganz liebe Frau. Mit ihr kann man sich
sehr gut unterhalten. Sie war anfangs ziemlich besorgt. Ist aber
alles halb so schlimm. Die Ärzte vollbringen ja heutzutage
wahre Wunder. Bei mir ...«

Die Tür des Krankenzimmers wurde geöffnet. Rieke fuhr
herum und sprang auf. »Papa!«

Ihr Vater breitete die Arme aus. »Mein Engel! Schön, dass
du kommen konntest.« Er schloss sie in die Arme und drückte
sie fest an sich. »Komm, wir gehen ein Stück.«

»Musst du dich nicht hinlegen?«

Er schüttelte den Kopf. »Ich bin nicht krank. Mein Herz
spinnt nur manchmal ein bisschen. Aber das erzähle ich dir
alles draußen. Ist Mama nicht mitgekommen?«

»Eigentlich wollte ich sie abholen. Aber ich konnte früher
hier sein als geplant, dann habe ich es nicht ausgehalten und
bin direkt zum Krankenhaus gefahren. Wie geht es dir? Erzähl!«

Peter Bernstein winkte seinem Zimmernachbarn zu, schloss
die Tür des Krankenzimmers und nahm ihren Arm. »Wie ich
dich kenne, hast du schon alles über Herzrhythmusstörungen
aus dem Internet zusammengesucht und weißt besser Bescheid als ich.«

»Ein bisschen habe ich recherchiert«, gab Rieke zu. »Aber
es gibt so viele Antworten, und ich weiß nicht, was mit deinem
Herzen ist.« Sie lehnte ihren Kopf an seine Schulter. »Muss
es – mit einem – Katheter – behandelt werden?«

Elske Aalderks legte den Hörer auf und starrte erschüttert auf den Apparat. Hatte sie gerade mit Peter Gilmore gesprochen? Nein, der war im vorigen Jahr gestorben. Aber diese Stimme! Sie hatte sie in die Siebzigerjahre versetzt. James Onedin, der Segelschiffkapitän und spätere Reeder der Onedin-Linie, war der Schwarm ihrer besten Jahre gewesen. Gilmore hatte ihn verkörpert. Nicht eine Folge der britischen Fernsehserie hatte sie damals verpasst. Seine Stimme zu hören war die Wiederkehr eines Helden aus einer wunderbaren Zeit. Im späten neunzehnten Jahrhundert hätte Elske Aalderks gern gelebt. Als Lady in einem englischen Herrschaftshaus. Doch sie war zur falschen Zeit im falschen Land geboren worden. Aber nun hatte sie James Onedins Stimme gehört. Kurz durchzuckte sie der Gedanke, dass es sich um die des deutschen Synchronsprechers handeln musste, aber sie schob ihn rasch beiseite. Er hatte seinen Besuch angekündigt, und vor lauter Aufregung hatte sie nicht mitbekommen, mit welchem Namen er sich vorgestellt und ob er den Anlass seines Besuchs genannt hatte.

Als der Mann schließlich vor ihr stand, war sie enttäuscht. Ja, er hatte seine Stimme, aber er sah weder besonders britisch aus noch fand sie Gefallen an dem, was er als Begründung für die Störung angab.

»Der Fall Krabbenhöft? Darüber habe ich schon mit Ihrer überaus reizenden Kollegin gesprochen. Frau Bernstein. Warum kommt sie nicht?«

»Sie ist leider verhindert«, sagte Hauptkommissar Eilers entschuldigend. »Aus familiären Gründen. – Darf ich hereinkommen?«

»Bitte!« Elske Aalderks trat zur Seite und deutete auf den Stuhl, auf dem schon Rieke Bernstein gesessen hatte. »Ich weiß allerdings nicht, ob ich Ihnen behilflich sein kann.«

»Es geht nur um eine einzige Frage, gnädige Frau.« Eilers

bemühte sich um einen schmeichelnden Tonfall. »Wir würden gern mit dem Arzt sprechen, der Monika Krabbenhöft seinerzeit behandelt hat. Können Sie sich an den Namen erinnern?«

»Selbstverständlich kann ich mich erinnern«, antwortete die alte Dame spitz. »Ich weiß doch, welchen Hausarzt wir hatten. Schließlich gehörte ich zur Familie. Fast jedenfalls.«

»Und?« Gespannt beugte Eilers sich vor. »Wie heißt er?«

»Sandhus. Doktor Alwin Sandhus. Er hatte seine Praxis in der Strandstraße.«

»Hatte? Das heißt, er praktiziert nicht mehr?«

»Frau Krabbenhöft ist neunzehnhundertachtundneunzig gestorben. Damals war der Doktor schon nicht mehr der Jüngste. Ich war ein Jahr vorher in Pension gegangen. Sandhus ist etwas jünger als ich. Er hat bis zweitausenddrei praktiziert. Seitdem ist er im Ruhestand.«

»Wissen Sie zufällig, wo er lebt?«

»Nicht zufällig, aber ich weiß es. Er wohnt hier.«

»Er ist also auf der Insel geblieben? Wissen Sie, wo genau?«

»Wie ich bereits sagte: hier.« Sie deutete mit dem Zeigefinger abwärts. »Eine Etage tiefer.«

Der Hauptkommissar sprang auf und streckte seine Hand aus. »Sie haben uns sehr geholfen, Frau Aalderks. Vielen Dank. Und auf Wiedersehen!«

Die alte Dame übersah seine ausgestreckte Hand und deutete mit einem Kopfnicken zur Tür. »Sie finden bestimmt allein hinaus. Und grüßen Sie Frau Bernstein von mir.«

»Selbstverständlich, Frau Aalderks, selbstverständlich. Auf Wiedersehen.« Hastig trat Eilers den Rückzug an. »Nochmals herzlichen Dank!«, rief er an der offenen Tür und verschwand.

»Die Männer sind nicht mehr das, was sie mal waren«, seufzte Elske Aalderks und stellte sich vor, wie galant James

Onedin sich von ihr verabschiedet hätte. Eine Stimme war eben doch nicht alles.

Als Hannah Holthusen den Eingangsbereich der Nordseeklinik betrat, hatte sie sich bereits eine Strategie zurechtgelegt. Wenn Enno Krabbenhöft hier lag und Wert darauf legte, dass sein Unfall oder was auch immer ihn in ein Krankenhausbett gezwungen hatte, nicht bekannt wurde, hatte sie keine Chance, ihn zu sehen und zu sprechen. Sie würde ihn also überrumpeln müssen.

An einer Anschlagtafel informierte sie sich über die Lage der Stationen und beobachtete eine Weile den Betrieb. Unauffällig schlenderte sie durch diesen oder jenen Gang und musterte die Türen. Zeit verging, ohne dass sich eine Möglichkeit bot, ihrem Ziel näher zu kommen.

Irgendwann entdeckte sie einen Raum, dessen Tür nicht beschriftet war und aus dem eine blutjunge Schwester kam, die sich im Gehen ihren Kittel zurechtzog und noch ein paar Knöpfe schloss. Hannah drückte sich in eine Nische und wartete. Kurz darauf verließ ein junger Mann den Raum, der ebenfalls seine weiße Kleidung richtete. Kurz entschlossen trat sie hervor und sprach ihn an. »Na, wie war's?«

Irritiert sah er sie an. Ein Schild an seinem Kittel wies ihn als Dr. Hellmann aus. »Was meinen Sie?«

»Ich meine die Nummer mit der hübschen Schwester...«

»Äh, Lisa?«

»Genau die meine ich.« Hannah lächelte verständnisvoll. »Sie und Schwester Lisa haben doch gerade da drin eine kleine...«

Erschrocken legte der Arzt den Zeigefinger auf die Lippen und sah sich um. »Ich bitte Sie!« Hannah registrierte, dass er einen Ehering trug.

»Ich Sie auch.«

»Wie? Ich verstehe nicht.«

»Ich möchte Sie auch um etwas bitten. Um eine kleine Auskunft.« Sie zog ihren Presseausweis hervor und hielt ihm die Plastikkarte vor die Nase. »Ich würde gern mit Herrn Enno Krabbenhöft sprechen. Wenn eine bedeutende Persönlichkeit verunglückt, interessiert das unsere Leserinnen und Leser. Mehr noch als Affären in Krankenhäusern. Wie beispielsweise zwischen Schwester Lisa und Doktor Hellmann.«

Der Arzt zuckte zusammen. »Ich kann Ihnen sagen, wo Herr Krabbenhöft liegt. Aber ob Sie ihn sprechen können, weiß ich nicht. Ich habe keinen Einfluss darauf.«

»Das lassen Sie ruhig meine Sorge sein. Also wo?«

Er nannte Station und Zimmer.

»Besten Dank, Herr Doktor Hellmann.« Hannah wandte sich zum Gehen, drehte sich aber noch einmal um und rief über die Schulter: »Und schöne Grüße an die Frau Gemahlin!«


Das Apartment von Dr. Sandhus war genauso geschnitten wie das von Elske Aalderks, aber anders möbliert. Während die alte Dame zwischen hellen und edlen Kirschholzmöbeln lebte, war der Arzt eher rustikal eingerichtet. Dunkle altdeutsche Eiche.

Eilers schätzte ihn auf Ende siebzig. Mit einer rundlichen Figur und seinem üppigen weißgrauen Haarkranz um den Kopf wirkte er wie ein Bilderbuchopa aus der Fernsehwerbung. Kritisch betrachtete er den Dienstausweis des Hauptkommissars.

»Wie soll ich Ihnen helfen können?« Aber er bat ihn herein und bot ihm Tee an. »Oder lieber Kaffee? Alkohol trinken Sie im Dienst sicher nicht. Wenn Sie erlauben, nehme ich einen Darjeeling mit Rum.«

Eilers lehnte dankend ab und wartete, bis der Arzt seine Teetasse gefüllt und einen Schuss Rum hinzugetan hatte. »Was kann ich für Sie tun?«, fragte er, nachdem er einen Schluck genommen hatte.

»Sie waren Hausarzt bei der Familie Krabbenhöft und haben wohl auch Monika Krabbenhöft behandelt. Ist das richtig?«

Sandhus nickte stumm, legte Kandis nach und rührte seinen Tee um. Der Löffel vollführte gleichmäßig präzise Kreise, kaum wahrnehmbar klirrte der Kandis im Porzellan.

»Nach unseren Recherchen ist Frau Krabbenhöft eines natürlichen Todes gestorben. Allerdings sehr plötzlich. Haben Sie den Totenschein ausgestellt?«

Erneut nickte der Arzt wortlos.

»Was war die Todesursache?«

»Akute schwere Herzinsuffizienz, landläufig auch als Herzversagen bezeichnet.«

»Frau Krabbenhöft war bis dahin gesund?«

Der Arzt nickte zum dritten Mal ohne Worte.

»Ist das nicht ungewöhnlich?«

Der Teelöffel stockte kurz, setzte dann seine gleichförmigen Runden fort. Sein Besitzer schüttelte den Kopf. »Kommt eher selten vor. Ist aber auch nicht ganz ungewöhnlich.«

Jan Eilers beschlich ein seltsames Gefühl. Er wusste nicht, was er als Nächstes ansprechen sollte, aber er spürte das Bedürfnis, die Frage zu vertiefen. Er schwieg und beobachtete Sandhus, der weiter seinen Tee umrührte. Ganz allmählich wurden die Bewegungen langsamer. Schließlich legte er den Löffel beiseite. »Ich habe sicherheitshalber ihr Blut untersuchen lassen.«

»Mit welchem Ergebnis?«

Der Arzt nahm den Löffel wieder auf und begann erneut seinen Tee umzurühren. Schweigend folgte Eilers der Bewegung und wartete.

»Es gab Hinweise auf eine Vergiftung. Unser Labor konnte aber nicht herausfinden, um welches Gift es sich handelte.«

»Sie haben das dann auf sich beruhen lassen?«

»Ja und nein«, antwortete Sandhus. »Die Familie, also die Söhne von Frau Krabbenhöft, wollten unter allen Umständen vermeiden, dass der Frage weiter nachgegangen wurde. Sie haben mich – gezwungen, in den Totenschein Herzversagen einzutragen.«

»Gezwungen? Ich verstehe nicht. Wie konnte man Sie zwingen?«

»Nicht direkt natürlich. Aber ich hätte die Familie und die gesamte bessere Gesellschaft von Borkum als Patienten und damit meine Existenz verloren, wenn ich mir Enno Krabbenhöft zum Feind gemacht hätte.« Er legte den Löffel beiseite und nahm einen Schluck Tee.

»Damit war die Sache erledigt?«

Sandhus schüttelte den Kopf. »Ich habe die Blutprobe zum Tropeninstitut nach Hamburg geschickt. Die haben herausgefunden, dass es sich um das Gift der Indonesischen Todesotter gehandelt hat. Herrn Krabbenhöft hat das sehr erschreckt, aber er wollte trotzdem keine polizeilichen Ermittlungen.«

»Haben Sie später noch einmal mit Krabbenhöft über den Tod seiner Mutter gesprochen?«

»Vorgestern.«

Überrascht starrte Eilers den Arzt an. »Vorgestern?«

»Ja. Er rief mich an und bat mich, kein Wort über die Vergiftung seiner Mutter zu verlieren, falls es zu Ermittlungen im Zusammenhang mit dem Tod seines Bruders kommen sollte.«

»Aber Sie haben sich nicht daran gehalten«, stellte der Hauptkommissar zufrieden fest.

Doktor Sandhus breitete die Arme aus und hob die Schultern. »Ich habe Krebs. Meine Tage sind gezählt. Ich habe nichts mehr zu verlieren.«


Es dauerte eine Weile, bis Hannah Holthusen die junge Frau gefunden hatte. Als die Krankenschwester mit Stethoskop und Blutdruckmessgerät in den Händen den Flur überquerte, stellte sie sich ihr in den Weg. »Moin, Schwester Lisa. Einen Moment bitte!«

»Was kann ich für Sie tun?« Die Schwester lächelte geschäftsmäßig.

Hannah lächelte zurück. »Ich soll Sie grüßen. Von Frau Hellmann.«

Der Schwester fiel fast das Stethoskop aus der Hand, ihr Blick wurde starr. Wie ein Kaninchen vor der Schlange, dachte Hannah und legte beruhigend eine Hand auf den Unterarm der jungen Frau. »Entschuldigung, Lisa. Kleiner Scherz. Aber es war doch Doktor Hellmann, mit dem sie vorhin ...«

Entsetzt riss sie die Augen auf. »Woher – wer sind Sie? Was wollen Sie von mir?«

»Nur eine Kleinigkeit.« Vertraulich näherte Hannah sich der Krankenschwester. »Ich möchte einen – Bekannten besuchen. Und ihn überraschen. Dazu brauche ich einen weißen Kittel. So einen, wie Sie ihn tragen. Nur eine Nummer größer. Und die Zimmernummer meines Bekannten.«

»Sie wollen einen Kittel?« Ungläubig starrte Lisa sie an. »Sonst nichts? Und die Sache mit Doktor Hellmann ...«

»Ist in dem Augenblick vergessen«, erklärte Hannah großzügig, »in dem ich einen weißen Kittel trage und weiß, wo ich Herrn Krabbenhöft finde.«

Die Krankenschwester sah sich um. »Warten Sie hier! Ich bin gleich wieder da.«

Wenig später betrat Hannah den Flur, auf dem sich Krabbenhöfts Krankenzimmer befand. Im Gegensatz zur hektischen Betriebsamkeit in den anderen Bereichen des Krankenhauses, die sie erkundet hatte, herrschte hier Ruhe.

Ohne zu klopfen betrat sie das Zimmer. »Na, wie geht's uns denn heute, Herr Krabbenhöft. Schon besser? Ach, entschuldigen Sie. Ich bin Doktor Redenius. Meine Kollegen meinten, ich sollte Sie mal anschauen.«

Vom einzigen Krankenbett des geräumigen Zimmers ertönte ein unwilliger Grunzlaut. Hannah trat an das Bett und griff nach dem Unterarm des Patienten. Erleichtert stellte sie fest, dass Krabbenhöft sie nicht sehen konnte. Das Gesicht einschließlich der Augen war durch eine Bandage vollständig abgedeckt.

»Der Puls macht einen guten Eindruck. Wie ist das eigentlich passiert?«

»Spielt das für die Behandlung eine Rolle?«, knurrte Krabbenhöft dumpf unter seinem Verband.

»Natürlich nicht. Aber als Ärztin interessiere ich mich immer für den ganzen Menschen. Und für den Hintergrund seiner Erkrankung oder für die Entstehung der Verletzungen. Ich bin davon überzeugt, dass wir Ihnen umso besser helfen können, je mehr wir über Ihren Unfall wissen.«

»Bin gestürzt«, antwortete Krabbenhöft nach einer Weile. »Von einer Bodentreppe. Auf einen Betonboden.«

»Und was ist mit Ihren Augen?«

»Steht das nicht in den Unterlagen?«

»Natürlich.« Hannah versuchte, möglichst viel Charme in

ihre Stimme zu legen. »Aber ich würde es gern von Ihnen hören.«

»Verätzung. Natronlauge. Wo die hergekommen ist, weiß ich nicht. Plötzlich ist mir das Zeug ins Gesicht gespritzt.«

»Hört sich nach einem Anschlag an. Wollte Ihnen jemand etwas antun?«

»Sind Sie verrückt?« Der Puls des Patienten beschleunigte sich. »Es war ein Unfall. Hüten Sie sich davor, etwas anderes in die Welt zu setzen! Meine Anwälte ...«

»Ist ja gut«, beschwichtigte Hannah. »Die Polizei wird sicher herausfinden, was passiert ist. Auch Unfälle müssen aufgeklärt werden.«

»Die Polizei wird gar nichts tun. Dafür werde ich sorgen. Und nun fangen Sie endlich mit Ihrer Untersuchung an!«

»Ach«, sagte Hannah, »ich habe meine Instrumente vergessen. Bitte haben Sie noch einen Augenblick Geduld. In ein paar Minuten bin ich wieder bei Ihnen.«

Mit dem Smartphone fotografierte sie den Mann im Krankenbett, verließ das Patientenzimmer, eilte zum Treppenhaus, zog den weißen Kittel aus und legte ihn über das Geländer. Von hier aus folgte sie der Beschilderung zum Ausgang der Nordseeklinik. Im Kopf formulierte sie bereits die Überschrift für ihren Artikel. *Borkumer Hotelier schwer verletzt im Krankenhaus. War es ein Attentat?*


»Mach dir keine Sorgen. Alles wird gut.« Peter Bernstein nahm seine Tochter in den Arm und hielt sie sekundenlang fest. »Schön, dass du da warst. Und grüß Julia, wenn du nach Hause kommst oder mit ihr telefonierst.«

Rieke nickte und erwiderte die Umarmung. »Und du hältst

mich bitte auf dem Laufenden. Hast ja jetzt Telefon. Da gibt es keine Ausrede mehr.«

Bernstein nickte. »Ich verspreche es. Und nun mach dich auf den Weg. Dein Fall wartet auf dich. Bei mir sind alle Rätsel gelöst.«

Widerstrebend löste Rieke sich von ihrem Vater und nickte. »Ich bin sehr froh, dass wir mit dem Arzt sprechen konnten. Er hat das richtig gut erklärt. Ich weiß jetzt, was sie mit dir machen werden.«

»Das freut mich.« Mit einer zärtlichen Geste strich Peter Bernstein seiner Tochter über das Haar. »Vielleicht kannst du Mama die ganze Sache noch mal erklären. Mir hört sie nicht richtig zu. Wenn sie Elektroschock hört, bekommt sie Panik. Sie ist immer ganz konfus, wenn sie mich im Krankenhaus besucht. Und die Ärzte haben nicht so viel Geduld.«

»Mache ich.« Rieke küsste ihren Vater auf die Wange und wandte sich zum Gehen. Am Ende des Gangs winkte sie ihm noch einmal zu und drehte sich rasch um, denn nun spürte sie plötzlich Tränen aufsteigen. Dabei sollte sie doch erleichtert sein. Ihrem Vater ging es besser, als sie erwartet hatte, und die bevorstehende Behandlung war nach Auskunft der Ärzte eine Routineangelegenheit.

Als sie vor dem Krankenhaus in ihr Auto stieg, rief sie Julia an und berichtete ausführlich von dem Besuch bei ihrem Vater und von den Auskünften, die sie über seine Erkrankung erhalten hatte. Zu ihrer Überraschung fühlte sie sich danach besser. Als wären die Informationen des Arztes erst durch das Gespräch mit ihrer Freundin richtig bei ihr angekommen. Sie sah auf die Uhr und stellte fest, dass sie zur verabredeten Zeit bei ihrer Mutter sein würde.

# 25

## Spätsommer 1990

Joost Theunissen nahm Gas weg, hielt eine Hand über die Augen und suchte den Horizont ab. »Ich bin gespannt, ob sie kommen.« Das kleine Kajütboot verlor rasch an Fahrt.

»Da bin ich ziemlich sicher«, vermutete Cahyo. »Vielleicht haben sie das Foto noch nicht bekommen. Ich weiß nicht, wie lange die Post zur Insel braucht. Aber sobald sie es sehen, werden sie einlenken. Wenn nicht heute, dann morgen oder übermorgen.«

»Da kommt einer.« Joost deutete in Richtung Osten. »Eine kleine Segelyacht. Gib mal Lichtzeichen!«

Cahyo hob einen Feldstecher an die Augen und schwenkte die Lampe mit grünem Licht. »Sie haben günstigen Wind. Nehmen Kurs auf uns.«

Joost erhöhte die Drehzahl des Außenborders. »Na, dann kann es ja nicht mehr lange dauern. Hoffentlich bringen sie Geld mit. Annie muss dringend operiert werden. Bevor sie in Dope versinkt.«

»Das sehe ich genauso.« Erneut nahm Cahyo sein Fernglas und musterte das Boot, dessen Segel sich langsam näherten und rasch größer wurden. »Zwei Mann Besatzung. Ein großer schlanker und ein kräftiger Typ. Von der Gestalt her könnten sie's sein.« Er warf Joost eine Sturmhaube zu und zog sich selbst eine Windmaske über den Kopf. Sein Freund reduzierte das Gas und streifte ebenfalls die Kopfbedeckung über, die nur Schlitze für die Augen frei ließ.

Auf dem Segelboot ließ der Skipper die Fock fallen. Inzwischen hatten sich die Boote auf etwa hundert Meter genähert. Nun wurde auch das Großsegel gerefft. Mit geringer Geschwindigkeit trieb der Segler auf sie zu. Cahyo erkannte einen Kleinkreuzer mit Kajüte. Der Rumpf war rot, die Aufbauten leuchteten weiß. »Scheint ein Flying Cruiser zu sein!«, rief er Joost zu. Sein Freund nickte und beobachtete abwartend den herangleitenden Segler.

Langsam zog er an ihnen vorbei. Die Männer auf der Jolle starrten herüber, ohne sich in irgendeiner Weise zu äußern. »Das sind sie!«, rief Cahyo seinem Freund zu und griff nach dem Paket mit der Königsmischung. Er hob es in die Höhe und ließ es kurz an seiner Hand baumeln. Im nächsten Augenblick hatte das Segelboot sie passiert und lag achteraus. Dann kam Bewegung in die Männer. Tjark ließ die Großschot nach, Enno bewegte den Pinnenausleger und leitete eine Wende ein. Wenig später näherte sich das Segelboot von der anderen Seite. Diesmal kam es mit geringer Geschwindigkeit längsseits, der Abstand betrug keine zwei Meter. Joost erhöhte sanft die Drehzahl des Motors und passte die Geschwindigkeit an die des anderen Bootes an.

Erneut hob Cahyo das Paket mit der Ware in die Höhe. »Habt ihr das Geld?«

Tjark Krabbenhöft bückte sich und hielt ebenfalls ein Päckchen hoch. Joost dirigierte das Boot noch ein wenig näher an das andere heran und nickte seinem Freund zu. »Auf drei!«, rief Cahyo und holte Schwung. Drei Sekunden später flogen die Pakete über die Bordwände und landeten vor den Füßen der Besatzungsmitglieder.

Joost gab Gas und drehte ab. Auf der Jolle wurden die Segel gehisst. Sie legte sich sanft auf die Seite und nahm ebenfalls Fahrt auf. Gegen den Wind aus Nordost würde sie kreuzen müssen, um nach Borkum zurückkehren zu können.

Cahyo sah dem Segelboot nach, dann griff er nach dem Päckchen. Mit einem Kappmesser schlitzte er die Umhüllung aus Plastik der Länge nach auf und untersuchte den Inhalt. »Sie haben uns beschissen!«, rief er seinem Freund zu. »Das ist nur wertloses Papier!«

»Und wir haben allerbeste Ware geliefert.« Joost verzog das Gesicht. »Waren wir zu naiv?«

Cahyo schüttelte den Kopf. »Die werden zahlen. Das schwöre ich dir.«


Gut gelaunt kehrten Tjark und Enno nach Hause zurück. »Die haben wir vielleicht verarscht«, freute sich der jüngere Bruder.

»Was manche Leute sich einbilden«, ergänzte Enno. »Die haben tatsächlich geglaubt, sie könnten uns einfach so siebentausend Riesen aus dem Kreuz leiern. Aber nicht mit mir.«

»Was machen wir mit dem Zeug?« Tjark schwenkte die Plastiktüte mit dem Paket.

Enno zuckte mit den Schultern. »Keine Ahnung. Wir könnten es in kleinen Portionen in Diskotheken verticken. Da sind immer Leute, die was suchen. Besser wäre natürlich, im großen Stil. Und wenn wir es nicht selbst machen müssten. Mal sehen. Vorläufig legen wir das Zeug beiseite. Irgendwann wird sich schon eine Gelegenheit ergeben, es zu Geld zu machen.«

»Meinst du, dass wir siebentausend Mark dafür kriegen?«

»Ich weiß es nicht, Tjark. Aber eins ist klar, erst einmal bleibt das Zeug unter Verschluss. Ich muss mich erst umhören. Eventuell ein paar Proben unter die Leute bringen. Und dann sehen wir weiter.«

»Das könnte ich doch machen, das mit den Proben«, schlug

Tjark vor. Seine Miene bekam einen schwärmerischen Ausdruck. »Vielleicht kann ich damit ein paar Tussen an Land ziehen.«

»Kommt nicht infrage. Und jetzt hör auf damit, nicht dass im Hotel noch jemand etwas aufschnappt!«

Tjark verzog das Gesicht. »Und was ist mit Mamas Geld?«, flüsterte er. »Halbe-halbe?«

»Das bleibt auch erst einmal im Safe. Wenn du jetzt mit Scheinen rumschmeißt, fällt das auf.«

»Ihr möchtet zu eurer Mutter kommen!«, rief die alte Aalderks am Empfang. »Sie will euch sprechen. Beide. Sofort.«

Enno Krabbenhöft warf der Empfangsdame einen wütenden Blick zu. Natürlich wurden sie von der Alten geduzt. Von Kindesbeinen an. Aber es gefiel ihm nicht mehr. Schließlich war er hier jetzt der Chef. Bei passender Gelegenheit würde er sich die respektlose Duzerei verbitten.

Ihre Mutter erwartete sie in ihrem Zimmer. In der Hand hielt sie eine Karte, vielleicht auch ein Foto. »Setzt euch!« Der Ton war scharf und duldete keinen Widerspruch.

Tjark ließ sich in einen Sessel fallen und streckte die Beine breit von sich, während Enno sich ahnungsvoll auf einer Stuhlkante niederließ.

Monika Krabbenhöft warf Tjark einen missbilligenden Blick zu und fixierte dann ihren ältesten Sohn. »Habt ihr das Geld übergeben?«

Tjark kicherte schadenfroh. »Jedenfalls haben wir die Ware. Sind so komische kleine Platten. Die sollen siebentausend Mark wert sein.«

Enno hielt dem bohrenden Blick seiner Mutter nicht stand. Er schlug die Augen nieder. »Warum fragst du? Wir haben die Erpresser getroffen und alles so gemacht, wie sie gesagt haben.«

»In eurem Interesse hoffe ich, dass ihr die Wahrheit sagt.«
Sie knallte das Papier auf den Tisch. »Sonst kommen wir in
Teufels Küche. Schaut euch das an! War heute in der Post.«

Neugierig beugten sich die Brüder über das Foto. Die Szene
war eindeutig, und sie waren gut zu erkennen.

Tjark schüttelte den Kopf. »Das kann gar nicht sein! Eine
Fälschung. Kann man so was nicht mit einem Computer
machen? Du hast doch auf deinem Amiga zu Mamas Geburtstag schon mal ein Foto . . . «

Enno spürte, wie sich seine Eingeweide verkrampften.
»Quatsch! Wenn die so eine Aufnahme haben«, murmelte er,
»ist sie mit einer guten Kamera aufgenommen. Und die haben
bestimmt noch mehr davon. Wir müssen wohl . . . «

»Was müssen wir?«, fuhr Monika Krabbenhöft dazwischen. »Die Herrschaften bitten, mit der Erpressung aufzu-
hören? Von den Aufnahmen keinen Gebrauch zu machen?
Mein Gott, Enno, was bist du naiv! Dir hätte ich mehr gesun-
den Menschenverstand zugetraut.«

Ratlos hob ihr Sohn die Schultern. »Die werden sich wieder
melden. Und dann sehen wir weiter.«

»Und wie soll das weitere Vorgehen aussehen? Willst du die
Polizei einschalten? Ich sehe schon die Überschriften. Gebrü-
der Krabbenhöft unter Mordverdacht. Erst in der Emder Zeitung und dann in allen Medien.«

Tjark öffnete den Mund, schloss ihn aber wieder, ohne einen
Ton hervorzubringen. Unruhig bewegte er die Knie.

»Wir könnten einen Privatdetektiv beauftragen, diese Leute
ausfindig zu machen«, schlug Enno vor. »Die können doch
eigentlich nur von der Insel sein. Wenn wir wissen, wer da-
hintersteckt, könnte die Polizei – wir haben doch gute Beziehungen.«

»Kennst du einen, dem du dieses Foto anvertrauen kannst?

Damit würden wir uns den nächsten Erpresser ins Haus holen. Oder was willst du dem erzählen? Dass es um ein Geschäft geht? Und vergiss die Polizei! Ja, dein Vater hatte ein sehr gutes Verhältnis zu denen. Aber wenn es um so etwas geht, nützt dir das nichts. Da müssen sie ermitteln.«

»Aber wir haben doch gar nichts bezahlt«, platzte Tjark heraus.

Ennos Kopf und der seine Mutter fuhren herum. Entsetzt starrten beide ihn an.


»Wie war's?« Erwartungsvoll sah Marijke ihrem Bruder und seinem Freund entgegen, als die Männer den Coffeeshop betraten.

Joost winkte ab. »Die wollen uns verarschen.« Er warf das zerfledderte Paket mit den Papierschnipseln auf den Tresen.

»Sie sind nicht gekommen?«

»Doch«, antwortete Cahyo. »Aber sie haben uns statt des Geldes dieses Päckchen angedreht. Offenbar ist das Foto noch nicht angekommen. Ich fahre nachher über die Grenze und lasse ihnen per Telefon eine Nachricht zukommen. Bei der Gelegenheit schicke ich das nächste Bild ab. Wir haben mehr als ein Dutzend.«

»Aber sie haben die Ware? Und wir kein Geld?«

»Im Augenblick ist es so. Aber das wird sich ändern, Marijke.« Cahyo klang zuversichtlich. »Wenn die herausgefunden haben, dass sie mit dem Geschäft Geld verdienen können, wird es ihnen leichter fallen, unsere Forderungen zu erfüllen. Die Fotos erledigen den Rest.«

»Na hoffentlich.« Marijke hantierte mit der Kaffeemaschine und füllte drei Tassen. »Wir haben nicht mehr viel Spielraum. Und Annie erst recht nicht. Sie verbraucht zu viel Dope. Ich weiß nicht, wann sie pleite ist, aber lange kann es nicht mehr dauern. Und wir sind dann auch bald am Ende.«

Die Auseinandersetzung mit seiner Mutter hatte Enno Krabbenhöft zugesetzt. Während Tjark nur mit den Schultern gezuckt hatte, gingen ihm ihre Argumente durch den Kopf. Dieses verdammte Foto machte alles kaputt. Mit dem Stoff hätten sie ein Geschäft machen können. Für die eigene Tasche. Die siebentausend Mark von ihrer Mutter hätten sie noch dazu gehabt. Bis jetzt hatte sie ihm fast alle Wünsche erfüllt. Sein Vater hatte ihr freie Hand gelassen. Wahrscheinlich, weil er ein schlechtes Gewissen hatte. Wie sich die Verhältnisse in Zukunft entwickeln würden, war nicht abzusehen. Da wäre ein kleines Privatvermögen nicht schlecht gewesen. Leider hatte seine Mutter recht. Wenn das Foto in falsche Hände geriet, wären sie erledigt. Die Familie ebenso wie das Hotel. Und gerade hatte sein Vater zusammen mit einem Bauunternehmer ein zukunftsträchtiges Konzept für eine Hotelkette entwickelt. Auf fast allen ostfriesischen Inseln würden Häuser nach dem Vorbild der *Nordseeliebe* entstehen. Die Finanzierung durch die Bank beruhte, wie der Vater noch kürzlich voller Stolz erklärt hatte, auf dem guten Ruf der Familie Krabbenhöft.

Der Anruf kam noch am selben Abend. Irgendwie hatte er damit gerechnet und deshalb den Telefondienst am Empfang übernommen. Vergeblich versuchte er, dem Gesprächspartner ins Wort zu fallen. Wie bei der Durchgabe der Daten für das Treffen wurde auch diesmal nur ein Band abgespielt. *Die Übergabe wird morgen zur gleichen Zeit am gleichen Ort wiederholt. Die Übergabe wird morgen ...*

Enno legte auf und starrte missmutig vor sich hin. Es

blieb ihm wohl nichts anderes übrig, als das Geld abzuliefern.

Die Wetterverhältnisse auf der Nordsee glichen denen des Vortages. Mäßig wehte der Wind aus Nordost und ließ den kleinen Jollenkreuzer zügig nach Westen vorankommen. Schweigend bedienten die Brüder Schoten und Pinne. Tjark machte keinen Hehl aus seiner Ablehnung. Er schien die Gefahr, die von einer möglichen Verbreitung des Fotos ausging, nicht zu erkennen. Auch Enno hätte das Geld lieber behalten. Aber den Argumenten seiner Mutter hatte er sich nicht verschließen können. Wohl oder übel musste er das kleine Vermögen an die Erpresser ausliefern. Immerhin hatte er noch am Abend des Vortages Kontakt zu einem Discjockey aufgenommen, von dem man sich erzählte, er könne nicht nur Plattenwünsche erfüllen. Der Mann war sehr zurückhaltend gewesen, hatte ihm aber zugesagt, einen Kontakt zu vermitteln. Noch heute würde er einen Mann treffen, der an einem Geschäft mit hochwertigem Haschisch interessiert sein könnte. Das Kennwort lautete Walfang. Die Verabredung eines Treffpunkts sollte über den DJ laufen. Enno erschien das lächerlich konspirativ, die Auskünfte zudem reichlich vage. Aber vielleicht waren in der Branche solche Gepflogenheiten üblich.

Diesmal erkannte er das Lichtzeichen des Motorboots schon früher, vielleicht war der Wellengang auch nicht so stark wie gestern. »Wir machen es wie gestern!«, rief er seinem Bruder zu. »Erst vorbei, dann die Wende! Von achtern gehen wir dann wieder längsseits!«

Tjark nickte stumm und starrte auf die Segeljacke seines Bruders, die sich auf Höhe der Brusttasche deutlich ausbeulte.

Als sie sich nach dem Manöver der Motoryacht näherten,

rief der kleinere der beiden Männer ihnen zu, dass sie am Flying Cruiser festmachen würden, und warf ihnen ein Tau zu.

Geschickt fing Tjark das Ende auf und zog die Leine an. Bevor die Bordwände aneinanderstießen, warf er zwei Fender hinaus, dann klemmte er das Seil fest. Einträchtig schaukelten beide Boote nebeneinander auf den Wellen. Der kleinere der beiden Männer streckte wortlos die Hand aus. Enno öffnete seine Jacke, zog ein flaches Päckchen aus der Innentasche und reichte es seinem Bruder. Tjark streckte nun ebenfalls den Arm aus, wie um es weiterzugeben. Doch dann packte er plötzlich den Arm des Mannes und zog ihn mit einem heftigen Ruck über die Bordwand. Er fiel vor ihm auf den Schiffsboden.

»Tjark!«, schrie Enno. »Bist du verrückt!«

Der schmächtige Mann rappelte sich auf und versetzte seinem Gegner einen Schlag in die Magengrube. Doch Tjark zuckte nur einmal kurz zurück, dann nahm er den Angreifer in den Schwitzkasten. Das Geldpäckchen war auf den Boden gefallen.

Enno ließ die Pinne los und bückte sich danach. In dem Augenblick drehte der Außenborder des Motorboots hoch. Die verbundenen Boote vorführten eine Drehung, kippten zur Seite und wieder zurück. Enno fiel auf den Rücken. Tjark hatte die Großschot losgelassen, sodass der Baum der Neigung folgte und über das Deck fegte. Mit einem dumpfen Schlag traf er Tjarks Hinterkopf. Blitzschnell bückte sich der Mann mit der Sturmhaube nach dem Geld, löste die Leine und sprang zurück ins Motorboot. Mit aufheulendem Motor entfernte es sich.

Enno beugte sich über seinen Bruder, der sich stöhnend auf dem Boden wälzte und seinen Kopf hielt. »Alles in Ordnung?«

»Alles Scheiße«, knurrte Tjark.

Sie trafen sich auf dem Friedhof. Ennos Mutter war auf die Idee gekommen. »Wenn du dich in diesen Tagen in dunklen Ecken oder fragwürdigen Kneipen herumdrückst und dich jemand sieht, könnte das Gerüchte nach sich ziehen. Dagegen wundert sich niemand, und keiner stellt Fragen, wenn du das Grab deines Vaters besuchst.«

Enno verharrte vor dem Berg aus Blumen und Kränzen, der über der Grabstätte aufgetürmt war. Neben dem Kranz der Familie und den Schleifen und Bändern mit ihren Namen stach ein üppiger Kranz ins Auge. *Dein Freund Heinz Bollmann* stand in goldenen Lettern auf schwarzem Grund. Mit dem Bauunternehmer würde er sich möglichst bald in Verbindung setzen müssen, um sich über die geplanten Bauvorhaben informieren zu lassen. Viel hatte er nicht mitbekommen, aber er wusste, dass der Erfolg der Hotelkette über seine Zukunft entscheiden würde. Bollmann und sein Vater hatten sehr viel Geld in das Vorhaben gesteckt. Nun würde er dafür sorgen müssen, dass es gelang.

Plötzlich stand ein großer dunkler Typ mit langen Haaren neben ihm und betrachtete ebenfalls die Grabstelle. »Mein Beileid, Krabbenhöft. Dein Alter war ein guter Kaufmann. Ich höre, du willst einen neuen Geschäftszweig aufbauen. Kluge Entscheidung. Walfang ist im Kommen.«

Aus der Tasche zog Enno ein schmales Stück, das er von einer der Platten abgeschnitten hatte, und hielt es dem Langhaarigen hin. Der roch daran, kratzte ein wenig mit dem Fingernagel an dem Streifen und schnupperte erneut. »Macht einen guten Eindruck. Wie viel hast du davon?«

»Ein Kilo. Vorerst. Wenn sich das Geschäft entwickelt, auch mehr.«

»Sehr gut.« Der Mann nickte zufrieden und steckte die Probe ein. »Über den Preis reden wir, wenn ich den Stoff geprüft habe.«

»Ich will zehntausend Mark«, sagte Enno rasch.

Der Typ stieß einen grimmigen Lacher aus. »Sachte, sachte mit den jungen Pferden, Krabbenhöft. Ich melde mich bei dir. Über Moby Dick. Frag den DJ nach Addi. Wenn wir uns sehen, nenne ich dir den Preis. Rechne mit der Hälfte.«


»Ist das nicht der ehemalige Verlobte von Annie?« Harro Windmöller klappte die Blätter der Emder Zeitung um. Er schob die Seite mit den Todesanzeigen über den Tisch. Gesine schüttelte ungläubig den Kopf und tastete nach ihrer Brille. »Das kann nicht sein. Ein so junger Mann.« Sie beugte sich über das Blatt. »Tatsächlich. Der Name stimmt. Tragischer Unfall. Geboren 1969. Das Geburtsjahr kommt auch hin.« Sie sah auf und nahm die Brille ab. »Schrecklich, so ein verkorkstes Leben, und dann so kurz.«

»Wir könnten nach Holland rüberfahren und Annie besuchen«, schlug Harro vor und tippte auf die Zeitungseite. »Vielleicht weiß sie noch gar nichts davon.«


Zwei Tage später standen Gesine und Harro Windmöller im Coffeeshop *Grashopper* in Delfzijl. Marijke erinnerte sich an die Namen. Annie hatte von dem hilfsbereiten älteren Geschwisterpaar erzählt. Der Mann hielt eine deutsche Zeitung hoch.

»Können wir Annie sehen?«, fragte Gesine.

»Wir haben eine gute Nachricht für sie«, ergänzte Harro.

»Eigentlich ist es traurig.« Gesine neigte den Kopf. »Jemand ist gestorben. Ihr ehemaliger Verlobter. Frerich Meiners. Er hat sie verfolgt und bedroht.«

»Oh! Gestorben? Wirklich?« Marijke sah ungläubig von einem zum anderen.

»Ein tragischer Unfall«, zitierte Harro. Er schlug die Seite mit den Todesanzeigen auf und hielt sie Marijke unter die Nase. »Hier steht es. Sehen Sie selbst!«

Sie studierte den Text der Anzeige. »Das ist ja – schwer zu glauben. Aber gut für Annie. Wenigstens ein Problem ist sie los.«

»Steckt sie in Schwierigkeiten?«, fragte Harro.

Marijke nickte. »Das kann man wohl sagen. Sie können sie bestimmt sehen. Ich rufe gleich an, ob sie einverstanden ist. Wenn mein Bruder kommt, können wir losfahren. Ich bringe Sie zu ihr.«

»Wir haben ein Auto«, warf Gesine ein. »Ich kann fahren.«

»Das ist nett«, lächelte Marijke und machte eine Handbewegung, die das Lokal umfasste. »Es ist zwar noch nicht viel los. Aber ich kann hier erst weg, wenn mein Bruder da ist. Möchten Sie einen Kaffee?«

»Gern«, antwortete Harro steuerte bereits einen freien Tisch an. »Zweimal mit Milch und Zucker bitte.«

Während Gesine ihm folgte, griff Marijke zum Telefon und wählte. Wenig später brachte sie zwei Tassen Kaffee an den Tisch. »Ich habe mit Annie gesprochen. Sie können sie besuchen. Aber . . .«, sie deutete auf einen freien Stuhl, ». . . darf ich mich einen Moment zu Ihnen setzen?«

»Selbstverständlich«, antworteten Gesine und Harro wie aus einem Mund und sahen Marijke erwartungsvoll an.

»Wie soll ich anfangen?« Unschlüssig betrachtete sie ihre Hände. »Annie – geht es nicht gut. Wenn Sie sie sehen, werden Sie wahrscheinlich erschrecken. Sie ist abgemagert und hat schreckliche Narben im Gesicht. Außerdem . . .«

»Was ist passiert?«, fragte Gesine. »Hatte sie einen Unfall?«

»Nein.« Marijke schüttelte den Kopf. »Schlimmer. Sie ist einem – Sadisten begegnet. Und der hat sie ...«

Harro und Gesine sahen sich an.

»Nicht hier«, ergänzte Marijke. »Drüben. In Deutschland. Auf der Insel Borkum. Dieser Mann hat sie verletzt. Vergewaltigt und das Gesicht zerschnitten.«

»Das ist ja ...« Sprachlos schüttelte Gesine den Kopf.

»Es ist noch nicht lange her. Seitdem nimmt sie ziemlich viel Piece. Sie verstehen? Shit, Dope.«

»Klar!« Harro nickte. »Haschisch. Ich habe früher selbst ...« Er brach ab, als seine Schwester ihm einen mahnenden Blick zuwarf.

# 26

## Frühsommer 2014

Auf dem Rückweg nach Borkum gingen Rieke die Gespräche mit ihren Eltern durch den Kopf. Der Besuch bei ihrem Vater im Krankenhaus hatte sie beruhigt. Seine Herzrhythmusstörungen waren nicht lebensbedrohend, er fühlte sich in guten Händen und sah dem bevorstehenden Eingriff gelassen entgegen. Doch ihre Mutter, zu der sie anschließend gefahren war, hatte neue Zweifel geweckt.

Ein Freund der Familie war zweimal vergeblich operiert worden, erst beim dritten Anlauf sei die Verödung des Herzmuskelgewebes gelungen. Von einer Bekannten hatte sie gehört, bei deren Bruder hätte der Arzt während der Operation einen bestimmten Knoten (»Ich habe mir das aufgeschrieben. Hier: Atrioventrikularknoten«) beschädigt, sodass ihm ein Herzschrittmacher eingesetzt werden musste. Schließlich hatte eine Dame aus ihrem Bridgeclub berichtet, ihr Cousin habe nach einer Katheterablation einen Schlaganfall erlitten und sei nun ein Pflegefall.

Obwohl Rieke Zweifel an den Darstellungen hegte, hatten die aufgeregten Erzählungen ihrer Mutter deutlich an der beruhigenden Gewissheit, für ihren Vater bestehe kein ernsthaftes Risiko, gekratzt.

Als sie Emden erreichte, war es ihr gelungen, die bedrückenden Berichte beiseitezuschieben und sich gedanklich wieder auf den Fall zu konzentrieren. Eilers hatte sich nicht gemeldet, wahrscheinlich wollte er sie während ihres Ausflugs in die Privatsphäre nicht stören. Während der Überfahrt würde sie ihn anrufen. Auf der Fähre hatte sie dafür ausreichend Zeit und Muße.

In dem Augenblick, als sie ihren Wagen auf dem Tagesparkplatz am Borkumanleger abstellte, meldete sich ihr Smartphone mit einer Nachricht von Hannah Holthusen. *Habe Neuigkeiten. Morgen Emder Zeitung lesen. Oder mich anrufen.* Rieke überlegte nicht lange, sondern wählte Hannahs Nummer.

Sie meldete sich sofort, und Rieke merkte ihrer Stimme an, dass sie guter Dinge war. »Schön, dass du anrufst. Ich war heute auf der Insel. Imke hat mir gesagt, du seist auf dem Festland unterwegs. Etwas Privates? Ist bei dir alles in Ordnung?«

»Wie man's nimmt.« Rieke berichtete Hannah von ihrem Besuch in Aurich und den widersprüchlichen Eindrücken, die ihre Eltern bei ihr hinterlassen hatten. »Halte dich an deinen Vater«, riet Hannah, »und gib nichts auf das Geschwätz der Leute. Die Menschen kolportieren mit Vorliebe Gruselgeschichten. Lass dir das von einer gelernten Geschichtenerzählerin gesagt sein; ich bin vom Fach.«

»Danke für den Tipp!« Rieke sah Hannahs lebenserfahrenes Gesicht mit den klugen Augen hinter der strengen Brille vor sich und lächelte unbewusst. »Was hast du noch für mich? Neuigkeiten zu unserem Fall?«

»So ist es, meine Liebe. Unser Freund Krabbenhöft muss im Krankenhaus behandelt werden. Angeblich ein Unfall. Aber wenn du mich fragst, war es ein Anschlag. Er hat ätzende Lauge ins Gesicht bekommen. Das passiert nicht einfach so.«

»Oh, das tut mir leid, Hannah, für mich ist die Information nicht neu. Ich war noch gestern Abend in der Nordseeklinik, konnte aber nicht mit Krabbenhöft sprechen. Ein Arzt hat allerdings ganz allgemein Andeutungen über Verätzungen gemacht. Woher hast du die Information, und was macht dich so sicher?«

»Ich habe gestern einen anonymen Hinweis bekommen. Daraufhin bin ich heute rübergefahren und habe Krabbenhöft im Krankenhaus besucht.«

»Man hat dich zu ihm gelassen?«

Hannah lachte. »Natürlich nicht so ohne Weiteres. Habe Glück gehabt und auch ein bisschen getrickst.«

»Den Trick musst du mir bei Gelegenheit mal verraten. Vielleicht kann ich ihn gebrauchen.«

»Ich fürchte, für dich ist er nicht geeignet. Aber du hast ja mich. Das mit der Verätzung ist jedenfalls sicher. Er hat's mir selbst erzählt. Legt aber großen Wert darauf, dass es nicht bekannt wird. Bin schon gespannt ...«

»Er hat es dir erzählt?«, unterbrach Rieke sie. »Ich glaub es nicht!«

Wieder lachte Hannah. »Mit mir würde er natürlich überhaupt nicht sprechen. Aber bei einem Halbgott in Weiß sieht das anders aus. Selbst wenn es nur eine Göttin ist. Die hat schließlich Schweigepflicht. Mehr willst du, glaube ich, nicht wissen, Frau Hauptkommissarin.«

»Und worauf bist du gespannt?«

»Auf das, was morgen passiert, wenn der Artikel erscheint. Wahrscheinlich werden seine Anwälte bei uns auf der Matte stehen. Aber dann ist es zu spät. Die Information lässt sich nicht mehr einfangen. Ich frage mich, warum niemand von dem Anschlag erfahren soll.«

»Das frage ich mich auch. Allerdings sollte auch der Tod seines Bruders als Unfall dargestellt werden. Er wollte keine Todesfallermittlung. Und ich schätze, er hat auch kein Interesse daran, dass wir nach dem Attentäter suchen.«

323

»Vielleicht fürchtet er unkalkulierbare Nebenwirkungen. Ihr könntet auf etwas stoßen, das ihn in Schwierigkeiten bringt. Der berühmte dunkle Punkt in der Vergangenheit.«

»Den Verdacht habe ich auch. Deshalb werden wir uns genau darum kümmern. Wenn wir weitergekommen sind, melde ich mich bei dir. Ich bin jetzt am Fährhaus und muss zum Fahrkartenschalter. Ich wünsche dir einen schönen Abend, Hannah.«

»Ich dir auch. Und mach dir keine Gedanken wegen deines Vaters, Rieke. Das wird alles gut werden.«


Nachdem die Fähre abgelegt hatte und grummelnd ihren Weg durch die Emsmündung nahm, zog Rieke ihr Handy wieder hervor und wählte die Nummer von Jan Eilers.

»Schön, dass Sie anrufen, Frau Bernstein. Wie geht es Ihrem Vater?«

»Danke, den Umständen entsprechend. Ich weiß jetzt, worum es geht und was auf ihn zukommt. Das entlastet mich. Haben Sie neue Erkenntnisse in unserem Fall?«

»Kann man wohl sagen. Wollen Sie sie hören?«

»Deshalb rufe ich an.«

»Also gut. Erstens, Monika Krabbenhöft wurde wahrscheinlich ermordet. Das von ihrem Arzt attestierte Herzversagen ist von einem Schlangengift ausgelöst worden. Und zwar von dem der Indonesischen Todesotter. Hab schon mal ein bisschen gegoogelt. Es ist eins der tödlichsten Gifte überhaupt. Auf YouTube und ähnlichen Portalen im Internet gibt es ein schönes Video, wo man zusehen kann, wie menschliches Blut durch das Gift verklumpt. Sehr eindrucksvoll.«

»Woher haben Sie die Information? Von ihrem ehemaligen Arzt?«

»So ist es«, bestätigte Eilers. »Ich war bei dieser Frau Aalderks. Sie lässt Sie übrigens herzlich grüßen. Von ihr habe ich erfahren, wo ich den Doktor – Sandhus finden konnte. Er wohnt im selben Altersheim. Eine Etage unter ihr. Und der hat mir ganz freimütig erzählt, dass er seinerzeit eine Blutprobe von Monika Krabbenhöft hat untersuchen lassen. Mit besagtem Ergebnis.«

»Ist damals nicht wegen eines Tötungsdelikts ermittelt worden?«

»Auf Wunsch – man kann vielleicht auch sagen, auf Druck der Söhne hat der Arzt das Untersuchungsergebnis für sich behalten.«

»Gute Arbeit, Kollege Eilers. Was ist mit dem Alibizeugen von 1987 und diesem Bauunternehmer?«

»Bollmann befindet sich nicht mehr auf der Insel. Ich habe sein Sekretariat erreicht und darum gebeten, dass er sich mit uns in Verbindung setzt. Daraufhin ist eine Mail gekommen. Wir möchten uns an die Kanzlei Dr. Leßing und Partner wenden.« Die de-Niro-Stimme bekam einen ironischen Unterton, als Eilers zitierte. »Von dort erhalten Sie alle notwendigen Auskünfte.«

»Ja, das kennen wir«, seufzte Rieke Bernstein. »Aber Bollmanns Vernehmung ist nicht so eilig. Wahrscheinlich wird er uns eh nichts sagen, weil sein Freund das nicht will. Was ist mit dem anderen Zeugen?«

»Er heißt Steffen Harms, ist achtundvierzig Jahre alt und Geschäftsführer eines Beerdigungsunternehmens. Hier auf Borkum.«

»Aber nicht bei *Erd, See & Feuer!*«, rief Rieke überrascht. »Oder?«

»Doch, genau. In Krabbenhöfts Laden. Wir haben ihn noch nicht vernommen, weil wir dachten, dass Sie vielleicht mit ihm sprechen wollen.«

»Und ob ich das will«, sagte Rieke entschlossen. »Nach Möglichkeit noch heute Abend. Ich bin in zwei Stunden auf der Insel. Bestellen Sie ihn zur Dienststelle! Nein, wir machen es anders. Ich gehe zu ihm ins Geschäft. Er soll sich bereithalten.« Sie hielt einen Moment inne, weil sich aus ihrem Unterbewusstsein eine Frage in den Vordergrund drängte.

»Sind Sie noch da?«, fragte Eilers.

»Warum sind wir darauf nicht gleich gekommen? Der Name muss doch in der Akte gestanden haben, die Rasmussen besorgt hat. Haben wir das übersehen?«

»Da steht ein anderer Name drin, Frau Bernstein. Steffen Horenkohl. So hieß der Mann früher. Er hat 2002 geheiratet und den Namen seiner Frau angenommen. Deshalb mussten wir lange suchen. Er hatte früher eine andere Adresse, und zwischendurch hat er auch mal auf dem Festland gewohnt. Aber ein ehemaliger Nachbar hat sich an ihn erinnert.«

In Eilers' Stimme schien ein wenig Stolz mitzuschwingen, deshalb lobte Rieke ihn noch einmal. »Sehr gut, Herr Kollege. Ich melde mich bei Ihnen, wenn ich das Gespräch mit dem Bestatter geführt habe. Vielleicht sind wir dann schon einen Schritt weiter. Über die Frau, die 1988 die Krabbenhöft-Brüder angezeigt hat, haben wir sicher noch nichts.«

»Die Abfragen laufen. Bei den Melderegistern und bei der BAFIN. Wenn sie nicht ordnungsgemäß gemeldet ist, finden wir sie vielleicht über ihr Konto. Eine Antwort liegt aber noch nicht vor.«

»Was ist mit dem Zoll?«

»Zoll? Ich verstehe nicht.«

»Der Zoll hat bundesweit Zugriff auf eine Datei, in der alle aktuellen Arbeitsverhältnisse gespeichert sind.«

»Das wusste ich nicht«, entschuldigte sich Eilers. »Aber ich werde das veranlassen.«

»Tun Sie das.« Rieke lachte. »Staatsanwalt Rasmussen wird sich freuen, wenn er noch ein Amtshilfeersuchen stellen muss.«

Sie bedankte sich noch einmal und verabschiedete sich. Während die Fähre dem Verlauf der Emsmündung folgte und die Drehzahl der Maschinen erhöht wurde, wanderten ihre Gedanken zu Hannah Holthusen. Sie bewunderte die Journalistin für ihre unerschrockene Recherche in der Nordseeklinik. Dass sie es geschafft hatte, Krabbenhöft zu sehen und zu sprechen, war schier unglaublich. Wenn der Hotelier morgen von ihrem Artikel erfahren würde, würde er seine Anwälte gegen die Zeitung in Stellung bringen. Hannah war nicht nur klug und beherzt, sie war auch mutig. Trotzdem schien es Rieke keineswegs sicher, dass sie aus dem persönlichen Zweikampf mit Krabbenhöft als Siegerin hervorgehen würde. Dessen Beziehungen reichten weit und konnten möglicherweise genutzt werden, um ihr beruflich zu schaden. Sie nahm sich vor, sie in den nächsten Tagen wieder anzurufen.

Steffen Harms trug statt des schwarzen Jacketts einen grauen Kittel und polierte einen Sarg im Ausstellungsraum von *Erd, See & Feuer.* Ein Schild wies das weiße Erdmöbel als Modell Düneneindruck aus. Der weiße Corpus aus Mahagoni war mit einem aufgemalten Strandmotiv versehen. Dünengras und Sand an den Seiten, blauer Himmel mit kreisenden Möwen auf dem Deckel, türkisfarbene Wellen am Fußende, ein roter Leuchtturm am Kopfende. Als Griffe dienten aufwändig eingearbeitete Taue.

»Gehört so was zu einem standesgemäßen Seemannsgrab?« Rieke hatte Mühe, sich einen ironischen Unterton zu verkneifen, als sie den Raum betrat, in den sie von der Frau des Bestatters geführt worden war.

327

»Dieses Modell ist einer unserer Designersärge«, erklärte Harms ernsthaft mit leiser Stimme und knetete den Lappen in seinen Händen. »Was wollen Sie denn noch? Herr Krabbenhöft ist nicht mehr hier.«

Rieke nickte nachdenklich. »Ja, um den kümmern sich jetzt die Rechtsmediziner. Aber trotzdem geht es noch einmal um ihn. Allerdings nicht nur um ihn. Auch um seinen Bruder. Und um eine dritte Person. Die dritte Person sind Sie, Herr Harms. Drei junge Männer auf einem Segelboot. An einem bestimmten Tag im Sommer 1987. Sie erinnern sich?«

Harms schüttelte unmerklich den Kopf. Sein Blick war starr auf den Leuchtturm gerichtet, der die Dünenimpression schmückte.

»Verständlich«, räumte Rieke ein. »Ist ja auch schon lange her. Aber vielleicht kann ich Ihrem Gedächtnis auf die Sprünge helfen. Es geht um den Tag, an dem hier auf der Insel eine junge Frau vergewaltigt wurde. Sie sind dazu schon einmal befragt worden. Genau ein Jahr später. Damals waren Sie ganz sicher, an jenem Tag mit den Krabbenhöfts auf dem Wasser gewesen zu sein. Trotz des zeitlichen Abstandes wussten Sie noch das Datum und die Uhrzeit. Eigentlich erstaunlich. Mit zwanzig sind die wenigsten jungen Männer akribische Erbsenzähler. Man arbeitet, lebt in den Tag hinein, feiert oft und ausgiebig und nutzt das Wochenende für diesen und jenen Freizeitsport oder für Treffen mit Mädchen. Richtig?«

»Es war aber so, wie ich damals gesagt habe.«

»Was haben Sie denn damals gesagt?«

Harms zögerte. In ihm arbeitete es sichtlich. Doch dann schien er den richtigen Satz gefunden zu haben. »Ich war am 20. August 1987 von siebzehn bis zweiundzwanzig Uhr mit Tjark und Enno Krabbenhöft auf deren Segelboot Aphrodite zwischen Borkum und Juist unterwegs.«

Den Satz kannte Rieke. Sie hatte ihn genau so in der Vernehmungsakte gelesen. »Stimmt«, bestätigte sie. »Mit diesen Worten haben Sie den beiden Beschuldigten ein Alibi gegeben.« Sie hob die Stimme. »Aber ich glaube Ihnen nicht. Vielmehr bin ich davon überzeugt, dass Ihnen die Anwälte der Familie Krabbenhöft diese Worte vorgegeben haben. Nachdem die Brüder Sie um einen kleinen Freundschaftsdienst gebeten und Krabbenhöft Senior Ihnen eine Belohnung in Aussicht gestellt hat. Was hat er Ihnen geboten? Geld? Einen Job? Diesen Job?«

Erneut schüttelte der Bestatter den Kopf, diesmal energischer. »Es gab keinerlei wie auch immer geartete Absprachen.«

Rieke lachte. »Auch so ein Satz, wie Juristen ihn formulieren. Tatsache ist, dass Sie hier als Angestellter von Enno Krabbenhöft tätig sind. Das Bestattungsinstitut gehört ihm. Oder?«

»Ich bin Geschäftsführer. Mit Prokura.«

»Seit wann genau?«

Unwillig verzog Harms das Gesicht und presste die Lippen zusammen. »Seit über zwanzig Jahren«, stieß er schließlich hervor.

Rieke hob die Schultern. »Wir werden es herausfinden. Alle Details Ihrer Zusammenarbeit mit Krabbenhöft werden wir herausfinden. Auch ohne Ihre Hilfe. Für heute verabschiede ich mich von Ihnen. Aber Sie müssen damit rechnen, dass wir Sie zu einer offiziellen Vernehmung bitten.« Sie deutete auf den glänzenden Sarg mit Dünenmotiv. »Da ist noch eine matte Stelle. Auf der Nordsee.«

Auf dem Weg ins Hotel fragte Rieke sich, wie Steffen Harms seinerzeit mit seiner Aussage durchgekommen sein konnte. Für sie stand fest, dass er log. Und er schien nicht der Typ zu sein, der einer Vernehmung mit massivem Druck standhalten würde. Hatte man sich damals leichtfertig mit seiner Aussage zufriedengegeben? Hatte Krabbenhöfts gutes Verhältnis zur Polizei eine Rolle gespielt? Für Rieke deutete alles darauf hin, dass es der Familie Krabbenhöft gelungen war, einen berechtigten Vorwurf aus der Welt zu schaffen und damit einem Strafverfahren zu entgehen. Nun hoffte sie darauf, die Frau zu finden, die das Verfahren in Gang gesetzt hatte. Aber selbst, wenn sie die These vom Rachefeldzug stützte, waren sie der Täterin noch keinen Schritt näher gekommen. Es wurde Zeit, alle Informationen zusammenzutragen und ein Täterprofil zu entwerfen. Wenn ihre Annahme stimmte, befand sich die Frau auf der Insel und bereitete den nächsten Schlag gegen Enno Krabbenhöft vor.

Für die Bewachung des Hoteliers hatten sie nicht genug Leute. Oberkommissar Gerit Jensen hatte deshalb selbst eine Schicht übernommen. Am frühen Morgen verabschiedete er seinen uniformierten Kollegen und nahm dessen Platz auf dem Flur vor Enno Krabbenhöfts Krankenzimmer ein. Um der Langeweile des eintönigen Wachdienstes zu entgehen, hatte er seinen privaten Tablet-PC mitgenommen. Vielleicht konnte er Rechercheaufgaben übernehmen oder wenigstens den Kontakt zu Jan Eilers halten. Falls die Kollegen ihn nicht benötigten, würde er ein bisschen im Internet surfen und sich über aktuelle Urlaubsangebote für den Herbst informieren. Vielleicht auch die eine oder andere Seite aufsuchen, die während der Dienstzeit sonst tabu war. Aber erst würde er versuchen, bei den *Angry Birds* auf ein höheres Level zu kommen. Die Grünen Schweine hatten den Vögeln die Eier gestohlen. Nun war es seine Aufgabe, in der Rolle eines *Angry Birds* die Festung der Grünen Schweine in Schutt und Asche zu legen.

Obwohl er in das Spiel vertieft war, bemerkte er nach einiger Zeit die Unruhe in der Abteilung. Mehrfach kamen Ärzte oder Pfleger und warfen einen Blick in das Krankenzimmer. Am Ende des Gangs standen weiß gekleidete Frauen und Männer in kleinen Gruppen und diskutierten halblaut. Schließlich tauchte mit schnellen Schritten ein grauhaariger Arzt auf, ein halbes Dutzend jüngerer Mediziner oder medizinischer Angestellter im Schlepptau. Er trug eine zusammengerollte Zeitung in der Hand und steuerte direkt auf Jensen zu, stoppte vor ihm und deutete mit der Zeitung auf die Tür des Krankenzimmers. »Seit wann bewachen Sie Herrn Krabbenhöft?«

Jensen sah auf die Uhr. »Seit einer Stunde.«

Unwillig schüttelte der Arzt den Kopf. »Wann haben Sie mit der Bewachung des Patienten begonnen? Gestern?«

»So ist es«, bestätigte Jensen. »Gestern Abend.«

Der Arzt drehte sich zu seiner Gefolgschaft um. »Sie warten hier.« Dann öffnete er die Tür und betrat das Krankenzimmer.

Die Tür blieb offen, sodass Jensen einen Teil des Krankenbettes erkennen konnte. Und er vernahm die Stimme des Arztes.

»Hatten Sie gestern Besuch einer Journalistin? Haben Sie ihr erlaubt, Sie zu fotografieren?«

»Wohl kaum.«

»Wie erklären Sie sich diesen Artikel in der Emder Zeitung? Mit Zitaten von Ihnen und einem Foto?«

Leider waren die Antworten des Patienten nicht zu verstehen. Doch schon einen Augenblick später kehrte der Arzt auf den Flur zurück und wandte sich an die Wartenden. »Von Ihnen steht niemand unter Verdacht«, verkündete er und wedelte mit der Zeitung. »Diese Journalistin muss sich eingeschlichen haben.«

331

Eilig zog der Trupp wieder ab.

Jensen griff zum Telefon und wählte die Nummer seines Kollegen. »Moin, Jan. Gerit hier. In der Zeitung muss etwas über Krabbenhöft stehen. Gestern soll eine Journalistin heimlich mit ihm gesprochen und ihn fotografiert haben. Bevor wir die Bewachung aufgenommen haben. In der Nordseeklinik herrscht große Aufregung. Die haben wohl erst gedacht, dass einer von ihnen die Informationen geliefert hat.«

»Ich hatte gerade einen Anruf von der Kollegin Bernstein«, antwortete Eilers. »Zum selben Thema. Sie wusste auch schon davon. Nachher will sie mit uns sprechen. Ich schicke jemanden, der dich ablöst. Wir brauchen dich hier. Es geht um ein Täterprofil. Inzwischen liegt das vorläufige Obduktionsergebnis vor. Der Bericht der Kriminaltechnik ist auch gekommen. Bis nachher.«

Gerit Jensen verabschiedete sich und wandte sich wieder den *Angry Birds* zu. Er hatte das zwölfte Level erreicht und wollte auch den Rest noch schaffen. Während er sich auf das Spiel konzentrierte, erschien ein Mann in Begleitung eines weiß gekleideten Pflegers auf dem Flur. Vor ihm blieben die Männer stehen. »Dieser Herr«, sagte der Krankenhausmitarbeiter, »möchte Herrn Krabbenhöft besuchen.«

Der Oberkommissar sah auf, ließ das Spiel vom Bildschirm verschwinden und startete ein Notizbuch. Gleichzeitig streckte er die Hand aus. »Ich hätte gern Ihren Ausweis.«

Der Besucher schien darauf vorbereitet gewesen zu sein und zog einen Personalausweis aus der Tasche. »Osterkamp, Arne. Herr Krabbenhöft möchte mich sprechen.«

»Das werden wir gleich sehen.« Jensen nickte und tippte Namen und Ausweisnummer in sein Tablet. Dann gab er den Ausweis zurück und klopfte an die Tür des Krankenzimmers. Auf ein dumpfes »Herein« öffnete er sie und steckte den Kopf hindurch. »Guten Morgen, Herr Krabbenhöft. Hier ist ein Herr Osterkamp. Möchten Sie ihn sprechen?«

»Allerdings«, knurrte der Patient. »Soll reinkommen!«

Jensen gab dem Besucher einen Wink und nickte dem Pfleger zu. »Alles in Ordnung.«

Kaum hatte sich die Tür des Krankenzimmers geschlossen, begann dahinter eine heftige Diskussion. Leider blieb der Inhalt der Auseinandersetzung für Jensen unverständlich. Bedauernd zog er sich auf seinen Stuhl zurück und wandte sich seinem Tablet-Computer zu.

Rieke Bernstein hatte die Berichte der KTU und der Rechtsmedizin gelesen. Im Gegensatz zu Jan Eilers war sie nicht überrascht. Tjark Krabbenhöft war mit Gamma-Hydroxy-Buttersäure, kurz GHB, auch Liquid Ecstasy genannt, willenlos gemacht worden. GHB wurde zu Industriezwecken legal gehandelt und konnte problemlos über das Internet bestellt werden. Der Täter oder die Täterin musste die Wirkung dieser auch als K.-o.-Tropfen bekannten Substanz exakt berechnet und das benebelte Opfer an den Wagen der Inselbahn gebunden haben, als es gerade wieder zu sich gekommen war. Der kräftige und widerstandsfähige Tjark Krabbenhöft hatte sogar noch einige hundert Meter hinter dem Zug herlaufen können. Gestorben war er erst später. Und wohl auch nur, weil niemandem der nackte Mann hinter dem Waggon aufgefallen war. Er hätte mit großer Wahrscheinlichkeit überleben können, wenn er entdeckt und ärztlich behandelt worden wäre. Rieke fragte sich, ob die Täterin Tjarks Tod oder sein Überleben geplant hatte.

»Spielt das noch eine Rolle?«, fragte Jan Eilers, dem sie ihre Überlegungen darlegte.

»Ich weiß nicht, ob das für die Anklage von Bedeutung ist.

Mir scheint die Unterscheidung zwischen Mord und Totschlag schon lange zweifelhaft. Aber das ist im Augenblick nicht unser Problem. Man kann jemanden mit weniger Aufwand ins Jenseits befördern, wenn es nur darum geht, ihn umzubringen. Möglicherweise geht es hier aber um eine Bestrafung. Und dazu gehört, dass der Bestrafte mitbekommt, was ihm angetan wird.«

»Sie denken nach wie vor an eine Frau?«

»Meine Annahme wird durch die Fakten gestützt.« Rieke tippte auf die Ermittlungsakte. »Wir befinden uns in einer Todesfallermittlung, deswegen konzentrieren wir uns automatisch auf Aspekte der Tötung. Aber mir scheint diese – Entfernung der Genitalien der entscheidende Punkt zu sein. Dank Ihrer Ermittlung wissen wir nun auch, dass Monika Krabbenhöft durch Gift gestorben ist. Das deutet nicht automatisch auf eine Frau hin, würde aber zu einer Täterin passen. Bei diesem Mord ging es möglicherweise nicht darum, die Krabbenhöft zu beseitigen, sondern darum, ihren Söhnen die Mutter zu nehmen. Drittens zielte der Anschlag auf Enno Krabbenhöft nicht auf Tötung. Jemand scheint es darauf abgesehen zu haben, ihm möglichst viel und möglichst schmerzhaften Schaden zuzufügen. Und nun kommt noch etwas, das Sie noch nicht wissen. Haben Sie sich schon gefragt, wie Hannah Holthusen von Krabbenhöfts Unfall erfahren hat?«

Eilers verzog das Gesicht. »Von Imke vielleicht?«

Rieke schüttelte den Kopf. »Nein, sie hat die Information vor allen anderen bekommen. Durch eine anonyme E-Mail. Deswegen konnte sie gestern diesen Besuch bei Krabbenhöft machen, bevor wir seine Bewachung organisiert hatten.«

»Sie meinen, der Täter oder die Täterin hat sie informiert?«

»Genau das meine ich. Und ich bin sicher, diese Frau ist noch auf der Insel.«

# 27

## Herbst 1990 bis Sommer 1993

Harro Windmöller hätte Annie kaum wiedererkannt. Ungläubig musterte er das abgemagerte Mädchen, das von Kopf bis Fuß einen ungepflegten Eindruck machte. Die fettigen Haare hingen in unterschiedlich langen Büscheln strähnig herab, die Augenlider waren halb geschlossen, eines davon stark gerötet und nach unten gezogen. Über die bleichen Wangen liefen dunkelrote Streifen zu den Mundwinkeln, von denen einer ebenfalls durch eine unsichtbare Kraft nach unten gezogen wurde. Annie trug einen zerschlissenen grauen Pullover und eine fleckige schwarze Jogginghose. Ihre Füße steckten in unterschiedlichen Socken.

Während seine Schwester das Mädchen umarmte, ließ Harro sich vorsichtig auf einem Sessel nieder, zu dem ihn die junge Holländerin dirigiert hatte.

Gesine hatte Tränen in den Augen, nachdem sie Annie mit ausgestreckten Armen an den Schultern gehalten und sie betrachtet hatte. »Mein Gott, was haben sie mit dir gemacht!«

Annie zuckte mit den Schultern und begann mechanisch einen Joint zu drehen. Fasziniert beobachtete Harro den Vorgang. Ohne hinzusehen, drehte sie den Filter fest in das Papier, stopfte die Mischung in die Tüte, stieß sie in der hohlen Hand ein paar Mal auf den Tisch, stopfte noch etwas Gras nach und verschloss sie mit einer geschickten Drehung. Den fertigen Joint legte sie vor sich auf die Tischplatte.

»Irgendwann werden sie dafür bezahlen.« Sie sprach langsam, mit schleppender Stimme und ohne jede Betonung. »Aber erst mal muss ich mich erholen. Danke, dass ihr gekommen seid. Das ist wirklich sehr nett von euch.«

»Wie willst du dich erholen«, fragte Gesine streng und deutete auf die Tüte, »wenn du dieses Zeug nimmst?«

»Das ist gegen die Schmerzen«, antwortete Annie stoisch. »Draußen und drinnen.« Mit den Fingerspitzen tippte sie sich gegen die Brust. »Hauptsächlich drinnen.«

»So bald wie möglich werden wir sie nach Amsterdam bringen«, warf die Holländerin ein. »Damit sie operiert werden und wieder unter Menschen gehen kann.«

»Ist so eine Operation nicht ziemlich teuer?«, fragte Gesine.

»Wir arbeiten gerade an der Finanzierung«, antwortete die Holländerin. »Am Geld wird es nicht scheitern. Wir haben auch schon einen Termin im Boerhaave Medical Center.«

Gesine sah sie skeptisch an. »Glauben Sie, dass Annie sich danach auch seelisch wieder erholt? Und von diesem Zeug loskommt?«

»Die Chancen sind gut. Ich bin optimistisch.«

»Ist es denn normal«, meldete sich Harro zu Wort, »dass man von Cannabis so stark – wie soll ich sagen? – beeinträchtigt wird? Diese Art zu sprechen, also bei uns – früher – war das nicht so.«

Die Holländerin sah Annie kritisch an. »Ich weiß nicht. Ich habe nur hin und wieder mal etwas geraucht. Bisher ist mir das auch gar nicht so aufgefallen. Aber heute …«

»Vielleicht sollten wir jetzt mal zum Thema kommen.« Gesine warf Harro einen Blick zu. Der griff in die Innentasche seiner Jacke und zog die zusammengelegte Emder Zeitung hervor. Er faltete sie auseinander, blätterte einmal um und schob sie über den Tisch in Annies Richtung. »Schau mal bei den Todesanzeigen. Ganz oben rechts.«

Annie beugte sich über die Seite. Ohne erkennbare Reaktion starrte sie auf die gerahmten Anzeigen. Sekundenlang herrschte Stille im Raum, sodass nur ihr Atem zu hören war, der sich plötzlich beschleunigt hatte.

»Frerich ist tot?«, murmelte sie. »Das ist eine gute Nachricht.« Sie sah auf. »Stimmt es wirklich?«

»Ein Autounfall«, bestätigte Harro. »Darüber wurde auch in der Zeitung berichtet. Ein paar Tage vorher. Natürlich ohne Namen. Deshalb wussten wir nicht, wer dort verunglückt ist. Im Emstunnel war ein Wagen mit sehr hoher Geschwindigkeit ins Schleudern gekommen, gegen die Mauer gekracht und in Brand geraten.«

»Dieser Meiners kann dir nichts mehr tun«, ergänzte Gesine. »Du musst keine Angst mehr haben.«

»Das ist eine gute Nachricht«, wiederholte Annie. »Danke!« Sie verstummte, griff nach dem Joint und betrachtete ihn von allen Seiten.

Gesine sah ihren Bruder an. »Ich glaube, wir sollten uns auf den Heimweg machen. Annie braucht sicher Ruhe.«

Harro stand auf. »Wir besuchen dich wieder, Annie. Wenn es dir besser geht. Natürlich nur, wenn du einverstanden bist.«

Annie nickte.

Nachdem die Besucher das Haus verlassen hatten, legte sie den Joint zurück auf den Tisch. Sie ging hinaus, verfolgte das grüne *Grashopper*-Auto mit den Augen, bis es abgebogen war, wartete noch eine halbe Minute und vergewisserte sich, dass niemand in der Nähe war. Dann löste sie einen lockeren Stein aus der alten Gartenmauer, die das Grundstück umgab, nahm ein kleines Päckchen aus der Öffnung und schob den Stein wieder an seinen Platz. Sie kehrte ins Haus zurück, verschloss die Tür und ging in die Küche. Hier öffnete sie das Päckchen, nahm eine der kleinen Plastiktüten, die sich darin befunden hatten, schlitzte sie auf und schüttete den Inhalt in einen Löffel. Über der Gasflamme des Herdes erhitzte sie das braune Pulver, das in kurzer Zeit zu einer klaren Flüssigkeit verschmolz. Sie streute ein wenig Ascorbinsäure darüber, drehte die Flamme aus, legte den Löffel vorsichtig ab und zog die Flüssigkeit durch einen Filter in die Spritze.

Eine Woche nach dem Besuch von Gesine und Harro Windmöller fuhren Marijke und Joost Theunissen mit Annie nach Amsterdam.

Die Klinik lag an der Johannes Vermeerstraat, in der Nähe des Museumplein, an dem das Rijksmuseum Amsterdam, das Van Gogh Museum und andere Ausstellungen zu finden waren. »Hier kannst du ganz viel Kultur mitnehmen«, erklärte Marijke begeistert. »Nach der Operation darfst du bestimmt bald wieder rausgehen.«

Annie nickte stumm. Sie betrachtete die Häuser an den begrünten Straßenzügen, die mit ihren roten Backsteinfassaden und den dunklen Dächern ein wenig an Emden erinnerten, und dachte darüber nach, wie ihr künftiges Dasein aussehen würde. Nach Delfzijl konnte sie nicht zurückkehren. Dort den Stoff für ihr Überleben zu besorgen war teuer und aufwändig. Es hatte sie viel Mühe und einen großen Teil ihrer Ersparnisse gekostet, jemanden zu finden, der ihr sauberes Heroin besorgte. In Amsterdam wäre alles viel leichter. Natürlich würde sie nur vorübergehend drücken. Bis die Operationsnarben verheilt und ihr inneres Gleichgewicht wiederhergestellt war. Bis dahin würde sie in der Stadt bleiben und sich mit Jobs in der Gastronomie über Wasser halten. Ihr Lieferant hatte ihr versichert, dass in den Restaurants und Kneipen der Innenstadt immer

Servicekräfte gesucht würden. Allerdings würde sie sehr viel schneller und sehr viel mehr Geld verdienen, wenn sie bereit wäre, einen Service anderer Art anzubieten. Er hatte ihr die Visitenkarte eines Clubmanagers überlassen, der ihr weiterhelfen würde. Der Club Copacabana sei einer der größten Nachtklubs im Zentrum. Sein Chef Piet Mulder habe Verbindungen zu allen wichtigen Geschäftsleuten des Rotlichtbereichs.

Darauf würde sie sich sicher nicht einlassen, aber für den Notfall war die Gewissheit beruhigend, eine Adresse zu haben, an die sie sich wenden konnte.

Vor der Klinik setzten Marijke und Joost sie ab, um nach Delfzijl zurückzukehren und den Coffeeshop zu öffnen. »Versprich, dass du dich meldest!«, mahnte die Freundin. »Wir wollen wissen, wie es dir geht.«

Obwohl sie längst entschieden hatte, in Amsterdam zu bleiben, versicherte Annie, anzurufen, sobald sie dazu Gelegenheit hätte, verabschiedete sich, nahm ihren Koffer und winkte der grünen Fourgonnette nach. Dann stieg sie die Stufen zum Eingang des Boerhaave Medical Center hinauf.

Als Annie zum ersten Mal die Klinik ohne Verband verließ, traf sie ihren Lieferanten in einem Café am Rande des Museumplein. Einmal hatte er ihr Stoff ins Krankenhaus gebracht, wollte es ein zweites Mal jedoch nicht betreten. Er übergab ihr ein Päckchen, steckte die fünfzig Gulden ein und bewunderte das Ergebnis der Operation. »Erstaunlich, was die Chirurgen heutzutage schaffen. Wenn die Rötungen erst einmal verschwunden sind, bist du wieder eine Schönheit. Damit kannst du in Amsterdam viel Geld verdienen.«

An diesen Satz erinnerte sich Annie drei Monate später, als ihr Verdienst nicht mehr ausreichte, die Kosten für das Zimmer und den Lebensunterhalt zu decken. Sie hatte zwar sofort Arbeit und eine akzeptable Unterkunft gefunden, aber Miete, Lebensmittel, Kleidung und alles, was das alltägliche Leben erforderte, kosteten im Zentrum von Amsterdam mehr, als sie erwartet hatte. Die Preise für sauberen Stoff schwankten, wurden aber auch nicht gerade niedriger. Da sich ihr Bedarf erhöht hatte, fehlte ihr schließlich ein Wochenlohn, um über die Runden zu kommen. Der Inhaber des Restaurants am Rembrandtplein räumte ihr Kredit ein, aber schon einen weiteren Monat später waren ihre Schulden um ein Mehrfaches gestiegen. Ihr war klar, dass es so nicht weitergehen konnte. Doch bevor sie eine Lösung gefunden hatte, bot der Chef ihr an, die Schulden zu erlassen, wenn sie *een beetje vriendelijke* zu ihm sein würde. Annie war nicht empört, aber die Vorstellung, mit dem kleinen dicken Glatzkopf ins Bett zu gehen, verursachte ihr Übelkeit. Bei einem attraktiveren Mann wäre sie vielleicht darauf eingegangen, doch nun wurde ihr wieder bewusst, dass sie sich vorgenommen hatte, sich die Männer, mit denen sie schlief, selbst auszusuchen. Sie hatte zugenommen, und ihr Äußeres entsprach fast schon wieder dem früherer Jahre. Vielleicht war es an der Zeit, den Job zu wechseln. In ihrer Handtasche fand sie die Visitenkarte von Piet Mulder vom Club *Copacabana*.

Der Clubmanager war offenbar nicht für jeden zu sprechen. Es bedurfte einiger Hartnäckigkeit und dauerte eine Weile, bis man sie zu ihm brachte.

Er saß auf einem schweren Bürostuhl mit brauner Lederpolsterung hinter einem riesigen Schreibtisch aus Mahagoni, beugte sich über ein Schriftstück und notierte oder unterschrieb etwas. Er sah nicht auf, als Annie in den Raum geschoben wurde. »Was kann ich für Sie tun?«, fragte er.

Annie antwortete nicht.

Nach einer Weile hob er den Kopf und musterte sie mit zusammengezogenen Augenbrauen. »Hallo? Verstehen Sie mich nicht?«

Annie registrierte ein schmales Gesicht unter rotblondem Haar, stahlblaue Augen, glatt rasierte Wangen und ein energisches Kinn. Sie lächelte. »Doch, ich verstehe Sie sehr gut. Aber ich ziehe es vor, Menschen in die Augen zu sehen, mit denen ich spreche.« Sie machte eine Pause und fügte hinzu: »Ich suche Arbeit.«

»Für Bedienungspersonal ist Antje zuständig.« Er hob die Hand, um einen Knopf auf seiner Telefonanlage zu drücken. Doch dann hielt er inne und musterte Annie erneut. Seine Züge entspannten sich, schließlich legte er seinen Schreibstift zur Seite und deutete auf einen der Besucherstühle. »Sie können mehr als Getränke servieren, stimmt's?«

»Ich denke schon.« Annie setzte sich und schlug die Beine übereinander. »Es käme auf einen Versuch an. Und auf den Verdienst.«

Piet Mulder nickte. »Das ist die richtige Sichtweise. Gutes Geld für gute Arbeit.« Er lehnte sich zurück und fuhr mit beiden Zeigefingern über seine Wangen. »Was ist damit?«

»Das sind Narben. Ich musste mir nach – einem – Unfall – das Gesicht operieren lassen.«

»Okay. Die lassen sich wegschminken. Bei der Beleuchtung im Club ist dann nichts mehr zu sehen.« Sein Blick wanderte abwärts. »Alles andere ist ja sehr in Ordnung.« Er schmunzelte zufrieden und fuhr fort: »Wir sind ein Club für anspruchsvolle Gäste. Bei uns kostet das Bier nicht zwei oder

341

drei Gulden, sondern zwölf. Dafür bieten wir unseren Gästen neben der Show eine individuelle Betreuung. Wir nennen das *Recreation Service*. Mit etwas Talent können Sie Ihr Gehalt in diesem Bereich verdoppeln. Unsere Kunden sind in der Regel sehr generös.«

Annie machte sich keine Illusionen darüber, worum es bei diesem Service ging. »Das klingt vielversprechend. Wer entscheidet, wie weit der Dienst am Kunden geht?«

»Ganz allein Sie.« Mulder lächelte verständnisvoll. »Natürlich ist es auch eine Frage des Fingerspitzengefühls. Unsere besseren Kunden sind meistens ältere Herren. Die wollen sich nicht mehr so sehr anstrengen. Sie haben es also in der Hand, den Service zu gestalten.« Er grinste verhalten. »In jeder Hinsicht.«

»Das kommt mir entgegen. Wenn der Verdienst stimmt, kann ich nächste Woche anfangen.«


Annie unterschrieb einen Vertrag, der ihr das Dreieinhalbfache ihres bisherigen Verdienstes sicherte. Piet Mulder gewährte ihr einen Vorschuss über zwei Monatsgehälter. Einen Monat später bezog sie ein kleines Apartment am Oude Waal mit Blick auf die Waalseilandgracht, richtete sich ein und zahlte ihre Schulden bei ihrem alten Arbeitgeber zurück.

Nachdem sie sich im Club *Copacabana* eingearbeitet und die ersten großzügig bemessenen Trinkgelder kassiert hatte, kleidete sie sich neu ein und kaufte sich einen Fernsehapparat. Als das Vormittagsprogramm von Nederland 1 eine Sendung über den ungeklärten Grenzverlauf zwischen Deutschland und den Niederlanden im Dollart brachte und Luftaufnahmen von Delfzijl und Emden zeigte, schrieb sie einen langen Brief an Marijke und Joost und dankte ihnen für ihre Freundschaft

342

und ihre Hilfe. Sie bat für ihr unangekündigtes Verschwinden um Verzeihung, schilderte Amsterdam und ihr neues Leben in leuchtenden Farben und versprach, sie im nächsten Sommer zu besuchen. Ihre Drogensucht erwähnte sie nur am Rande. Sie sei so gut wie clean und habe den Verbrauch an Rauschmitteln im Griff.

Sie kaufte eine Postkarte mit den schönsten Ansichten der Stadt und schrieb einen Gruß an Gesine und Harro Windmöller. Auch ihnen versicherte sie, dass es ihr gut gehe und es keinen Grund zur Sorge gebe. Die Schönheitsoperation sei erfolgreich verlaufen, sie sei gesund und habe eine gut bezahlte Arbeit in der Gastronomie.


Im Herbst des neuen Jahres fehlte sie zum ersten Mal beim *Recreation Service*. Unentschuldigt.

Sie wusste, dass im Club Hochbetrieb herrschte, dass es wegen des Ansturms auswärtiger Besucher Engpässe gab und Piet Mulder seine Bodyguards zu den Mädchen schickte, um sie zu holen. Ihr war auch klar, welche Strafe ihr drohte, wenn sie ohne triftigen Grund ihren Vertrag nicht erfüllte. Doch an diesem Nachmittag kam sie nicht aus dem Bett. Sie hörte den Mann vom Club an die Tür schlagen, zog sich die Bettdecke über den Kopf und hielt sich die Ohren zu.

Der Stoff ihres neuen Dealers war zu sauber oder der Druck, den sie sich gesetzt hatte, zu reichlich bemessen gewesen. Jedenfalls war sie zu breit, um aufzustehen. Aber zum Jahreswechsel würde sie ohnehin mit dem Drücken aufhören. Zu Silvester den letzten Schuss, und im neuen Jahr ein neues Leben beginnen. Ganz ohne Dope. Nur hin und wieder eine Tüte Hasch.

Ende Januar warf Mulder sie raus, nachdem sie wiederholt

nicht zur Arbeit erschienen war, zuletzt an drei aufeinander-
folgenden Tagen. Immerhin vermittelte er sie noch an einen
kleinen Club in einer Nebenstraße. Hier gab es keine festen
Arbeitszeiten, dafür mussten die Mädchen die Beine breit
machen. Annie hatte gut verdient und ausreichend Geld auf
der hohen Kante, sodass sie nicht darauf angewiesen war,
jeden Kunden zu bedienen. Dennoch drückte sie häufiger, um
die demütigenden Szenen mit rücksichtslosen und gewalttäti-
gen Freiern zu ertragen. Dadurch schrumpfte ihr finanzieller
Spielraum bereits im Sommer auf null. Sie begann, den einen
oder anderen Interessenten in ihrer Wohnung zu empfangen.
Jemand beschwerte sich bei der Hausverwaltung, und wenig
später musste sie das Apartment räumen. Sie verscherbelte
ihren Besitz in der Drogen-Szene und zog in ein möbliertes
Zimmer. Hier wohnte sie zwischen Nutten und Fixern, in den
Fenstern im Erdgeschoss hingen Schilder mit der Aufschrift
*Kamer te huur.*

Zum Straßenstrich war es nur noch ein Schritt.

Im Herbst wurde Annie de Vries schwanger. Als es daran
für sie keinen Zweifel mehr geben konnte, war es – selbst in
Holland – für eine Abtreibung zu spät.

Ihr Kind kam im April zur Welt. Eine Frühgeburt. Das
schwächelnde Mädchen musste sofort eine Entgiftung durch-
machen. Als man ihr sagte, sie dürfe es nicht behalten, weil sie
drogenabhängig sei und ihr Kind deshalb nicht betreuen
könne, entschloss sie sich zum Entzug. Drei Monate später
bekam sie ihre Tochter zurück. Sie nannte sie Neele.

Während sie in der Entzugsklinik gegen die Sucht gekämpft
hatte und das kleine Mädchen in einem staatlichen Kinder-
heim betreut worden war, hatte man ihr Zimmer geräumt,
ihren Besitz verramscht und den Erlös mit der Miete verrech-
net.

Im Sommer stand Annie de Vries mit ihrer Tochter mittellos auf der Straße.

Sie wanderte einen ganzen Tag durch Amsterdam, bettelte Passanten um ein paar Gulden an, stillte das Kind zwischen fröhlichen jungen Leuten im Vondelpark und fuhr schließlich ohne Fahrschein mit der U-Bahn vom Hauptbahnhof zum Flughafen Schiphol, wo sie mit Neele zwischen wartenden Reisenden auf einer Bank übernachtete.

Am nächsten Morgen traf sie eine Entscheidung.

## 28

## Frühsommer 2014

»Welche Frau?« Oberkommissar Jensen stand in der Tür. »Danke für die kurzfristige Ablösung!« Er trat ein, setzte sich und legte eine Zeitung auf den Tisch, die er sich auf dem Weg vom Krankenhaus zur Polizeistation besorgt hatte. »Habt ihr das schon gelesen?«

»Moin, Gerit.« Jan Eilers nickte. »Ein ziemlich starkes Stück. Krabbenhöft als Opfer eines Anschlags. Der Artikel wird ihm nicht gefallen.« Er deutete auf die Akten. »Wir versuchen gerade, ein Täterprofil zu entwickeln. Kollegin Bernstein ist der Meinung, dass es sich um eine Frau handelt.«

Jensen neigte zweifelnd den Kopf. »Die Wahrscheinlichkeit liegt bei fünfzig Prozent.«

»Meiner Ansicht nach liegt sie bei fünfundneunzig«, korrigierte Rieke Bernstein. »Ich bin inzwischen sicher, dass die Brüder Krabbenhöft 1987 die junge Frau vergewaltigt haben, die ein Jahr später Anzeige erstattet hat. Ich habe mit Steffen Harms gesprochen. Er beharrt auf seiner Darstellung von damals, es ist aber ganz offensichtlich, dass er lügt. Wenn wir den in die Mangel nehmen, gibt er zu, dass seine Aussage gekauft worden ist. Seinen Job als Geschäftsführer verdankt er jedenfalls Familie Krabbenhöft. Das Alibi der Brüder wäre damit hinfällig. Ich gehe davon aus, dass...«, ... sie zog die Kopie der Ermittlungsakte heran und schlug sie auf, »...Sabine Küppers nicht ihr einziges Opfer war. Und dazu passt, dass

Enno Krabbenhöft erstens an der Geschichte nicht rühren will, er zweitens die Ermordung seiner Mutter vertuscht hat und drittens versucht, die Aufklärung der aktuellen Straftaten zu verhindern.«

»Sie meinen«, murmelte Jensen, »er weiß, wer seinen Bruder umgebracht und den Anschlag auf ihn verübt hat, will das aber unter der Decke halten, damit die – Vergewaltigungen nicht bekannt werden?«

»Genau das denke ich«, bestätigte Rieke. »Schließlich wäre es sein Ruin. Bis jetzt sind er und sein Bruder Opfer. Wenn aber bekannt wird, dass die Rache einer vergewaltigten Frau hinter den Taten steckt, ist er erledigt. Gesellschaftlich, als Abgeordneter erst recht, wahrscheinlich auch als Hotelier.«

»Wir können das ja mal als Arbeitshypothese zugrunde legen«, schlug Jan Eilers vor. »Dann suchen wir nach einer Frau zwischen dreißig und fünfzig Jahren, die mit Gift umgehen kann, sich mit Chemikalien zur Verätzung auskennt und dazu fähig ist, einen kräftigen Mann zu betäuben und an einen Zug zu binden, nachdem sie ihm die – äh, Genitalien – abgeschnitten hat.«

»Außerdem muss sie in der Lage sein, anonyme E-Mails zu versenden«, ergänzte Rieke. »Ich zum Beispiel könnte das nicht. Sie?«

Eilers und Jensen schüttelten synchron die Köpfe. Rieke musste sich auf die Zunge beißen, um nicht zu schmunzeln. »Also weiter! Was wissen wir noch?«

»Sie muss in der Nähe sein«, schlug Eilers vor. »Jedenfalls auf der Insel.«

»Die ist aber nicht von hier.« Jensen klang bestimmt.

»Woraus schließen Sie das?«, fragte Rieke.

»Jemand, der auf Borkum aufgewachsen ist, begeht keine solche Tat. Das kann ich mir jedenfalls nicht vorstellen. Hier kennt fast jeder jeden. Die Menschen sind – zurückhaltend, anständig, ehrlich.«

»Ach ja«, erinnerte sich Rieke. »Sie stammen ja von hier. Und Sie haben recht. Ich glaube zwar nicht, dass die Borkumer bessere Menschen sind als andere, aber die Krabbenhöft-Brüder hätten es sicher nicht riskiert, einem Mädchen von der Insel zu nahe zu treten. Ihre Opfer waren – wie Sabine Küppers – wahrscheinlich Touristinnen. Die haben sich geschämt, sind ein paar Tage später nach Hause gefahren und haben versucht, die Angelegenheit zu verdrängen. Mit unterschiedlichem Erfolg.«

»Also suchen wir eine Frau der genannten Altersgruppe«, überlegte Eilers weiter, »die derzeit als Gast auf der Insel wohnt. Wahrscheinlich allein. Wir müssten alle Hotels und Pensionen abklappern. Das kann dauern. Vielleicht ist sie dann schon wieder weg.«

Rieke schüttelte den Kopf. »Wenn unsere Annahmen stimmen, wird die Frau ihren Feldzug gegen Enno Krabbenhöft fortsetzen. Solange er im Krankenhaus ist, kommt sie nicht an ihn heran. Also wird sie bleiben. Die Frage ist auch, ob sie sich in einem Hotel einmieten würde, wo sie wahrscheinlich im Voraus hätte buchen und sich hätte anmelden müssen. Welche Möglichkeiten gibt es noch?«

»Campingplatz«, schlug Jensen vor.

»Möglich, aber nicht wahrscheinlich«, wandte Eilers ein. »Die müsste ihr ganzes – Equipment transportieren. Computer, Chemikalien, Verkleidungsutensilien, wer weiß was noch. Und sie müsste beweglich sein, jederzeit verschwinden können, ohne ein Zelt abbauen zu müssen. Ich tippe auf ein Wohnmobil.«

»Gute Idee«, bestätigte Rieke Bernstein. »Deren Zahl sollte überschaubar sein. – Was wissen wir noch?«

»Ich fürchte, das ist im Moment alles«, antwortete der Hauptkommissar. »Ich habe die Spurensicherung zu dem Rohbau geschickt, in dem der Unfall beziehungsweise der Anschlag passiert ist. Vielleicht finden die Kollegen dort noch einen Hinweis.«

»Gut, meine Herren.« Rieke sah von einem zum andern. »Dann sollten wir uns um die Frage kümmern, wo auf dieser Insel Wohnmobile zu finden sind.«

»Es gibt einen großen Stellplatz an der Hindenburgstraße mit ungefähr zweihundert Plätzen für Touristen«, sagte Jensen. »Davon ist jetzt höchstens noch die Hälfte belegt. Und einen kleinen im Ostland. Da sind um die vierzig.«

»Übernehmen Sie den kleinen Platz?«, fragte Rieke. »Dann würden Kollege Eilers und ich uns um den anderen kümmern. Aber wir schauen uns nur um. Und zwar so unauffällig, dass unsere Zielperson nicht aufgescheucht wird. Okay?«

Ihre Kollegen nickten. In dem Augenblick machte sich Riekes Handy mit der Erkennungsmelodie der Miss-Marple-Filme bemerkbar. Verblüfft sahen Jensen und Eilers sie an.

»Entschuldigung!« Rieke zog das Smartphone aus der Tasche. »Das ist mein Chef. Ich hätte ihn schon längst anrufen sollen.«

Sie meldete sich, und schon trompete Kriminaloberrat Robert Feindt in ihr Ohr. »Lange nichts von Ihnen gehört, Frau Kollegin. Gibt es keine Fortschritte bei den Ermittlungen? Habe heute in der Zeitung gelesen, dass Enno Krabbenhöft einen Unfall hatte, der möglicherweise kein Unfall war.«

»Ich hätte Sie heute noch angerufen, Herr Kriminaloberrat«, versicherte Rieke. »Wir sind deutlich weitergekommen und haben möglicherweise eine Spur zum Täter beziehungsweise zur Täterin. Wir wollen das gerade überprüfen. Anschließend informiere ich Sie über das Ergebnis.«

»Sehr ordentlich, Frau Bernstein. Tun Sie das. Wir waren in der Zwischenzeit auch nicht untätig. Die Kollegen aus dem Dezernat 38 sind auf eine erstaunliche Quelle gestoßen. Im Internet gibt es ein Video, auf dem ein Mann zu sehen ist, der schwer verletzt hinter einem fahrenden Zug herläuft. Die Umgebung sieht nach Borkum aus. Ich habe deshalb veranlasst, dass man Ihnen einen Link zuschickt. Die Kollegen versuchen derweil, das Video löschen zu lassen und denjenigen ausfindig zu machen, der es hochgeladen hat. Und Sie melden sich bitte, wenn Ihre Spur etwas hergibt. Auf Wiederhören.«

Eilers und Jensen grinsten. Macht der Chef Druck?, stand in ihren Augen. Rieke tippte auf das Display ihres Smartphones, um die eingegangenen E-Mails zu öffnen. »Ich habe gerade den Link zu einem Video bekommen, auf dem Tjark Krabbenhöft zu sehen sein soll. Unsere Zentralstelle für Internetkriminalität hat es gefunden. Jemand muss ihn aus dem Zug heraus gefilmt haben.«

»Und derjenige hat nichts unternommen?« Entsetzt sahen sich die beiden Männer an. Rieke hob die Schultern und tippte erneut auf das Display. »Hier ist es. Schauen wir's erst mal an!«


Arne Osterkamp war nicht glücklich über den neuen Auftrag. Er widersprach seinem Grundsatz, niemandem körperlichen Schaden zuzufügen. Aber letztlich hatte er Krabbenhöfts Drängen nicht widerstehen können. Zumal er noch mal dreitausend Euro draufgelegt hatte. In seinem Berufsleben als Privatdetektiv hatte er schon etliche unerfreuliche Situationen erlebt, die von menschlicher Niedertracht geprägt gewesen waren. Aber noch nie hatte er sich bereit erklärt, vorsätzlich einen Menschen zu schädigen. Wobei – wenn man es genau betrachtete – dieser Mensch sich selbst schaden würde. Er würde nur für den Auslöser sorgen, gewissermaßen auf den Knopf drücken, der die Schwachstelle darstellte und das Unheil in Gang setzen würde. Woher genau Krabbenhöft von der Schwäche wusste, hatte er sich nicht entlocken lassen. Aber Menschen in seiner Position bekamen häufig Informationen angeboten, die sich eines Tages als nützlich erweisen konnten. Meistens versuchten kleine Lichter, sich einzuschmeicheln, berufliche Vorteile zu verschaffen oder einfach nur ihr Budget aufzubessern. Geschickte Politiker nahmen solche Hinweise an und setzten ihr Wissen dann ein, wenn es ihnen von Nutzen war.

Er rechnete nicht damit, bei der Frau auf allzu großen Widerstand zu stoßen, dennoch nahm er sich vor, umsichtig vorzugehen. Sollte etwas schiefgehen, würde sich ihre gesamte Kollegenschaft auf ihn und seinen Auftraggeber stürzen. Für beide konnte das den Ruin bedeuten.

Auf der Überfahrt nach Emden zog er sich in eine ruhige Ecke zurück und suchte mit seinem Smartphone die im Internet verfügbaren Informationen über die Frau zusammen. Er fand ihren Lebenslauf, ihr Alter, den beruflichen Werdegang und die Adresse. Von der Homepage des Arbeitgebers lud er ein Foto herunter, vergrößerte und speicherte es. Kurz bevor die Fähre den Hafen erreichte, rief er dort an und fragte nach ihr. Sie sei in einem Meeting, könne ihn aber in der Mittagspause zurückrufen. Osterkamp bedankte sich, ohne eine Nummer zu hinterlassen. Es genügte ihm zu wissen, wo sie war. Warten gehörte zur seinem Handwerk. Irgendwann würde sie herauskommen. Dann konnte er sich an ihre Fersen heften und eine günstige Gelegenheit abwarten.

Als Hannah Holthusen die Redaktion verließ, um ihre Mittagspause für ein paar Einkäufe und einen Imbiss im Dollart-Center zu nutzen, beschlich sie das Gefühl, beobachtet zu werden. Auf dem Weg zum DOC schaute sie ständig in den Rückspiegel, konnte aber nicht erkennen, ob ihr ein Wagen folgte. Während sie auf den Parkplatz einbog, erreichten auch andere Fahrzeuge das Einkaufszentrum. Kaum möglich, darunter einen potenziellen Verfolger zu erkennen. Sie parkte auf der Höhe des Blumengeschäfts und blieb im Wagen sitzen. Neben ihr hielt ein grauer Kombi, der von einer alten Dame gefahren wurde, auf der anderen Seite setzte sich ein roter Golf in Bewegung. Hinter ihr schlich ein dunkler Opel an den parkenden Autos entlang, bis er eine Lücke fand und einbog. Der Fahrer trug einen Hut oder eine Mütze und blieb ebenfalls in seinem Wagen sitzen.

Hannah stieg aus und behielt den Mann unauffällig im Auge. Er folgte ihr nicht, und auch sonst schien sich niemand für sie zu interessieren. Erleichtert tauchte sie in den Strom der Kunden ein und machte sich auf den Weg zum Drogeriemarkt. Wahrscheinlich hatte sie sich alles nur eingebildet.

Auf ihrer Einkaufsliste standen Kosmetikartikel und Vitamintabletten. Aus der Apotheke musste sie ein Mittel gegen Wechseljahrsbeschwerden holen und vom Bäcker Brot. Im Café *Ibañez* würde sie anschließend einen kleinen Imbiss nehmen.

Zufrieden mit sich und ihrem Einkauf genoss Hannah ihren Kaffee zum Kuchen. Sie hatte zuvor nur einen Salat gegessen und konnte sich die kleine Kaloriensünde leisten. Nebenher blätterte sie durch die *Brigitte* und bewunderte die aktuelle Schuhmode.

Ein etwas fülliger Mann drängte durch die Reihen, stieß sie an, entschuldigte sich höflich und ließ sich ein paar Tische weiter nieder. Hannah wandte sich wieder ihrer Zeitschrift zu. Vielleicht blieb ihr noch genügend Zeit, um sich im Schuhgeschäft ein wenig umzuschauen. Sie nahm den letzten Bissen Kuchen, trank rasch ihren Kaffee aus und winkte der Bedienung, um zu zahlen.

Als sie das Schuhgeschäft betrat, spürte sie ein leichtes Schwindelgefühl. Sie lehnte sich an eins der Regale und atmete tief durch. War die Luft hier so schlecht? War der Salat nicht sauber gewesen? Oder hatte sie zu viel und zu schnell von dem starken Kaffee getrunken? Der letzte Schluck hatte irgendwie seltsam geschmeckt. Vielleicht war es besser, an die frische Luft zu gehen.

Vorsichtig und mit unsicheren Schritten strebte sie dem Ausgang zu. Draußen atmete sie tief durch und fühlte sich etwas besser. Aber noch immer empfand sie eine leichte Störung ihres Gleichgewichtssinns. Das Gefühl erinnerte sie an lange zurückliegende Zeiten, als sie sich bemühen musste, trotz ihres Alkoholpegels aufrecht und geradeaus zu gehen. So wie damals kontrollierte sie bewusst ihre Körperhaltung und achtete auf jeden Schritt. Schließlich erreichte sie ihr Auto, warf die Einkäufe in den Kofferraum und ließ sich auf den Fahrersitz fallen.

Im nächsten Augenblick öffnete sich die Beifahrertür. Der Mann aus dem Café stieg ein und lächelte sie an. Bevor Hannah protestieren konnte, hielt er ihr ein kleines Fläschchen vor die Nase. »Entschuldigen Sie bitte! Mein Name ist Doktor Saathoff, ich bin Arzt. Ich habe Sie gerade beobachtet. Sie haben eine Kreislaufschwäche. Nehmen Sie hiervon ein paar Tropfen! Dann ist gleich alles viel besser.«

Misstrauisch betrachtete Hannah die Flasche. »Danke, ich komme schon zurecht. Bitte verlassen Sie meinen Wagen!«

Der Mann lächelte nachsichtig. »Erst, wenn ich weiß, dass

mit Ihnen alles in Ordnung ist. In Ihrem Zustand dürfen Sie nicht am Straßenverkehr teilnehmen. Und ich würde mich strafbar machen, wenn ich Sie fahren ließe. Nehmen Sie ein paar von diesen homöopathischen Kreislauftropfen! Die sind rein pflanzlich und enthalten keinen Alkohol.«

Hannah bog den Kopf zurück und versuchte das Etikett zu entziffern, doch in dem Augenblick kehrte das Schwindelgefühl zurück, sie hatte den Eindruck, dass sich der Horizont bewegte und ihr Wagen dieser Bewegung in Wellen folgte. Ihre Hände umklammerten das Lenkrad.

»Nur ein paar Tropfen«, schmeichelte die Stimme des Mannes. »Dann ist alles wieder in Ordnung.« Das Fläschchen schwebte vor ihrem Gesicht. Widerwillig öffnete sie den Mund und schob die Zunge nach vorn.

Die Tropfen schmeckten nicht schlecht. Ein wenig bitter vielleicht, aber auch angenehm scharf. Wie eine Mischung aus Campari und Gin. Der Geschmack erinnerte sie an einen Cocktail, den sie in ihrem früheren Leben gern getrunken hatte. Aber in dieser Medizin war ja kein Alkohol enthalten. Durfte kein Alkohol enthalten sein, denn der würde eine Kettenreaktion auslösen, eine Abwärtsspirale, die nur in einer Katastrophe enden konnte.

Wenn nur dieser verdammte Schwindel nicht wäre! Hannah schloss die Augen und atmete tief durch. Plötzlich spürte sie einen harten Gegenstand zwischen den Zähnen. Glas. Eine Flasche. Aromatische Flüssigkeit strömte in ihren Rachen. Sie riss die Augen auf, schluckte, hustete, schluckte, wollte den Kopf zur Seite drehen, aber der Mann umklammerte ihren Nacken mit eisenhartem Griff. Mit beiden Händen griff sie nach dem Arm, der die Flasche hielt, doch ihre Kraft reichte nicht aus, sich vom Strom der Flüssigkeit zu befreien. Entsetzt erkannte sie, was mit ihr geschah. Ihr Widerstand erlahmte, sie schluckte, ließ schließlich den Cognac fließen und ergab sich dem Wohlgefühl seiner Wirkung. Es ist passiert, dachte sie, während ihr Körper vollständig erschlaffte.

Osterkamp wartete, bis sich die Parkplätze in unmittelbarer Nähe geleert hatten. Dann holte er eine Plastiktüte mit verschiedenen Flaschen aus seinem Wagen und verstaute sie im Fußraum des französischen Kleinwagens. Anschließend zerrte er die benommene Frau auf den Beifahrersitz, schnallte sie an, übernahm selbst das Steuer und startete.

Vor ihrer Wohnung stellte er den Wagen ab. Er öffnete eine der Flaschen aus der Tüte und drückte sie der Frau in die Hand. Als sie die Augen aufschlug und die Flasche reflexartig zum Mund führte, grinste Osterkamp zufrieden und verließ das Auto. Zu Fuß überquerte er die Straße, folgte ihr bis zur nächsten Kreuzung, bog ab und winkte nach einem Taxi.


Peter von Hahlen beschlich ein ungutes Gefühl, als Hannah Holthusen nicht wieder auftauchte und sich weder zu Hause noch an ihrem Handy meldete. Ihr Artikel hatte nicht den erwarteten Sturm ausgelöst. Es hatte zwar ein paar aufgeregte Anrufe aus Krabbenhöfts Partei und eine Rückfrage aus der Geschäftsführung gegeben, ob er den Artikel gelesen und genehmigt hätte, aber weder der Politiker selbst noch seine Anwälte hatten sich gemeldet. Insofern musste Hannah sich keine Sorgen machen und schon gar nicht verstecken. Einfach unterzutauchen würde auch nicht zu ihr passen. Ihre Verspätung konnte ganz banale Ursachen haben. Ein Unfall, eine Verletzung, ein dringender Besuch beim Zahnarzt – derartige Zwischenfälle hatten während seines langen Daseins als Chefredakteur schon den einen oder anderen Kollegen, auch ihn selbst, ereilt. Aber in so einem Fall würde Hannah sich melden. Nachdem er eine weitere Stunde abgewartet hatte und sie noch immer nicht aufgetaucht war, informierte er seinen Stellvertreter und machte sich auf den Weg zu ihrer Wohnung.

Hannahs kleiner Flitzer stand vor der Tür. Von Hahlen parkte seinen Wagen und strebte zur Tür des Wohnhauses. Aus den Augenwinkeln bemerkte er eine Person auf dem Beifahrersitz des roten Kleinwagens. War das Hannah? Rasch trat er an die Tür und öffnete sie. Seine Kollegin fiel ihm entgegen. Auf ihrem Schoß lag eine leere Schnapsflasche. »Hallo, Peter«, lallte sie. »Machstenduhier?« Alkoholdunst schlug ihm entgegen.

»Steig aus!«, forderte er. »Ich bringe dich nach oben. Und dann erklärst du mir bitte, was passiert ist.«

Mühsam schob Hannah die Füße aus der geöffneten Tür. Von Hahlen packte sie unter den Armen und zog sie aus dem Wagen. »Kannst du allein stehen?«

»Klar«, kicherte Hannah. »Ichkannsogar – fliegen.«

Energisch stieß von Hahlen die Wagentür zu und lehnte Hannah dagegen. »Bleib einen Moment so!« Er umrundete den Wagen, öffnete die Fahrertür und zog den Schlüssel ab. Dann kehrte er zu seiner Kollegin zurück, legte ihren Arm über seine Schulter und umfasste ihre Hüfte. »So, wir gehen jetzt nach oben.«

»Peterpeter«, murmelte Hannah. »Herrnbesuch isnicherlaubt. Wenn das mein Chef wüsste – Kennsdumeinchef?«


Insel-Camping stand in großen Lettern am Empfangsgebäude. Der Platz war angelegt wie ein kleines Dorf. Es gab Sanitärgebäude, ein Internetcafé, ein Restaurant, einen Abenteuerspielplatz. Wohnwagen und Mobilheime waren ordentlich an Wegen aufgereiht, die so fantasievolle Namen wie

Strandkorbgasse und Nixenweg, Seeräuberpfad und Möwensteert trugen.

Der Platzwart hätte gern gewusst, weshalb Rieke Bernstein und Jan Eilers sich in seinem Reich umsehen wollten, doch die Beamten gaben keine Auskunft, verpflichteten ihn stattdessen, über ihre Anwesenheit Stillschweigen zu bewahren. Auf die Frage, ob ihm etwas Ungewöhnliches aufgefallen sei, reagierte er mit Schulterzucken. »Was ist schon ungewöhnlich? Ich habe hier schon die verrücktesten Vögel gehabt. Regelmäßig kommen Paare, die offensichtlich unverheiratet sind und verlangen den Stellplatz sechs.« Er sprach die Zahl wie Sex aus. »Manchmal gibt es Familien, von denen sich einer nach zwei Tagen lautstark verabschiedet, oder Gruppen, die nichts anderes im Sinn haben, als sich hier volllaufen zu lassen und dann die anderen Camper zu stören. Dagegen sind die kiffenden Holländer geradezu friedlich. Vor fünfzehn Jahren hat mal ein Typ im Suff seine Alte erstochen. Aber sonst sind hier alle ziemlich normal.«

»Befindet sich eine allein reisende Frau mit einem Wohnmobil unter Ihren Gästen?«, fragte Hauptkommissar Eilers.

»Das wäre mir aufgefallen.« Der Platzwart schüttelte den Kopf. »Alleinreisende sind selten, und eine Frau allein – das kommt so gut wie nie vor.« Er warf einen Blick auf seinen Monitor und bewegte die Maus. »Zurzeit haben wir nur einen einzelnen Mann hier. Aus Holland. Der ist hier aber irgendwie falsch. Fährt dauernd mit einem Rennrad umher. Dafür gibt's bei uns kaum Strecken. Auf dem Festland hätte er bessere Möglichkeiten.«

Rieke erinnerte sich an den dunkel gekleideten Radfahrer, der ihr in der Stadt begegnet war. »Wie heißt der Mann?«

Mit leicht zusammengekniffenen Lidern beugte sich der Platzwart vor. »Vincent Bakker. Aus – Groningen.«

»Wo finden wir den?«

»Stellplatz 172, am Ende vom Fischer-Ring.« Er deutete nach draußen. »Der beginnt gleich hier vorn.«

*Knaus Sky Traveller* stand auf dem Fahrzeug mit dem niederländischen Kennzeichen. Das sagte ihr nichts, Rieke kannte sich mit Wohnmobilen nicht aus. Als sie es umrundete, entdeckte sie das Firmenschild eines Wohnwagenvermieters aus Groningen. *Caravanverhuur Frans de Jong.* »Der Fahrer ist ausgeflogen«, stellte sie fest.

Jan Eilers deutete auf die leere Fahrradhalterung am Heck. »Wahrscheinlich wieder auf Tour. Aber der wird uns auch nicht weiterhelfen können.«

Wieder erschien das Bild des dunkel gekleideten Rennradfahrers vor Riekes innerem Auge. »Wahrscheinlich haben Sie recht.« Sie versuchte, durch ein Fenster ins Innere des Wohnmobils zu schauen, doch die Sicht war durch eine Jalousie versperrt. Von vorn ließ sich der Innenraum ebenfalls nicht einsehen, denn dort verhinderte ein Vorhang den Einblick. Sie winkte Eilers heran und deutete nach oben. »Können Sie mal Räuberleiter machen? Ich will da oben reingucken.«

Skeptisch trat der Hauptkommissar neben sie. »Ich weiß zwar nicht, wozu das gut sein soll, aber bitte.« Er verschränkte die Hände, und Rieke stellte einen Fuß hinein. Sie erfasste seine Schultern und schwang sich hinauf. Durch das Fenster des Alkovens entdeckte sie ein breites Bett, das nachlässig gemacht worden war. Weitere Einzelheiten konnte sie nicht erkennen, da es im Inneren des Wohnmobils zu dunkel war. Sie wandte sich ab und sprang hinunter. In dem Augenblick hatte ihr Blick ein irritierendes Detail erfasst. »Ich muss noch mal rauf«, sagte sie und zog ihr Smartphone aus der Tasche.

Eilers stöhnte. »Das glaub ich jetzt nicht.«

»Ich habe gerade etwas gesehen, das – also, wenn ich mich nicht irre – es tut mir leid, Herr Kollege. Ich muss wirklich noch einmal ...« Sie wedelte mit dem Handy. »Für ein Foto.«

Seufzend verschränkte der Hauptkommissar erneut die Hände. »Nur zu! Wenn's denn der Wahrheitsfindung dient.«

Mit zwei Fingern vergrößerte Rieke das Foto auf dem Display und hielt Eilers ihr Smartphone hin. »Was ist das Ihrer Meinung nach?«

Der Hauptkommissar schob die Unterlippe vor und zuckte mit den Schultern. »Keine Ahnung. Ein Stück Papier? Oder ein Stück Stoff? Irgendein Gegenstand, der zwischen dem Bettzeug liegt und hervorschaut.«

Rieke tippte auf das Display, verstärkte die Helligkeit und vergrößerte den Kontrast. »Und jetzt?«

Erneut betrachtete Jan Eilers die Aufnahme. »Könnte auch ein Gummizug sein. Den man irgendwo einhakt. Um ein Bettlaken zu spannen oder so was. Was soll daran interessant sein?«

»Ich wette, einen solchen Verschluss haben Sie auch schon einmal geöffnet.« Rieke grinste. »Wahrscheinlich sogar mehr als einmal. Er gehört nämlich zu einem spezifisch weiblichen Kleidungsstück.«

Eilers beugte sich über das Display. »Stimmt. Jetzt, wo Sie's sagen. Das könnte ein BH sein. Dann hatte der Holländer wohl Damenbesuch. So ein Campingplatz scheint ja ein beliebter Ort für heimliche Treffen zu sein, wie wir vorhin gehört haben.«

»Möglich.« Rieke schüttelte den Kopf. »Aber es könnte noch eine andere Erklärung geben. Der Holländer ist vielleicht gar kein Holländer. Sondern eine Frau.« Sie deutete auf das Firmenschild und machte davon und vom Kennzeichen des Wagens jeweils eine Aufnahme. »Das Wohnmobil ist in Holland gemietet. Das sagt aber nichts über den Fahrer aus. Schon gar nicht über sein Geschlecht.«

Eilers nickte bedächtig. »Und was machen wir nun? Warten wir auf den – die – Person?«

»Nein«, antwortete Rieke. »Ich würde sie lieber überraschen, wenn sie hier ist. Wir kommen wieder. Zusammen mit Oberkommissar Jensen. In der Zwischenzeit befragen wir den Vermieter des Wohnmobils. Es gibt doch bestimmt Verbindungen zu holländischen Dienststellen, oder?«

»Klar, die Kollegen vom Verkehr machen schon seit einiger Zeit mit den Holländern gemeinsam Blitzmarathon. Und wir haben gelegentlich Kontakt mit den Kollegen in Groningen. Dienstlich läuft das über die Inspektion. Polizeidirektor Lindner…«

»Der offizielle Dienstweg dauert zu lange«, unterbrach Rieke ihn. »Gibt es keine andere Möglichkeit?«

»Gerit kennt da einen Brigadier.« Eilers kratzte sich am Kopf. »Van der Veen heißt der, glaube ich.«

»Kommen Sie!« Rieke deutete zum Empfangsgebäude. »Wir ziehen uns zurück. Und Sie sprechen mit Jensen. Er soll sich mit dem holländischen Kollegen in Verbindung setzen. Vielleicht kann der uns helfen. Wenn sich der Verdacht bestätigt, schlagen wir morgen früh zu. Noch bevor der Platz seine Tore öffnet. Zur Sicherheit stellen Sie bitte einen Kollegen ab, der das Wohnmobil für den Rest des Tages im Auge behält. Nur so lange, bis die letzte Fähre abgelegt hat.«

In der Dienststelle erwartete sie Imke Gerdes mit Neuigkeiten. »Dieser Herr Bollmann hat sich gemeldet. Er kommt mit dem Flugzeug und landet in einer Stunde auf Borkum. Jemand soll zum Flugplatz kommen. Er hat aber nur zwanzig Minuten Zeit.«

»Das reicht«, stellte Rieke fest. »Ich hatte schon befürchtet, dass er tatsächlich nur über diesen Anwalt mit uns reden würde. Offenbar hat er es sich anders überlegt. Gibt es sonst noch etwas?«

»Die Spurensicherung hat einen vorläufigen Bericht vom Tatort im Rohbau geschickt. Sie haben Faserspuren auf dem Dachboden entdeckt. Die werden in der KTU noch ausgewertet. Offenbar ist jemand mit einem Seil über das Dach geflüchtet. Im Grundstückszaun haben sie eine Öffnung und daneben Fahrradspuren gefunden. Die Fotos der Abdrücke müssen jeden Augenblick per Mail kommen.«

Rieke drehte sich zu Jan Eilers um. »Haben Sie das gehört? Fahrradspuren! Das könnte unsere – Zielperson sein.«

Der Hauptkommissar nickte.

»Es gibt noch etwas«, meldete sich Imke. »Staatsanwalt Rasmussen hat angerufen. Sie haben die Frau gefunden. Sabine Küppers. In Dortmund. Er will wissen, ob Sie selbst mit ihr sprechen wollen. Oder ob er sich um eine Vernehmung durch die örtliche Polizei bemühen soll.«

»Ich würde schon gern mit ihr reden«, antwortete Rieke. »Aber so schnell komme ich nicht nach Dortmund.«

»Wie wäre es mit einer Videokonferenz?«, schlug Imke vor. »Zur Not über Skype. Ist zwar nicht so persönlich wie ein direktes Gespräch, aber besser als ein normales Telefonat oder eine Vernehmung durch Kollegen, die mit dem Fall nicht vertraut sind.«

»Da haben Sie recht. Video ist eine gute Idee.« Rieke nickte der Kollegin dankbar zu. »Das machen wir. Würden Sie das Herrn Rasmussen ausrichten? – Wo bleibt eigentlich der Kollege Jensen?«

In diesem Augenblick betrat der Oberkommissar den Raum. Er breitete die Arme aus. »Auf dem privaten Campingplatz sind nur Familien mit Kleinkindern und ältere Ehepaare.«

»Dafür sind wir fündig geworden«, berichtete Eilers. »Möglicherweise haben wir den Täter – äh, die Täterin gefunden, ich meine lokalisiert. Wir brauchen noch eine Bestätigung. Die musst du uns besorgen, Gerit. Könntest du mal den Kollegen in Groningen anrufen? Brigadier Van der Veen oder so ähnlich.«

»Inspecteur«, korrigierte Jensen. »Cees ist befördert worden. Was wollt ihr von ihm?«

Rieke zog ihr Mobiltelefon hervor. »Ich habe hier Fotos von einem Firmenschild, einem Kraftfahrzeugkennzeichen und der Typenbezeichnung eines Wohnmobils. Bei der Firma handelt es sich um einen Verleih für Wohnmobile in Groningen. Wenn Sie den holländischen Kollegen fragen könnten, ob er herausfinden kann, wer dieses Fahrzeug gemietet hat, wäre das sehr hilfreich.« Sie zeigte dem Oberkommissar die Bilder und drückte ihm das Smartphone in die Hand.

Jensen ließ sich am Schreibtisch nieder und suchte in seinem eigenen Handy nach der Nummer. Dann gab er Riekes Handy zurück, griff zum Hörer des Diensttelefons und wählte.

»Ich mache mich auf den Weg zum Flugplatz«, verkündete Rieke. »Damit uns dieser Herr Bollmann nicht wieder durch die Lappen geht.« Sie wandte sich an Jan Eilers. »Könnten Sie sich um Krabbenhöfts Besucher kümmern, den Kollege Jensen erwähnt hat?«

»Wie wollen Sie zum Flugplatz kommen?«, fragte der Hauptkommissar.

Rieke streckte die Hand aus. »Mit Ihrem Dienstwagen.«

## 29

## Frühsommer 2014

Hannah wartete, bis Peter von Hahlen gegangen war. Er hatte die gesamte Wohnung durchsucht, ohne etwas zu finden. Dann hatte er ihr das Versprechen abgenommen, keinesfalls das Haus zu verlassen, niemandem die Tür zu öffnen und sofort anzurufen, wenn etwas Unvorhergesehenes geschah. Im Übrigen sollte sie sich hinlegen und ausruhen. Am besten schlafen.

In ihrem Zustand hätte sie alles versprochen. Sie fühlte sich gekränkt und gedemütigt, aber auch abgrundtief schlecht. Jemand hatte sie reingelegt. Und sie hatte sich reinlegen lassen. Solange Peter da gewesen war, hatte sie abwechselnd geweint und ihre Sucht verflucht. Ein bisschen, um ihn zu beeindrucken, aber hauptsächlich um sich selbst zu bemitleiden. Doch nun wuchs das Verlangen nach Alkohol. Sie ahnte, dass sie nicht weiter trinken durfte, zugleich wusste sie, dass sie der Versuchung nicht widerstehen würde. Sie war nicht sicher, aber im Auto konnte noch was sein. Sie erinnerte sich dunkel an eine Plastiktüte, in der Flaschen geklirrt hatten. Bebend vor Gier und zitternd vor Selbstekel zählte sie die Sekunden. Drei Minuten würde sie warten, um sicher zu sein, dass Peter nicht zurückkehrte. Eigentlich genügten auch zwei. Hundertzwanzig Sekunden. Bei achtzig griff sie nach dem Schlüsselbund, bei hundert öffnete sie die Wohnungstür und lauschte ins Treppenhaus. Alles ruhig. Vorsichtig hangelte sie sich am Geländer abwärts.

Zwei Flaschen waren noch in der Tüte. Smirnoff Red Label und Excelsior Chardonnay 2012. Hannah stellte beide auf den Küchentisch. Auf den Wodka würde sie verzichten. Aber gegen ein Gläschen Wein war nichts einzuwenden. Mit fliegenden Fingern öffnete sie die Flasche. Der Weißwein war zu warm, aber trotzdem süffig. Mit geschlossenen Augen genoss sie den Geschmack der Traube und das Wohlgefühl, das sich in ihr ausbreitete. Ihre Kehle war trocken, und der gesamte Körper gierte nach mehr. Dieser Chardonnay hatte nur wenig Prozente, konnte also nicht allzu viel Schaden anrichten. Er kam aus Südafrika. Kopfschüttelnd betrachtete sie das Etikett. Man sollte keinen Wein trinken, der schon um die halbe Welt gereist ist. Schon wegen der Umweltbelastung durch den langen Transport. Aber nun war es zu spät, die Flasche geöffnet und schon zu einem Drittel geleert. Aber den Wodka würde sie stehen lassen. Ganz bestimmt. Schließlich hatte sie sich unter Kontrolle. Ein Rückfall war nur ein Rückfall, keine Katastrophe. In der Selbsthilfegruppe der Anonymen Alkoholiker war sie etlichen Leidensgenossen begegnet, die einen oder mehrere Rückfälle erlitten hatten. Am Ende hatten sie es doch geschafft.

Als die Weinflasche geleert war, betrachtete Hannah das rote Etikett des Smirnoff. Dreifach destillierter Premium Wodka. Sie erinnerte sich daran, dass er sich gut für Cocktails eignete. Sie könnte sich einen Caipiroska mixen. Oder einen Cosmopolitan. Gegen einen Cocktail war nichts einzuwenden. Sie öffnete den Schraubverschluss und begann, im Kühlschrank nach Zutaten zu suchen. Limetten gehörten dazu, zum Cosmopolitan auch noch Cranberrysaft. Außerdem Zucker und zerstoßenes Eis.

Sie fand Eiswürfel im Tiefkühlfach und eine Packung Würfelzucker im Schrank über der Spüle, aber weder Saft noch

Limetten. Enttäuscht kehrte sie zum Tisch zurück. Nun war die Flasche offen, ohne dass sie den Wodka für einen Cocktail verwenden konnte. Ihre Zunge lechzte nach dem klaren und weichen Geschmack, der Rest ihres Körpers litt unter dem sinkenden Pegel. Nur einen kleinen Schluck würde sie nehmen, die Flasche wieder verschließen und verstecken. Nein, besser wäre es, den Inhalt in den Ausguss zu schütten. Dann wäre die Gefahr gebannt. Hannah beglückwünschte sich zu ihrem Entschluss und gönnte sich ein halbes Glas Wodka. Nur das eine. Dann kommt das Zeug in die Spüle. Danach würde sie sich ins Bett legen und ihren Rausch ausschlafen. Morgen war ein neuer Tag. Und den würde sie nüchtern überstehen.

Das Gespräch mit dem Bauunternehmer hatte keine wirklich neuen Erkenntnisse gebracht. Bollmann hatte mit Krabbenhöft den Rohbau besichtigt. Der Hotelier war auf eine Bodentreppe gestiegen, die zum Dachboden führte. Plötzlich hatte er aufgeschrien und war von der Treppe gestürzt. Die Verätzungen in Krabbenhöfts Gesicht hatte er zunächst nicht bemerkt. Auch keine weitere Person, die sich auf der Baustelle aufgehalten hatte. Nicht einmal einen Schatten hatte er wahrgenommen, auch kein Geräusch.

Rieke war einer Eingebung gefolgt und hatte den Bauunternehmer gefragt, ob er auf dem Rückweg in die Stadt ein Fahrzeug bemerkt hätte. Er hatte den Kopf geschüttelt. »Nur den Rettungswagen. Und so einen verrückten Rennradfahrer. Der hatte es ziemlich eilig. Hab mich über den geärgert, weil er dunkel gekleidet war und in der Abenddämmerung natürlich kein Licht hatte. Aber das war schon in der Stadt.«

Eine genauere Beschreibung hatte Bollmann nicht geben können, er konnte auch nicht sagen, ob der Radfahrer einen

Rucksack getragen hatte. Aber Rieke war elektrisiert. Sie spürte, dass sie der Täterin näher kam.

Als sie auf dem Rückweg vom Flugplatz das Gespräch Revue passieren ließ, wurde ihr bewusst, wie distanziert der Bauunternehmer von Krabbenhöft gesprochen hatte. Wenn sie sich richtig erinnerte, hatte Oberkommissar Jensen die beiden als Freunde bezeichnet. Das passte nicht zusammen. Rechnete Bollmann bereits mit dem gesellschaftlichen Absturz des Politikers? Beiläufig, aber mit deutlich missbilligendem Ton, hatte er den Zeitungsartikel erwähnt. »So was ist nicht gut fürs Geschäft. Und die politischen Gegner wetzen wahrscheinlich schon die Messer.«

Hatte Hannah Holthusen mit ihrem Bericht eine Lawine ausgelöst? Ich muss sie anrufen, dachte Rieke, um zu hören, welches Echo es gegeben hat.

Nachdem sie den Dienstwagen abgestellt hatte, wählte sie Hannahs Nummer. Es dauerte lange, bis sie sich meldete. Und dann war ihre Stimme verwaschen und kaum verständlich. »Hallohallo? Werissenda?«

Rieke erschrak. Vor ihrem inneren Auge lief ein Film ab. »Ich bin Alkoholikerin«, hatte Hannah gesagt. Später hatte sie ihr erklärt, dass sie seit fünfzehn Jahren trocken sei. Ohne Unterbrechung. Und ausgerechnet heute war sie rückfällig geworden?

»Hannah, hier ist Rieke Bernstein. Was ist passiert?«

»Hallo«, lallte die Journalistin. »Esisallesinordnung. Bintotalbreit.«

»Ist jemand bei dir?«

»Nee, keiner da.«

»Bleib, wo du bist!«, drängte Rieke. »Geh nicht weg! Ich komme zu dir.«

Sie sah auf die Uhr. Für die Fähre war es zu spät. Außerdem

wäre sie damit viel zu lange unterwegs. Kurz entschlossen setzte sie sich wieder in den Dienstwagen und startete den Motor. Mit quietschenden Reifen schoss der Wagen vom Hof der Polizeidienststelle. Im Rückspiegel sah Rieke Hauptkommissar Eilers aus der Tür treten und hektisch winken.

»Tut mir leid«, murmelte sie.

Das Flugzeug des Bauunternehmers stand mit laufenden Motoren in der Startposition. Rieke ließ den Schlüssel stecken und sprang aus dem Wagen. Sie hastete durch die Absperrung und rannte winkend auf die Maschine zu. Hinter ihr rief jemand Unverständliches, doch sie drehte sich nicht um, stürzte weiter auf den Flieger zu. Plötzlich wurde eine Tür geöffnet, und eine dreistufige Treppe klappte heraus. »Was wollen Sie denn noch?«, schrie Bollmann gegen den Lärm der Triebwerke an.

»Ich muss dringend nach Emden. Können Sie mich mitnehmen und dort absetzen?«

Der Bauunternehmer streckte die Hand aus. »Steigen Sie ein, schöne Frau. Wenn's weiter nichts ist.«

Sekunden später saß Rieke in der zweimotorigen Cessna und schnallte sich an. »Das ist sehr freundlich von Ihnen. Vielen Dank!«

Bollmann grinste. »Der Polizei sind wir doch gern behilflich.«

Zehn Minuten später stieg Rieke in Emden aus dem Flugzeug. Ein Taxi brachte sie in die Stadt. Auf dem Weg rief sie Imke Gerdes an und erklärte ihr die Situation. »Eilers soll das Gespräch mit Sabine Küppers führen. Und beide Kollegen sollen heute Abend auf mich warten. Wir müssen noch den Einsatz morgen früh vorbereiten.«

Als Hannah ihr öffnete, erschrak Rieke erneut. Die Haare hingen strähnig und fettig herunter, das Gesicht wirkte grau, die Augen stumpf. Aus beiden Mundwinkeln zogen sich Spuren einer Flüssigkeit über das Kinn, die Bluse war fleckig. Sie starrte sie an wie ein Gespenst. »Ich denke – dachte – dubisdrüben, auferinsel.«

»Nun bin ich hier«, antwortete Rieke, schob Hannah zur Seite und sah sich in der Wohnung um. »Wir beide machen jetzt Klarschiff. Und dann kommst du mit nach Borkum.«

»Wassollichda?«

»Das erkläre ich dir, wenn dein Kopf wieder klar ist. Jetzt gehst du erst mal ins Bad!«


Zwei Stunden später saßen die beiden Frauen auf dem Katamaran *Nordlicht*. Rieke hatte den Rest Wodka weggeschüttet und die Flaschen entsorgt. Dann hatte sie die Wohnung aufgeräumt, Hannah unter die Dusche gestellt und anschließend dafür gesorgt, dass sie sich frische Kleidung anzog und ein wenig schminkte. Schließlich hatte sie ein paar Sachen zusammengepackt und war mit ihr zum Borkumanleger gefahren, wo sie die letzte Überfahrt des Tages erwischt hatten. Auf dem Weg hatte sie mit einiger Mühe aus Hannah herausbekommen, wie es zu ihrem Absturz gekommen war. »Hast du eine Idee«, hatte sie gefragt, »wer dahinterstecken könnte?« Und die Antwort gleich selbst geliefert: »Dafür kommt eigentlich nur einer infrage. Enno Krabbenhöft.«

Im Fahrgastraum saß Hannah neben ihr, schwitzte, fror und zitterte abwechselnd. Am liebsten wäre sie wohl ins Bordrestaurant gestürzt, um sich Nachschub für ihren dürstenden Körper zu besorgen. Aber Rieke ließ sie nicht aus den Augen. »Wenn du heute durchhältst, ist das Schlimmste schon überstanden. Und morgen früh kannst du erleben, wie wir Tjark Krabbenhöfts Mörderin festnehmen. Das wird ein grandioser Beitrag für deine Zeitung. Du hast uns auf die richtige Spur gebracht, und nun kannst du die Geschichte bringen. Oder auch nicht. Ich nehme dich nur mit, wenn du nüchtern bist.«

Während die Journalistin stumm nickte, zog Rieke ihr Smartphone aus der Tasche und begann zu telefonieren. Zuerst mit Jan Eilers. Sie nannte ihm ihre voraussichtliche Ankunftszeit und bat ihn und Oberkommissar Jensen zur Einsatzbesprechung ins Hotel *Nordseeliebe*. Dann rief sie dort an und ließ ein Zimmer für Hannah reservieren.

»Jetzt müssen wir nur noch klären, wer während unserer Besprechung auf dich aufpasst.« Unschlüssig betrachtete Rieke ihre Begleiterin. Dann hellte sich ihre Miene auf. »Ich glaube, ich habe eine Idee. Du verstehst dich doch gut mit Imke Gerdes. Hast du ihre Nummer in deinem Handy?«

Ohne Hannahs Antwort abzuwarten, griff sie in deren Handtasche und zog das Smartphone heraus. Kurz darauf sprach sie mit der Polizistin und erklärte ihr, worum es ging. Imke versprach, mit den Kollegen ins Hotel zu kommen.

Zufrieden schob sie das Telefon zurück in die Tasche und drückte Hannahs Hand. »Wir schaffen das schon.«

Wenig später klingelte ihr Handy. Staatsanwalt Rasmussen meldete sich und erkundigte sich nach ihrem Befinden.

»Ich bin ein bisschen im Stress, aber morgen früh schlagen wir zu. Es haben sich Verdachtsmomente gegen eine Frau ergeben, deren Aufenthaltsort wir kennen. Sie befindet sich auf Borkum.«

»Das freut mich zu hören, Frau Bernstein. Bitte lassen Sie mich wissen, wenn Sie Erfolg hatten. Aber ich rufe aus einem anderen Grund an. Während ich bei Ihnen auf der Insel war, hat jemand versucht, die Akte Krabbenhöft – sagen wir: vorübergehend aus dem Verkehr zu ziehen. Um zu verhindern, dass ich sie übermittelt bekomme. Jemand muss etwas aus unserer Besprechung weitergegeben haben. Noch während wir zusammengesessen haben. Per SMS oder wie auch immer. Trauen Sie das einem der Kollegen zu?«

Rieke schüttelte unbewusst den Kopf. »Nein. Das kann ich mir nicht vorstellen.«

»Dann muss uns jemand belauscht haben. Ein Kellner, eine Serviererin, jedenfalls ein Zuträger von Enno Krabbenhöft.«

»Das ist ebenfalls schwer vorstellbar. Wir haben allein an dem Tisch in der Ecke gesessen, es war niemand in der Nähe.«

»Trotzdem ist es passiert. Sie sind ja noch im Hotel. Bitte halten Sie die Augen offen! Achten Sie auf potenzielle Lauscher! Und dann ist da noch etwas. Ich habe den Namen Enno Krabbenhöft in unser System eingegeben und bin auf einen Hinweis ganz anderer Art gestoßen. In den Neunzigerjahren wurde er im Zusammenhang mit Ermittlungen wegen Drogenhandels genannt. Das Verfahren ist aber eingestellt worden, weil man ihm nichts nachweisen konnte. Es sollen erhebliche Geldmengen bewegt worden sein.«

»Das ist ja interessant«, stellte Rieke fest. »Hilft uns aber auch nicht weiter. Allenfalls ein weiterer Hinweis auf den wahren Charakter.«

Nachdem sie sich von Rasmussen verabschiedet hatte, rief sie sich die Besprechung im Hotel ins Gedächtnis. Wenn ihr die Erinnerung keinen Streich spielte, war niemand in die Nähe des Tisches gekommen. Und keiner der Kollegen außer dem Staatsanwalt und ihr selbst hatte mit einem Handy oder einem Tablet-PC hantiert. Es gab nur eine Lösung: Jemand musste sie belauscht haben – in Krabbenhöfts Auftrag und mit technischen Hilfsmitteln. Ein Gedanke schoss ihr durch den

Kopf. »Kannst du den falschen Arzt beschreiben, der dir die Tropfen eingeflößt hat?«

Hannah zuckte mit den Schultern. »Dursch-schnitt-lich. Et-was – füllig, rundes Geschicht, äh – Gesicht. Brille.«

Die Beschreibung passte auf jeden dritten männlichen Fahrgast der »Nordlicht«. Rieke nahm sich vor, Hannah später noch einmal zu fragen.


Jan Eilers, Gerit Jensen und Imke Gerdes erwarteten sie in der Hotelhalle. Erstaunt musterten die beiden Männer die Journalistin an Riekes Seite. Imke wirkte besorgt. »Ich kümmere mich um Hannah«, sagte sie und hielt die Schlüsselkarte für das Zimmer hoch. Bevor ihre Kollegen Fragen stellen konnten, hatte sie Hannah untergehakt und durchquerte mit ihr den Raum in Richtung Fahrstuhl, aus dem gerade ein Mann trat. Plötzlich gerieten die Frauen ins Wanken, Hannah schien ausbrechen zu wollen, doch mit geübtem Griff brachte die Polizistin sie wieder in die Spur.

»Der Typ kommt mir bekannt vor«, murmelte Jensen.

Rieke sah sich um. »Gibt es hier eine Ecke, in der wir ungestört reden können?«

Beide Kollegen deuteten gleichzeitig mit dem Kinn auf eine Tür, die mit Privat gekennzeichnet war. »Man hat uns freundlicherweise ein Büro angeboten, das vom Hotel für besondere Gäste zur Verfügung gestellt wird.«

»Sehr gut.« Rieke steuerte auf die Tür zu. »Kommen Sie!«

Der kleine Arbeitsraum bot gerade ausreichend Platz für einen Schreibtisch und drei Stühle. Rieke setzte sich und deutete auf die freien Plätze. »Gibt es Neuigkeiten?«

Die Beamten nickten synchron. »Ich habe die Personalien der Frau«, antwortete Jensen. »Sie heißt Annie de Vries. Das

Wohnmobil hat sie in Groningen gemietet. Dort ist sie auch gemeldet. Cees hat die Kopie von Führerschein und Personalausweis mit dem Handy fotografiert und mir geschickt.« Er zog sein Smartphone aus der Tasche. »Ist aber nicht viel drauf zu erkennen.« Er tippte ein paar Mal auf das Display und zeigte dann die Abbildung der Dokumente.

»Holländerin?«, fragte Rieke.

»Jein.« Der Oberkommissar neigte den Kopf. »Sie hat die niederländische Staatsangehörigkeit, stammt aber aus Deutschland. Geboren ist sie in Emden. 1971. In Holland ist sie mehrmals mit dem Gesetz in Konflikt gekommen. Kleinere Drogendelikte.«

»Das ist doch schon eine ganze Menge«, kommentierte Rieke. »Vielen Dank, Kollege Jensen.«

Sie wandte sich Jan Eilers zu. »Haben Sie mit Sabine Küppers sprechen können?«

Der Hauptkommissar nickte. »Ich wünschte allerdings, das Gespräch wäre mir erspart geblieben. Die Lebensgeschichte ist eine einzige Tragödie.«

»Erzählen Sie!« Rieke verschränkte die Arme und lehnte sich zurück.

»Die Frau«, begann Eilers, »ist seit fast dreißig Jahren in Behandlung.« Er berichtete von einem schweren Schuldkomplex, der sich nach der vergeblichen Anzeige der Vergewaltigung bei Sabine Küppers gezeigt habe. Sie sei an Bulimie erkrankt, habe zwar geheiratet, die Beziehung sei aber wegen ihrer Ablehnung jeglicher sexueller Aktivitäten in die Brüche gegangen. Nach drei weiteren Jahren habe sie einen Totalzusammenbruch erlitten und einige Jahre in der Psychiatrie verbracht. Danach habe sie zum Weißen Ring, dem staatlichen Opferschutz, Kontakt bekommen und eine Therapie begonnen, die es ihr seitdem ermöglicht, ein halbwegs normales Leben zu führen.

Sichtlich betroffen beendete Jan Eilers seinen Bericht. »Ich habe nicht gewusst, dass eine Vergewaltigung solche Folgen haben kann.«

»Sie halten die Frau für glaubwürdig?«, vergewisserte sich Rieke.

»Absolut. Und ich verstehe, ehrlich gesagt, nicht, warum die Anzeige dieser Frau nicht zu einer Anklage gegen die Krabbenhöft-Brüder geführt hat.«

»Kann man Enno deswegen jetzt noch drankriegen?«, fragte Gerald Jensen. Rieke war nicht sicher, ob aus Sorge um das Opfer oder den Täter.

Sie schüttelte den Kopf. »Die Verjährungsfrist richtet sich nach der Höchststrafe. In diesem Fall sind das fünfzehn Jahre. Nach Paragraph achtundsiebzig Strafgesetzbuch ist eine Vergewaltigung damit nach mittlerweile mehr als zwanzig Jahren verjährt.«

In die entstandene Stille klopfte es an die Tür. Sie öffnete sich ein Stück, und Imke Gerdes steckte den Kopf hindurch. »Entschuldigt bitte! Hannah schläft gerade. Ich weiß nicht, was ich davon halten soll, aber sie meint, sie hätte vorhin hier im Hotel den Mann gesehen, der ihr die K.-o.-Tropfen verabreicht hat.«

Oberkommissar Jensen fuhr auf. »War das der Typ, der aus dem Fahrstuhl kam, als du mit Frau Holthusen ...?«

Imke Gerdes nickte nachdrücklich.

»Den habe ich schon mal gesehen!«, rief Jensen. »Im Krankenhaus. Der hat Krabbenhöft besucht. Seinen Namen habe ich notiert. Wie hieß er noch? Ostermann oder so ähnlich. Ja, Osterkamp!«

»Den schauen wir uns näher an«, entschied Rieke und wandte sich an Imke. »Könnten Sie sich am Empfang nach Herrn Osterkamp erkundigen?«

373

»Gern.« Imke zog den Kopf zurück und schloss die Tür.

»So.« Rieke sah die Kollegen an. »Und jetzt zum Plan für morgen früh.«

# 30

## Frühsommer 2014

Sie erwachte, weil ihr Handy den Eingang einer SMS signalisierte. Annie tastete nach dem Telefon und rief die Nachricht auf. *Polizei ist hier. Stellt viele Fragen.*

Braves Mädchen, dachte sie. Gleichzeitig durchzuckte sie wieder dieser Schmerz. Neele, ihre Neele, lebte längst ihr eigenes Leben. Trotz aller Widrigkeiten war aus ihr eine selbstbewusste junge Frau geworden. Freundlich, fröhlich, hübsch. Zu hübsch. Seit ihre Tochter ihr Foto auf Facebook veröffentlicht hatte, wurde sie von unzähligen Jungen und Männern verehrt. Gemeinsam hatten sie die schmachtenden, romantischen oder schlicht ungelenken Freundschaftsanfragen oder Nachrichten gelesen und sich darüber lustig gemacht. Bis zu jenem Tag vor einem Jahr, an dem dieser Name aufgetaucht war. Kein seltener Name, er konnte auch falsch sein, aber Annie war ausgerastet. Es war zu einem heftigen Streit und dann zu einer schweren Krise zwischen ihr und Neele gekommen, in deren Verlauf ihre Tochter ausgezogen war. Das hatte die Angst um sie noch verstärkt, und sie hatte begonnen, die notwendigen Vorbereitungen zu treffen.

Annie schob die Gedanken an die Vergangenheit zur Seite und konzentrierte sich auf die Gegenwart. Dass die Polizei im Hotel *Nordseeliebe* aufkreuzen würde, hatte sie erwartet. Natürlich mussten die Beamten im Umfeld von Enno Krabbenhöft nach Informationen suchen. Allerdings sollten sie im Hotel inzwischen ausreichende Erkundigungen eingezogen haben. Zwar konnte es keine Spur geben, die von dort zu ihr führte, dennoch beschloss sie, den Campingplatz zu verlassen. Es gab keine dringende Notwendigkeit, weiterhin auf der Insel zu bleiben. Krabbenhöfts Zustand würde sie auch aus den Medien erfahren. Mit der Umsetzung des letzten Schritts, der zu einer Rückenmarksverletzung führen würde, konnte sie warten. Ein paar Wochen oder Monate früher oder später waren nicht von Bedeutung.

Sie rollte aus dem Bett und begann sich für die Abfahrt vorzubereiten. Zum Auschecken war es zu früh. Aber pünktlich zur Öffnungszeit würde sie am Schlagbaum stehen, um beim Platzwart ihre Strom- und Standgebühren zu bezahlen.

Am Empfangsgebäude des Camping-Areals herrschte Ruhe, als Rieke Bernstein und ihre Kollegen eintrafen.

Sie hatten verabredet, sich einzeln und auf unterschiedlichen Wegen dem Wohnmobil der Zielperson zu nähern, und teilten sich auf. Hauptkommissar Eilers trug einen blauen Overall mit Schirmmütze, auf Brust und Rücken mit dem Schriftzug *Insel-Camping-Borkum*. Er nahm den Weg am Spielplatz entlang. Oberkommissar Jensen war in einem Sportanzug erschienen und joggte den »Fischer-Ring«, entlang, Rieke trug Jeans und Pullover, ihr Haar hatte sie zu einem Pferdeschwanz gebunden. Sie wartete, bis die Männer ihre Position erreicht hatten, und folgte Jensen, der am Sanitärgebäude in Höhe der »Seehundsbank« Dehn- und Streckübungen vollführte.

Sie nickte ihm zu und hielt nach Eilers Ausschau. Als er am Ende des Weges auftauchte, beschleunigte sie ihren Schritt. Bis zum Wohnmobil waren es noch knapp zweihundert Meter. In dem Augenblick wurde ein Motor gestartet. Rieke verharrte kurz und versuchte die Richtung zu erkennen, aus der das

Geräusch kam. Kurz schoss ihr die Frage durch den Kopf, wie störend es für andere Camper sein musste, wenn so früh am Morgen bereits jemand aufbrach.

Dann rollte das Fahrzeug vom Stellplatz und kam ihr entgegen. Es trug ein niederländisches Kennzeichen.

Rieke stieß einen Fluch aus, ihre Hand zuckte zur Dienstwaffe. Doch dann sagte sie sich, dass sie eine Panikreaktion auslösen konnte, wenn sie die Fahrerin mit der Pistole bedrohte. Kurz entschlossen bückte sie sich und begann an ihrem Schnürband zu nesteln. In dieser Haltung verharrte sie, bis das Fahrzeug sie passiert hatte. Hinter dem Wohnmobil lief Eilers und hob fragend die ausgebreiteten Hände. Sie schüttelte kaum wahrnehmbar den Kopf und schloss sich ihm an. Im Laufschritt folgten sie dem gemächlich dahinrollenden Wagen.

Eilers deutete auf das Rennrad, das am Heck befestigt war. »Das Fahrrad passt schon mal.«

»Ja«, sie nickte, »ich bin sogar sicher, dass ich sie damit in der Stadt gesehen habe.«

Der Hauptkommissar sah auf die Uhr. »In einer Minute sind wir am Haupttor. Die Schranke ist unten, der Platzwart öffnet sein Büro erst um sieben. Also wird sie noch ein paar Minuten warten müssen.«

»Perfekt«, bestätigte Rieke. »Dann nehmen wir sie fest.«

Eilers nickte. »Wahrscheinlich steigt sie aus, um zu bezahlen. In dem Fall laufe ich um den Wagen herum, während Sie auf die Fahrertür zugehen. Jensen kann uns sichern.«

Wie aufs Stichwort erschien der joggende Oberkommissar und reihte sich ein. »Was machen wir nun?« Während sie nebeneinander hinter dem Fahrzeug hertrabten, gab Eilers Instruktionen. »Du hältst dich in drei, vier Metern Entfernung und passt auf, dass niemand dazwischenkommt, wenn wir die Zielperson schnappen.«

»Ich gehe davon aus«, ergänzte Rieke, »dass sie unbewaffnet ist. Trotzdem müssen wir mit allem rechnen. Also halten Sie Ihre Waffe bereit, wenn Eilers und ich die Frau stellen.«

Mit einer übertriebenen Kopfbewegung signalisierte Jensen, dass er die Anweisung verstanden hatte. Sein Blick blieb oberhalb des Fahrrads am Heckfenster des Wohnmobils hängen. »Sie kann uns sehen!«, rief er. »An der Scheibe klebt eine Weitwinkellinse.«

Kaum hatte er den Satz beendet, drehte der Motor hoch, der Wagen beschleunigte und vergrößerte den Abstand zu seinen Verfolgern um etliche Meter.

Rieke stieß Jensen zur Seite. »Weg abschneiden!«, rief sie. »Zur Straße! Los!«

Jensen schoss nach links und sprintete in Richtung Zaun, während sie und Eilers dem Wohnmobil folgten. Der Hauptkommissar war schnell. Nach zwanzig oder dreißig Metern hatte er das Fahrzeug eingeholt. Er griff nach der Fahrradhalterung, zog sich hoch und kletterte auf das Aluminiumgerüst. Breitbeinig, sich mit den Händen an die Streben klammernd, schwankte er vor Riekes Augen am Heck des schneller werdenden Wohnmobils. Sie hatte kurz gezögert, um nach ihrer Dienstpistole zu greifen, und damit die Entfernung zum Wagen vergrößert. Nun rannte sie, um ihn wieder einzuholen, verringerte allmählich den Abstand. Plötzlich ertönte eine Hupe. Mit schrillem Dauerton rollte das schwere Fahrzeug auf die Schranke am Empfangsgebäude zu. Rieke sah, wie der Platzwart den Kopf aus der Tür streckte und mit offenem Mund auf das drohende Unheil starrte. Plötzlich kam Bewegung in den Mann. Wie von einem Katapult angetrieben, schoss er aus seinem Büro auf die Schranke zu. In dem Augenblick, als das Wohnmobil sie erreichte, hatte er den rot-weißen Balken angehoben. Knapp raste das Fahrzeug darunter durch, auf die Kreuzung vor dem Campingplatz zu.

»Verdammte Scheiße«, fluchte Rieke, fiel in normalen Schritt zurück und warf dem Platzwart einen wütenden Blick zu. Vielleicht konnte Jensen die Flüchtende stoppen, sie selbst würde den Wagen nicht mehr erreichen. Voller Sorge behielt sie Hauptkommissar Eilers im Auge, der sich noch immer am Heck festklammerte.

In dem Augenblick schob sich auf der Straße von links ein orangefarbenes Blinklicht ins Bild. Es gehörte zu einem Müllwagen, der sich im Schritttempo der Kreuzung näherte.

Sie hörte es bereits krachen, doch die Fahrerin des Wohnmobils riss das Steuer herum, der Aufbau neigte sich zur Seite, streifte knapp die Fahrerkabine des Müllfahrzeugs, kippte zurück auf die Fahrbahn und schwang in die Gegenrichtung. Schlingernd geriet der Wagen aus der Spur, rutschte über den Fahrbahnrand, kam schließlich an einer Grundstücksmauer zum Stehen.

Mein Gott, Eilers!, dachte Rieke, setzte sich wieder in Bewegung und hastete in Richtung Unfallort.

Gerit Jensen tauchte auf, sprintete zu seinem Kollegen, der regungslos hinter dem Fahrzeug auf dem Standstreifen lag. Kaum hatte er den Hauptkommissar erreicht, drehte der Motor des Wohnmobils auf, die Fahrerin setzte zurück. Jensen packte seinen Kollegen unter den Armen und zog ihn in letzter Sekunde zur Seite. Rieke verfolgte aus den Augenwinkeln, wie Eilers zu sich kam und sich aufrichtete. Sie beschleunigte ihre Schritte, erreichte die rechte Tür der Fahrerkabine in der Sekunde, als das Fahrzeug einen Satz nach vorn machte. Sie sprang hinterher, packte den Griff und riss die Tür auf. »Polizei! Sofort anhalten!«, rief sie, doch der Wagen rollte weiter, über die Fahrbahnkante auf die Straße.

Rieke klammerte sich an die Armlehne in der Tür, rannte ein paar Schritte neben dem fahrenden Wohnmobil her und hech-

379

tete dann in den Fußraum. Während der Wagen weiter beschleunigte, krabbelte sie auf den Sitz und zog ihre Pistole.

»Anhalten!«, wiederholte sie. Die Frau am Steuer schüttelte den Kopf und deutete nach vorn. »Wenn Sie schießen, fahre ich in die Kinder.« Sie streckte die Hand aus. »Geben Sie mir Ihre Waffe!«

Entsetzt entdeckte Rieke die kleine Ansammlung von Schülern an der Bushaltestelle, gut fünfzig Meter vor ihnen. Eine weitere Gruppe wartete am Ende der Straße.

Inzwischen hatte das Wohnmobil eine Geschwindigkeit erreicht, bei der ein Schusswaffengebrauch mit unkalkulierbaren Risiken verbunden war. Sie würde einen anderen Weg finden müssen, um die Frau zu stoppen. Zögernd reichte sie ihr die Pistole. Die Fahrerin öffnete das Fenster und warf sie hinaus.

»Sie sind Annie de Vries?«, fragte Rieke.

Die Frau nickte und gab weiter Gas.

Mit anhaltend hoher Geschwindigkeit fuhren sie durch die erwachende Stadt. In wenigen Minuten hatten sie das Zentrum durchquert und folgten der Straße zum Fährhafen.

»Wollen Sie die Insel verlassen?«, fragte Rieke. »Mit mir als Beifahrerin? Das wird nicht funktionieren. Sobald Sie anhalten, nehme ich Sie fest. Meine Kollegen sind in unserer Nähe.«

Die Frau warf ihr einen kurzen Blick zu. »Ich habe nichts mehr zu verlieren. Und Sie haben zwei Möglichkeiten. Sie lassen mich gehen, oder Sie fahren mit mir in den Tod.«


Imke Gerdes hatte die Nacht mit Hannah Holthusen im Hotelzimmer verbracht. Die Hauptkommissarin vom Landeskriminalamt war so weitsichtig gewesen, für die Journalistin ein Doppelzimmer zu buchen, trotzdem hatte sie schlecht geschlafen. Neben der ungewohnten Umgebung hatte ihr vor allen Dingen die Unruhe zu schaffen gemacht, die von Hannah ausgegangen war. Nachdem sie zunächst einige Stunden geschlafen hatte, war sie immer wieder aufgestanden, um Wasser zu trinken oder zu duschen. »Ich bin schon wieder so verschwitzt«, hatte sie alle zwei bis drei Stunden gemurmelt und war ins Bad gegangen. Zwischendurch war sie im Zimmer herumgetigert, hatte mehrmals vor der Tür gestanden, aber nur einmal die Hand auf die Klinke gelegt. Imke hatte abgeschlossen und den Schlüssel an sich genommen. Gegen Morgen war Hannah ruhiger geworden und wieder eingeschlafen.

Nun steckte sie den Kopf durch die Tür zum Badezimmer, in dem Imke gerade mit der Morgentoilette beschäftigt war. »Es tut mir so leid, dass ich euch diese Scherereien mache. Danke aber, dass du dich um mich gekümmert hast. Allein hätte ich die Nacht nicht überstanden.« Sie lächelte zaghaft. »Jedenfalls nicht nüchtern.«

Imke nahm die Zahnbürste aus dem Mund. »Wie geht es dir jetzt?«

Hannah hob die Schultern. »Ich weiß nicht recht. Bin noch ein bisschen verkatert. Aber eigentlich ganz gut. Jedenfalls kann ich gerade gehen und stehen.«

»Nach einem guten Frühstück und einem starken Kaffee geht's dir noch besser«, prophezeite Imke. »Fühlst du dich stark genug, den Tag ohne Alkohol zu beginnen?«

»Ich glaube ja«. Hannah nickte. »Nein, ich weiß, dass ich es schaffe. Bleibst du trotzdem in meiner Nähe?«

»Natürlich.« Imke schmunzelte. »Genau genommen wird es umgekehrt sein. Du bleibst in meiner Nähe. Ich muss nämlich arbeiten. Zuerst kümmern wir uns um den Typen, der dir das eingebrockt hat, und dann schauen wir, ob die Kollegen mit ihrer Aktion Erfolg hatten. Beides könnte spannend werden, auch für dich.«

Eine halbe Stunde später bedienten sich die beiden Frauen am Frühstücksbuffet und musterten unauffällig die männlichen Gäste. »Ich sehe ihn nicht«, stellte Hannah fest. »Vielleicht habe ich mich doch geirrt. Mit meinem benebelten Kopp.«

»Aftöven un Tee drinken«, schlug Imke vor.

Hannah lachte herzlich, und die Polizistin stieß sie freundschaftlich in die Seite. »Vondoog gefallst du mi vööl bäter as güstern.«

Nach dem Frühstück fragte Imke an der Rezeption nach einem Gast mit dem Namen Osterkamp. Als die junge Frau zögerte, legte sie ihren Dienstausweis auf den Tresen. »Wir müssen ihn dringend sprechen.«

»Ich weiß aber nicht, ob ...« Hilflos hob die Empfangsdame die Schultern.

»Sie wollen doch nicht wegen der Behinderung polizeilicher Ermittlungen Schwierigkeiten bekommen«, drohte Imke dunkel.

»Natürlich nicht. Warten Sie einen Moment.« Sie starrte auf den Monitor ihres Computers und bewegte die Maus. »Herr Osterkamp hat Zimmer 36.«

»Danke.« Imke steckte ihren Ausweis wieder ein. »Das reicht für den Moment.« Sie winkte Hannah zu, die sich im Hintergrund gehalten hatte. »Wir schauen mal, ob der Herr anwesend ist.«

Nachdem auf ihr Klopfen niemand reagiert hatte, zog Imke eine handtellergroße Plastikscheibe aus der Tasche, schob sie in Höhe des Schließmechanismus zwischen Tür und Rahmen und bewegte sie vorsichtig hin und her.

382

»Verdammt«, knurrte sie. »Dieses Schloss scheint eine zusätzliche Sperre zu haben. Nein, doch nicht.« Sie lachte Hannah an, und im nächsten Augenblick sprang die Tür auf.

Das Zimmer ähnelte dem von Hannah. Es wirkte aufgeräumt, das Bett schien unbenutzt.

»Anscheinend hat er heute gar nicht hier übernachtet«, mutmaßte Imke und begann Schränke und Schubladen zu öffnen.

»Suchst du etwas Bestimmtes?«, fragte Hannah.

Die Polizistin schüttelte den Kopf. »Vielleicht findet sich ein Hinweis auf die Identität dieses Mannes. Wenn er es war, der dich – fertigmachen wollte, dürfte er das nicht aus eigenem Antrieb, sondern im Auftrag von Krabbenhöft getan haben. Deshalb wüsste ich gern etwas mehr über ihn als nur seinen Namen.« Sie zog eine Schublade auf, die sie gerade schon einmal geöffnet und wieder geschlossen hatte. »Was haben wir denn da?« Sie griff hinein, hob einen Gegenstand heraus und drehte sich zu Hannah um. »Kannst du erkennen, was das ist?«

Mit großen Augen betrachtete sie das Marmeladenglas mit der bräunlichen Flüssigkeit, in der zwei dunkle Teile schwebten. »Sind das…?«

Imke nickte. »Ein Stück von Tjark Krabbenhöft. Genau genommen zwei. Und zwar die, die ihm am Tag seines Todes abhandengekommen sind.«

»Ich fass es nicht.« In Hannah erwachte der journalistische Instinkt. Sie zog ihr Smartphone hervor. »Stell das Glas mal kurz auf den Tisch!«

Nachdem sie mehrere Aufnahmen gemacht hatte, sah sie sich im Zimmer um. »Hier muss doch irgendwo ein Hinweis auf die Rolle zu finden sein, die der Typ spielt. Wenn er für Krabbenhöft arbeitet – wieso hat er dann die – Dinger – von dessen Bruder in Verwahrung? War er es, der sie ihm abgeschnitten hat?«

»Du sagst es. Das passt nicht so recht zusammen.« Imke war auf die Knie gegangen und hatte einen Arm unter das Bett gestreckt. Sie zog einen silbernen Aluminiumkoffer hervor und drückte an den Schlössern herum. »Das sieht nach technischem Equipment aus. Leider abgeschlossen.«

»Nehmen wir das mit?« Hannah deutete auf den Koffer und das Glas.

Imke schüttelte den Kopf. »Alles bleibt an seinem Platz. Wenn der Typ wieder da ist, statten wir ihm einen offiziellen Besuch ab.« Sie sah auf die Uhr. »Wir verschwinden jetzt und setzen uns mit den Kollegen in Verbindung. Du willst doch sicher noch mehr Fotos machen. Zum Beispiel von der Täterin.«

»Täterin?« Hannah klang überrascht.

»Rieke Bernstein ist der Meinung, dass hinter dem Mord an Tjark Krabbenhöft und dem Anschlag auf seinen Bruder eine Frau steckt. Ein Vergewaltigungsopfer der Brüder.« Imke zog ihr Handy aus der Tasche. »Komm, wir gehen. Unterwegs rufe ich Jan Eilers an.«

Als sich der Hauptkommissar meldete, sprach er ungewohnt hektisch. »Hallo, Imke. Gut dass du dich meldest. Wir sind auf dem Weg vom Insel-Camping in Richtung Stadt. Die Frau ist entkommen. Sie hat Frau Bernstein in ihrer Gewalt. Wahrscheinlich fährt sie zum Fährhafen. Weiter kann sie ja nicht. Ruf bitte die Kollegen in Emden an! Sie sollen sich bereithalten. Falls wir sie nicht erwischen und sie mit der Fähre übersetzen.«

»Wie ist das möglich? Was ist passiert?«

»Das erzähle ich dir später.« Eilers unterbrach die Verbindung. Imke Gerdes starrte sekundenlang auf das Display ihres

Handys. Dann hob sie den Kopf und sah Hannah an. »Wir müssen zur Reede, Rieke ist in Gefahr.«

Ihr Gefühl sagte ihr, dass die Frau es ernst meinte. Während das Wohnmobil die Straße zum Fährhafen entlangraste, versuchte sie, Möglichkeiten und Risiken abzuwägen. Mit dem großen Fahrzeug würde sie nicht weit kommen. Wenn Eilers und Jensen dafür sorgten, dass es nicht auf die Fähre gelassen wurde, wäre die Reise schon auf der Insel zu Ende. Anderenfalls würden die Kollegen in Emden sie in Empfang nehmen. Eine Chance hatte sie nur ohne den Wagen. Mit etwas Glück konnte sie sich eine Weile versteckt halten und irgendwann im Strom der Reisenden Borkum verlassen. Was hatte sie vor? Rieke beschloss, mit Annie de Vries ins Gespräch zu kommen.

»Sie haben Tjark Krabbenhöft getötet und einen Säureanschlag auf Enno Krabbenhöft verübt. Wahrscheinlich haben Sie auch deren Mutter getötet. Stimmt's?«

Annie de Vries schüttelte den Kopf. »Keine Säure. Das war Natronlauge.«

»Sie müssen schwerwiegende Gründe haben. Haben die Brüder Sie vergewaltigt?«

»Schlimmer.« Halsbrecherisch überholte Annie einen Personenwagen.

»Haben sie einen Ihnen nahestehenden Menschen getötet?«

»Ja«, antwortete Annie.

»Wen?«

»Mich.«

»Wie meinen Sie das?«

»Das ist eine längere Geschichte. Die Geschichte meines Nicht-Lebens.«

»Ich möchte sie hören«, verlangte Rieke. »Bitte erzählen Sie mir – alles!«

Annie nickte, blieb aber stumm. Sie näherten sich Borkum-Reede, passierten das Ortsschild mit kaum verminderter Geschwindigkeit. Kurz vor dem Ende der Reedestraße bog sie rechts ab, überquerte die Schienen der Kleinbahn und fuhr weiter geradeaus in Richtung Nordsee, vorbei an dem Rieke vertrauten Fährhafen. Am Ende der Bahnstation gab es einen vorgelagerten Außenanleger, zu dem eine ins Meer gebaute Zufahrt führte, die im Nichts endete. Darauf hielt Annie zu.

Auf der betonierten Fahrbahn reduzierte sie die Geschwindigkeit. Gemächlich rollte das Wohnmobil auf die stählerne Plattform zu, über die Fahrzeuge normalerweise das Innere des Schiffs erreichten. Heute führte sie ins Leere. Beziehungsweise ins Meer.

Unmittelbar vor der stählernen Konstruktion schaltete Annie herunter, stoppte, legte den ersten Gang ein und gab Gas. Langsam, aber stetig erklomm der Wagen die schräg nach oben ragende Brücke. Durch das Gewicht des Fahrzeugs wurde die Plattform nach unten gedrückt, senkte sich zügig und neigte sich abwärts.

Rieke spürte Feuchtigkeit in den Händen. Plötzlich gab es einen Ruck. Die Brücke zeigte abwärts, musste aber irgendwie eingerastet sein. Der Wagen hielt unmittelbar vor dem Abgrund, unter dem das Meer toste. Annie zog die Handbremse an und stellte den Motor aus. In die plötzliche Stille drang das Rauschen von Wind und Wellen.

Sie löste den Sicherheitsgurt und wandte sich zu Rieke um. »Sie können jetzt Ihre Kollegen anrufen. Sie sollen sich fernhalten. Sobald sie auf dem Anleger erscheinen, fahre ich los.« Sie deutete nach vorn, wo außer einem seitlichen schmalen Steg nichts als Nordsee zu sehen war.

Rieke nickte und zog ihr Handy aus der Tasche. Hauptkommissar Eilers meldete sich sofort. »Wir haben das Wohnmobil im Blick. Sollen wir stürmen? Oder ist die Frau bewaffnet?«

»Weder noch«, antwortete Rieke, gab weitere Instruktionen und schloss mit der Bitte: »Lassen Sie meine Dienstwaffe suchen! Die liegt irgendwo zwischen Ostland und Borkum-Stadt.«

Sie steckte das Handy ein und sah Annie de Vries an. »Ich würde jetzt gern Ihre Geschichte hören.«

Hauptkommissar Eilers gab das Fernglas an Gerit Jensen weiter. »Sie stehen auf der abgesenkten Stahlbrücke. Die Frau muss nur die Handbremse lösen, dann rollen sie über die Kante und stürzen ins Meer. Ich fürchte, wir können nichts tun. Sie hat den gesamten Außenanleger im Blick. Wenn wir ihn betreten, sieht sie uns.«

»Man müsste das Wohnmobil mit einem Stahlseil sichern«, überlegte Jensen laut. »Von der Anhängerkupplung oder von der Achse zu einem der Stahlträger. Oder zur Leitplanke, das würde reichen. Dann könnte man sie in aller Ruhe rausholen.«

»Schöne Idee«, ergänzte Imke Gerdes, die mit Hannah Holthusen im Schlepptau eingetroffen war. »Aber wie sollen wir da hinkommen? Der Außenanleger ist wie ein Präsentierteller. Das hat sie sich gut ausgesucht.«

»Kann man nicht mit einem Boot hinkommen?«, mischte sich die Journalistin ein. »Ich meine, außen herum. Ein kleines Boot käme erst auf dem letzten Stück in Sicht. Wenn überhaupt. Es läge im Schatten des Anlegers und vom Wohnmobil aus gesehen ziemlich weit unten.«

»Haben Sie sich entschieden, nach Hause zurückzukehren?«, fragte Rieke, als Annie de Vries ihren Bericht unterbrach. »Nach allem, was Sie durchgemacht haben, eine schwere Entscheidung. Aber auch irgendwie naheliegend.«

»Kommt darauf an, was Sie unter zu Hause verstehen. Mit meinem allerletzten Gulden habe ich Marijke Theunissen angerufen. »Drei Stunden später war sie in Amsterdam und hat uns abgeholt.«

»Sie und ihr Bruder haben Sie wieder aufgenommen?«

Annie nickte. »Ich hatte es kaum zu hoffen gewagt. Aber für die beiden war es keine Frage. Sie waren sogar froh, mich wiedergefunden zu haben. Mich und Neele. Sie waren ganz vernarrt in das Kind. Besonders Joost. Und sein Freund Cahyo. Wir wurden eine richtige Familie.«

Rieke konzentrierte sich auf die Jahreszahlen, die bisher bei den Ermittlungen aufgetaucht waren, und rechnete kurz. »Warum haben Sie dann sechs Jahre später Monika Krabbenhöft umgebracht?«

»In der Suchttherapie hatte man mir gesagt, ich müsste das Trauma loswerden, das mich in die Abhängigkeit getrieben hat. Das entsprach auch meinem Gefühl. Ich habe es trotzdem jahrelang beiseitegeschoben. Aber irgendwann wurde mir klar, dass ich etwas tun musste, um nicht rückfällig zu werden. In meinem Kopf war die Mutter für ihre Söhne und deren Verbrechen verantwortlich. Darum musste sie sterben. Danach ging es mir deutlich besser. Ich habe sogar ein eigenes Restaurant aufgemacht. Ohne Hasch oder andere Rauschmittel. In Groningen.«

»Aber jetzt haben Sie alles wieder aufs Spiel gesetzt«, stieß Rieke hervor. »Sie hätten glücklich und in Frieden mit Ihrer Tochter und Ihrem Restaurant leben können.«

»Eben nicht«, widersprach Annie de Vries. »Enno Krabbenhöft hat Neele entdeckt. Auf Facebook. Sie sieht genauso aus wie ich damals. Er hat versucht, mit ihr Kontakt aufzunehmen und sie in sein Hotel zu locken. Das konnte ich nicht zulassen. Die ganze Geschichte kam wieder hoch, und ich habe beschlossen, reinen Tisch zu machen.«

»So kann man das auch nennen.« Rieke lachte bitter. »Tatsächlich haben Sie Ihr Leben endgültig kaputt ...« Sie zuckte zusammen. »Was ist das?« Ein schabendes Geräusch war vom Heck des Wagens gekommen.

»Schweine!«, rief Annie de Vries. »Die haben sich nicht an Ihre Anweisung gehalten.« Sie startete den Motor und griff zur Handbremse.

Blitzschnell packte Rieke zu. Mit beiden Händen hielt sie den Hebel fest, sodass sich die Bremse nicht lösen ließ. Wütend schlug Annie de Vries auf sie ein, doch Rieke gab nicht nach, wich, so gut es ging, den Schlägen aus und klammerte sich mit aller Kraft an den Griff.

Schließlich besann sich Annie de Vries, legte den ersten Gang ein, ließ den Motor aufheulen und die Kupplung kommen. Der Wagen ruckte und vibrierte, schien sich aufzubäumen, bewegte sich aber nicht von der Stelle.

Sie öffnete ein Fach im Armaturenbrett und zog eine schwere Taschenlampe hervor. Damit schlug sie auf Riekes Handrücken ein und schrie: »Lass das los!«

»Denken Sie an Ihre Tochter!«, brüllte Rieke zurück. »Sie braucht Sie!«

Kopfschüttelnd drosch Annie de Vries weiter auf Riekes Hände ein. Der Schmerz wurde unerträglich, doch sie klammerte sich weiter an den Griff der Handbremse. Schließlich schlug Annie ihr die Lampe ins Gesicht. Rieke fuhr zurück, unwillkürlich lockerte sie den Griff. Im nächsten Moment knallte ihr die Taschenlampe in eine Armbeuge, dann in die andere.

Der Griff war frei, Annie löste die Handbremse, gab erneut Gas und ließ die Kupplung kommen, das Wohnmobil ruckte nach vorn, kam aber sofort wieder zum Stillstand. Kreischend radierten die Hinterräder auf dem Stahl der Brücke, es begann nach verbranntem Gummi zu riechen.

Plötzlich sprangen die Türen auf. Jan Eilers packte Annie de Vries und zerrte sie aus dem Wagen. Auf der gegenüberliegenden Seite kippte Rieke Bernstein aus der Tür und fiel Oberkommissar Jensen in die Arme.

»Willkommen auf Borkum!«, rief Imke Gerdes strahlend. Hannah Holthusen stand hinter ihr und fotografierte mit dem Smartphone.

Rieke wankte zum Geländer. »Ich glaube, mir wird schlecht.« Während sie sich an das kalte Stahlgerüst lehnte, tief einatmete und gegen die Übelkeit ankämpfte, begann in ihrer Tasche das Handy zu klingeln. Da sie nicht in der Lage war, danach zu greifen, wandte sie sich an Hannah. »Kannst du mal …?«

Die Journalistin nickte, zog Riekes Telefon hervor, meldete sich und lauschte dem Wortschwall der Anruferin. »Nein, sie kann gerade nicht – ich sage es ihr. Sie ruft sie später zurück.«

»Meine Mutter?«, fragte Rieke ahnungsvoll.

Hannah nickte. »Deinem Vater geht es besser. Er hat den Eingriff gut überstanden und muss nicht nach Hamburg. Morgen kommt er schon nach Hause.«

# Epilog

*Bizarrer Kriminalfall auf Borkum aufgeklärt*

*Enno Krabbenhöft tritt von allen politischen Ämtern zurück*

*Von Hannah Holthusen*

*Emden/Borkum. Die absonderlichen Umstände des Todes von Tjark Krabbenhöft, über den wir bereits berichtet haben, hatten den Kriminalbeamten zunächst Rätsel aufgegeben. Zumal dessen Bruder Enno wenig Interesse an der Aufklärung zu haben schien. Im Rahmen der Todesfallermittlungen stellte sich jedoch heraus, dass hinter einem Anschlag auf den Hotelier und dem Mord an dessen Bruder eine Frau steckte, die sich auf einem Rachefeldzug gegen die Brüder befand. Gemeinsam sind Kriminalhauptkommissarin Rieke Bernstein vom Landeskriminalamt mit Hauptkommissar Jan Eilers und seinem Team der Täterin auf die Spur gekommen. Nach Auskunft der Ermittler war die Frau gut vorbereitet und bestens ausgerüstet. Sie hat sich in einem Wohnmobil auf der Insel aufgehalten und von dort aus die Anschläge auf die Brüder durchgeführt. Dabei setzte sie sogenannte K.-o.-Tropfen und chemische Mittel ein. Die Ermittler legen ihr auch zur Last, die Mutter der Krabbenhöft-Brüder mit Schlangengift ermordet zu haben. Ob sich dieser Verdacht bestätigt, muss eine Obduktion ergeben. Nach Auskunft des Oldenburger Rechtsmediziners Professor Dr. Sartorius ist der Nachweis von Gift auch nach sechzehn Jahren noch möglich.*

*Nach Aussage der Tatverdächtigen ist sie vor über zwanzig Jahren von der Familie Krabbenhöft gequält, verunstaltet und vergewaltigt worden. Unsere Recherchen haben ergeben, dass ähnliche Vorwürfe schon einmal gegen die Söhne des auf Borkum geschätzten Hotelpatriarchen Klaus Krabbenhöft erhoben wurden. Die Anzeige der betroffenen Frau hatte seinerzeit nicht zu einer Anklage geführt. Dieser Fall muss nach den Worten des zuständigen Staatsanwalts Fokko Rasmussen heute in einem anderen Licht gesehen werden. Allerdings könnte Enno Krabbenhöft wegen dieser möglichen Taten ohnehin nicht mehr zur Verantwortung gezogen werden, sie sind verjährt. Dennoch tritt er von allen politischen Ämtern zurück. Nach Informationen unserer Redaktion geschieht dieses nicht freiwillig, sondern auf Druck der Parteispitze. Ein Kollege, der nicht genannt werden will, erinnert sich, dass in den Neunzigerjahren gegen Krabbenhöft wegen des Verdachts auf Drogenhandel ermittelt wurde, auch hier kam es nicht zu einer Anklage.*

*Im Zusammenhang mit dem aktuellen Fall suchen die Ermittler des Landeskriminalamts nach dem Urheber eines Videos, das den schwer verletzten Tjark Krabbenhöft kurz vor seinem Tod zeigen soll und im Internet zu sehen war. Außerdem untersucht die Polizei noch die Rolle eines Emder Privatdetektivs, bei dem Beweismittel sichergestellt wurden. Dabei soll es sich um ein konserviertes Körperteil des Toten handeln.*

*Über die Festnahme der Tatverdächtigen berichten wir im Rahmen einer Fotoreportage in unserer morgigen Ausgabe und auf unserer Internetseite.*

Kriminaloberrat Robert Feindt ließ den Zeitungsartikel vom Bildschirm verschwinden. Was er gerade gelesen hatte, löste zwiespältige Gefühle aus. Positive Berichte in den Medien über die Arbeit des LKA waren äußerst selten. Insofern konnte er den Artikel als Erfolg verbuchen. Sein Name wurde zwar nicht erwähnt, aber im Haus und in der politischen Führung wusste jeder, dass von seinem Dezernat die Rede war. Andererseits hatte seine Beamtin nicht nur einen Mord aufgeklärt, sondern auch einen Politiker zu Fall gebracht. Einige von Krabbenhöfts Parteifreunden würden das jedenfalls so sehen. Dass er den Einsatz der Hauptkommissarin zu verantworten hatte, konnte ihm niemand ankreiden, aber sie würden es sich merken. Und das konnte ihm irgendwann zum Verhängnis werden. Sollten die Machtverhältnisse es erlauben, würden sie seinen Aufstieg zum Abteilungsleiter torpedieren. Dies war die Kehrseite der Medaille, und sie wog schwerer als der Zugewinn an Ansehen durch die erfolgreiche Aufklärung eines perfiden Verbrechens. Ausgerechnet durch die Bernstein. Feindt ärgerte sich über seine Entscheidung, die junge Frau nach Ostfriesland geschickt zu haben. Ein altgedienter Beamter ohne Ehrgeiz wäre die bessere Wahl gewesen. Für den hätte sich die Presse kaum interessiert, das Fernsehen schon gar nicht. Aber diese junge und attraktive Kriminalistin schien in den Köpfen sämtlicher Redakteure herumzuspuken. Ein gutes Dutzend Anfragen hatte die Pressestelle schon abwehren müssen. Fotografen und Filmteams wollten die Bernstein porträtieren, Reporter alles über sie wissen. Zum zwiespältigen Ausgang ihres Einsatzes kam nun auch noch die Gefahr, dass die Bernstein zum Medienstar gemacht wurde.

Feindt sah auf die Uhr. Sie musste jeden Augenblick auftauchen. Er würde ihr vorsorglich einen Maulkorb verpassen. Und später mit seinen Vertrauten aus dem Haus darüber beraten, wie er ihre Karriere unauffällig in eine Sackgasse steuern konnte.

Es klopfte. Im nächsten Augenblick stand die Hauptkommissarin in seinem Büro und strahlte ihn unverschämt fröhlich an. »Guten Morgen, Herr Kriminaloberrat.« Sie trug wieder diese aufreizend engen Jeans, dazu eine schwarze Lederjacke mit schräg geschnittenem Reißverschluss und jeansblaue Pumps. Das blonde Haar fiel locker über die Schultern. Kein Wunder, dass die Presseheinis hinter ihr her waren.

Feindt nickte und deutete auf den Besuchersessel. »Nehmen Sie Platz.«

Rieke Bernstein setzte sich und schlug die langen Beine übereinander. In der Hand hielt sie ein Blatt Papier, offenbar ein Computerausdruck.

»Wie war's auf Borkum?«, fragte Feindt. »Sie haben ja allerhand Staub aufgewirbelt.«

Sie nickte und lächelte entschuldigend. »Das war nicht meine Absicht. Gleichwohl unvermeidlich. Meinen Bericht haben Sie ja inzwischen sicher ...«

»Geschenkt.« Feindt hob abwehrend die Hände. »Es geht jetzt um einen ganz anderen Aspekt Ihrer – unserer Tätigkeit.«

Er lehnte sich zurück und richtete den Blick aus dem Fenster. »Wir stehen mit unserer Arbeit immer im Licht der Öffentlichkeit. Nicht als Darsteller, sondern als Träger einer verantwortungsvollen gesellschaftlichen Aufgabe. Dazu gehört eine gewisse Zurückhaltung. Wir repräsentieren unser Amt nicht mit spektakulären Shows, sondern durch seriöse Analysen und Ermittlungen zur Verbrechensbekämpfung.«

Die Hauptkommissarin nickte und hob die Hand mit dem bedruckten Blatt. »Dazu wollte ich Ihnen gerade ...«

»Ich war noch nicht fertig«, unterbrach Feindt sie und wandte sich ihr zu. »Seriosität drückt sich unter anderem darin aus, dass wir der Öffentlichkeit die notwendigen Fakten liefern, aber ansonsten keinen Anlass zu medialer Selbstdarstellung bieten. Ich muss Sie deshalb bitten, über ihre jüngsten Ermittlungen Stillschweigen zu bewahren und jeden Kontakt zu Journalisten zu meiden.«

Zufrieden registrierte Feindt, dass die Hauptkommissarin den Blick senkte. Offenbar hatten seine Worte ihre Wirkung nicht verfehlt.

»Das tut mir jetzt leid, Herr Kriminaloberrat.« Rieke Bernstein hob erneut die Hand mit dem Computerausdruck und legte ihm das Blatt auf den Schreibtisch. »Diese Mail habe ich gerade vom Präsidenten bekommen. Ihm liegt eine Anfrage von *Maybrit Illner* vor. Ich soll in ihre Sendung kommen. Nach Rücksprache mit dem Innenministerium befürwortet er einen Auftritt im ZDF.« Sie deutete auf das Blatt. »Ich soll, wie Sie dort lesen können, *moderne Polizeiarbeit mit qualifizierten Ermittlerinnen* repräsentieren. Es geht um Frauen in traditionell von Männern beherrschten Berufsgruppen. Frau von der Leyen ist auch dabei. Und Bundesfamilienministerin Schwesig. Und Innenminister ...«

Feindt machte eine unwillige Handbewegung und schüttelte den Kopf. Rieke Bernstein verstummte. Er überflog den Text. Ein Albtraum zeichnete sich ab. Die viel zu junge und unerfahrene Hauptkommissarin würde öffentlich über Polizeiarbeit reden. Ohne jegliche Kontrolle. Immer noch kopfschüttelnd sah er auf, öffnete den Mund und schloss ihn wieder. Ihm fehlten die Worte.

Auf Rieke Bernsteins Gesicht erschien ein mitfühlendes, zugleich selbstbewusstes Lächeln. Sie erhob sich. »Ich danke Ihnen für Ihr Verständnis, Herr Kriminaloberrat.«

ENDE

# Ich danke

Jutta Donsbach, Christine Parr und Dr. Lili Seide für die kritische Durchsicht des Manuskripts, Kriminalhauptkommissar Michael Artmann und Oberstaatsanwalt Dr. Wilfried Ahrens für fachliche Beratung in polizeilichen und ermittlungstechnischen Fragen, Letzterem auch für wertvolle inhaltliche Anregungen.

Isabell Drossmann danke ich für die Übersetzungen ins Niederländische und Dieter Rhauderwiek für die Übertragungen ins ostfriesische Platt.

Nicht zuletzt danke ich meiner Frau Kristine für Unterstützung und Geduld mit dem schreibend abwesenden Ehemann.

Wolf S. Dietrich

*Abgründig, raffiniert und norddeutsch – die neue Serie von der Krimiküste*

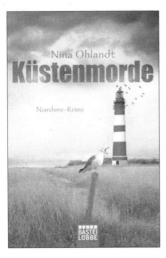

Nina Ohlandt
KÜSTENMORDE
Nordsee-Krimi
512 Seiten
ISBN 978-3-404-16950-4

Herbst auf der Nordseeinsel Amrum. In einer stürmischen Nacht stirbt ein alter Mann, kopfüber aufgehängt am Quermarkenfeuer, dem kleinen Inselleuchtturm. Auch seine Frau wird brutal ermordet aufgefunden. Die Ermittlungen übernimmt Hauptkommissar John Benthien von der Flensburger Kripo. Benthien hat in seiner Dienstzeit schon viele grausame Fälle bearbeitet, doch dieser übertrifft alle. Wer steckt hinter dem Doppelmord? War es ein Racheakt? Der Kommissar und sein Team tappen im Dunkeln – bis sie auf zwei Ereignisse stoßen, die weit in der Vergangenheit liegen …

Bastei Lübbe

*Nichts ist tiefer als menschliche Abgründe
- ein neuer Fall für Pia Korittki*

Eva Almstädt
OSTSEESÜHNE
Pia Korittkis
neunter Fall
Kriminalroman
368 Seiten
ISBN 978-3-404-16928-3

Im Feuerlöschteich auf einem Bauernhof entdeckt ein Postbote eine halb verweste männliche Leiche. Von den Bewohnern des Hofes, einem Ehepaar und seinem 16-jährigen als zurückgeblieben geltenden Sohn, fehlt jede Spur. Pia Korittki übernimmt die Ermittlungen - und findet heraus, dass vor Jahren ein merkwürdiges Gerücht im Dorf kursierte, dem jedoch nie jemand nachgegangen ist: Auf dem Hof soll damals ein Mädchen gefangen gehalten worden sein ...

Bastei Lübbe

Werde Teil
der Bastei
Lübbe Welt

www.luebbe.de/
Meinewelt

Lesen,
rezensieren,
Bücher
gewinnen

Lerne Autoren,
Verlagsmitarbeiter
und andere
Leser kennen

**BASTEI
LÜBBE**
www.luebbe.de